血の雫

相場英雄

幻冬舎文庫

血の雫

目次

『流言の量は問題の重要性と状況のあいまいさの積に比例する

Rumor=Importance×Ambiguity』

……G・W・オルポート&L・J・ポストマン

プロローグ

▼河田光子の事情

保湿クリームを唇に塗ったあと、河田光子（かわだみつこ）はポーチからシャネルの真っ赤なリップグロスを取り出した。グロスを唇の中心に乗せ、ゆっくりと口角に向けて徐々に薄くなるよう伸ばす。唇を軽く合わせ、具合を確認していると、店の専属ヘアメイクの声が耳元で響いた。

「巻きもスプレーも済んだわ」

光子は鏡の横に置いたスマートフォンを取り上げ、カメラを起動させた。わざと唇を尖らせる。さらにスマホの角度を調整し、セットしたばかりの巻き毛と口元がフレームに収まるよう自撮りした。

光子は素早くテキストを打ち込み、写真を投稿した。日になんどか更新するインターネットの写真共有サイト、インスタグラムだ。

「フォローしてもいいですか？」

隣席でメイクしていた女が言った。光子はスマホの画面を女に向けた。

「へえ、サキさんて、本名はミツコさんっていうんだ」

店で使うサキという名前は、オーナーが勝手に決めた。光子は隣の女の手にあるスマホを覗き込んだ。自分と同じようにローマ字で名前を公開している。

「あなたの本名はユミちゃんね」

ユミが肩をすくめた。光子は半年前から週に三日の割合で六本木のキャバクラに勤めている。本業だけでは生活できないので、愛想笑いと引き換えに日銭を稼ぐ。

「光子さんって、モデルさんなんですね」

「駆け出しだけどね」

「へえ、ハンドモデルもやっているんだ」

光子がメイク前に投稿した写真を、羨ましげに見ている。ファッションショーや雑誌のモデルとしては月に一、二度しか出番がない。その代わり子供の頃から長かった両手の指を磨きあげ、金に換えている。

「ちょうどネイルを変えたばかりだったから」

髪を巻き上げているユミの目の前で、光子は左手の指を揃え、反らせてみせた。女性誌のネイルやアクセサリー特集だけでなく、ウイスキーのボトルに指を添えたポスターに登場したこともある。

「ユミちゃんもネイルして、ちゃんとしたカメラマンに撮ってもらえばいいのに」

インスタのプロフィール欄には、ユミが劇団に所属する若手女優だと記されていた。だが写真は照明で顔が白飛びしたお粗末な自撮りだ。ユミはせわしなく画面の写真をスクロールしている。

「このトイプードルかわいい！　実家にいるんですか？」

「ちょっと訳ありでね、今はいないの」

ユミが気まずそうに先ほどの写真に画面を戻した。まずい。こちらのアカウントに載せてはいけない写真だった。光子があわてて犬の写真を削除していると、目の前に背の高い男が現れた。

「サキさん、五番テーブルのヘルプお願いします」

それじゃあとユミに声をかけ、光子は煌(きら)びやかなライトが灯るホールに足を踏み出した。

そのとき、手の中でスマホが振動した。撮影依頼のメールだ。本文には著名なカメラマンの名前があった。光子はこぶしを握りしめた。

▼平岩定夫の事情

「特上唐揚げ定食お待ちのお客さん！」

「はいはい！」

平岩定夫は馴染みの定食屋で声を張り上げた。

「今日は随分と機嫌がいいね」

先に鯖の味噌煮定食を食べ始めていた先輩の木原が言った。

「昨日から随分とツイているんですよ」

握っていたスマホをテーブルに置くと、平岩は配膳口と書かれた看板に歩み寄り、香ばしい匂いが漂う定食のお盆を受け取った。

「特上は八五〇円もするよな、だいぶ太い客つかまえたんだな」

テーブル席に戻ると、味噌汁を啜った木原が軽口を叩いた。

「昨日のラスト、そして今日の朝一と連チャンで羽田空港だったんすよ」

平岩が答えると、対面に座る木原が顔をしかめた。

「いいなあ。俺なんかここんとこ、シケたショートの客ばっかりだよ」

平岩は揚げたての鶏の唐揚げを口に放り込んだ。めっぽう熱いが、歯を立てた途端に肉汁が口中に広がる。高田馬場にある定食屋の昼下がりは、同業者でにぎわっている。売り上げが悪いときは一番安いハムエッグ定食だが、今日は勝利の味にひたる。

「景気のいい奴にはかなわんよ」

木原が舌打ちした。

「そんなネガティブな態度ばっかりとっていると、運が逃げますよ」

木原に言うと、平岩は手元のスマホを手に取った。

「なんだ、ブログってやつでも書くのか」

「フェイスブックです。良いことがあったら必ず日記に書き留めています」

「俺はガラケーだからそんなもんに興味はないな」

「知り合いや友達に直接メッセージを送れますし、なにより、子供達とも〝友達〟としてつながっているんで、重宝しています」

子供達と告げた瞬間、木原が視線を外した。普段口の悪い先輩だが心根は優しい。

「この業界、みんな訳ありじゃないですか」

そう言うと、平岩は小さな画面に向き合った。フェイスブックのトップ画面には、二人の娘とディズニーシーで撮った写真がある。三年前のあの日に戻ることはできないが、この小さな画面は別だ。いつまでも時間が止まっている。

〈ありがたや。日頃の行いで羽田空港連チャン！　前向きに生きていれば、お金も運も巡ってくるもんだね〉

▼粟野大紀の事情

「いってらっしゃい！」

粟野大紀（あわのだいき）が声をかけると、小五を筆頭に四人の児童達が一斉にはい、と元気に応じた。

定年退職後の再雇用期間も終えた粟野は、悠々自適の生活を手に入れた。粟野は黄色い小旗を小脇に挟むと、遠ざかる子供達の後ろ姿に目を細めた。ウインドブレーカーからスマホを取り出すと、粟野は子供達の遠景をカメラにおさめた。

「いつもありがとうございます」

子供達の姿が見えなくなったとき、マンションのエントランスから女の声が響いた。

「隠居の身ですから。これくらいなんでもありません」

同じフロアに住むビジネススーツに身を包んだ母親に向け、粟野は言った。

「町内で変なことはさせないという意味を込めて、いつもツイッターに上げているんです」

撮ったばかりの子供達の後ろ姿を母親に見せ、粟野は言った。

「通学路を狙った不審者の情報とか、結構な頻度で注意メールがスマホに入りますからね」

革のバッグからスマホを取り出し、母親が言った。

「子供は地域の宝ですから、我々が全力で守らねばなりません」

「防犯意識の高い方がお住まいなので、安心して子供を送り出せます」

母親が頭を下げた。

「夕方も同志たちと通学路をパトロールしています。不審者が付け入る隙はありませんよ」

粟野は素早く指をスマホの上で動かし、撮った写真をツイッターに投稿した。

「私をフォローしていただければ、すぐにダイレクトメッセージを送りますよ」

母親は粟野の画面を覗き込んだ。

「ハンドルネームは〈東新宿頑固老人〉です」

「今、フォローさせていただきました」

母親が言うと、粟野はもう一度スマホを凝視した。ツイッターのメッセージ欄に新着サインがついている。

「〈ケンタママ〉ですな。防犯だけでなく、子供さんのことならなんでも相談してください。子供二人を育てあげた先輩ですから」

　粟野が笑顔で言うと、母親がまた深く頭を下げた。

　子供達に続き、粟野は懸命に働く母親の背中も見送った。自分の家庭と会社に貢献したあとは、地域に恩返しする。再びスマホを取り出した粟野は、ツイッターの新規投稿画面に指を走らせた。

〈世知辛い世の中でも、面と向かって話せば大概のことは解決するよ〉

▼長峰勝利の事情

「わからないことがあったら、なんでも俺に訊いてくれよな」

　ごま塩頭の中年男が長峰勝利（ながみねかつとし）の右肩をなんども叩く。

「はあ、今のところは大丈夫です」

「大丈夫ってのは、間に合っているってことか？」

　紺色の制服を着た上司は、少しだけ眉根を寄せた。

「まあ、そんなところです」

　曖昧（あいまい）な笑みを返すと、中年の上司が顔を覗き込んできた。

「それで、歓迎会はいつがいい？　長峰はずっと用事があるって言っていたからな」

「ちょっと来週まで待ってもらえますか」

長峰は目の前の大型液晶画面を睨(にら)んだまま、答えた。

「わかった。他の連中も楽しみにしているからな」

上司がもう一度肩を叩き、自席に戻った。秘かにため息を吐くと、長峰はスマホを取り出した。

転職してから約半年経った。制服を着た上司や同年輩の同僚たちは腫(は)れ物(もの)に触るような態度で接してくる。互いに距離感がつかめない。

以前の職場に比べれば、ノルマがない分だけ仕事は楽だ。しかし、歓迎会や昼飯会などと称し、無理やり他人の領域に足を踏み入れたがる輩が多いのには閉口する。

所詮、仕事は生活の糧を得るためのものであり、煩(わずら)わしい人間関係を深めるものではないはずだ。

〈歓迎会って、俺も会費払うらしいよ。あり得なくね?〉

〈この会社の飲み会は体育会系の権化らしいってさ〉

〈職場の飲み会って、何分くらい楽しいのかね? 嫌なことに時間を切り売りするなんて、バッカじゃない〉

デスクの下にスマホを隠し、長峰はツイッターの裏アカウントで毒を吐き続けた。

〈天パの独り言〉とした裏アカウントに、早速共感を示すハートマークがつく。

〈職場なんて、拘束時間一秒でも超えたら関係ないじゃん〉

自分の発信したメッセージに他人が同じ意見だと告げるリプライがついた。

「その通りなんだよな」

新たに着信したメッセージに、長峰はハートのマークをつけた。

第一章　躓き

1

「次、地取り班の報告を」

殺風景な会議室の一段高い席で、現場監督的な役割を果たす中野署の刑事課長が顔をしかめた。田伏恵介は最後列の席から、渋々立ち上がる中年男の背中を見つめた。

「一課と所轄の合同六チーム計一二名で鋭意ローラー作戦を展開しておりますが、有力な手がかりはありません。以上」

本部捜査一課・第四強行犯捜査の殺人犯捜査第七係のベテラン巡査部長が感情を押し殺し、報告した。静まり返った会議室に、マイクを通して刑事課長の溜息が響くと同時に、中野署の建物に面した青梅街道を走る大型トラックの排気音が不気味に反響した。

田伏は手元の手帳に目をやった。捜査本部(ちょうば)の資料に、自分で加えた手書きの文字が毎日増えていく。だが、犯人(ホシ)につながるような記述は一つもない。

八日前の六月一〇日の深夜、中野坂上交差点近くの小路で、若い女性が刺殺された。被害者(マルガイ)の名前は河田光子、二五歳。職業はフリーのモデルだ。背中など計五カ所を刺され、失血によりほぼ即死だった。第一発見者は近隣の新聞販売店に勤務する大学生アルバイトだ。

手元のページをめくると、笑顔の写真がある。河田が以前所属していたモデル事務所の宣材写真だ。瓜実顔(うりざねがお)で、奥二重。はにかんだような笑みを浮かべるストレートのロングヘアの美人で、真っ赤な唇が印象的だ。

もう一枚は全身写真で、白い麻のブラウス、黒いタイトなジーンズにハイヒール姿だ。プロフィールによれば、身長は一六二センチ、体重は四三キロ……。けばけばしい化粧の女が溢れるご時世で、被害者はどこか凛(りん)とした日本人形を思わせる。

現役モデルが刺殺されたことから、マスコミが騒いだ。一方で、捜査に進展はほとんどない。田伏は刑事課長の顔を凝視した。額に脂汗が光っている。

「現状、SSBCからもめぼしい報告はない。他になにかあるか？」

手帳から顔を上げると、田伏の前に並ぶ一課と所轄の計三〇名の捜査員が俯いていた。

捜査支援分析センター(SSBC)は警視庁刑事部が誇る最新の凶悪犯捕獲部隊だ。都内全域に設置された防犯カメラを公共、民間の別を問わず九割以上も把握し、日々そのデータを拡充させている。

今回のような殺人事件のほか、強盗や通り魔事件が発生した際は、ノートパソコンやタブレット端末を抱えた専門の捜査員一〇人以上が現場一帯に散り、防犯カメラに記録された動画を一斉に回収する。被疑者が犯行に至る前の足取り、いわゆる「前足」と、逃走する際の動向、「後足」を一気にトレースする手法で、検挙率向上に寄与している。

だが、今回は極端に防犯カメラが少ない中野の裏通りが犯行現場だった。幹線道路の青梅街道から暗い住宅街へ抜ける小路の手前で、白いブラウスに細身のジーンズを穿いていた被害者がほんの二秒間、表通りのドラッグストアの防犯カメラに捉えられていただけだ。その前後に通りかかった男性、女性は三〇人近く映っていたが、いずれも個人を特定するには至っていない。

会議室は沈痛な静寂に覆われた。ＳＳＢＣにめぼしい成果がみられなかった以上、捜査は古くから踏襲されてきた二つの手法が生命線となる。

一つが地取りだ。現場付近の住居、商店をしらみ潰しに聞き込みし、事件発生時に不審者を目撃しなかったか、地道にネタを拾っていく。もう一つが、容疑者や被害者の人間関係を調べる鑑取りだ。

「鑑取り班の状況は？」

顔をしかめた刑事課長が訊くと、会議室の中ほどにいた白髪頭の本部の殺人犯捜査第七係の警部補（しゅにん）が立ち上がった。

「被害者の高校、大学時代、そして現在のモデル業と、それぞれ関係者を手分けして洗っておりますが、皆、人に恨みを買うような人物ではないとの証言で一致しています」

田伏も事件発生直後から鑑取り班に組み込まれた。

中野署の若い巡査部長とコンビを組み、主に高校時代の人間関係を丹念に洗った。都下の立川にある河田が卒業した都立高校に行き、当時の担任やクラスメート、そして所属していたバスケットボール部の友人たちを訪ね歩いた。当たった人数は優に五〇人を超えた。

他の班員も同じように河田の人間関係や職場の様子、すなわち鑑を当たったが、〈美人なのに気さく〉〈気取らない〉〈思いやりのある人〉等々の答えを導くだけだった。

「犯行現場が悪すぎた。だが、最近はＳＳＢＣに依存しすぎていた嫌いがある。今一度、地取りと鑑取りの基本に立ち返り、早期の犯人検挙を」

刑事課長が低い声で告げた。これを合図に、会議室の面々が立ち上がった。だが、その動作は緩慢だ。

ここ数年、ＳＳＢＣの活躍には目を見張るものがあった。防犯意識の高まりとともに町中に防犯カメラが溢れ、画像の解像度も年ごとに向上している。ＳＳＢＣが集めた画像を本部鑑識課に持ち込み、解像度を上げることで、鮮明な画像で顔や衣服の判別が可能となったのだ。

地道な地取りや鑑取りを軽視し、ハイテク捜査にばかり頼ると、今回のように路地裏という場所で事件が起これば、犯人の割り出しどころか逃走経路の特定も困難を極めることになる。

事件発生から一〇日間を警視庁では第一期と呼ぶ。この期間内であれば、目撃者の記憶も比較的鮮明であり、地取り班が有力な手がかりを引っ張ってくる。鑑取りの分野でも、マスコミ報道を通じて被害者に関する意外な情報が捜査本部にもたらされる機会が少なくない。だが、第一期はまもなく終わる。人々の記憶、事件そのものへの関心が急激に薄れていく。第二期、第三期と時が経つにつれ、捜査本部の士気は下がる。

捜査本部を覆う空気が一段と沈滞しかけたときだった。会議室のドアを力強くノックする音が響き、乱暴に扉が開いた。

「どんな具合だ？」

将棋の駒のような輪郭、いかり肩と分厚い胸板の男が声を上げた。

「上田一課長！」

帰り支度を始めていた刑事課長が姿勢を正した。同時に、弛緩しかけていた会議室の空気が一変する。田伏を始め、会議室にいた三〇人の視線が一斉に扉の方向に集まる。

「そんなに硬くなるなよ」

幹部捜査員がいる一段高い席に向け、上田敬浩捜査一課長がゆっくりと歩いていく。そのすぐ後ろには、運転手を務める本部の若手巡査長が続く。

三〇人の捜査員を見回したあと、上田が切り出した。

「成果がないと聞いている。現場がだいぶ不利な条件にあったことも、めぼしい鑑がないこともな」

青森の高校時代から柔道で鳴らしたという上田は、ドスの利いた声で告げた。

「申し訳ありません」

刑事課長が頭を下げると、上田が鷹揚に頷いた。

「最近の一課は汗をかく機会が少ないと本部のあちこちで槍玉にあがっている。メカに頼りすぎだ、との声も多い」

捜査一課は総員約四〇〇人の大所帯であり、凶悪犯を追う警視庁の顔とも言える花形だ。そこの課長だからこそ他の部署からやっかみを受け、批判の矢面に立つこともあるのだろうと田伏は思った。

「手がかりがない。目撃者（マルモク）がいない。そんなことで士気を下げていて、首都の治安を守れるか！」

上田が会議室の窓ガラスを震わすような声で怒鳴った。部屋の空気が完全に凍りついた。会議室にいる全員が姿勢を正し、気をつけの体勢となった。

上田の目は常に醒（さ）めている。奉職以来ずっと人を疑いながら警官を続けてきた結果だ。通りすがりの若者、コーヒーを配膳するウエイトレスに至るまでどのような性格でどんな生活スタイルなのかを分析する癖が染み付き、いつしか醒めた目線で人間と対峙する刑事眼になってしまったのだ。

「怒るのはここまでだ。各自、調べ残しがないか、再チェックをするように」

今、壇上の上田は先ほどの鬼のような形相とは打って変わり、口元を緩ませ、笑みを見せた。硬軟の顔を使い分け、我の強い捜査員たちを鼓舞する手腕は、田伏が知る限り上田がピカいちだ。

「田伏じゃないか」

会議室の後方にいると、上田と目が合った。軽く頭を下げると、田伏はゆっくりと上田に近づいた。田伏の真横で、上田が声を潜めた。

「ご苦労だったな」

「いえ、まだ成果出していませんから」

田伏が頭を下げると、上田が肩に手を回してきた。

「家族は達者か。それに随分白いモノが増えたな」

会議室の奥へと田伏を導きながら、上田が言った。

「相変わらずの母子家庭状態ですし、もう四六歳になりましたから」

「娘はいくつになった？」

「中二で思春期ど真ん中です。家内も娘の味方ですから、居場所がありませんよ」

田伏が答えると、上田が肩をすくめた。

「本部の一課にいたら、誰もが通る道だ」

上田を頂点に、一課にいる捜査員の大半が現在進行形の事件を追っている。家庭を顧みる余裕などなく、離婚する輩も多い。

「第四の居心地はどうだ？」

「色々と気を遣っていただいています」

「今回の事件(ヤマ)が復帰第一戦だよな」

「まだ体が慣れていませんので、足手まといにならぬよう気を引き締めます」

偽らざる本音を告げると、上田が自分の胸を拳で叩いてみせた。

「こっちはどうだ？」

「ええ、なんとか」

上田が胸を叩いたのは、心の調子はどうだ、という意味だ。上田の優しい声を聞いたとたん、苦い胃液が口に逆流するような感覚におそわれた。久々に現場に投入されたことで、殺人犯捜査の感覚を取り戻しつつあると田伏は小声で答えた。

「それじゃ、頼んだぞ」

上田が踵を返し、会議室の出口に向かった。遠ざかる大きな背中を見ながら、田伏は考えた。上田の顔から笑みが消えぬうちに、結果を出す。

2

田伏が代々木上原の自宅マンションに帰宅すると、狭いリビングダイニングのテーブルに娘の麻衣（まい）がいた。風呂上がりなのだろう。首にタオルをかけ、タンクトップとホットパンツ姿だ。一四歳という大人になりかけの少女は、中年男にとってどう接してよいかわからない生物だ。

壁際の棚にあるテレビからは、午後一〇時から始まるニュース番組が流れ、アナウンサーがナイトゲームの結果を伝えていた。

「ただいま」

テーブル脇の椅子に鞄を下ろしながら言うと、麻衣がこくりと頷いた。だが視線は手元のスマホに注がれたままだ。ちゃんと目を見て話せ。田伏は喉元まで出かかった言葉をなんとか飲み込んだ。

「おかえりなさい。ご飯は？」

ダイニング横のキッチンカウンターから、美沙が言った。

「適当でいいよ」

美沙が冷蔵庫から缶ビールを取り出し、カウンターに置いた。プルトップを開け、一口ビールを流し込む。捜査が進捗していないときほど、喉に苦味が残る。ネクタイを緩めながら、田伏は麻衣に言った。

「学校はどうだ？」

「大丈夫」

お決まりの言葉が返ってきた。友達と過ごすのが楽しいのか、あるいは勉強がきついのか。大丈夫という決まり文句だけでは麻衣の真意を知ることはできない。

「スマホで何やってる。ゲームか？」

麻衣はスマホの画面を直視し、忙しなく指を動かしている。大丈夫と言ったときと同じで、田伏への返答には一切感情がこもっていない。

「はい、パパが大好きな青菜の煮浸しと鶏の竜田揚げ」

てきぱきと小鉢を田伏の目の前に並べているが、美沙の目つきは存外にきつい。麻衣を刺激するなと言っているのだ。

「私、部屋にいるから」

スマホの画面を見つめたまま、麻衣が立ち上がった。

「ちゃんと宿題しろよ」

「大丈夫」

舌打ちを堪(こら)えていると、湯呑茶碗を持った美沙が対面に腰掛けた。

「クラスや部活の友達のほとんどがLINEとかで繋がっているから」

一〇年ぶりに強行犯捜査に復帰し、家にいる時間が極端に少なくなった。家事と子育ては美沙に任せきりの状態だ。しかし、スマホに没頭するのは好ましくない。

「ネットなんかろくなもんじゃない。麻衣が変なサイトで騙(だま)されたり、悪い連中と付き合うようになったりしたら大ごとだぞ」

「パパが大変な思いをしたのはよくわかっているわ。でも、麻衣とは別次元の話なのよ」

美沙の瞳に、あわれな犬を見るような色が浮かんだ。

「勉強が疎かになったら困るだろう。来年はすぐ受験だ」

「ねえ、パパ」

そう言うと、美沙がテレビ脇の小さな書類ケースに手を伸ばした。手元には、麻衣が通い始めた進学塾のファイルがある。美沙は中から数枚の書類を取り出し、田伏の前に広げた。

「彼女の希望は都立よ」

美沙が偏差値の高い学校の名前を三つ挙げた。

「塾の先生によれば、今のところ悠々と合格ラインにいるそうよ。私がちゃんと手綱握っているから、大丈夫よ」

田伏は口を噤み、黙々と遅い夕餉を食べ続けた。

3

食事を済ませたあと、田伏は納戸スペースに設えた狭小書斎に向かった。以前は寝室横にある四帖半の部屋を使っていたが、二年前に麻衣に譲った。

日曜大工で作った棚から薄型のノートパソコンを取り出し、折りたたみ式の机の上に置く。田伏は画面に現れた今回の事件の〝戒名〟〈中野モデル殺人事件〉のファイルをクリックした。画面に大和新聞の社会面が現れた。同紙記者が入手した、宣材と呼ばれるモデル事務所が出した公式写真が載っている。ロングでまっすぐな黒髪、そして奥二重の甘えるような笑顔……。田伏はファイルのページをスクロールした。

〈被害状況：被害者は歩行中、背後からいきなり刺された〉

〈無防備な状況で、背中、腹部、胸部の計五カ所〉

〈本部鑑識課によれば、凶器は刃渡り一六センチ前後の文化包丁〉

田伏は自分で打ち込んだメモを凝視したあと、別のページを表示した。

〈『深夜の凶行　モデルめった刺し』（東京日々新聞）〉

〈『強い怨恨か　狂気の刃がモデルの命奪う』（大和新聞）〉

スキャンした新聞の記事データが目の前にあった。

めった刺し、怨恨……。極めて刺激の強い言葉が並んでいる。事件が発生した翌日、上田は警視庁詰めの記者たちの前で事件概要をレクチャーしたはずだ。

被害者のハンドバッグにスマホ、財布、アクセサリー等々が残っていたことから、物盗り目的の殺人の線は当初から消えていた。ここは捜査本部の見立てと一緒だ。

しかし、ここから記者たちの見方が一方に傾いていく。マスコミ各社は、被害者のプロフィールに着目した。上田、そして広報課長からは怨恨など、動機の推測は明かされていない。美人モデル、そして五カ所の刺し傷というキーワードに、事件記者たちが勝手に反応したのだ。

刃物を使った事件は、痴情や怨恨だけが原因ではない。酒に酔って寝込んでしまったDV夫をか弱い妻が刺した事件にも遭遇したことがある。刃物で複数回ということだけで、決めつけるのは危険だ。

検視官によれば、犯人は被害者の背後から忍び寄り、まず背中を二カ所刺した、というものだった。次いで、振り向いた被害者の腹部、胸部と立て続けに刺し、これが失血を招き、死に至らしめたという。

また鑑識課によれば、途中抵抗する被害者ともみ合いになったのか、小路脇にあったブロック塀に刃物が当たり、鋒（きっさき）が一・五ミリほど曲がったという。司法解剖した監察医も最後の創（きず）となった背中にこの曲がった鋒による創を一カ所見つけた。

検視官、監察医という死体検分のプロによれば、犯人の性別はわからないという。それぞれの創は、屈強な成人男子が刺したような深さに達しておらず、少年や老人、また力の弱い女性という見方もできる、というものだった。

田伏はファイルのページを変え、自分が調べた結果を打ち込み始めた。中野署の若い巡査部長とともに捜査本部を出て、河田がアルバイトとして勤めていた六本木の高級キャバクラを訪れた。

田伏は河田と仲がよかったという同僚の女性に会い、話を聞いた。古瀬由美（ふるせゆみ）という茨城県出身の劇団員で二二歳、はきはきした口調の女だった。

河田に恨みを持つような人物、あるいはストーカー的な男性の存在を尋ねたが、古瀬は首を振った。

〈女の子は打ち解けてくると彼氏の話とかし始めるんです。でも、光子さんはそんな話をしたことないし、彼氏がいるような雰囲気というか、気配はありませんでした〉

古瀬は自分のスマホを取り出し、インスタグラムの自分のページを見せてくれた。

〈普通は彼氏とデートしたり、ご飯に行ったときの写真をアップするんですよ〉

スマホの画面には、ハンバーガー店で若い男性と笑い合う自撮り写真やバーでカクテルを接写した写真がずらりと並んでいた。

古瀬は素早くスマホの画面をタッチしていた。

〈これ、光子さんのインスタです〉

古瀬が画面を田伏に見せた。横にいた中野署の巡査部長が自分のスマホを取り出し、なんどか画面にタッチした。巡査部長の手の中に、古瀬の画面と同じものが現れた。

〈あれ、すごいフォロワーが増えている〉

自分の手元を凝視した古瀬が驚きの声をあげた。

〈たしか、彼女のフォロワーは五〇〇人くらいだったのに……〉

古瀬の言葉を聞き、田伏は巡査部長の手元を見た。プロフィール画面には、河田の涼しげな顔写真、その横には九八七の投稿数、五万三〇〇〇のフォロワー数、河田がフォローしているという二一二の数字があった。

〈殺されてから注目集めるなんて、彼女かわいそう〉

キーボードを打ちながら、田伏の頭になんども古瀬の声が反響した。古瀬の言い方に強い違和感を覚えた。かわいそうという言葉は死を悼んでいるのではなく、別の意味があった。

〈彼女、駆け出しだって言っていたから、モデルの仕事だけでは食べていけなかったみたいです。実際、この店の他にもいろんな仕事をしていたみたいですから〉

あのとき、古瀬は手元のスマホ画面をしきりに触りながら言った。

〈インスタに写真とメッセージをたくさん上げて、自己アピールっていうか、宣伝したかったんだと思います〉

生前の河田はネットを使って熱心に売り込みをかけていたが、成果は乏しかった。それが残忍な事件に巻き込まれたことで、自分の意図しない形でいきなり世間の注目を集めた。河田の投稿を自動的に知ることのできるフォロワー数の急増という現象が、〈かわいそう〉の本質だった。

〈私なんかより付き合いの長いお友達がいたみたいです。その人たちだったら本当に悲しんでいると思いますし、彼女とトラブっていた人を知っているかもです〉

古瀬はそう言うと、河田が個別に投稿した写真とコメントを指した。

赤いマニキュアの先を見ると、新宿駅に隣接する商業ビルに入るセレクトショップ、カットモデルをしていたという表参道の美容室、参宮橋（さんぐうばし）にある馴染みの寿司屋の写真があった。

手元のメモを見ると、未だ違和感があった。強行犯捜査を一〇年程度離れていただけで、世情がすっかり変わってしまったのか。

本部に這い上がって以降、二〇件以上の殺人（ころし）事件に関わった。遺族はもちろん、地取りや鑑取り担当としていやというほど被害者の友人や同僚を当たった。皆一様に涙を浮かべ、洟（はな）をすすった。だが、今日当たった古瀬の様子は全く違った。古瀬の言いぶりは、バッグやハンカチを紛失したときのようだった。

〈彼女と同じようなフリー組がたくさんいますから〉

店の情報を手帳に記しているとき、古瀬が言った。古瀬は素早くスマホの画面にタッチしていた。

〈ほら、こんな感じです〉

インスタの検索画面には、モデルという言葉に反応して抽出された小さな正方形がいくつも並んでいた。小ぶりなバッグを持ち、横を向いている手足の長い女性。流行りの鍔（つば）の広いハットを被り、隣の女友達と笑い合う女性。小さなプードルを連れ、野外のテラスでお茶を楽しむ女性……。最近の若い世代は目立った行動を避けることが多いらしいが、これほど同じような写真が並ぶと薄気味悪さを感じる。

〈河田さんみたいにフリーの人もいますし、読モも星の数ほどいますからね〉

読モとは、読者モデルのことを指すらしい。女子大生やＯＬ、あるいは主婦がファッション誌に自ら売り込みをかけ、モデルの真似事をするという。

メモした事柄を、狭い書斎でパソコンに打ち込む。手書きとデータ。二重にメモを作ることで、聞き込んだ事柄が身体中に染み込む気がする。

六本木のキャバクラのあとも田伏は聞き込みを続けた。表参道にある美容室だ。人気モデルや女優御用達だという骨董通りに面した店舗は、総ガラス張りの高級そうなつくりだった。

髭の男性美容師によれば、河田は月に二度ほど来店してカットモデルを務めていたという。カットモデルとは、無料あるいは格安で髪の手入れをしてもらう、いわば練習台のことだ。

有名な美容師に髪を切ってもらうには、最低でも二万円、髪を染めれば三、四万円かかるのだという。河田は身だしなみを整えるため、若手美容師の練習台となり、カットの出来栄えと店の小洒落た雰囲気をインターネットで宣伝していた。カットモデルを三〇人も抱えているという美容師は、河田について詳しいことは知らないと告げた。

手書きメモを全てノートパソコンのファイルに打ち込み、田伏は手帳のページをめくった。古瀬に読み上げてもらった河田行きつけの店の記述に目を向ける。

手に滲んだ汗か、あるいはペットボトルの水滴でボールペンの文字がぼやけていた。新宿の商業ビルの中にあるセレクトショップの名前が読み取れない。インターネットで検索するしかない。

パソコンのテキスト画面を閉じると、田伏はネットのブラウザを立ち上げた。だが、画面には〈インターネットに接続されていません〉の文字が表示される。

マウスを握り、カーソルをＷｉ－Ｆｉのアイコンに載せる。無意識のうちに、マウスを握る右手が小刻みに震え始めた。

クリックしろ……たかがインターネットじゃないか。自らにそう言い聞かせると、田伏はマウスを握る右手の上に、無理やり左手を置いた。

マウスをクリックすると、有名ポータルサイトのホームページが目の前に立ち上がった。

左側に世界中で起こった最新ニュースの写真がある。

ちょうど、米大リーグに参戦中の日本人投手が完封勝利を果たしたようで、マウンドでガッツポーズする笑顔がある。

〈速報〉の文字の下には、プロテニス選手の海外トーナメントでの最新動向がトップに据えられ、次はお笑い芸人の薬物疑惑、その下には老人が運転する軽自動車が高速道路を逆走し、三人の死傷者が出たことを伝えるニュースが並んでいた。

見慣れた画面に接した途端、マウスを握る手にじっとりと汗が滲み始めた。

あの日、自分のことを伝える見出しがこのページにも載った。しかも、検索ワードの最上位に〈警視庁刑事〉の文字が躍り、面白おかしく書かれた記事が最新注目トピックとして紹介された。その後は、携帯電話が鳴り止まない日が三日ほど続き、心が壊れた。

大きく息を吸い込むと、田伏は検索欄のバーに新宿の商業ビルの名前と〝テナント〟と打ち込み、力一杯エンターキーを叩いた。

4

新宿職安(しょくあん)通りの外れに営業車を停めたあと、平岩定夫は小滝橋(おたきばし)通りとの交差点近くの定食屋に向けて足を速めた。

小滝橋通りに面した古ぼけた雑居ビルの一階には緑色の庇が突き出ている。その下には、腹に脂肪をたっぷり蓄えたサラリーマンの一団や連れとみられる制服姿のＯＬ二、三人の姿がある。

引き戸を開け、平岩は老舗食堂に足を踏み入れた。すでに六、七割の席が埋まっている。

「いらっしゃい」

入り口近くにいた店の女主人が笑みを浮かべた。壁沿いのカウンター席に向かう。ちょうど角の席が空いていた。平岩がスポーツ紙を手に丸椅子に座ると、麦茶の入ったコップを持ってきた顔馴染みの女性店員と目があった。

「ハムエッグ定食とシラスおろしの小鉢をお願い」

「今日は豚汁つけなくていいの？　いつも鶏唐揚げ大盛りなのに」

「ここ二、三日水揚げが悪くてね」

「それは失礼しました。お味噌汁の具はたくさん入れておくね」

店員が厨房方向に向かうと同時に、入れ違いで新規の客が隣に座った。

「こちら、よろしいですか？」

「どうぞ」

昨夜のホークス戦の記事に目をやったまま、平岩は答えた。故郷のご贔屓（ひいき）チームの勝利を記した記事で気を紛らわせていると、隣の青年が鶏の唐揚げ定食を大盛りで注文した。

「よく来られるんですか？」

オーダーを終えた青年の声が耳に入った。屈託のない話し振りだ。

「仕事の合間に、たまにね」

パ・リーグの順位表を見つめたまま答えると、青年が言葉を継いだ。

「このサイトで鶏唐揚げ定食が評判だと見たもので」

馴れ馴れしくされるのは好きではないが、商売柄、体が反応してしまう。

「俺が上京した二四年前から、ここの唐揚げは異様にデカいと評判でしたよ」

青年はスマホの画面に見入っていた。

「流行りのグルメサイトですか？」

手元のスマホを見やると、たしかにこの食堂名物の巨大な唐揚げの写真が載っている。常連客の誰かが投稿したのだろう。

「腿（もも）一枚分、サクッと揚がっていていくらでも飯が食えますよ」

平岩が軽口を叩くと、青年が頷いた。

「今度は、高円寺の裏通りにあるこの店に行ってみようと思っています」

青年はさらにスマホの画面をタップした。大盛りのキャベツの横にマカロニサラダがある。絵に描いたような定食スタイルだ。肝心の主役は、大ぶりの唐揚げが五、六個存在感を誇示している。

「ここですよ、ほら」

「知らない店だね」

サイトの地図を覗き込むと、JR高円寺駅から徒歩で一〇分程度の場所だ。

「営業時間が不規則らしくて、なかなか行くチャンスがないんです」

「どっちが先に食うか、競争しましょうか」

平岩は愛想笑いを返した。すると、青年が自分の胸元を見ていた。

「平岩さんっておっしゃるんですね」

「深夜に車を捕まえられないようなときは、ご用命ください」

平岩は胸ポケットから名刺を取り出し、ボールペンで個人の携帯電話番号を書き加えた。

「飲み会の帰りとかに連絡させてもらうかもしれません」

青年は両手で名刺を受け取った。

「そうそう、こんな噂もあるんですよ」

平岩がコップに手をかけたとき、青年が言った。

「馴染み客だけに、特製の唐揚げを親爺さんが自宅で振舞うときがあるらしいんです」

「本当？」

平岩は唐揚げに目がないのだと明かした。可能ならば、次の面会日に娘二人を連れていきたい。

「なんでも、紹介がないとその日を教えてもらえないようです」

平岩は箸をカウンターに置き、メモ欄をスマホ画面に表示した。

5

混み合う新宿駅西口の広場を抜け、田伏は隣接する商業ビルに入った。

「汗ぐらい拭けよ」

エスカレーターで三階に着くと、田伏は傍に立つ巨漢の若宮（わかみや）巡査長に言った。背広のポケットからハンドタオルを取り出すと、若宮は額、そして五分刈りの頭全体を拭った。

梅雨時で極端に湿度が高い外界と、ガラス戸を隔てて冷房の効いた商業ビルの内部では雲泥の差がある。田伏は自分の額にも汗が浮き出るのを感じ、慌ててハンカチで拭った。

午前の捜査会議を経て、新たな鑑取りのコンビとして中野署刑事課に配属されたばかりの若宮を割り当てられた。機動隊や別の所轄署での生活安全課勤務を経て、若宮は初めて強行犯係に就いた。

今の時刻は午後二時半、周囲には制服姿の女子高生や女子大生が四、五人いるだけだ。ハンカチをポケットにしまうと、田伏は周囲を見回した。

「完全に場違いっすね」

婦人服、とくに若い女性をターゲットにした衣料品店が並ぶフロアは、全体が淡いパステル調の壁紙や調度品で溢れかえっている。一方、田伏はグレーのスーツに白いワイシャツでノーネクタイ。隣の若宮は高校・大学と柔道部で鳴らした典型的な猛者の体型だ。

セーラー服やブレザータイプの制服を着た女子学生が近くを通るたび、田伏は言いようのない気恥ずかしさを感じた。

「田伏さん、あそこです」

きょろきょろとフロアを見渡していた若宮が、エスカレーターの降り口から対角線上にある角地の売り場を指した。

〈Relaxxy〉

田伏は手元の手帳の文字と、ネオン管でどぎつく発色する看板を見比べた。若宮が大股で歩き、田伏は早足で後に続く。

店の入り口には、フリルのワンピースや水着がレイアウトされている。入り口から二、三メートルの棚の前で、ロングヘアの若い女がTシャツをたたんでいた。

「すみません、昼前に電話した警視庁の者ですが」

若宮が内ポケットから警察手帳を取り出し、顔写真を向けると、女が手を口元に当てて驚いた顔をした。ざっくりと胸元の開いたリネンのワイシャツのポケットに『香西(こうざい)ミキ』の名札がある。

「ほんとに？」

「お仕事中に申し訳ありません」

田伏は若宮の横で同じように警察手帳を提示した。

「本当とは？」

田伏が問い返すと、香西が口を開いた。

「だって、ドラマみたいじゃないですか」

「ドラマではありません。電話でもお話ししましたが、河田さんについて色々とお話をうかがいたいのです」

香西はコットンパンツのポケットからスマホを取り出し、画面の上でなんどか指を滑らせた。

「この写真ですよね」

香西が差し出した画面には、河田と頰を寄せ、カメラ目線で微笑む写真が載っている。スマホの自撮りだろう。

〈まつ毛エクステのあと、新宿のいつものショップにお邪魔しました。カリスマ店員のミキちゃんとお話ししてきたよ。いつも笑顔で迎えてくれてありがとう〉

香西が顔をしかめた。

「私はショップの広告塔です」

なぜ表情を変えたのか。田伏にはその理由がわからない。

「つまり、私はショップのモデルと店員を兼ねているんです。亡くなったのは河田さんでしたっけ？　彼女みたいな子たちと写真撮ってインスタに載せるのって、あくまで仕事の一環ですよ」

「というと、彼女のことを覚えていない？」

「もちろん覚えていますよ。でも一日に二、三〇人は撮りますから」

画面を田伏と若宮に交互に向け、香西が言った。

「それでは、河田さんの交友関係や恋人、あるいはつきまとっているような人に心当たりはありませんか？」

「プライベートのことはなにも知りません」

またネットか……口元まで出かかった言葉を、田伏はなんとか飲み込んだ。

「あ、あの」

黙っていた若宮が口を開いた。田伏が見上げると、おどおどしながら香西を見ている。

「気になることがあったら、訊けよ」

田伏が言うと、若宮が頷いた。

「念のため、香西さんがツーショットで撮られた人たちのリストを全員分いただけませんか？」

「刑事さん、インスタやってないんですか？」

香西の言葉に、若宮が頬を赤らめた。

「ネットではゲームとスポーツ紙を読むくらいなんで、インスタを知らないんです」

「スマホを貸してもらってもいいですか？」

端末のロックを解除し、若宮がスマホを香西に手渡した。香西は手早く画面をなんどかタッチし、先ほど見たインスタグラムの画面を表示させた。

「はい、これが私のアカです」

香西が若宮にスマホを戻した。田伏が覗き込むと、先ほどと同じ画面が表示されている。

「ツーショット写真は何枚くらいありますか？」

「おそらく五、六〇〇人分はあります」

田伏は若宮のスマホに目を凝らした。殺された河田と同じように、笑みを浮かべて香西と写る女性の顔がずらりと並んだ。

「素人考えですけど、この中に彼女を殺すような人はいないと思いますよ」

明るめの茶髪、長いまつ毛、真っ赤な口元とピンクの頬。似たような顔がカメラ目線で笑っていた。

6

新宿駅西口の商業ビルを出たあと、田伏は若宮を伴って同じエリアにある地下街の古びた喫茶店に向かった。

地下街の通路を見渡せる席に座ってアイスコーヒーを二人分注文したあと、書き留めた捜査メモのページをめくり始めた。依然怨恨やトラブルに関する情報は拾えていない。

会ったばかりの香西の話の要点を手早く手帳に記したあと、昨日回った参宮橋の寿司屋の証言を田伏は再チェックした。

河田は週に一、二度、多いときは三度もこの寿司屋に通っていた。板前や見習い計五人から話を聞いたが、払いは全て河田と親しい老カメラマンか商談会などで司会をこなすMCと呼ばれる男性が済ませていた。

河田は若いモデルだ。接する機会の多いカメラマンやMCとの間に色恋や金銭絡みのトラブルがなかったか尋ねたが、空振りだった。二人の男性はいずれも河田と同じ立川の高校出身で、フリーで健気に活動を続ける後輩を親身に支えていたのだという。インスタグラムでは殺しにつながるような濃い鑑は一向に浮かばない。

「これ、全部当たりますか？」

手帳から顔を上げると、若宮がスマホの画面を見ながら溜息を吐いた。

「香西さんとツーショットで撮影していた客は五八三人もいます」

「他班も砂浜で落とした針を探すような仕事をしている。俺たちだけ特別なことをしているわけじゃない」

田伏にとっても地道な鑑取りに取り組むのは久しぶりだ。自分に活を入れる意味で言ったのだが、目の前の若手捜査員には存外に応えたらしい。

「捜査本部（ちょうば）に戻ってから、手分けして洗い出しやるぞ。作業が一段落したらウマい飯食わしてやる」

田伏が言うと、若宮の表情に少しだけ明るさが戻った。

「綺麗な顔、親切そうな奴にも必ず本当の顔がある。ショップの香西さんはああ言ったが、この中に被害者(マルガイ)を逆恨みするような者がいる可能性はゼロじゃない」

田伏がそう言ったときだった。テーブルのコップ脇に置いていたガラケーが鈍い音を立てて振動した。折りたたみ型の端末を開くと、小さな液晶画面に恩人の名が表示されていた。田伏は掌でガラケーを覆い、通話ボタンを押した。

「どうされました?」

〈殺人事件(ころし)だ。これから杉並署に捜査本部(ちょうば)を立てる〉

本部捜査一課長の上田だ。

上田はぶっきら棒な口調で言った。

〈検視官によれば、中野と遺体の傷が酷似しているそうだ〉

「仮に一致すれば、連続殺人ですね」

〈そうなったらの話だが、おまえにやってもらいたいことがある〉

「俺ですか?」

〈そうだ。心構えだけしておいてくれ〉

上田が一方的に電話を切った。河田の事件の糸口が見えない中、凶器が一致したらマスコミが大騒ぎを始め、警察は批判を一身に集める。上田が言った新しい任務とはなにか。また騒動の渦中に放り込まれるのか。そう考えた途端、ガラケーを握る手に嫌な汗が滲んだ。

7

「鑑取り班からの報告は以上です」

幹部席の刑事課長に向け、中野署の鑑取り担当の警部補が言った。田伏は手元の腕時計に目をやった。時刻は午前八時五一分になった。

捜査本部に詰める約三〇名の刑事たちが地を這うような調べを続けているが、時間だけが虚しく過ぎていく。

この辺りで有力な証言や証拠の類いが見つかれば捜査本部の士気は盛り返すが、現状、そんな気配は微塵もない。

「引き続き、全員で真摯に捜査に向き合ってほしい」

幹部席の刑事課長が苦々しい顔で告げた直後だった。会議室のドアを乱暴にノックする音が響き、すぐに扉が開いた。

「おはよう」

弾かれたように会議室の全員が立ち上がる。本部捜査一課長の上田だ。ゆっくりと幹部席に向かうと、一同を見回しながら言葉を継いだ。

「隣の杉並署管内でまたも殺人事件が発生した。ここの捜査本部が片付く前でもあり、都民の不安な目が我々に向けられている。一日も早い事件解決を望む」

会議室の窓を震わすような声に、田伏を含めた全員が大声ではいと応じ、一斉に敬礼した。

杉並署管内の事件がマスコミ発表されたのは、昨日午後六時過ぎだった。この段階では上田の言った〈傷が酷似〉という情報は開示されなかった。つまり、杉並署の事件についてほとんどなにも語らなかったに等しい。連続殺人であるかどうか、まだ一般の捜査員には明かせない状況なのだ。壇上で捜査員一同を鋭い目線で見回したあと、上田が言葉を継いだ。

「全員気を抜くことなく捜査に当たり、被害者の無念を晴らせ」

下腹に響くような声のあと、上田が顔を会議室の外に向け、大声で入れと言った。

すぐにドアが開き、俯いた若い捜査員が入ってきた。前回は、運転手を仰せつかった本部の若手巡査長だったが、今回は違う男だった。

田伏が若い男から視線を移すと、壇上から上田が目配せしているのがわかった。その目は廊下に出ろと言っていた。田伏は会議室の後ろ側から廊下に向かった。横目で見ると、捜査員たちを叱咤しながら、上田も同じように廊下へ歩いているのがわかる。

そっと扉を開け、田伏は廊下に出た。ほぼ同じタイミングで上田が現れ、廊下の奥へ行くよう顎を動かした。

田伏は後を追い、廊下の角を右に曲がった。ここから先は中野署の生活安全課の部屋に通じるエリアだ。

「悪いな、こそこそさせて」

先を行く上田が足を止め、言った。

「昨日の電話の件ですね？　検視官の見立てはどうなんですか？」

「検視官のほか、司法解剖した監察医からもほぼ同一だとの見立てが出た」

上田が低い声で言った。

「なぜ、未発表なのですか？」

「被害者(マルガイ)が違いすぎる」

田伏は今朝、自宅マンションで目を通した在京紙の見出しを思い起こした。

杉並署管内、ＪＲ高円寺駅からほど近い住宅街で、中年のタクシー運転手の刺殺体が発見された。

「中野の一件で犯人(ホシ)が遺棄した凶器を別の人間が使った可能性もある」

たしかに事件発生からまだ時間が経っていない。幹部捜査員としては、様々な状況を勘案し、多数の捜査員が吸い上げてきた情報を加味した上で二つの事件の関連性を見立てたいのだ。

「鑑識の見解は？」

「半々だ」

刺し傷の角度、人体に入った深さ等々、鑑識課員は検視官や監察医とともに精緻に分析する。その道のプロ達が同一犯と断定できなかった以上、同じ凶器の可能性があるとはいえ、情報は厳重に管理されねばならない。

「こんな厳重保秘の情報をなぜ俺に？」

田伏が言うと、上田が声を潜めた。

「頼みたいことがある」

上田が田伏の肩越しに廊下の先、捜査本部がある会議室の方向に目をやった。田伏は上田の視線をたどりながら、振り返った。会議室の扉の前で若手の捜査員が所在なげに立っていた。

「ちょっとこっちへ」

上田に呼ばれた男が、田伏の傍に駆け寄った。本部では会ったことのない捜査員だ。所轄署から本部に上がったばかりなのか。

「こいつは俺がＳＩＴ（特殊犯捜査係）の管理官だったころ、部下だった田伏だ」

田伏の肩を叩きながら、上田が若い捜査員に言った。

「田伏、彼は生安から来た長峰だ」

田伏が目を向けると、若い捜査員はおどおどしながら警察手帳を開いた。

〈巡査長　長峰勝利〉

巨軀で体育会系警官の見本のような若宮と接していたため、長峰という巡査長に違和感を覚えた。不安げな目線と細身の体がまず警官らしくない。秋葉原のアニメ関係のショップをハシゴしているマニア系の雰囲気がある。長峰はしきりに前髪をいじっている。神経質そうな男だ。

「実は、長峰は昨日から一課に異動になった」

「よろしくお願いします」

上田が告げたあと、消え入りそうな声で長峰が言った。

「捜査は全くの素人だ。生安のサイバー犯罪対策課にいた人材でな」

「サイバー犯罪対策課って、ハッカーとか、不正アクセスとかを扱うあの部署ですか？」

田伏が訊くと、上田が頷いた。一方、長峰は居心地悪そうに肩をすぼめた。

「長峰は元々民間のＩＴ企業でエンジニアを務めていた。一年前に本部に採用され、以降はサイバー犯罪捜査官として活躍してきた」

上田の言葉を聞きながら、長峰がかすかに頷いた。

「田伏、よろしく頼む」

いきなり上田が頭を下げた。

「どういうことですか？」

田伏が首を傾げると、長峰が申し訳なげに頭を下げた。

「生安総務課に同期がいてな。長峰を預かった」

生活安全部の総務課といえば、大所帯の捜査方針を企画立案する、部の頭脳に当たる部署だ。

「サイバー犯罪対策課は今までずっと専用部屋に籠って仕事をしてきた。バーチャルな世界から出て、そろそろ実地で捜査のノウハウを養うべきだと上層部が決めた。長峰はその第一号というわけだ」

上田が言うと、傍らの長峰が項垂れた。望んでいない異動であることは明白だ。

「それでは俺はなにを？」

「しばらくの間、長峰の指導役を頼む。長峰と一緒に、新規で発生した事件（ヤマ）の捜査本部（ちょうば）に出向き、生（なま）の捜査のなんたるかを教えてやってほしい」

「どの程度の期間でしょうか」

田伏が言うと、上田の目つきが鋭くなった。一方で、普段の野太い声ではなく、消えいりそうな声だ。

「おまえはまだリハビリの途中、無理をさせるわけにはいかんのだ。それに長峰も生安で周囲と馴染めず浮いていた。一年ちょっとで辞められたら困るから、環境を変えてみることにした」

やはり、特殊な事情が神経質そうな青年の背後に潜んでいた。田伏が口を開きかけると、上田が廊下の奥へ目を向けた。ちらりと目をやると、運転手役の若い巡査長が駆け寄ってくる。

「これから杉並の捜査本部へ行く。おまえたち二人も一緒だ」

長峰を見ると、下を向き、手の中のスマホをしきりに操作していた。警察官然としていないのは、見てくれだけではない。直属の上司、それも現場捜査員にとっては雲の上の存在とも言える上田の横で、長峰の振る舞いは無礼に当たる。

サイバー捜査官でネットの扱いには慣れているかもしれないが、ここは殺人事件を扱うリアルな世界であり、とりわけ捜査員同士の連携が事件の解決には不可欠だ。スマホなんか片付けろ……田伏がそう言いかけたときだ。

「行くぞ」

上田が低い声で告げた。

前の部署でなんども日の当たる場所をあてがってくれたうえに、あの一件以降、強行犯捜査係に引き戻してくれた恩人には逆らえない。鞄を取ってくると運転手に告げ、田伏は慌てて会議室に駆け込んだ。

8

「起立！」

上田の後に続いて田伏が杉並署の地下一階にある道場に入ると、野太い声が周囲に響き渡った。日頃、杉並署員が剣道や柔道の練習で使う畳敷きの道場には深緑色のシートが敷かれ、折りたたみの机と椅子が並んでいる。

所轄署管内で凶悪事件が発生すると、署内の会議室か道場がにわか仕立ての捜査本部に早変わりするのが常だ。道場の隅に目をやると、複数の給湯ポットや給水機が据えられ、その脇にタワー状に積まれた紙コップ、そして段ボール箱に入ったカップの麺や焼きそばがあった。昨夜から泊まり込んだ捜査員も少なくないのだろう。

田伏の前を上田が足早に幹部席へと進む。すると、上田を凝視する三〇人分の視線が次第に自分と背後にいる長峰に集まるのがわかった。幹部席には、青い制服姿の杉並署の署長、夏物のスーツを着た刑事課長が緊張した面持ちで控えている。

「おはようございます」

刑事課長の隣に座っていた青年が立ち上がり、上田に頭を下げた。今回の事件を担当する本部の第五強行犯捜査・殺人犯捜査第八係のキャリア管理官、秋山修吾(あきやましゅうご)だ。中京地区の県警捜査二課長から転任してきた三〇代初めの警視だ。キャリアは青白い顔のエリート然とした人間が多いが、この若手幹部は真っ黒に日焼けし、髪型は今風の刈り上げスタイルだ。

「田伏たちは一番後ろにいてくれ」

上田が小声で言った。田伏は、目にかかった髪を気にする長峰を伴い、道場の最後列の席に向かった。田伏と長峰が座ったのを確認すると、上田が咳払いし、口を開いた。

「短期間で二件、殺人事件(ころし)が発生した。都民の安全を守りつつ、治安に関する不安を払拭するよう、犯人(ホシ)検挙に向けて全力を尽くせ」

道場に集まった捜査員全員が低い声ではい、と応じた。

「管理官、現場(げんじょう)の説明および捜査の進捗状況を聞かせてくれ」

秋山が杉並署の若い捜査員に目配せした。若い捜査員が壁にある電灯のスイッチを切り、道場が真っ暗になると同時に、幹部席横の白い壁を簡易プロジェクターの青白いライトが照らす。

「本件被害者(マルガイ)は平岩定夫、年齢は四五歳。職業は株式会社リラックスオートに勤務するタクシー運転手です。現住所は東京都板橋区蓮根……、本籍は福岡県福岡市博多区……」

壁には、黒いセルのメガネをかけた中年男の顔写真が大映しにされていた。分厚い近眼のレンズの下に団子鼻、白い歯を見せて笑っている。タクシー会社が営業車に掲示する顔写真のようだ。

「発見されたのは、杉並区高円寺南三丁目……。近隣のアパートの清掃にきた専門業者の一人が第一発見者」

住所を告げると、顔写真が地図に切り替わった。地図の上部にはJR高円寺駅があり、その下に駅前のバスロータリー、隣接するアーケードの商店街の見取り図が表示された。

「被害者の発見場所は、商店街から住宅街に続く細い小路で……検視官の見立ておよび監察医による司法解剖の結果、死亡推定時刻は昨日の深夜から未明、午前一時から同三時頃……」

画面が切り替わった。番地表示が高円寺南三丁目の別の番号となり、壁に詳細な住宅地図が拡大表示された。

「監察医によれば、凶器は刃渡り二〇センチ未満のナイフ、または包丁。背中と腹部にそれぞれ二カ所ずつ。致命傷となったのは腹部の二カ所と推察される」

秋山は淀みなく言ったが、一瞬両目が上田に向いた。

「それでは、現場周辺の状況について説明する」

秋山がJR高円寺駅周辺の地理について話し始めた。

高円寺にはなんどか捜査で行ったことがある。駅のガード下やその周囲には昭和の趣を色濃く残す飲食店街や小さなライブハウス等々がひしめき合う。新宿という一大ターミナルからわずか四駅の場所にあるが、副都心のような高層ビルや小洒落た店舗は少なく、下町風情が残る生活感に溢れたエリアだ。

タクシー運転手の平岩という被害者が発見されたのは、駅の南口から東京メトロの新高円寺駅に通じる商店街のはずれを西側に逸れた場所だ。

業務中ではなく、私用で高円寺を訪れていたのだという。

「まずは地取り班の報告を」

秋山に促され、幹部席の真向かいにいた中年のポロシャツの捜査員が立ち上がった。

「被害者発見の通報から三〇分後、本部のＳＳＢＣによって周辺一キロ四方の防犯カメラの映像が回収されました」

　中野坂上で発生した河田の一件と同じだ。

「ただし、今のところ確認できているのは、地元商店のバンや宅配便の軽トラック、住民や学生らばかりでした」

　聞き取ったことをメモに記したあと、田伏は新たに一課に加わった長峰がどんな反応をしているのか気になった。

　田伏が隣の席を見ると、長峰は両手でスマホを持ち、猛烈なピッチで文字を打ち込んでいた。おい、と言いかけて田伏は口を噤んだ。

　娘の麻衣と一緒で、この長峰という今時の青年も会議よりスマホに夢中なのだ。捜査のいろはを教え込む前に、社会人としてのマナーを叩き込まねばならないのか。

「現在、SSBCがさらなる分析を急いでおりますが、六〇カ所以上の映像にめぼしいものはないとの報告を受けています」

「ハイテクがダメなら、直当たりの方はどうなんだ？」

　管理官の横で腕組みしていた上田が低い声で尋ねた。

「本部と杉並で計二〇名のチームを編成し、駅前、商店街、そして住宅地を手分けして回りましたが、今のところ有力な目撃情報はありません」

申し訳なげにポロシャツの捜査員が告げた。

「被害者（マルガイ）の鑑はどうだ？」

上田が不機嫌そうに言うと、グレーの半袖ワイシャツを着た本部殺人犯捜査第八係の警部補が立ち上がった。

「被害者は一年半前にタクシー運転手になったばかりです。前歴は……」

壁の画像が再び平岩の写真に替わった。八係の警部補は、机に置いたメモを読みながら説明を続けた。

平岩は福岡市博多区で生まれ育ち、地元県立高校を卒業したあと大手自動車メーカー系列のディーラーに就職し、営業マンとして三年を過ごした。

その後、ずっと憧れていたという東京に出て、新宿歌舞伎町の大手キャバレーのボーイとして住み込みで働き始めたという。

「被害者はキャバレーのボーイ、いわゆる黒服を一五年勤め、副店長まで昇格。その後、新宿区内の不動産会社オーナーを後ろ盾に独立。ホステス一〇名程度を常時雇う小規模なナイトクラブを経営していました」

中野坂上で殺された河田は、六本木のキャバクラに勤務していた。同じような水商売だ。二人の間になんらかの接点があるのではないか。

「水商売時代の怨恨は？」

上田が八係の警部補に質問を投げかける。

「なにぶん事件発生直後でして、関係者の割り出しが進んでおりません」

八係の警部補が淡々と報告した。その後、日焼けした秋山管理官が立ち上がった。

「わかっているのはこの程度です。犯人の早期検挙に向け、捜査本部一丸となって調べを進めます」

「くどいようだが、中野の一件の直後に残忍な殺しが起きた。絶対に許されないことだ」

下腹に響き渡るような上田の低い声だった。道場に集まった全員が立ち上がり、敬礼した。

田伏も皆と同じように立ち上がったが、隣の長峰の反応が遅れた。

「おい、敬礼だ」

田伏が言うと、長峰が慌てて立ち上がり、一拍遅れて頭を下げた。

「すみません」

長峰が消え入りそうな声で言ったときだった。

「みんな、聞いてくれ」

幹部席で上田が言った。

「少し変則的になるが、第四の田伏と、生安から異動して来た長峰に、あちこちの捜査本部(ちょうば)

を行き来させることにした」

上田が言うと、前方にいた杉並署と八係の計三〇名が一斉に振り返った。

「あの……」

上田の隣で、秋山が戸惑いの声をあげた。

「田伏は以前SITにいたが、しばらく休んだ後半年前に第四に復帰した。元々強行犯捜査のベテランだ。長峰はサイバー犯罪対策課にいたが、実地で捜査のノウハウを得るため、しばらく俺が預かることになった」

「わかりました」

秋山が短く言った。その声音からは快く思っていないことは明白だ。同時に八係の面々の一部が声を潜め、自分を見ているのがわかった。次第に拳の中に嫌な汗が湧いてくる。

「中野と杉並の鑑取りの手伝いという位置付けで頼む」

上田が告げると、秋山が杉並署の刑事課長と顔を見合わせ、ゆっくりと頷いた。上田は幹部席から道場の引き戸の方へ向かった。田伏は慌てて立ち上がり、別の扉へ駆け寄った。背中に捜査本部にいる全員の視線が集まっているのがわかる。掌だけでなく、背中全体に汗が流れる。力いっぱい引き戸を開けると、ちょうど一階へ上がろうとする上田がいた。

「課長、いきなりすぎますよ」

「あと半日ほどの辛抱だ。俺の読みでは、例の凶器は一致する」

上田が低い声で言った。

「凶器が一致すれば、中野と杉並は否が応でも連携せざるを得ない。そのとき、おまえには扇の要になってもらう」

「しかし……」

「例の件で心底応えたのはわかっている。だが、そろそろ現場の勘を取り戻してもらわんとな」

今まで有無を言わさぬ口調だった上田が、口元に笑みを浮かべていた。

「長峰をよろしく頼む」

新たな相棒の名を聞いた途端、田伏は我に返った。自分の身の処し方に気を配るだけでなく、素人の面倒もみなければならないのだ。

「あの手の若手というか、オタクっぽいのはどうも苦手でして」

田伏が本音を漏らすと、上田が首を振った。

「ちょっと変わり者だが、見所はあるらしい。犯罪者の心理を実地で会得できれば、最強のサイバー捜査官になれる」

ばんばんと田伏の肩を叩くと、上田は駆け足で階段を上っていった。遠ざかる上司の後ろ姿を見送ったあと、田伏はすごすごと道場に戻った。

　捜査本部では、今後の捜査方針について打ち合わせが始まっていた。

　道場の後方に目を向けると、神経質そうに前髪をつまんだ長峰が、手元の大きな画面のスマホを凝視していた。

「長峰。ちょっと、いいか？」

「なんでしょうか？」

　長峰が間の抜けた声で応じた。新しい相棒の肩に手を置くと、田伏は声を潜めた。

「捜査会議の間中、ずっとスマホを見ていただろう」

「そうですけど」

「うちの中二の小娘じゃあるまいし、みっともないぞ」

　田伏が言うと、長峰が首を傾げた。

「お言葉ですが、仕事していましたよ」

　長峰は子供のように口を尖らせた。

「ずっとスマホだったじゃないか」

「ゲームじゃありません」

　長峰がスマホを田伏の眼前に差し出した。液晶画面を見ると、メールの画面が立ち上がっていた。画面の上半分には宛先や差出人のアドレス、件名を打ち込む欄があり、下半分には矢印やバツ印、改行などのファンクションに挟まれたひらがなのキーボードがある。

「会議のメモを自分宛にメールしていました」

不服そうな言いぶりで、長峰がスマホを手元に引き寄せた。ついで、猛烈な勢いで画面を下方向にスクロールする。覗き込むと、細かい文字がびっしりと並んでいた。上田、秋山管理官の言葉のほか、高円寺の番地や被害者の名前も書き込まれている。

「まさか、あの状況で？」

「こちらの方がずっと速いですから。それより、田伏さんって、結構大変な目に遭われた方なんですね」

「なんだ？」

長峰が画面を切り替えたと同時に、田伏は立ちくらみに似た感覚に襲われた。

9

〈ネット民の善意の拡散が人質を殺した！〉

一年半前、田伏が巻き込まれた騒動が長峰の手の中のスマホ画面にあった。

〈警視庁、まさかの事態に困惑＝誘拐捜査に限界も〉

〈拡散希望！　これが間抜け刑事の顔だ〉

先ほどは背中を汗が流れ落ちたが、今度は額にじっとりと脂汗が浮かんだのがわかった。次第に呼吸が苦しくなる。

「この一件で俺はＳＩＴを外された」

なんとか声を絞り出すと、田伏は道場の隅にあるパイプ椅子にへたり込んだ。触れられたくない傷だ。

「色々と心中お察しします。大丈夫ですか？」

長峰が隣の椅子に腰を下ろし、言った。顔を向けると、言葉とは裏腹に長峰の口元に薄ら笑いが浮かんでいた。

「なんでもない」

田伏はムキになって言った。鼓動が激しくなっていくのを感じる。両手で髪をかきあげると、掌にべっとりと汗が付いた。医者に教えられた通り、大きく息を吐き出し、次いで吸い込む。同じことを二、三度繰り返した。心拍数が徐々に下がっていく。

「生安の上司が田伏さんをケアしてほしいって言っていたのは、このことだったんですね」

長峰が感情のこもらない声で言った。

「おまえに心配してもらうようなことじゃない」

「でも、苦しそうですよ」

長峰の口元が歪むと同時に上田の言葉が頭をよぎる。生安の中で、周囲に馴染めず、浮いていたという長峰は、蔑んだような目で自分を見下ろしている。

「大丈夫だ」

もう一度深呼吸し、田伏はなんとか顔を上げた。長峰の手前強がってみたものの、まだ後頭部が鈍い痛みを訴える。瞳の奥に刺激的な見出しがなんども行き来し、耳の奥に浴びせられた罵声が蘇った。額から汗が滴り落ちる。

「ネット社会が広がっているのに、警視庁はこの世界の本質を理解していません。田伏さんはある意味、一番運の悪い被害者だったんですよ」

スマホの画面を睨みながら、長峰が言った。

「被害者は、亡くなった人質だ。俺なんか大したことはない」

「捜査マニュアルをバージョンアップしていなかったなんて、怠慢ですよ」

スマホの中にある記事を読んでいるのだろう。長峰が不満げに言った。小馬鹿にしたような目線を田伏に向ける一方、長峰は警視庁の不備を真剣に憂えている様子だ。今までに会ったことのない人種で、つかみどころのない男だと思った。

一年半前、世田谷区成城のお屋敷町で誘拐事件が発生したとき、田伏は思いもよらぬトラブルに巻き込まれ、心を壊した。

誘拐事件の概要はこうだ。

成城に大きな一軒家を構える裕福な美容整形外科医の一〇歳の娘が、私立小学校からの下校時に男三名からなる犯人グループに誘拐された。

いつも真面目に出ていた進学塾を欠席したことから、講師が不審に思い母親の携帯を鳴らした。たまたま塾をさぼったのかもしれないと母親は判断し、同級生や親戚に連絡したが、娘の行方はつかめなかった。

通常の帰宅時間になっても家に戻らないことから母親は父親と相談。捜索願を出そうとしたタイミングで、犯人グループから家の固定電話に連絡が入った。

犯人が要求したのは現金一億円だった。

〈警察に通報したら娘を殺す〉

〈朝までに使い古しの一万円札をスポーツバッグ三つに分けて用意し、指示があったら母親が自家用車のEクラスのベンツのワゴンで運べ〉

刑事ドラマか映画のワンシーンのように、ボイスチェンジャーで声音を機械のように変えた電話だったという。

電話の直後、父親のスマホに動画が添付されたメールが届いた。カーテンで目隠しされたワンボックスカーの車内で撮影された娘の姿だった。後部座席に座る娘は不安げで、その横には目出し帽を被った男がいた。

日頃、新聞の社会面や週刊誌をよく読んでいたという父親は、自分たちの手に負える事柄ではないと即座に判断し、一一〇番通報した。このとき、田伏は所轄署の成城署に急行した。日頃から企業恐喝や誘拐、立てこもりを想定して訓練を積んできた。田伏は成城の医師宅の近隣を捜査する役目を、当時の第一特殊犯捜査係（SIT）筆頭管理官だった上田から割り振られた。

第一係からは田伏を含めて二〇名の捜査員が周辺捜査に当たった。周辺捜査とは、医師夫妻の交友関係や人質となっている娘の鑑を洗う作業だ。

犯人グループは綿密に計画を練っていた公算が大きい。父親の美容整形外科医に恨みを抱く者、手術で失敗してトラブルになっている患者がピックアップされたほか、夫人のランチ会、テニスやヨガのグループのメンバーにも捜査対象が広げられた。

田伏は娘が立ち寄る可能性がある母親の妹二人の自宅、そして娘と仲の良い同級生三名の自宅を回り、手がかりを探した。

「トラブルのきっかけはなんだったんですか？」

スマホの記事を睨んだまま、長峰が言った。

「被害者の同級生の家だった。善意の塊みたいな息子が発端だ」

田伏は強く首を振りながら答えた。

「家出かもしれないし、友達の家で思いの外時間が過ぎただけかもしれない。そんな風に前置きして、慎重に話を訊いていた」

そう話した途端、胃液が口中に逆流した。

「本当に大丈夫？」

「……ああ」

完全に心をゆるしたわけではないが、新しい相棒には全てを話し、人間関係を作らねばならない。田伏は意を決して言葉を継いだ。

文京区音羽、大塚署に近い高級マンションの一室だった。田伏は白いブラウスを着た同級生の母親と対峙し、手がかりを探した。母親のほか娘にも心当たりがないか尋ね続けた。

好きなアイドル、読書傾向のほか、学校帰りに立ち寄りそうな場所を訊いた。このほか、通学路に不審者がいないか尋ねたとき、高校生の長男が帰宅した。度々妹のところに遊びにきたという被害者に関し、長男は熱心に話を聞いてくれた。ところが、一〇分ほど経つと、長男は探るような目つきで田伏を見て言った。

〈もしかして家出じゃなくて、誘拐？〉

長男は警察ドラマや警察小説のファンだと告げると、持っていたスマホのカメラで田伏の顔を撮影した。

〈誘拐だったら大変だからさ、もっと広く情報を募ったほうがいいよ。こう見えて俺のフォロワー六〇〇人いるから〉

田伏がツイッターとはどういうものか尋ねようと口を開いたときだった。長男は田伏の顔写真入りの短文をインターネット上に投稿した。

〈大至急拡散希望！　私立平和女学園小学校四年生の……〉

長男は、行方が分からない少女が誘拐された可能性があることに触れ、同時にその証拠として警視庁の刑事が自宅に来ている旨をアップしたのだ。

ネット上に様々な投稿サイトが存在することは知っていたが、普段使っているのはガラケーで詳細は知る由もなかったし、興味もなかった。

〈刑事さん、ほら、威力抜群だよ〉

長男が田伏の顔の前にスマホを差し出した。

〈ここ見てよ。投稿してから一分も経たないのに、四五件もリツイートされたよ〉

長男は先ほどの投稿文の下を指した。〈↻〉の記号の脇に四五の数字があり、見る見るうちに数字が増えていく。

〈リツイートってなんのことだい？〉

〈投稿に共感したネット上の人が、情報を拡散させているわけ〉

長男が言った拡散という言葉が、田伏の耳に鋭い錐を突き立てた。

目の前のスマホの画面上で、先ほどまで四五件だったリツイートの数がさらに増えていく。

ガソリンスタンドの給油量を示すメーターのようだった。

血の気が引くという感覚を実際に経験した。増え続けるカウンターの数字を横目に見ながら、田伏は必死で長男を説得した。

万が一誘拐だとしたら、犯人グループがこの投稿を見て少女に危害を加えるかもしれない。削除してほしいとの説得を長男が聞き入れてくれたのは、投稿を済ませてから五分後だった。

田伏が安堵の息を吐き出したとき、背広のポケットに入れていたガラケーが鈍く振動し始め、本当の悲劇が始まった。

投稿は削除されたものの、たった五分でリツイートは三〇〇件を超えた。長男の投稿に賛同してリツイートしたネットユーザーだけでなく、新たに警視庁本部の代表番号に誘拐事件の有無を尋ねる向きも増えた。

成城の一件は、警視庁と記者クラブとの間で誘拐事件発生に伴う報道協定が成立していた。人命第一という趣旨で、報道機関に取材活動を制限してもらう内容だ。犯人グループが新聞やテレビの報道を通じて警察が介在していると知ったら、人質に危害が及ぶ可能性がある。

ネットユーザーの誘拐事件に関する書き込みが急増したのとタイミングを合わせ、警視庁広報課に夕刊紙や週刊誌など記者クラブ外マスコミの問い合わせが入り始めた。

上田管理官をはじめ、他のＳＩＴ捜査員、当時の一課長や刑事部長からの電話もガラケーに次々と着信した。怒声、罵声……一生分の非難を浴びた。

投稿自体は削除されたが、ネット上では田伏の顔写真入りの短文がコピーされ、拡散され続けた。いつしか、田伏は誘拐に関する機密情報を漏らした無能な刑事とのレッテルを貼られた。

拡散騒動から三日後、少女は多摩川の河川敷で絞殺死体となって発見された。ＳＩＴの懸命な捜査により犯人グループは遺体発見から一週間後に全員検挙された。しかし、取り調べ時の供述が田伏にだめ押しとなった。

〈ツイッターで警察が動いていることを知り、少女を殺した〉

その後、田伏本人だけでなく、警視庁捜査一課全体への風当たりが急激に強まることになった。誘拐事件発生時のマニュアルにネット対応の項目が加わることになったが、そのきっかけとなった田伏はSITを追われた。顔写真が世間に流布したことで、今後の捜査に支障をきたすと判断されたのだ。

〈娘を生き返らせろ！〉

謝罪で家に出向くと、父親の医師がテーブルにあった週刊誌を投げつけた。ひたすら頭を下げ続けるも、父親の罵声は止まなかった。

母親はリビングの隅に座り、犠牲となった娘のランドセルを無言で撫で続けていた。罵声よりも母親の憔悴(しょうすい)し切った姿を見ることの方がきつかった。自分も麻衣という娘を持つ父親であり、子供を失うことの辛さはわかっている。だが、親が一番応える子供の死の原因を、まさに自分が作ってしまったのだ。

娘の名を呼び続ける母親のかすれ声は、今も時折夢に出てくる。その度に、田伏は脂汗を流し、眠れなくなる。

「独りよがりの善意はたちが悪いからな」

田伏が下唇を噛んでいると、長峰がぽつりと言った。

「そうだな」

初めて新しい相棒に同意した。

「人のためとか言っても、結局は自己満足のためにやっている連中ばかりだ。正義だの善意なんてくそ食らえだ」

長峰が吐き捨てるように言った。あの日を境に、インターネットという言葉を聞くと心がざわつくようになった。身体的にも蕁麻疹が出て、偏頭痛が続くようになった。SITを追われ、一カ月間の休職処分となった際、心療内科を訪れた。医師の診断はPTSD（心的外傷後ストレス障害）だった。

長峰が悪気なく引っ張りだした過去の記事に触れた途端、治っていたはずの症状が表れた。SITから第四強行犯捜査に転属したときは、古傷は痛まなかった。だが、実際問題として病は完治していない。田伏は背広からハンカチを取り出し、顔に浮かんだ脂汗を拭った。

「これからどうするんですか？」

田伏の様子を見ていた長峰が言った。いつの間にか、薄ら笑いが消えている。だが、まだその本心はつかめない。

「ひとまず、管理官の指示を仰ぐぞ」

パイプ椅子から立ち上がるが、立ちくらみを感じる。懸命に頭を振り、田伏は長峰を伴って道場の幹部席に歩み寄った。

「上田一課長から指示されました。鑑取りの手伝いをさせていただきます」

日焼けした秋山管理官は、地取り・鑑取り両班から吸い上げた情報を制御するデスク班の警部と打ち合わせしていた。田伏を見上げると、秋山が口を開いた。

「恐縮ですが、鑑取り班の陣容は固まっています。それに、田伏さんはまだ完全に回復されておられないようですから、捜査本部でゆっくり体を休めていてください」

秋山は無理やり作った笑顔で言った。

「しかし、新任の長峰を実地で訓練せよと一課長に指示されております」

「事前に話をうかがっておりませんでしたから、唐突に言われても困ります。今日のところは中野署に戻られてはいかがですか」

口調と表情は穏やかだが両目は笑っていない。いや、雄弁に迷惑だと言っていた。

「わかりました」

こみ上げる怒りを懸命に抑え込み、田伏は言った。

「長峰、引き揚げるぞ」

「でも……」

長峰が前髪に触れながら言った。

「いいから、中野へ行く」

田伏は秋山に一礼し、道場の出口へ向かった。

10

東京メトロ丸ノ内線に乗り、田伏は長峰とともに南阿佐ヶ谷駅から中野坂上駅にたどり着いた。薄暗い階段を上り、青梅街道に面した出口に出た。

「降り始めましたね」

額にかかった前髪を捻りながら、長峰が不機嫌そうに言った。

「少し歩いてから中野署の本部に戻るぞ」

「この雨の中を？」

「まだ現場を見ていないだろう。現場百回だ」

田伏は、捜査のいろはとして語り継がれる有名な格言を持ち出した。手がかりに乏しく、迷宮入りの気配が濃厚となっても、事件現場に百回通えばなんらかの答えを導くことができる……そんな風に田伏が伝えると、長峰は露骨に眉根を寄せた。

「ちょっと待ってもらっていいですか？」

長峰は近くのドラッグストアに駆け込み、一〇〇円のビニール傘を二本買ってきた。

「朝、自宅を出るときに三〇分かけて癖毛を伸ばしました。少しの雨でもグネグネになって気持ちが悪いんですよ」

「おまえの髪型なんか誰も気にしちゃいないよ」

田伏が言うと、長峰が口を尖らせた。

「本人は嫌で仕方ないんですよ」

傘をさすほどの雨か。田伏は短く刈った白髪交じりの頭を乱暴に手で拭ってみせた。たちまち長峰の表情が曇る。

「とにかく、傘は必要です」

新しい相棒の声を聞きながら、田伏は雨空を見上げた。

梅雨特有のミストシャワーのような水滴が降りしきる。空を見上げると中途半端な灰色で、気が滅入りそうだ。時刻は午後三時、まだ暗くなるような時間ではない。このまま雨足が強まって本降りとなれば、中野の河田殺しの手がかりが根こそぎ流され、道路脇の側溝に消えてしまうような気がした。

「いいから行くぞ」

嫌がる長峰を引き連れ、田伏は青梅街道を西方向に歩いた。

「鑑識が全部調べたあとですよね」

長峰が不満げに言った。

「鑑識の調べに落ち度はないはずだ」

「それならなぜ今さら？」

「見落としたことがあるかもしれない。俺たち二人は宙ぶらりんで気楽な立場にいる。地取り班とは別の見方ができるかもしれん」

自分に言い聞かせるように呟いた。精鋭たちがしゃかりきになっている分、自分は一歩引いた目線で事件を見渡す。長峰にいろはを教える中で、自分の捜査の勘も戻ってくるかもしれない。

「ここを曲がるぞ」

駅から二、三分ほど歩いた地点、青梅街道沿いにある古い米屋の角を右に折れる。道の左側には米屋の古い倉庫と住居があり、右側は二階建ての古いアパートが建っている。その間を、車一台がようやく通れるほどの小路が北に向かって延びる。

「昼間でも薄暗い場所ですね」

「犯行時刻の午前二、三時ならばなおさらだ」

田伏は答えながら周囲を見回した。防犯カメラ映像解析の専門部隊であるＳＳＢＣや地取り班が苦戦しているように、青梅街道から小路に入る手前、ドラッグストアの店先にしか防犯カメラは設置されていなかった。一日中明るい都会の真ん中で、この場所は貴重な暗がりと言い換えてもいい。

所々に小さな水溜りが出来始めた小路を、田伏はゆっくりと歩いた。昼間でも通行人は少ない。

通りを二〇メートルほど進むと、ブロック塀が見え始めた。灰色の塀には、わずかに黒ずんだ痕跡がある。大量の血液が飛散した跡は、鑑識作業終了後に地元住民たちが丹念に洗い流したという。しかし、コンクリートに染み込んだ血液の飛沫は未だ目視できる状態だった。

「長峰、北の方向、通りの先に顔を向けて立っていてくれ」

田伏が指示すると、長峰が不承不承通りの真ん中に立った。

「こう、ですか？」

長峰がわずかに顔を後方に向けた瞬間、田伏は右手の拳を握りしめ、突進した。

「なにするんですか！」

長峰の叫び声と同時に、田伏はその背中に拳を押し付けた。長峰の顔が驚きで歪み、ビニール傘が吹っ飛ぶ。

「今、おまえを刺した」

そう言うと、田伏はもう一度、拳を長峰の背中に突き立てた。長峰が傘を放り出したまま、肩をこわばらせている。ぽかんと口を開け、振り返った長峰に対し、田伏はもう一度ナイフを握る恰好をまね、腹を突いてみせた。

「もう一丁だ」

今度は長峰の胸部を狙って拳を二回突き立て、最後に背中に拳を当てた。田伏は大げさな動作でこれを引き戻してみせた。田伏は次にブロック塀を指した。

「振り返って驚いた被害者（マルガイ）が手を払ったか、それとも犯人（ホシ）が刃に付いた血を振り払ったはずだ」

順手でナイフを握るふりをしながら、田伏は見えない刃物をブロック塀に向けて振ってみせた。

「ここに細かい黒い染みがあるのがわかるか？」

田伏は長峰をブロック塀の縁に手招きした。

「これは刃物に付着した血が飛んだ痕跡だ。鑑識のプロは、この付着した血の角度を精緻に分析し、犯人の腕の長さ、ひいてはおおよその身長まで割り出している」

田伏は小路に落ちたビニール傘を拾い上げ、長峰に渡した。今まで髪が濡れることを極端に嫌っていた長峰は、あっけにとられた様子で田伏を凝視していた。

「そしてもう一点」

田伏はブロック塀に残っていた薄いチョークの跡を指した。

「なにがあるんですか?」

「この傷を見ろ」

田伏は自分の人差し指の先を凝視した。小さく丸く囲ったチョーク跡の中心に、引っ掻き傷のように小さく抉(えぐ)れた箇所がある。

「鑑識によれば、最初の攻撃のあと、被害者と犯人はここで揉み合った。その際、どういう形かはわからんが、鋒がブロック塀に当たった」

「それがどうしたんですか?」

「背中の傷には、鋒が曲がったナイフの痕跡があったそうだ。わずか一・五ミリだが、有力な手がかりだ」

田伏の言葉を長峰が怪訝な顔で聞いていた。

「高円寺の刺殺事件もナイフ状のものが凶器でしたよね。もしや同一犯ですか?」

「上田さんはその可能性が高いと踏んだ。だから俺とおまえに宙ぶらりんな形で二つの捜査本部(ちょうば)を掛け持ちさせた」

田伏は言葉に力を込めて言ったが、長峰の反応は今ひとつだ。よほど犯行を再現したことが驚きだったようだ。

「若いのに気の毒だな」

ブロック塀の下に、菊の花束が二、三手向けてあった。花束の上で両手を合わせると、田伏は改めて周囲を見回した。

「防犯カメラの類いがない。なぜ被害者は深夜にこんな寂しいところに来た？」

中野署の捜査本部に配属され、なんどかこの現場を訪れた。地取り班やSSBCが入念に調べをしたあとだけに、新たな手がかりが簡単に見つけられるわけではない。しかし、現場に立つと、身が引き締まる。この場所で人が一人殺されたのだ。その事実は、捜査経験のない長峰にも役立つはずだ。

「カメラがない場所を選んだんじゃないですか？」

いつの間にかスマホを取り出し、長峰が画面を見つめていた。

「そうだとしたら、やっかいな犯人だな」

田伏が唸るように言うと、長峰がスマホの画面を向けた。

「なんだ、これは？」

「ベンチャー企業がリリースした地図アプリのベータ版ですよ」

「見本みたいなものか？」

「地図アプリは今やスマホの必需品ですが、これは半径一〇〇メートル以内に設置された監視・防犯カメラの類いをGPSとリンクさせた優れものです。地図上にある黄色い星のマークがカメラの設置場所です」

「そんなものができているのか。ベンチャー企業とは、民間ということだな」

田伏の言葉に長峰が頷いた。

「誰でも使えるアプリです。捜査の常套手段を見抜いた犯人なら、それくらい考えるかもしれません」

長峰の言葉を聞いた途端、田伏の頭の中に杉並署の捜査本部で目にした高円寺駅周辺の細かな地図が浮かんだ。

11

大久保通りから二筋入った古い住宅街で、粟野大紀は竹箒(たけぼうき)を持ち、自宅マンションの敷地から隣にある専用駐車場に向かった。

近隣の小学校の終業チャイムが鳴り、低学年の児童たちが帰宅する時間帯が迫る。ウインドブレーカーを羽織った粟野は、マンション脇のゴミ集積場近くに放置された缶ジュースやハンバーガーの包みをつまみ上げ、ポリ袋に放り込んだ。

下町風情を色濃く残す東新宿の一帯は、細い小路が迷路のように入り組んでいる。バブル経済が頂点にあったころ、周辺には不良外国人が住み始め、急激に治安が悪化した。

警察署や自治会が見回りパトロールを行ったほか、粟野らはゴミ出しのルールを厳格化し、不法滞在者に関する情報を共有するなどして、二〇年以上も街の浄化に携わってきた。

定年退職した今は、子供たちの見守りに加え、防犯防火のボランティア活動に積極的に関わる。ポリ袋をゴミ集積場に置き、粟野が顔を上げたときだった。ビニール傘をさし、アウトドア用のハットを目深(まぶか)に被った青年が歩いていた。粟野と同じように薄手のウインドブレーカー姿だ。青年の手にはスマホがある。大方、他愛もないゲームかなにかをやっているのだろう。

「歩きスマホは危ない。この辺は道が狭いからぶつかるよ」

竹箒を足元に置き、俯きながら歩く青年に歩み寄った。粟野の姿を見て、青年は歩みを止めた。

「道に迷ってしまいました」

おどおどと話す青年は、スマホを見ながら言った。粟野が視線の先を見ると、細かい地図が表示され、その中に星印のようなマークが光っていた。

「どこに行きたいのですか?」

「都営地下鉄大江戸線の東新宿駅に行こうと思って。でも雨が降ってきてぼやぼやするうちに、地図と自分の位置がわからなくなりました」

青年は細かい水滴が付いたスマホの画面を手で拭っていた。

「一旦大久保通りまで戻って、スーパー近くの副都心線の入り口から行ったほうがわかりやすい」

粟野はウインドブレーカーのフードをつまみながら、青年が歩いてきた方向を指した。

「二つ目の角を左に行くと、緩い坂道になります。そこを登り切れば、大久保通りに通じる小道と合流します。少し遠回りになるが、副都心線の入り口から通路をたどって都営地下鉄の改札に行くのが確実ですよ」

「ありがとうございます。元々方向音痴なものでして」

青年がなんども頭を下げた。

「なぜこんな新宿の外れへ？」

「今日は久々に休みが取れたものですから、これをやりに」

青年がウインドブレーカーのボタンを外した。すると、首から古いタイプのカメラがぶら下がっているのが見えた。

「ほお、随分と古いフィルム機ですな」

「二、三年前に中古カメラ屋で安いボディとレンズを買いました。店の主人からこの一帯は昔の風情が残っていると聞いたもので」

「キヤノンの古いレンジファインダーですな。たしか、一九五〇年代のキヤノンLですな」

粟野が言うと、青年がなんども頷いた。

「ええ、あまり人気のないモデルです。ニコンの中古よりもかなり割安でしたし、中古といえどもライカなんて夢のまた夢ですから」

はきはきした口調ではないが、青年は嬉しそうに言った。

「最近はあまり手入れをしておりませんが、私も一時フィルムカメラに凝った時期がありましたよ。お若いのに珍しい」

青年が小さく首を縦に振った。

「写真好きの叔父が色々と教えてくれて、見事にはまってしまいました」

「私はニコンのS3、オリンピックモデルを持っています」

「あの東京五輪モデルですか？」

「女房には内緒ですがね、へそくりで買いました」

手作りのオーディオセットのほか、カメラも粟野の趣味の一つだ。ブラックペイントの記念モデルは、今もリビングの防湿庫に入れ、大切に保管してある。

「あの、こんなことを言ったら変に思われるかもしれないのですが」

青年は小声で言った。粟野が首をかしげると、青年が言葉を継いだ。

「同級生の祖父が亡くなり、遺品として大量のカメラとレンズが出てきたそうなんです」

「ほお」

「どうやら専門業者が入ると足元を見られて、かなり値切られるらしいのです」

「まあ、いつの時代もそんな不届きな業者がいるもんです」

粟野の頭の中に、ろくに挨拶をしない中古カメラ専門店の店主の顔が浮かんだ。

「あの、もしよろしければ、ご助言をいただけませんか」

「私が？」

「こんなことをお願いしたら変でしょうか」

青年の声がさらに小さくなった。

「悪友でプロのカメラマンがいます。しかもフィルム機に詳しい男です」

「本当ですか？」

青年の声が一気に晴れやかになった。こんな年寄りでもなにかの役に立つことができる。内気な青年の頼みを無下に断る気にはなれなかった。

「情けは人の為ならず、という言葉があります。私も個人的にご遺品に興味があります」

粟野が言うと、青年の口元に笑みが浮かんだ。

12

中野坂上の現場を再訪したあと、田伏は長峰を伴って中野署捜査本部のドアを開けた。中野坂上の現場は防犯カメラが極端に少ない場所だった。高円寺はどうか。機会を見つけて、チェックしなければならない。

捜査本部の空気は沈んでいた。田伏は若宮の姿を探した。若宮は本部後方の会議机で、大きな背中を丸め、ノートパソコンと格闘していた。

「作業の捗り具合はどうだ？」

田伏は若宮に歩み寄り、肩を叩いた。

「なにぶん数が多いので苦戦しています」

若宮が両手を天井に向けて突きあげ、ため息を吐いた。田伏はノートパソコンの横にある小型プリンター、その周辺に散らばったトランプカード大の写真に目をやった。インスタグラムの各アカウントをプリントしたようだ。

「香西さんと被害者（マルガイ）、共通のフォロワーは見つかったのか？」

若宮は頷いたが、その表情は冴えない。

「二人に共通するフォロワーを二五三人まで絞り込みました」

新宿の人気ショップのカリスマ店員には、八五六一名のフォロワーがいた。売り上げの詳細や何人の接客を担当するのかは知らないが、感情のこもらない愛想笑いを振り撒き、これほど多数の人間に仕事と顔を晒す行為は、田伏には信じがたい。

「些細な手がかりの中から犯人の存在が浮かび上がってくるときもある」

田伏が告げると、若宮が姿勢を正し、頷いた。

「なんの作業ですか？」

タオル地のハンカチで前髪を拭きながら、長峰が訊いた。

「河田さんの鑑取りの一環だ」

田伏は、中野署の鑑取り班が河田の親類縁者や友人、現在の仕事上で出会った人をしらみつぶしに当たっていると告げた。高校時代の友人を当たったあと、アルバイトをしていた六本木のキャバクラ、そして新宿のショップを訪ね、インスタグラムのアカウントに行き着いたと説明した。

「これが彼女のアカですか……」

いつの間にか、長峰がスマホを操作していた。

「被害者にはフォロワーが八万人もいたんですね」

長峰の言葉に若宮が首を振った。

「生前の被害者(マルガイ)のフォロワーは五〇〇人そこそこでしたが、事件が大々的に報道されたことで、急増しました」

若宮の説明に、長峰が肩をすくめた。

「やっぱり、なんちゃっての人だったのか」

長峰の口調には、どこか人を小馬鹿にしたような響きがあった。

「どういう意味だ？」

田伏は長峰を睨んだ。長峰は写真をいくつか取り上げ、蔑むような目つきで眺めていた。

「サイバー捜査の内容は知らんが、パソコンを睨んで犯人(ホシ)を摘発するのと、殺人犯捜査は全くの別物だ。被害者やその仕事を見下すような態度は許さんぞ」

田伏が低い声で告げると、長峰が顔をしかめ、首を振った。

「なにを怒っているんですか。俺は別の観点から見ているだけです」

「別の観点ってなんだ？」

長峰のスマホの画面には、河田のインスタグラムのページが表示されていた。

「彼女のアカウントがどうした？」

「被害者はモデルでしたよね。そこに違和感があるんですよ」

前髪を捻りながら、首を傾げている。

「清楚な正統派の美人だ」

田伏が言うと、長峰が顔を上げた。

「警視庁に入る以前、いくつかのシステム関係の会社に在籍していました。その一つで、エンジニア兼ウェブデザイナーみたいな万屋(よろずや)をこなしていた時期がありました」

ＩＴとかシステム、あるいはウェブデザイナーという職種や肩書きに田伏は一切馴染みがない。それらの横文字業種と万屋という昔の職業を重ねられても、実感がない。

「所詮は半端なエンジニアですが、企業のホームページを立ち上げるくらいのスキルはありますよ」

再び視線を手元のスマホに戻し、長峰は白い指でなんどか画面をタッチし、言葉を継いだ。

「この会社のホームページのセキュリティの設計を手がけました」

長峰が田伏と若宮にスマホの画面を向けた。そこには、ストレートの黒髪で長身のモデルが笑みを浮かべている。田伏が黙って見つめていると、ゆっくりと写真が入れ替わった。今度はショートヘアで薄い茶髪、幼げな表情の少女が登場した。

「モデル業界大手のサンシャイン・モードのサイトです。世界的に活躍する日本人モデルや、雑誌やテレビでおなじみの若手を抱え、最近では女優業への進出も果たしている大手芸能事務所でもあります」

画面をタップすると、女性刑事役が話題となった人気モデルの顔が現れた。ほかにも、テレビＣＭで健康ドリンクのイメージキャラクターを務める笑顔の女性も表示された。

「この大手事務所のサイトがどう違和感につながる？」

田伏は改めて長峰に尋ねた。

「打ち合わせでなんどもこの事務所に行きました。それで人気モデルのＳＮＳ対策についても相談を受けたとき、世間の認識と業界の実態のギャップに気づきました」

「わかりやすく説明してくれ」

「言葉は悪いですが、被害者の河田さんは〝自称〟モデルだったと思います。別に資格試験があるわけでもないから、なんちゃってモデルですよ」

長峰は淡々と言ったが、田伏の胸の中に言いようのない怒りが湧き上がった。

「故人を冒瀆するような話しぶりは許さんと言ったはずだ」

田伏が強い口調で告げ、長峰との間合いを詰めたときだった。

「ええっ！」

中野署捜査本部の隅にある幹部席で、スマホを耳に当てた第四の管理官が素っ頓狂な声をあげ、いきなりその場に立ち上がった。田伏は長峰と顔を見合わせた。

13

「それぞれの担当上級者は揃ったな？」

中野署捜査本部に上田一課長の低い声が響いた。田伏は目線で上田に返事をしたあと、周囲を見回した。会議室の幹部席近くに、パイプ椅子が一一脚集められた。

上田の一番近い対面には、中野、杉並両捜査本部の最高責任者である二人の管理官が座り、その背後に本部一課の各警部、警部補が続く。

それぞれの両隣には中野署と杉並署の刑事課長が陣取った。田伏は上田の指示通り、長峰とともに最後列の席に加わった。

会議室の隅に上田が座り、ここを要とするように、捜査員たちが扇形の陣形を作った。上田が言った上級者とは、それぞれの捜査本部に詰める幹部という意味だ。保秘の観点から責任者を集め、重大な事柄を伝えようというのだ。

「忙しいところをすまん。集まってもらったのにはわけがある」

戦（いくさ）に臨む武将のように、上田は一同をもう一度見渡し、ゆっくりと口を開いた。

「中野坂上と高円寺の両件、凶器が一致した」

　上田が二人の管理官に目をやった。その後ろに控えている警部らがメモ帳にペンを走らせ始めた。

「鑑識と科捜研の分析によれば、凶器となったのは量販店で簡単に入手可能な文化包丁だと断定された」

　上田が顔を横に向けた。捜査本部のドア脇にいた運転手役の若い巡査長が上田の横にかけより、ファイルを手渡した。

「四つ葉製作所が作った刃渡り一六センチの文化包丁で、型番はＢＹ４５０３。四つ葉製作所によれば、約二万五〇〇〇本が国内で流通している」

　上田がファイルのページを開き、カラー写真を一同に見せた。黒い柄があり、刃の部分は黒みがかったシルバーだ。百貨店やホームセンターなどで広く販売されているタイプだ。

「現場(げんじょう)に落ちていた微量の塗料が、この型の柄に使われている」

　警視庁鑑識課のデータベースには内外の様々な塗料のサンプルが蓄積されている。現場で採取した埃(ほこり)ほどの塗料片でも、鑑識課は精緻に分析し、結果を出す。

「もう一点、中野の河田さんのご遺体、背中に残った凶器の創跡も一致した」

　上田がページをめくる。田伏を始め、一同の前に現れたのは科捜研が作成したＣＧのイラストだった。設計図面のような精緻なイラストには、刃渡りのほか、柄の長さ、刃先の薄さなどが細かくミリ単位で提示されていた。

田伏はイラストの一点に注目した。刃先がわずかに曲がっている。田伏は背広から手帳を取り出し、ページを繰った。

「文化包丁は中野坂上の現場のブロック塀に当たり、一・五ミリ刃先が曲がった。河田さんの解剖所見でもそのような結果が出ている」

上田が言うと、杉並の責任者秋山管理官が口を開いた。

「課長、高円寺の被害者（マルガイ）、平岩さんのご遺体にも同じ創があったのですか？」

「完全に一致したそうだ」

上田がゆっくり告げると、扇状に集った捜査員が互いに目配せを始めた。中野署に集められた刑事たちは百戦錬磨のベテランばかりだ。今まで全員が抱いていた疑念がたった今、共通の認識に変わったのだ。

「科捜研によれば、犯人（ホシ）も同一との見立てが出た」

上田が手元のページをさらにめくった。

田伏の視界に、遺体の司法解剖時の写真が二枚入った。監察医助手が定規を当て、創口のサイズを測っている写真だ。

「うっ」

田伏の隣席で長峰が口元に手を当て、俯いた。長峰は殺人捜査に関してはズブの素人であり、死体に対する免疫はゼロだ。

「大丈夫か？」

低い声で尋ねると、長峰が首を振った。田伏も初めて殺人事件に臨場した際、顔面を砕かれて絶命した遺体を見た。その後は、二日間食べ物が喉を通らなかった。

「科捜研によれば、二名の被害者の身長、そして傷口から入った文化包丁の角度等々を詳細に検証した結果、犯人の身長は一六五から一七〇センチ程度、男性であろうとの分析結果が出た。ただし、年齢までは判明していない」

田伏が隣に目をやると、顔をしかめた長峰が小さく頷いていた。捜査本部に戻る直前、田伏が中野坂上の現場で説明した通り、鑑識と科捜研は犯人の特徴を二名の被害者に残った痕跡などから分析していた。

「若いモデルと中年タクシー運転手にどんな接点があるかは不明だ。行きずりの通り魔という可能性がある一方、両者になんらかの恨みを抱いた者の犯行という線も考えられる。予断を持たずに捜査に当たれ」

「鑑取りを徹底して両者の接点を洗います」

上田が言い終えぬうちに、若い秋山が言った。

「中野、杉並の両方の鑑取り班の情報を速やかに共有するように」

上田が言うと、それぞれの刑事課長が顔を見合わせ、頷いた。

「一つだけ、注意してくれ。同一犯だということは絶対にマスコミに漏らすな」

上田が唸るように告げた。

「通り魔か、怨恨の類いかわからん。それに犯行が続く恐れもある」

上田の言葉に、一同が低い声ではい、と答えた。

「あと一つ、付け加えておく」

上田がそう言ったあと、田伏の顔を直視した。即座に他の捜査員たちが振り向いた。

「田伏警部補とサイバー犯罪対策課から転属した長峰巡査長には、双方の鑑取りをサポートしてもらう」

上田の言葉に、一瞬だが秋山が顔をしかめた。捜査勘を取り戻すためのリハビリ警部補と、素人の巡査長をいきなり割り振られて戸惑っているのだ。

「具体的にどのようなサポートを？」

中野署捜査本部の管理官が口を開くと、即座に上田が反応した。

「地取り、鑑取りに次いで、ネット上の情報も徹底的に調べてもらう」

そう言うと、手元のファイルをもう一枚めくった。田伏は中腰になり、前にいる中野署担当の警部の肩越しにページを覗いた。

「地取りと鑑取りで今までめぼしい手がかりが見つからなかった以上、携帯電話の履歴やメールのやりとり、それにインターネットの閲覧状況もくまなくチェックしてもらう」

上田が言うと、対面の秋山が口を開いた。

「既にやっております。頻繁に連絡していた友人や立ち回り先の店については、鑑取り班が一つ一つネタを潰しています」

「長峰はその道のプロだ。普通の捜査員がつかめない端緒、見落としていた点を見つけてくれるはずだ」

上田が長峰に視線を向けた。いきなりの指名で、長峰は戸惑い、肩をすくめていた。

「よろしく頼むぞ、長峰」

上田の口調には有無を言わせぬ強さがあった。

「細かい調整は二人の管理官に任せる。絶対に犯人(ホシ)を挙げろ」

低い声で言うと、上田はいきなり立ち上がり、席を立った。田伏ら他の捜査員は起立し、会議室のドアに向かう上司の背中に敬礼した。

「それでは、役割分担等々を決めましょうか」

上田が出て行った直後、秋山が口を開いた。他の捜査員たちは一斉に椅子を近づけ、扇の形が小さくなった。

「あの、田伏さん」

戸惑いの表情で長峰が言った。

「さっき言いかけた件ですけど」

田伏が軽率な長峰の言動に怒りを覚えた直後、上田からの連絡が入って話が途切れていた。

「河田さんが一流でなかった理由ですが、答えは彼女のアカウントに出ています」

長峰が消え入りそうな声で言った。

「それは本当か？」

田伏の言葉に、長峰が小さく頷いた。

14

「被害者はキャバクラや他の仕事を掛け持ちしていたという段階でモデルとして三流以下です。モデルという肩書きとイメージが一人歩きした結果、事の本質がぼやけているのではないでしょうか」

長峰の言葉を聞きながら、田伏は若宮が作業をしている机に散らばったインスタグラムからのプリント写真を見つめた。

一週間以上鑑取りを続けてきたが、インスタグラムのほかは手がかりがなかった。しかし、長峰はものの数分で河田の本質を抉るような指摘をした。殺人犯捜査の素人にぐうの音も出ないことを言われ、正直なところ癪に障る。まして、長峰はろくに捜査資料さえ見ていない。ここまで強く言い切ってしまう根拠は何か。反論の言葉を探し、写真を睨んでいると、先に長峰が口を開いた。

「ほら、これを見てください」

長峰がスマホを田伏の眼前に差し出した。

田伏の目の前にあるのは、ここ数日、嫌というほど見てきたインスタグラムの画面だ。しかし河田や香西らのアカウントと違うのは、自撮りと呼ばれる顔写真ではなく、綺麗に盛り付けられた料理やそれらを囲むセンスの良い食器の数々だ。それに犬や猫、あるいは麻や綿素材のシャツなど多くの衣類、あるいは高級そうな鞄なども並ぶ。

「なんだこれは?」

長峰の狙いが分からず、田伏は反射的に尋ねた。

「この女性を知っていますか?」

長峰が画面をタップした。すると大手モデル芸能事務所のホームページに切り替わった。

田伏はさらに目を凝らした。一際美しい細身の女性が小さな画面の中にいる。

「大手航空会社や自動車会社のポスターに起用されているモデルさんだよな」

「庄田なえは押しも押されもせぬ世界的なトップモデルです。インスタのフォロワーは三〇万人もいます。しかし、自撮り写真はゼロです」

長峰の手からスマホを取り上げると、田伏は画面を下の方向にスクロールした。たしかに自撮りと言われるような写真はない。河田のアカウントでは、暗がりで表情が読み取れない写真や手ブレでピントが今ひとつの写真が何枚もあった。

「プロ意識の高いモデルは、自分でメイクなんかしませんし、そんな時間さえありません」

先ほどと同じことを、長峰が力を込めて言った。

「彼女たちは、自分の容姿を含めた存在そのものが商品だということを強く意識しています。手抜きメイクやすっぴんを世間に晒すようなヘマは絶対にしません。そこがプロ中のプロと、自称モデルの大きな違いです」

長峰は田伏から返されたスマホの画面をなんどかタップした。

「インスタに写る綺麗な小物は撮影時に使用した協賛企業の製品です。料理道具や雑貨も同じようにちゃんと広告として使われています。一流モデルが使っているという風に見えれば、一般人は感心し、商品に手を伸ばします」

一流のモデルとなると写り込む品々、素材の一つ一つがきちんと商売に結びついているというわけだ。

「世間に認知されていなくともモデルと名乗るのは個人の自由です。しかし、一流と三流の間にはこれだけの隔たりがあるのです」

長峰が顎を突き出しながら言った。

「わかったよ。しかし、これが鑑取りの成果につながるとはまだ思えんがな」

田伏は低い声で告げた。

「軽はずみなことは言えませんが、インスタの共通フォロワーをたぐっても、成果は乏しいと思います」

今まで黙って話を聞いていた若宮が身を乗り出した。ここが地下の道場ならば、若宮は長峰の細い腕をつかみ、投げ飛ばしているかもしれない。田伏が肘で若宮の脇腹を突いていると、長峰が口を開いた。

「俺が気になっているのは、ここです」

長峰は今度はデスクトップパソコンを操作し始め、二〇インチの大画面に河田のインスタのアカウントが現れた。長峰の指先は、今までのように写真ではなく、別のところを指した。

暗がりの中、わずかな照明を頼りに河田の横顔が写っている。伏し目がちで、河田の顔も下に向いている。その写真下のコメントを長峰が睨んでいた。

田伏は長峰の視線をたどり、コメント欄に表示された文字を目で追った。

〈大学時代にプレゼントされた指輪がなくなっちゃった……きっと次のステップに進めってことだよね……過去とサヨナラするよ。だから今回のことは忘れて新しい自分になるきっかけだと思うことにする〉

「このコメントがどうかしたのか？」

田伏は長峰に目をやり、言った。

「田伏さん、気に障ったらごめんなさい。でも、ちょっとメンヘラっぽくありませんか？」

「メンヘラ？」

「メンタル・ヘルス、つまり精神衛生の略がメンヘルで、ネット上では、ちょっと精神が病み始めた人のことをｅｒをつけてメンヘラと呼びます」

「このコメントが被害者のメンヘラを裏付けているっていうのか？」

「そんな気配があります。サイバー捜査官として日夜ネット上の変な人たちを見てきましたから、彼女はその類いではないかと思ったわけです」

「しかしなあ……」

田伏は思わず首を捻った。高校時代の同級生や部活仲間を当たったが、河田についてネガティブな反応はなかった。

「これ、ちょっとおかしくありませんか？」

マウスを素早くクリックした長峰は、河田のインスタ投稿の一つを画面に拡大表示した。

眼前の液晶モニターに、にこやかに笑う河田と、大きな猫のぬいぐるみが映った。

「大手玩具メーカーの人気キャラクター、猫のグッディです」

「それなら俺でも知っている。娘が幼稚園に通っていたころ、いくつかぬいぐるみとステッカーを買ってやったことがある」

代々木上原の自宅マンションの浴室の壁には、今もグッディのステッカーが貼ってある。麻衣が五歳のときにいたずらしたものだ。

「娘さんは今もグッディにはまっていますか？」

「最近は若手イケメン俳優にぞっこんだ。グッディは小学校に入る前に卒業した」

滅多に入ることを許されないが、麻衣の個室にある勉強机の上には、戦隊モノでデビューした若手俳優数人の写真が飾られていた。

「この手のメンヘラ系女子には可愛いキャラクター好きの子が多いのです」

長峰は画面を睨んだまま何度かマウスをクリックした。モデルとしてのコーディネート写真やショップ店員とのツーショットの投稿が多い中、グッディのプリントが施されたご当地チョコレートやバッグ、キーホルダーやTシャツを手にしながら、満面の笑みを浮かべる河田がいた。

「世界的に知られたキャラクターですから、ファンが多いのは当たり前です。河田さんがその一人だということもなんら不思議ではありません。しかし、この点はちょっと引っかかります」

そう言うと、長峰がコメント欄の一点を指した。ご当地モノのチョコレートにグッディのプリントが施された一枚だ。

「皆親しみを込めて呼びますが、メンヘラ系に多いのが〝ちゃん〟づけです」

田伏はモニターに目を凝らした。たしかに、様々なグッズを前にした河田は、大人びてクールな印象とは裏腹に、すべての投稿で〝グッディちゃん〟と、ハートの絵文字とともにコメントしていた。

「しかし、それだけでメンヘラと断定するのはどうかな」

「他の特徴もあります」

断言した長峰は、次々とインスタのコメント欄を画面に表示した。田伏の目の前に、長峰が色を変えて表示した河田の言葉が次々に現れた。

〈オーディションがうまくいかなかった。もうこんな自分が嫌〉〈弱いマインドに陥りがち

な自分よ、いなくなれ〉〈こんなとき、頼りになるお兄さんがほしい……〉

「ネットを炎上させたり、ストーカーになってしまうのはこの手合いが多いのです」

長峰の言葉は力強かった。ただ、河田の隠れた一面を知らされても、田伏には今ひとつぴんとこなかった。

SITで心を壊したとき、田伏は禅寺で座禅を組み、心を落ち着けようと努力した。日頃の運動不足を解消させるべくジムにも通った。インターネットから離れた場所に自分を隔離し、心を回復させた。ネットで私生活の様子を世間に知らせる河田が田伏には理解できなかった。

15

「メンヘラとかいう人たちはそんなに増えているのか？」

「正式な統計はありませんが、不況が長期化し、雇用環境が不安定になっていることで増加しているのは確実です。職場やプライベートなど人間関係に疲れ、不安や不満を増幅させ、病んでしまうのです」

田伏は自分の刑事人生を振り返った。長い不況で世情は荒み、理不尽な通り魔事件や連続殺人事件が相次いだ。捜査の過程で、生活苦に喘ぎ困窮の末に盗みを働いた人間を数多く検挙したが、長峰の言うメンヘラという言葉には今ひとつ馴染めなかった。

「これも典型的な例だと思います」

アップの写真は珍しく自撮りではなく、大きな丸い皿と黄色い物体が写っていた。

「誕生日のサプライズプレゼントのようです」

田伏は目を凝らした。特大の皿に盛り付けられたクレープだ。黄色いクレープに白いホイップクリームがデコレーションされ、チョコレートで文字が描かれていた。

〈ミツコちゃん　生まれてきてくれて　本当にありがとう　キミの笑顔は　宇宙まで届きみんなを明るくするよ〉

チョコレートの文字は丸文字で、所々にスマイルマークが加えられていた。歯の浮くような言葉の数々だ。同時に、写真に添えられた河田のコメントに目をやった。

〈モデル仲間たちとお食事していたら、カフェのスタッフがサプライズプレゼントをしてくれました。これって、お互いの信頼関係だよね！　本当に嬉しい！〉

「なんだか、薄気味悪いな」

河田と店のスタッフがどの程度仲が良いのか知らないが、たとえ親友でもこんな浮ついた言葉は使わないのではないか。

「弱い自分を晒して同情を誘い、あざといサービスに喜ぶあたりは、かまってちゃんの典型で、メンヘラの可能性大と言えます」

「しかし、そんなことは徹底的に鑑取りをしなければわからん」

「効率の悪い人海戦術をやるより、もっといい方法はありますよ」

「どんなやり方だ？」

モデル業界やメンタルがどうこうと、田伏が知らぬ事柄がたくさん出てきた。その上で長峰は旧来の鑑取りを無駄に等しいと言った。依然、長峰の断定口調には不満があるが、その効率的な方法には一人の捜査員として興味がある。

「あの……それって今日でなければいけませんか？」

長峰が左手の腕時計に目を落とし、言った。

「糸口を見つけ、一分一秒でも早く犯人（ホシ）を検挙する必要がある」

田伏が強い口調で言うと、長峰がため息を吐いた。

「そんなことを言われても、もう七時前です。定時は六時半ですから」

長峰は悪びれる様子もなく言った。

「サイバー犯罪対策課にいたときは、きっちり退庁できていましたから」

長峰の顔を睨み、田伏は強く首を振った。

「おまえは捜査一課の一員だ。一課のルールで動くのは当たり前だろう」

田伏の言葉に、長峰が強く首を振った。

「警視庁に入ったとき、きっちり仕事とプライベートを分けるって決めたんです。ずっとブラック企業にいましたから」

「警視庁はブラックの中のブラックだ。犯人(ホシ)を挙げるためには、プライベートもクソもないんだよ」

田伏がまくし立てると、捜査資料を睨んでいた他の刑事たちの目線が集まるのがわかった。いつの間にか、田伏の背後にいた若宮が一歩前に出て、長峰を鋭い視線で見下ろしていた。

「とにかく、俺はこれで失礼します」

前髪を一、二度捻ったあと、長峰は机の脇に置いたリュックサックに手をかけた。

「一時間後に捜査会議が始まるぞ」

田伏は怒りを抑えながら言った。

捜査本部(ちょうば)が立ち上がれば、午前と午後のそれぞれ八時が定例会議となるのが古くからの決まりだ。張り込みや出張など退(の)っ引きならない事情がない限り、捜査員は全員出席する。

「俺と田伏さんはその他大勢の扱いですよね。それに、重大なことが起これば、田伏さんに直接上田さんから電話が入るじゃないですか」

ため息を吐きながら、長峰が言った。田伏は慌てて周囲を見回した。幸い、長峰の一言に気づいた捜査員はいなかった。

「おまえ、それをこんな場所で……」

田伏はＳＩＴでの一件を経て、訳あり刑事として一課の強行犯捜査係に復帰したばかりだ。上田という強力な後ろ盾がなければ、本部から所轄署に落とされていたかもしれない。

「とにかく、これで失礼します」

左肩にリュックをかけると、長峰は我関せずとばかり捜査本部を後にした。田伏は呆然とその背中を見送るしかなかった。

チェインスモーカー、酒乱、捜査先から袖の下を受け取る者……長年の刑事人生の中で、様々な相棒とコンビを組んだが、長峰は今までのどんな輩とも違う人種だった。

「あんな我がまま、放っておいていいんすか？」

「無理に型にはめようとしてもだめだろうな」

若い頃ならば、武道場に引っ張って行き鉄拳制裁も辞さないところだが、あのような人種には通じそうもない。腕力でねじ伏せようとしても、上田や生安の幹部にクレームが行くのがオチだ。

「徐々に慣らしていくしかない」

若宮の顔を見上げながら、田伏は自らにもそう言い聞かせた。昔から鼻っ柱の強い捜査員は数多くいた。長峰の見かけはもやしのようだが、自分のやり方を曲げないという点では、頑固でプライドも高いようだ。

ＩＴ業界がどのような世界かは知らないが、長峰は長峰のやり方で仕事を捌き、その実績があったからこそ警視庁にも中途で入ることができたのだろう。

「あの、ちょっといいですか？」

若宮が急に声を潜め、デスクトップパソコンを指した。

「手がかりになるかどうかわからんのですが、ちょっと気になりまして」

若宮がデスクトップ前のパイプ椅子に腰を下ろし、太い指でキーボードを叩き始めた。画面に河田、そして高円寺の被害者である平岩の顔がそれぞれ現れた。

「これです」

若宮の太い指は、河田の投稿中、昨年夏の写真を指していた。

「これがどうした？」

田伏が訊くと、若宮が頷き、再度マウスを握った。

「こちらは平岩さんのフェイスブックのアカウントです。先ほど杉並署の担当さんから教えてもらったのですが……」

河田のときと同じように、若宮は平岩のフェイスブックの投稿を遡った。

「これ、二人とも同時期に同じ場所へ行っています」

二〇インチのモニターに、同じような二つの夜景が映っていた。

第二章　捻れ

1

午前九時五分、子供達の見送りとマンション周辺の清掃を終えて部屋に戻ると、粟野大紀はリビングの隅にある自作の真空管アンプの電源を入れた。

CDプレイヤーにチェット・ベイカーのライブ盤をセットし、再生ボタンを押す。柔らかなトランペットの音色が、壁に設置したスピーカーから流れ始める。

「今日は怒らずに済んだのかしら？」

キッチンで洗い物をしていた妻の志津代（しづよ）が笑いながら言った。

「ゴミ置場に写真をプリントして貼ったから、効果てきめんだった。犯人の目星はついているからね」

コーヒーを一口飲んだあと、粟野は言った。同じ分譲マンションの三階に住む若い夫婦が目星をつけたゴミ悪人だった。

　ペットボトルと可燃ゴミを分別しないばかりか、生ゴミの入った袋をフェンスの外に放置することも度々あった。その度にカラスの群れがゴミを漁り、集積場の周辺は魚の頭やフライドチキンの骨が散乱する有様だった。

　毎日の掃除をしながら、粟野はゴミの主を探った。答えを導き出すのは容易だった。破れたゴミの袋の中に、宅配便の伝票や携帯電話の領収書の切れ端があったからだ。

〈ゴミ集積場の治安を乱す住民へ告ぐ　次回は動かぬ証拠を掲示する！〉

　五日前、スマホのカメラで撮った領収書の切れ端を、個人名をボカシ加工した上でプリントして集積場のフェンスに貼り出した。

「ルールを守らんやつらは、徹底的に追い詰めんとな。社会には人として最低限の決まりごとがある」

「本当にそうよね」

　キッチンから、志津代の生真面目な声が聞こえた。マグカップを持つと、粟野はオーディオセット脇のノートパソコンを立ち上げた。

　ツイッターの自分のアカウント〈東新宿頑固老人〉を開くと、先ほどマンションの子供達を見送ったあとに投稿した紫陽花の花が画面に現れた。写真の下には、投稿を見た読者からの〈いいね〉を示すハートの脇に〈10件〉の文字があった。

栗野はオーディオセットの脇にある防湿庫に目をやった。スマホカメラの性能は上がったが、古いフィルムカメラの紡ぎ出す独特の風合いには敵わない。フィルムで撮影した写真をデジタル化し、ツイッターに上げれば、さらに〈いいね〉の件数が増えるはずだ。

防湿庫は内部の湿度を一定に保つカメラ好きの必需品だ。その黒い箱には、栗野の愛機であるカメラボディが三台、レンズが一〇本収納されている。

スツールを離れ、防湿庫の前で膝を折る。ガラス戸に付いた湿度計は三五％、梅雨時でもレンズやカメラの大敵であるカビを完全に防ぐ優れものだ。

栗野はそっとガラス戸を開け、ニコンやライカの古いフィルム用レンジファインダーカメラを眺めた。

「久々にフィルムで撮影ですか？」

キッチンからリビングのテーブルに移動した志津代が朝刊を広げながら言った。

「梅雨が明けたら、再開しようかと思ってね」

志津代に笑顔で返答したときだった。ノートパソコンからチャイム音が響いた。栗野はパソコンのあるスツールに戻った。画面を見ると、ツイッターのメッセージ欄に着信を示すサインが灯っていた。画面には、〈オールドカメラ見習い〉のアカウントからメッセージが届いたとの知らせが出ていた。

オールドカメラ見習い……ツイッターでダイレクトにメッセージをやりとりするには、粟野のアカウントである〈東新宿頑固老人〉と互いにフォローし合う必要がある。いつ知り合いになったのか。そんなことを考えながら、粟野はメッセージを開封した。

〈突然のメッセージ、失礼いたします。以前、ご自宅マンション前でお声がけいただき、ツイッターでフォローさせていただいたオールドカメラ見習いこと、郡司です。あのときはキヤノンのL1を抱えておりました〉

古い国産レンジファインダーカメラの銘柄に接した瞬間、記憶の糸がつながった。粟野はさらに文面をスクロールした。そうだ、あのときアウトドア用の帽子を目深に被った青年は、古いカメラやレンズがたくさん見つかったと話していた。

〈友人が故人の保有機材を整理したところ、以下のような機材がコレクションされていたそうです〉

粟野は添付リストを開いた。戦前に独ライカが製造したスクリューマウント式のカメラボディが五台、そのほか、ローライの二眼レフやコンタックスの一眼レフ、ライカの名レンズであるズマールやズマリット、それにカール・ツァイスの名玉が連なっていた。マウスを下方向に動かすうち、粟野はその一つに目が釘付けとなった。

〈『カナダライツ製　ズミクロン35ミリ　8枚玉　クローム仕上げ』3本〉

粟野はもう一度、リストにある8枚玉という記述に目を凝らしたのち、即座に返信を書き始めた。

2

「おはようございます」

会議室に入ってきた長峰の声を聞きながら、田伏は腕時計に目をやった。午前七時五三分だった。リュックサックを肩から下ろした長峰は、何食わぬ顔で隣のパイプ椅子に座った。

「今日も定時で帰るのか?」

「そのつもりですけど」

嫌味な問いかけに、長峰が平然と答えた。前に座っていた若宮が振り返り、眉根を寄せて長峰を睨んだ。

「午前八時の会議から業務開始となると、昼飯の一時間を加えて終業は午後五時ってことか?」

「正確にやるつもりはありませんが、その時間帯には帰りたいと思います」

長峰はポケットからスマホを取り出し、小さな画面を見つめたまま言った。小言を言いかけたが、なんとか言葉を飲み込んだ。

会議室には、中野署だけでなく杉並署のメンバーも集まり始めた。こんな場所で声を荒らげるわけにはいかない。本部捜査一課や所轄署の精鋭たちは、厄介者の田伏と長峰を避けるように席に着いていく。マスコミへの情報漏洩を警戒するため、両署からはそれぞれ一〇名の捜査員が限定で駆り出された。今朝、田伏は自宅で主要なメディアをチェックしたが、中野坂上と高円寺で起きた殺人事件で凶器が一致したと報じたものはなかった。

田伏や長峰の周囲が着実に埋まり始めたとき、会議室のドアが開き、両署捜査本部の管理官や刑事課長ら幹部捜査員がパイプ椅子の向こう側、事務机で設えた幹部席に着いた。

「蒸し暑い中、ご苦労さまです」

幹部席で口火を切ったのは、杉並署捜査本部の責任者、若い秋山管理官だ。秋山の背後にある丸い壁時計の針は、きっちり午前八時を指していた。

大学時代ボート競技で鍛えたという引き締まった体軀の脇には、青い表紙の分厚いファイルがある。椅子に腰を下ろした秋山が目配せすると、中野署の刑事課長が立ち上がって、携えていたファイルのページをめくり、口を開いた。

「中野と杉並両件で凶器と犯人が同じという見立てが出ましたので、杉並の皆さん向けに簡単に被害者のプロフィール等々を説明します」

田伏は手元の捜査メモを繰った。

「被害者の氏名は河田光子、年齢は……」

フリーのモデルと称するものの、それでは食べていけず、キャバクラのホステスやイベントコンパニオンなどで生計を立てていた等々、刑事課長が淡々と事実を説明した。傍らの長峰は昨日と同じで、両手で小さなスマホのキーボードを打ち、メモをとっていた。

「被害者は立川の都立高校を卒業後、私大の理学部に入り、学業を修めたあとはインターネットで飲食店を紹介する株式会社サイバーミールに就職し、システム開発部門に配属されるも、すぐに営業担当に転属となったことを契機に、入社後一年足らずで退社しています」

刑事課長の声と自分の手書きの文字が重なった。自宅マンションで調べた追加情報が手帳に残っている。

サイバーミールとは、利用者が個別の飲食店を一〇点満点で評価するシステムで、ここ一、二年で業容が拡大した新興企業だった。田伏の追加メモには、〈社内で人事巡るトラブルか？〉の手書きの文字があった。

「会社関係者から聴取したところ、理系のキャリアが活かせなくなった上に、かねてからの希望だったモデル業への夢が捨てきれずに退社し……」

刑事課長の説明を聞きながら、田伏は手帳のページをめくり続けた。

「父親は大手の外資系医薬品メーカーの営業部長、母親は専業主婦で、両親は被害者が会社を辞めてモデルになっていたことを知らず、驚きを隠せない状況で……」

両親や親戚を鑑取りした捜査員によれば、河田の父は非常に厳格な人物で、高校時代まで門限は午後六時半、大学に入ってからも八時だったという。箱入り娘が知らないうちにモデルとなり、殺された。当然のことながら、両親らは亡くなった娘が人様の恨みを買うようなことはないと強く主張したという。

同じ娘を持つ父親として、河田の死は人ごとではない。だが、次のページで田伏は目を止めた。

〈被害者はメンヘラだった可能性アリ↓長峰情報〉

手書き文字で、長峰が指摘したメンヘラの特徴が書き連ねてある。横目で長峰をうかがうと、先ほどと同じで、ずっと両手でスマホにメモを打ち込んでいた。

長峰の仮説が正しいとすれば、人当たりの良い頑張り屋という捜査本部のメンバー全員が抱く河田のイメージが根底から崩れる。それだけではない。フリーの生活に疲れ、心を病んだ河田がなんらかのトラブルを起こし、それが原因で殺されたという可能性も出てくるのだ。

だが、メンヘラ説の裏を取るだけの捜査結果はない。

「以上が大まかな被害者のプロフィールと鑑取りの結果です。なにか質問やご意見は？」

刑事課長がファイルから視線を外し、合同捜査本部のメンバーを見渡した。挙手して長峰の見立てを伝えるべきか。だが、主要な捜査員に情報を周知するような段階にはない。田伏はすばやく考えを巡らせ、手を挙げなかった。

「それでは、杉並署から」

秋山管理官が促すと、禿頭ででっぷりと脂肪を蓄えた杉並署の刑事課長が立ち上がった。

「こちらの被害者は平岩……」

田伏は急ぎページを繰った。ＪＲ高円寺駅の南西に広がる住宅街で刺殺された平岩はタクシー運転手だ。

「被害者は福岡市内にある地元県立高校を卒業したあと、同市内のイオタ自動車の販売会社に就職し、三年間営業マンを務めておりました。その後は幼少期からのあこがれだった東京に出て、新宿歌舞伎町で仕事を始めております」

長峰は一定のテンポを保ちながら、スマホに情報を打ち込んでいた。

「上京後、被害者は二一歳のときに歌舞伎町でも大箱と呼ばれる大衆キャバレー、今風に言えばキャバクラに当たるクラブ・エメラルドに勤務、同店が保有する大久保の従業員寮で五年過ごしたのち、歌舞伎町の蕎麦店に勤務していた福島県出身の女性と結婚し、二女にも恵まれました」

咳払いしながら説明を続ける刑事課長の話からは、今のところ河田との接点をうかがわせる内容はない。

河田が勤務していたキャバクラは六本木であり、平岩は新宿だ。客層も料金体系も大きく異なる。しかも、ずっと前から平岩は水商売に従事していた。早計な判断は禁物だが、接点はなさそうだ。

「被害者は二〇〇九年にエメラルドを円満退社し、自らがオーナーとなるクラブ・メリッサを興します。朗らかな人柄が評価され、エメラルド時代の常連や新規客を獲得して経営は順調でしたが、ある日を境にメリッサは岐路に立たされました」

杉並署の刑事課長が言葉を切り、ハンカチで額の汗を拭った。

「二〇一一年三月のことです。東日本大震災が発生し、それまで順調だったメリッサの客足が極端に落ちました」

震災発生直後から自粛ムードが全国を覆い、新宿や六本木など都内有数の繁華街の灯りが消え、客足が途絶えたことを鮮明に記憶している。

「売り上げが極端に落ちたため、様々なことで事態を打開しようと試みたようです」

刑事課長の言葉をメモに刻みながら、田伏は次の言葉を待った。

「離婚した元妻に当たりましたが、常連客の中にテレビ番組制作の中堅プロダクションを経営する男性がおり、被害者はこの事務所の雑用を昼間に請け負うようになったといいます。被害者・平岩氏は常連客の社長の信任を得ていきます。しかし、トラブルが起きました」

再度、刑事課長がハンカチで顔を拭った。

「トラブルとは、番組の制作費の横領だったそうです。金額は四〇〇万円でした」

田伏は、杉並署に出向いたときに見た平岩の顔写真を思い浮かべた。黒縁のメガネと団子鼻で、人の良さそうな笑みが特徴的な中年男だった。

「プロダクションの社長は刑事告訴を予定していたそうですが、平岩氏の妻が全額を弁済することで和解し、解決しました。その後、平岩氏は愛想をつかされ、離婚ということになったそうです。二人の娘さんは母親が育てています」

元々手癖の悪い男だったのか判断はできないが、大震災後の急激な消費の冷え込みが男の人生の歯車を狂わせたのだ。

「弁済費用を工面するためにメリッサの権利は人に譲り、平岩氏はタクシー運転手に転じました。杉並の鑑取り班によれば、横領という金銭トラブルのほかに平岩氏に恨みを抱くような人物は現在のところ浮上しておりません」

無念そうに首を振りながら刑事課長が報告を終え、椅子に腰を下ろした。入れ替わりで、キャリアの秋山管理官が立ち上がり、会議室の一同を見渡しながら口を開いた。

「両件について、なにか質問やご意見はありませんか？」

どちらも手がかりが乏しい事件だ。凶器と犯人像が一致したという分析結果が出ても、いきなり二件の事件を一つのものとして捉えることはできない。中野・杉並各捜査本部に詰める精鋭捜査員たちは、口を噤んだままだ。

「田伏さん、いかがですか？」

突然、秋山が自分の名前を口にした。田伏は手帳から顔を上げ、秋山の顔を見ながら強く首を振った。

「田伏さんの長年の捜査経験、長峰君の新しい切り口による手がかりを期待しています」

年上の部下、そして他の部署からの闖入者を言葉の上では立てているが、秋山の口調と表情はどこか醒めていた。笑わない目つきは、お手並み拝見とでも言いたげだ。

「本日は午後の定例会議もこちらで、明日は杉並で。それぞれ順番にというのはいかがでしょうか？」

秋山が中野と杉並の刑事課長の顔を交互に見て言った。二人の捜査幹部は異存なしといった表情で頷いた。

「それでは、互いに連携を密にして、犯人を挙げましょう」

秋山の言葉を合図に会議はお開きとなった。中野署のメンバーはそのまま会議室に居残り、杉並署の捜査員たちは足早に出ていった。

「田伏さん、ちょっといいですか？」

手帳をめくっていると、大柄な若宮が体を屈めて傍らにいた。

「なんだ？」

「例の共通点ですけど」

若宮が薄手のファイルの表紙をめくった。太い指でページを繰った若宮は、綴じられていた二枚の写真を田伏の前で広げた。

「福岡だったな」

昨夕、長峰が勝手に帰宅したあと、若宮が見つけた手がかりだ。一つは、福岡名物の屋台が並んでいる河田のインスタグラムの投稿で、もう一方は、地元ドーム球場の前でホークスの法被を着てメガホンを持つ平岩のフェイスブックの写真だ。平岩の投稿にも屋台が写っていた。若宮が太い人差し指で、それぞれの日付欄を示す。河田は二〇一六年八月中旬、平岩も同様だった。

「うちの刑事課長に報告しますか？」

鼻息も荒く若宮が言った。

「ちょっと待て。他の写真はどうだった?」

昨夜、田伏が捜査本部を後にしたのが午後九時半過ぎだった。それ以降も若宮は二人の福岡行きに関する情報をネット上で探っていた。

「こんな感じです」

若宮がパラパラとファイルのページをめくった。肩を出し、白い薄手のワンピースを着た河田がパンフレットを持ち微笑んでいる。そのほかには、同年代と思しき女性たちと居酒屋でもつ鍋を食べるショット、九州で一番の歓楽街・中洲のバーに繰り出した一枚。一方、平岩の分はドーム球場内で同世代の白髪頭の男と一緒にメガホンと生ビールの紙コップでポーズをとる一枚、その後は中洲のクラブで若いホステスたちと芋焼酎のボトルを囲み、ピースサインでおどけている一枚があった。

「よく調べたな」

写真のほかには、二人が使った航空会社の搭乗リストやホテルの宿泊名簿の一覧があった。若宮によれば、滞在時期は二日間重なっていたが、便と宿泊先は別だった。

「終電なくなったんで、道場の畳で寝ましたよ」

誇らしげに若宮が胸を張った。田伏は、スマホを見つめる隣席の長峰に目をやった。

「残業自慢を俺に押し付ける気ですか？」

感情のこもらない声で、長峰が言った。

「そうじゃない。地道にネタを掘り起こす作業こそ捜査なんだ」

田伏が言うと、若宮がなんども頷いた。

「地道が美徳ですか」

吐き捨てるような調子だった。若宮が身を乗り出したが、田伏は右手でこれを制した。一方、長峰は涼しい顔のままで、傍らに置いていたリュックサックのホックを外し、薄型のノートパソコンを取り出した。

「若宮さんの作業をどうこう言うつもりはありませんが、こんな作業なら一時間ほどで終わりました」

長峰は猛烈な速さでキーボードを叩き始めた。すると、ノートパソコンの画面に田伏がった今目にした写真が現れた。河田と平岩の投稿だった。

「帰宅してカップ麺を食べる間、ちょっと気になったんで調べました」

長峰がキーボードを叩くと、画面が切り替わった。まずは河田の写真が拡大表示された。顔ではなく、その背後に写り込んでいた居酒屋の品書きの部分だ。

「彼女が訪れていたのは、中洲近くの春吉（はるよし）という一帯にある〈よか軒〉という地元チェーンの支店ですね」

田伏は画面に目を凝らした。インスタの投稿から長峰が独自に切り出した画像ファイルの下に、ネット上の地図サイトから取り出した店の位置情報が貼り付けてあった。

「他のバーや、平岩氏の行動履歴もネット上から取れるやつは調べておきました」

もう一度長峰がキーボードを叩くと、先ほどの河田のものと同じようにドーム球場近くの居酒屋や中洲のキャバクラの店舗情報が記してあった。

「額に汗してとか、苦手なんです」

長峰は前髪をねじりながら言った。

額に汗の代表格である若宮が唸るように言った。目線で若宮をなだめたあと、田伏はもう一度長峰に顔を向けた。

「そんなことって……」

「福岡での二人の行動は後々誰かが確認するとして、俺はこっちの方が気にかかったんですよね」

画面には青い背景とともにディズニーシーで二人の娘とはしゃぐ平岩のフェイスブックの写真があった。

「フェイスブックの彼の投稿、こんなのばっかりですよ」

長峰が画面の中のコメント欄を拡大表示させた。

〈ありがたや。日頃の行いで羽田空港連チャン！　前向きに生きていれば、お金も運も巡ってくるもんだね〉

「これがどうした？」

「河田さんと似ているなと思いましてね」

画面を睨んだまま、長峰が強い口調で言い切った。

3

中野署を出たあと、田伏は長峰を伴ってＪＲ高円寺駅に行き、駅の南に延びるアーケード街を進んだ。中野署の捜査本部を出る前、平岩が殺された周辺の住宅地図の大まかな位置関係は頭に入れてきた。駅から五分も歩けば平岩の殺害現場に到着する。

腕時計に目をやると、午前一〇時三五分だ。通勤や通学の人波は途絶えたが、昼前の時間帯で、買い物に来た地元の主婦たちが周囲にたくさんいる。

隣を歩く長峰はスマホに地図アプリを表示し、時折周囲を見回した。捜査本部では言いにくかったが、ここなら他の刑事たちはいない。田伏は思い切って口を開いた。

「長峰、あの言い方はないだろう」

「なんのことです？」

スマホから目を離した長峰が、驚いたように足を止めた。

「額に汗するのが嫌いだって、若宮に言っただろう」

苦手なインターネットを使いながら、若宮は終電を逃してまで河田と平岩の接点を見つけ出した。元々長峰と反りが合わないのは承知していたが、努力を鼻で笑うような態度は看過できないと田伏はたしなめた。

「事実は事実ですから」

田伏の小言は通じない。西の方向には薄暗いガード下の商店街がある。首根っこをつかまえて連れていき、小一時間説教するか……そんな考えが頭をよぎったが、上下関係を強引に押し付けても長峰は反発するだけだ。長峰との相棒生活がいつまで続くのかはわからないが、二件の殺人事件でなんの手がかりも得られていない以上、風変わりな新入りに心を閉ざされるわけにはいかない。

「ところであの話だが、もっと教えてくれないか？」

「あの話とは？」

「河田さんと平岩さんの共通点という意味だ」

中野署捜査本部にいるとき、平岩のフェイスブックの投稿に接した長峰が、メンヘラと指摘した河田と平岩が似ていると言った。

長峰が言うように、河田の投稿したコメントは現実離れした乙女チックなものが多かった。だが、平岩のコメントはタクシー運転手として素直な心情を綴ったものではないのか。そんな考えをぶつけると、癖毛を気にしていた長峰が強く首を振った。

「この部分が気になります」

いつの間にか、長峰が地図アプリを平岩のアカウントに切り替えていた。長峰の細い指の先は〈前向きに生きていれば、お金も運も巡ってくる〉の部分を指していた。

「なにがなんでもポジティブ思考にもメンヘラ傾向の人が多いんですよ」

「なんでもポジティブ？」

「特に平岩さんのようにプライドも高くて、かつては結構なポジションにいた人が仕事や生活環境が一変したことを契機に、一気に凹むケースが多いのです」

「だから前向きな言葉で自分を奮い立たせるわけか」

「他にもありますよ」

〈一週間連続でノルマ達成！　鶏唐揚げ定食で自分にご褒美！〉

「四十過ぎた男がご褒美って、どこか相当に無理しているような気がするんですよ」

長峰は手元のスマホをなんどかスクロールした。その度に、フェイスブックのイメージカラーである青い背景に、満面の笑みを浮かべる平岩や娘たちの写真が表示された。

「もっと調べる必要ありだな」

画面を睨みながら、長峰が言った。

「なにを調べるんだ？」

「彼らの本音というか、リアルな顔です」

自らに言い聞かせるような強い口調だった。長峰の眉間には深い皺(しわ)が刻まれている。捜査のやり方は全く違うが、田伏や他の一課のメンバーと同様に刑事の眼差しだった。

4

「駅前のバスロータリーから注意して見てきましたが、ここは防犯カメラだらけですね」

田伏の眼前にスマホを差し出したあと、長峰は薬局の看板近くにある小型防犯カメラを指した。

「だが、ＳＳＢＣにめぼしい成果はなかった」

「現場はこっちですよね」

長峰がスマホの地図アプリを頼りに歩みを速めた。アーケード街を三〇〇メートルほど進んだだろうか。長峰が足を止めた。

「この近くですね」

田伏がスマホを覗き込むと、赤い矢印が右方向を指している。商店街の右側には古い布団屋があり、隣は地元の不動産屋だ。通りの左側には昔ながらの喫茶店がある。地図アプリの指示がなければ通り過ぎてしまいそうな細い路地が不動産屋の脇にある。

「こんな所、通れるのか？」

田伏は首を傾げた。

不動産屋とアジア雑貨の店に挟まれた小路の幅はわずかに一メートルほどだ。先には不動産屋の古い看板が立てかけられ、宅配用の牛乳箱までが出っ張っている。体を横にしなければ通れないほどの小道だ。

「地取り班と鑑識の調べによれば、被害者の平岩さんはここを通ったようです」

「なぜこんな場所を通った？」

薄暗い小路に入ってから二〇メートルほど進んだとき、前方に別の商店の裏口と思しき扉が現れた。ガラス戸の下に鳥居のマークの看板が吊るされ、〈立ち小便厳禁〉と油性マジックで注意書きされていた。

「ここで左に折れます」

古い看板に目をやっていると、長峰が左折した。田伏の視線の先に今来た道と同じように細い通路があった。

「商店街と住宅街の境目ですね」

長峰が淡々と言った。進行方向の左側はアーケード街の一番南に当たる商店の裏側、そして右側は古い木造アパートの壁だ。田伏の視線の一〇メートルほど先に道路を歩く人影が見える。

「ここでも平岩氏の下足痕（げそこん）が発見されたんだよな」

田伏が言うと、長峰が頷いた。

「夜中にわざわざこんな場所を好き好んで通るやつはいないぞ」

平岩の取った行動の詳細は資料で読んだだけだ。しかし、実際に現場近くまで足を運ぶと、被害者が残した異様な足取りが浮かび上がる。

「おそらく、これが犯人（ホシ）の狙いではないでしょうか」

薄暗い道を抜け、アーケード街のはずれにある通りに出たときだった。長峰が田伏の目の前にスマホをかざした。

「いつもの地図アプリじゃないか」

「なにか気がつきませんか？」

目の前には今来た通路と足跡を示す矢印が表示されているのみだ。

「どこにも例の黄色いマークがない」

「そうです。前回もそうでしたが、もし犯人（ホシ）が防犯カメラを避けることを意図していたらどうですか？」

「計画殺人ってことか」

「綿密なプランを持っていたら、前足と後足を消したいと考えるはずです」

長峰が強い口調で言った。

「まさか……」

長峰の主張を聞き、田伏は改めて周囲を見回した。梅雨特有の薄曇りの空の下で、現場一帯はなお一層薄暗い。

平岩の遺体は、高円寺のアーケード街のはずれから、アパートや一軒家が連なる住宅街に変わるちょうど継ぎ目に当たる場所で発見された。

再確認のため、手帳をめくる。平岩は古い商店と木造モルタルのアパートとの間、わずか八〇センチ足らずの隙間で刺され、遺棄された。遺体発見時刻は、午前六時五〇分。近隣のアパート清掃にきた業者の一人が第一発見者だ。中野坂上の現場と同じで、犯人（ホシ）は土地鑑のある人物だろう。

業者の一人は、薄暗い通路の途中で躓(つまず)き、足元に人が倒れていることに驚いた。酔っ払いが寝ているのかとスマホの灯りで確認すると、周囲に大量の血が飛び散っていたため、すぐに一一〇番通報した。

田伏はガラケーの灯りを頼りに辺りを確認した。アパートの大家か商店主が飛散した血痕を洗い流したようだが、壁には鑑識の指紋採取用のアルミ粉が残っていた。

「同一の犯人(ホシ)なら、わざわざここを選んだということは十分あり得るな」

田伏が唸るように言うと、長峰が頷いた。

「このご時世、どこに行っても防犯カメラがあるから、わざわざカメラがない場所を狙ったとしか考えられません」

「たしかに辻褄(つじつま)が合うな」

田伏はもう一度、狭い通路の商店街側の暗がりに目をやった。防犯カメラのない場所と深夜という時間帯は、他人の視線を避けるにはもってこいだ。しかし、大きな疑問が残る。

「なぜ二人とも深夜に呼び出された？　しかも、場所はどちらも何もない場所だ。どうして大の大人がのこのこ現れた？」

田伏は胸に浮かんだ疑問をそのまま口にした。

「現場付近に防犯カメラがなくとも、表通りのカメラに前足や後足が写っていなかったのはなぜだ？」

田伏は再び手帳に目を落とした。鑑識課によれば、二つの現場では、河田、平岩それぞれの下足痕（げそこん）、その他三〇人分近い靴跡が採取された。しかし、二つの現場に共通する下足痕、すなわち犯人のものは見つかっていない。同じ足跡を残さぬよう、犯人は別の靴を選んだ上で犯行に及んだ可能性が高い。

となれば、二件は用意周到な計画殺人であり、犯人は防犯カメラ分析など最新の捜査体制をも念頭に置いた上で実行する冷静な頭脳を持つ人物だ。

被害者二名の共通項はなにか。どうやって姿を見せずに殺しを実行できたのか。二つ目の現場を見て、田伏の頭は混乱し始めた。

「ここにいても答えは出そうにないですよ」

長峰が不機嫌な声で言ったときだった。田伏の背広のポケットの中で、ガラケーが振動した。取り出してみると、小さな液晶画面に中野署に詰める管理官の名が表示されていた。通話ボタンを押した途端、野太い声が耳に響いた。

〈すぐに中野署の捜査本部（ちょうば）に戻ってこい。ネタがマスコミに抜けた〉

「凶器のことですか？」

〈そうだ〉

不機嫌そうに言うと、一方的に電話が切れた。田伏が手の中のガラケーを睨んでいると、長峰が口を開いた。

「凶器がどうしました？」

「どこの社かは知らんが、凶器のことがマスコミに漏れたらしい。すぐに中野署へ戻るぞ。緊急会議が始まる」

「わかりました」

田伏は長峰とともに今来た細い小路をアーケード街に向けて歩き始めた。現場を見てかえって謎が深まった。そこに降って湧いたようにマスコミの奇襲の知らせだ。田伏は自分の足に鉛の重石が付いたように感じた。

5

「今後、捜査本部に詰める全ての捜査員に対して、夜討ち朝駆け取材が今まで以上に過熱する。絶対にネタを漏らすな」

中野署会議室の幹部席で、上田がドスの利いた声で告げた。田伏や長峰のほか、急遽集められた両捜査本部の刑事たちは、無言で頷くのみだ。田伏のところには記者は来ていないが、集められた一〇名程度の捜査員の自宅には、新聞やテレビの社会部記者が押しかけ、捜査の進捗状況などを質問していたはずだ。

上田によれば、在京大手紙の中央新報の記者が一時間半前、携帯電話で文化包丁の件を当ててきたという。包丁の鋒の傷、その長さまで記者は詳細に調べ上げており、夕刊での掲載に仁義を切る意味で連絡してきたのは明白だったと上田は言った。

上田はほぼ毎日、記者向けのレクを開き、官舎に押しかける取材陣の対応も一課長としてこなす。こうした付き合いの中で、一社だけ抜きネタ、すなわちスクープを書くときは、記者が通告する慣わしとなっている。上田はノーコメントで返したというが、取材に対して決して嘘をつかないことで知られる一課長が言葉を濁したことは、事実上の肯定となったはずだ。

「漏洩元の心当たりはあるんですか？」

上田の横に座る杉並署捜査本部の秋山管理官が訊いた。

「わからん。しかしネタが抜けてしまった以上、漏洩元をあれこれ詮索しても意味がない」

上田は一同の下腹に響くような声で告げると、足早に会議室を後にした。その途端、幹部席の秋山管理官が立ち上がった。

「気を引き締めて捜査に当たってください」

日焼けした秋山の顔が引きつっていた。二つの捜査本部のキャリアは秋山だけだ。プレッシャーが一番かかる立場だけに、その言葉には自分を鼓舞する意味合いも含まれているのだろう。

「管理官、よろしいですか！」

突然、会議室に野太い声が響いた。声の方向に目をやると、最前列に座っていた中野署の若宮が立ち上がっていた。

「なんでしょう？」

「二人の被害者（マルガイ）に共通点がありました！」

若宮の手元を見ると、例の写真ファイルがあった。若宮の大きな背中を見つつ、田伏は中野署の刑事課長に目を向けた。案の定、課長はおどろき、目を見開いていた。このところ、長峰が的確に調べを進めていることに若宮は焦っていたのかもしれない。

「どんなことでしょうか？」

秋山が尋ねると、両者のＳＮＳの記述の中で福岡訪問の日付が一部ダブっていると若宮が大声で応じた。一方、刑事課長は露骨（ろこつ）に顔をしかめた。

「勇み足、先走りってやつですか……」

突然、田伏の隣にいた長峰が呟いた。きつい視線で睨むと、長峰は肩をすくめた。手元にはいつものスマホがあり、両手が添えられている。メモを取っていたのだろう。

「もう一度言ってみろ！」

振り向いた若宮が、他の捜査員の肩を押しのけ、長峰の方向に歩き出した。怒りを爆発させた若宮の足取りは速い。あっという間に田伏の目の前に巨体が現れた。

「おい、サイバー捜査官だか知らないが、偉そうな態度取るなよ」

若宮の大きな手が長峰の襟元を捉え、あっという間に細い体を持ち上げた。長峰が細い足をばたつかせ、田伏の腹に当たった。同時にスマホがフロアに落ちた。

「痛えな」

田伏は思わず尻餅をついた。周囲に他の捜査員が駆け寄り、若宮と長峰を強引に引き離した。

「二人ともいい加減にしろよ！」

田伏は声を張り上げた。

「内輪で揉めている場合じゃないんだよ！」

ありったけの声で言うと、若宮が頭を下げた。一方の長峰は乱れた前髪を気にしている。

田伏は床に落ちたスマホを拾い上げ、画面を一瞥(いちべつ)した。以前見たメモ欄ではなく、忌々しい

ＳＮＳの画面があり、長峰の書きかけのテキストがあった。

〈天パの独り言〉

アカウント名の横には、アフロヘアのイラストが載っている。長峰に顔を向けると、バツの悪そうな顔をしていた。

〈ガタイのデカいゴリラほど声がデカい〉

幸い、捜査情報ではなかった。だが、今時の若者らしく、長峰はこそこそと悪態をネット上に垂れ流していたのだ。

きつい目線とともにスマホを長峰に返すと、別の視線を感じた。

「福岡の件はあとで報告してください」

顔をしかめた秋山が幹部席から田伏を睨んでいた。

「ちょっと失礼します」

そう言うと、田伏は長峰の腕をつかみ、強引に会議室の外へと連れ出した。背中に他の捜査員たちの視線が突き刺さる。

「なんですか」

廊下に出ると、長峰がふてくされた声音で言った。田伏は長峰を見据え、深く息を吸い込んだ。

「若宮はれっきとした仲間だ。もっと言い方を考えろ」

田伏が言うと、長峰が前髪を捻りながら首を振った。

「彼みたいなタイプ、本能的に苦手です。ジャイアンみたいな奴らにずっといじめられていましたから」

そう言うと、長峰は廊下の天井を仰ぎ見て、大きくため息を吐いた。

入庁してまだ経験の浅い長峰は、警視庁の体質を理解していない。ドラえもんに登場するジャイアンなど可愛い部類だ。階級の違いや、警察学校の教場の期数による明確なヒエラルキーが組織全体を支配している。

「ジャイアンみたいな奴は警視庁にごまんといるし、体力勝負の捜査員も多い。一本気な連中にとってあんな言い方はご法度だ」

田伏が強い口調で言うと、長峰が眉根を寄せた。

「弾みにせよ、足が当たったのは申し訳ありませんでした」

「いいよ、気にしていない。あんなのは日常茶飯事だ。それより、会議中にツイッターやるのは感心しないな」

田伏が言うと、長峰が口を開いた。

「すみませんでした」

「会議中に愚痴を投稿したのが監察にバレてみろ。おまえは一発懲戒だ」

決して大げさなことを言ったのではない。監察は組織内部の動向に目を光らせる。ほんの少しのきっかけでも職員の不正を見つける。まして、捜査会議の中身は厳重な保秘が求められる。長峰が軽い気持ちで投稿しても、万が一犯人（ホシ）が読んでいたら。会議が切迫していないと敏感に雰囲気を察知し、次の犯行に及ぶ可能性さえある。田伏は嚙んで含めるように言った。

「本当にすみません。あの世界にいると、嫌なことを忘れられるっていうか、本音で話せる感じがするものですから」

「監察の連中は目を皿のようにしてあちこち監視するんだ。気をつけろ」

「ところで俺の名前をご存知ですか？」

長峰が話題を変えた。もう少し説教する必要があると思ったが、あまりガミガミ言うのは趣味ではない。

「名前はたしか勝利だったな」

「七年前に亡くなった親父が威勢の良い名前を付けてくれたおかげで、俺はずっと嫌な思いをしてきました」

長峰が思い切り顔をしかめた。

「勝利のどこがいけないんだ」

田伏の言葉に長峰がますます表情を曇らせた。

「俺の名前、勝負事の〈しょうり〉とも読めますよね」

「なにか問題でも？」

「大ありです。親父はなんでも一番になれが口癖の体育会系の人間でした。警視庁とは違うかもしれませんが、ノルマ達成命の保険会社の営業マンでしたからね」

長峰の声が一段と低くなった。大手生保のやり手営業マンだった父が全国各地の営業所の代表を務めた関係で、長峰は小学校低学年の頃から転校を繰り返していたと言った。

「なんでも馬力と気合で乗り切る父と違い、俺は人見知りで運動が極端に苦手でした。そんな子供が分不相応な名前を背負わされて、新しい学校に転入させられたらどうなりますか？」

長峰が吐き捨てるように言った。

田伏は城東地区の下町で、平凡な区役所職員の次男として生まれ育った。都立高校を中の上クラスで卒業して警視庁に奉職した。基本的に東京以外の土地を知らずに四〇年以上を過ごしてきた。

「小学校六年のとき、大阪の岸和田に引っ越しました。その時の担任が俺の名前を見て、こんなことを言いました」

　中年の男性教諭は、転校生の長峰をクラスメートに紹介する際、勝利という名前に着目した。ちょうど運動会の直前だったこともあり、東京から来た長峰を〝勝利の子〟として紹介したのだという。

　運動会の徒競走で長峰はビリ、他の団体競技でも足を引っ張り、転入したばかりのクラスは大差で負けた……長峰は肩を落としながら言った。

「ガキ大将タイプはどこの学校にも必ずいましてね。随分嫌な思いをさせられたので、つい余計なことを言ってしまうんです」

　スマホをぼんやり見つめながら、長峰が言った。

「気に食わん奴らや、組織運営に文句は多々あるだろうが、俺はおまえの相棒であり指導役だ。理不尽なことを言ってくる連中からは必ず守ってやる」

　田伏が言うと、長峰が顔を上げた。

「だが、口の悪い連中を納得させるには実績しかない」

　田伏は長峰の目を見据え、言った。嘘偽りのない本心だった。

　所属する組織が変われば、誰しも戸惑う。まして長峰は警察の外からきた人間だ。とりわけアクの強い刑事が集まる場所では、下手をすれば心が折れる可能性もある。ここは長峰を守らねばならない。

「生安からの異動は不本意かもしれんが、組織にいる以上人事は仕方のないことだ。俺だって、もっとSITでスキルを磨きたかった」

「自分なりに努力します」

田伏は昨日、自分の抱えている傷をさらした。

「お互いに組織の中では本流を外れかけた者同士じゃないか」

田伏が諭すと、長峰が小さく頷いたのがわかった。だが、視線は依然スマホの画面に向いている。まだ若宮の暴走が気になっているのかもしれない。田伏が長峰の肩をつかみ、会議室へ戻りかけたとき、突然扉が開き、秋山が顔を出した。

「ちょっといいですか？　お願いがあります」

キャリア然とした穏やかな口調だが、その表情は先ほどよりも強張っていた。

6

「ありがとうございました。またのご搭乗をお待ちしております」

恭しく頭を下げる客室乗務員の脇を通り抜け、田伏は飛行機の外に出た。冷房の効いたキャビンからボーディングブリッジに入った途端、強い陽射しに照らされた熱気を感じた。

「いきなり暑いですね」

背後から長峰の声が響く。田伏も同感だった。

「九州の暑さは半端ないらしいぞ」

出張用バッグのストラップを持ち直しながら、田伏は言った。

昨日、秋山は中野・杉並の各捜査本部関係者に改めて注意を促したあと、田伏を個別に会議室の隅に呼び、声を潜めた。

〈福岡へ行ってください〉

河田と平岩を結ぶかすかな線が、福岡という九州最大の街だった。田伏が頷き返すと、秋山がさらに声を潜めた。

〈若宮ではなく、長峰と一緒にお願いします〉

秋山の言葉に、田伏は思わず聞き返した。

二人の被害者の接点を探し出し、捜査会議で報告したのは他ならぬ若宮だ。二人のかすかなつながりが決定的な手がかりとなれば、若宮が掘り出したネタは手柄という勲章に姿を変える。端緒を見つけた捜査員が責任を持って裏付けを取ることが筋だと告げると、秋山は強く首を振った。

〈中野署の手前、彼を外に出すわけにはいかないのです〉

秋山は小声で言った。

連続殺人の発端となった中野坂上の事件では、手がかりらしい手がかりをみつけられないうちに高円寺で第二の殺しが起こった。

地取りや鑑取りでは猫の手も借りたいほどだ。強行犯係に配属されたばかりの若宮だが、貴重な戦力であることは間違いない。要するに、中野・杉並で宙ぶらりんの二人を手間のかかる出張要員にせよという空気が、捜査本部にあるのだ。

リハビリ中の古株、そして右も左も分からない素人を遠ざけておいた方が秋山もやりやすい。自分が同じ立場にいたら、おそらく同じ指示を出していたはずだ。田伏は渋々頷き、長峰との出張を受け入れた。

「まずは平岩さんがどんな人物だったのか、手がかりを探していく」

田伏は背広のポケットから手帳を取り出し、ページを繰った。東京を発つ直前まで、平岩が勤めていた大手自動車会社の販売店と交渉した。昨夜遅く、福岡のディーラーからかつて平岩が担当していた複数の顧客の名前を聞き出すことができた。平岩の両親は一五年以上前に亡くなっており、元上司が数少ない糸口だった。

「聞き込みするのは商店街でしたっけ？」

到着ロビーから地下鉄へ続く通路で長峰が言った。

「平岩さんは、個人の客だけでなく商店街をあちこち回り、商用車の契約を数多く取り付けていたらしい」

田伏は手元のメモに目をやった。ドーム球場にほど近い唐人町(とうじんまち)商店街、そして西新(にしじん)中央商店街という二つの名前があり、精肉店や果物店などの名前と連絡先が自分の手書きで列記してある。田伏のリストを覗き込みながら、長峰が言った。

「何軒回るんですか?」

「今日明日で約二〇軒だ。そのほかにもやることがあるぞ」

二〇軒という数字を聞いた途端、長峰がため息を吐いた。

「河田さんのことですよね」

田伏は手帳のページをめくった。平岩のほかに、河田が福岡で立ち回った先を調べる必要がある。若宮の調べによれば、生前の河田はドーム球場で開催された食品見本市にコンパニオンとして参加した。若宮が輸入食材会社から取り寄せた写真には、首にスカーフを巻き、白いワンピースでイタリア産サラミの試食を薦める河田が写っていた。

「こまめにインスタに投稿する人だったから、助かりましたけどね」

手元のスマホを見つめ、長峰が言った。二人の接点を福岡に見出してから、長峰はインターネット上に二人が残した福岡での軌跡をたどっていた。

「商店街の聞き込みの他にも、ドーム球場や中洲の立ち回り先も全て潰すからな」

「そこまでやりますか？」

「泥臭く回るのが捜査だ。抜け道や迂回路はないから覚悟しろ」

そう言うと、田伏は勢いよく手帳を閉じた。

7

「最後にお会いになったとき、平岩さんの様子はどうでした？」

「別に変わったところやらなかったばい」

田伏の横で、長峰が必死に食い下がる。だが、相手は長峰のことなど気にするそぶりも見せず、店先の商品を並べ替えている。

「それで彼に恨みを抱くような人に心当たりはありませんか？」

「そげなこつ、知らん」

さらに長峰が訊くと、業務用のゴム長を履いた鮮魚店の店主が露骨に顔をしかめた。

「あん男が最後にうちの店に顔ば見せたんは四年も前たい。亡くなったんは気の毒やけど、心当たり言われてもなんもなか」

取りつく島がないとはこのことだった。長峰の問いに対し、店主はずっと無愛想に応じていた。だが、その顔も客の注文にはすぐ変わった。

「ヤリイカ三杯ちょうだい」

アニマル柄のプリントシャツを着た中年の女性が長峰と店主の間に割って入った。近所のスナックのママのようだ。

「まいど！　今日のはうまいけん！」

店主が愛想良く応じ、ポリ袋にイカを放り込んだ。

昼下りの鮮魚店には、地元の主婦が次々と買い物に訪れる。田伏は店先の大きな鰯や岩牡蠣の入った発泡スチロールの箱に目をやった。値札の横には、九州各地の港の名前が書かれている。地元の新鮮な魚介類を売る店は活気に満ちていた。

新たに買い物の列に加わった老女がしげしげと長峰を見上げている。隣の中年女性も同じように長峰の顔を珍しげに見つめ始めた。買い物客中心のローカル商店街でワイシャツ姿の男二人は明らかに場違いなのだ。

「それでは、この女性に見覚えはありませんか？」

愛想の悪い店主に対し、長峰がハガキ大の写真を見せた。すると、店主は眉根を寄せたまま、首を振った。

「そげん女、知らん」

店主がぶっきらぼうに答えると、たちまち長峰が肩を落とした。

「どうも、ご協力ありがとうございました」

田伏は愛想笑いを浮かべたあと、丁寧に頭を下げた。隣で鮮魚店の青い看板を仰ぎ見て、長峰が深いため息を吐いた。

「まだ聞き込みを始めてたった三軒目だ。こんなもんで音を上げていたら、刑事（デカ）の商売はできんぞ」

「そんなこと言われても、俺が人見知りなのは知っているでしょう」

「聞き込みは刑事（デカ）の基本だ」

空港を出たあと、田伏は長峰と連れ立って地下鉄空港線でドーム球場近くの唐人町駅で下車した。

幹線道路の一本北にあるアーケード街が福岡で最初の聞き込みに訪れた唐人町商店街だ。道幅は五メートルほどでさして広くはない。しかし、道の両脇には個人経営の青果店や鮮魚店のほか、洋品店や履物屋などが軒を連ね、昭和の趣を色濃く残している。田伏が生まれ育った東京の城東地区の下町と雰囲気がそっくりで、親近感がわく。

捜査で地方出張に行くとシャッターに閉ざされた朽ち果てる寸前の商店街を見る機会が多いが、福岡は全く違った。街を行き交う人の数が多く、主婦たちのほか、学生など年齢層も多様だった。

唐人町商店街で平岩は近隣にある大手自動車メーカー、イオタ系の販売店営業マンとして、約三年の間に計一五台の商用車を売っていた。

長峰がけんもほろろの対応をされた鮮魚店は、荷台に冷蔵コンテナを搭載した四トントラックを二五年前に購入した。

「次はどこでしたっけ？」

「精肉店だ」

田伏は二〇メートルほど先、通りの向かい側のオレンジ色の看板を指した。精肉店も冷蔵機能付きトラックを二台、平岩から買っていた。

落ち込んだ長峰の肩を叩きながら、田伏は足早に進んだ。唐人町の商店街には、昔ながらの商店のほか、刃物研ぎの専門店もある。店先には刺身包丁や出刃包丁、牛刀を研ぐとの案内看板が掲げられている。生鮮品を扱う店主たちが、商売道具の手入れに使っているのだ。街が一つの共同体としてきちんと機能している。

研ぎ屋の先にある精肉店からは、揚げ物の香ばしい匂いが漂っていた。下町特有の匂いで客を集める方法だが、不快な感じはしない。長峰は物珍しそうに周囲を見回している。

「こういう商店街に馴染みはないのか？」

「父の転勤先にはこんな場所はありませんでした。それに典型的な引きこもりでしたから」

長峰は先ほどから様々な店の軒先にある試食品コーナーを物珍しげに眺めていた。果物屋のスイカ、練り物屋の揚げかまぼこなど、田伏には馴染みのある光景ばかりだったが、長峰の目には新鮮に映るらしい。

「聞き込みのきっかけになるかもしれん。食べてもいいぞ」

「食いながら質問できませんよ」

長峰と軽口を叩くうち、精肉店の手前まで来た。田伏は一旦足を止め、長峰の顔を見た。

「今までの三軒の聞き込み、なぜ失敗したと思う？」

田伏の問いかけに長峰が首を振った。

「刑事ドラマの見過ぎなんだよ」

田伏が言うと、長峰が顔をしかめた。

「実際は相手との間合いをはかり、世間話でも振ってから質問した方がいい」

「そんなもんでしょうか」

「おまえの自宅にセールスマンが来て、いきなりわけもわからん製品を買ってくれと連呼したらたまらんだろう。聞き込みも一緒だ」

言い終えると、田伏はオレンジ色の精肉店の看板下、惣菜コーナーにある〈名物　鶏からあげ〉ののぼりを指した。

「唐揚げを二、三個買って相手の様子を見てから訊き始めるのも手だな」

田伏の声に、長峰の表情がわずかに明るくなった。

「これって自腹ですよね？」

「警視庁宛で領収証なんかもらったら、相手が構えるだろうが」

「それもそうですね」

田伏が言うと、長峰はすたすたと歩き始め、先に並んでいた主婦の後ろについた。長峰がポケットから小銭入れを取り出しているのが見える。

唐人町商店街で最初に回った三軒は、事前に田伏が選んだ店ばかりだった。平岩の元上司に問い合わせを入れた過程で、店主らとの付き合いが比較的薄い店を選び、長峰の訓練として使った。

田伏は手帳をめくった。長峰が惣菜コーナーに並ぶ加藤(かとう)精肉店は、二台のトラックを購入したほか、店主のセダンや夫人の軽自動車も買っていた。捜査員の隠語で言えば、鑑が濃い部類に入る。知らぬ土地、初対面の人に対して長峰がどう接するかを試すにはちょうど良い相手といえる。

田伏は惣菜コーナーの前にある木製のベンチに座り、長峰の様子を観察した。前の中年女性が唐揚げの詰まった二つの袋を抱え、振り返った。すると、長峰の顔をしげしげと見つめ、口を開いた。

「あら、よか男やね。地元の人ね？」

「あ、いえ、違います」

額にかかった癖毛をかき上げ、長峰が口ごもっている。

「額を出したらもっといい男たい。ねえ、おかみさんもそう思わん？」

中年女性がカウンターの中にいた同年代のおかみさんに言った。その声を聞き、田伏も長峰の横顔を凝視した。相変わらず青白い顔だが、額を見せると、たしかに優男(やさおとこ)風の顔つきだ。娘の麻衣が長峰を見たら、背の高い翳のある若手俳優の誰かに似ていると言うかもしれなかった。

「本当やね！　お兄さん、どっから来たと？」

長峰が困り顔でこちらを見た。顔が真っ赤になっている。

「あ、あの……唐揚げを三個ください」

消え入りそうな声で長峰がオーダーすると、頭をバンダナで覆った小柄ながら太めのおかみが威勢の良い声で応じた。

「イケメンには大サービスたい！」

おかみの声を聞き、道行く女性の買い物客が足を止めた。

「田伏さん！」

たまらず長峰が声を上げた。苦笑いしながら、田伏は腰を上げ、精肉店の惣菜コーナーへ歩み寄った。

カウンターはショーケースも兼ねている。唐揚げも骨つきと骨なし、手羽先などいくつも種類があった。ほかに、いわしのつみれや手作りのコロッケ、野菜の天ぷらやがめ煮と、様々な種類の惣菜が並んでいる。捜査でなければいくつか小分けにして買い求め、缶ビールで休憩したいと思わせる品ばかりだ。

「あのベンチで唐揚げ食べても構いませんかね？」

田伏が言うと、店のおかみが長峰と田伏の顔を見比べた。

「お客さんら、出張で来たと？」

問いかけに田伏は頷いた。

「他のお客さんに迷惑かけないから、ちょっとだけ話をさせてもらえませんかね」

田伏が他の客らに見えぬよう、警察手帳をおかみに提示すると、おかみはわかったと目で合図した。

「よかよ。あんたも食べるんやったら、唐揚げサービスしちゃるけん。このイケメンのおかげたい。骨つきと骨なし、どっちがよか？」

そう言って、おかみが豪快に笑った。

「それなら、骨なしをお願い。お代はこいつが払うからね」

「大きめの塊五個で三五〇円におまけしとくけんね！」

田伏は長峰の肩を叩き、再び店先に設置された木製のベンチに向かい、腰を下ろした。おかみ、そして中年女性の熱い視線を受けながら、顔を真っ赤にした長峰がぎこちない動作で小銭を数え始めた。

8

「ほんにイケメンやねえ」

揚げたての唐揚げを店の名入りの紙袋に入れ、おかみがベンチに歩み寄った。

「いただきます」

顔を紅潮させた長峰が袋を受け取り、爪楊枝(つまようじ)をつまんだ。

「熱いうちに食べんしゃい」

　おかみに促されるまま、長峰が大きめの唐揚げにかぶりつく。もう一本の楊枝をとると、田伏も唐揚げを口に運んだ。

「あっついけど、うまいよおかみさん」

「当たり前たい」

　太めのおかみが得意げに胸を張った。

「お客さんは大丈夫なのかい？」

　田伏が店の方向を見やると、おかみが口を開いた。

「ちょうど娘が部活から帰ってきたけん、店番やらせとったい」

　おかみが振り返り、カウンターに目をやった。視線をたどると、丸顔の少女が田伏に会釈した。

「いきなりで申し訳ないね」

　田伏はゆっくりとした口調で切り出した。おかみが頷く。

「平岩さんていうイオタのセールスマンのこと覚えているかな」

　田伏が訊くと、おかみが口を開いた。

「もちろん、覚えとうよ。それであんたたちはわざわざ東京から来たとね」

おかみはエプロンで手を拭うと、店に駆け戻った。店番の娘と二、三言葉を交わしたあと、小さなフォトアルバムを手に二人の元に戻ってきた。おかみは慌ただしく、ページをめくる。

「ほら、こん人たい」

おかみがアルバムを田伏と長峰の方に向けた。

「まさか殺されるとはねえ。ニュース見て、父ちゃんとびっくりしたと」

おかみの表情が曇った。手元の写真は、店の裏で撮ったもののようだ。四トントラックの前で腕組みする恰幅の良い主人、その横で満面の笑みを浮かべるおかみ。その隣に営業マン然とした愛想笑いを浮かべる背広とネクタイ姿の平岩が立っている。

「それで、犯人の目星はついとると？」

おかみの言葉に、田伏は首を振った。

「東京では皆目見当がつかなくてね」

「福岡であん人のことを悪く言う人はおらん。裏表のない、まっすぐな人やった。恨みを買うなんてとんでんなか」

おかみが眉根を寄せた。

「良い人っていっても、いろいろタイプがあるでしょう。おかみさんが感じた彼の人柄とか、エピソードとかは覚えていないかな」

「客商売やけん愛想は良かったね。それと、他の九州男と一緒で、いつか東京で大物になるって大層なことばっかり言いよったのを覚えとる」

相槌を打ちながら、田伏は手元の手帳に話の要点をメモした。

「ほかには、なにか覚えていないかな」

田伏の問いに、おかみが首を振った。

「そりゃ、博多の男たい。営業マンになる前、中学や高校の頃はバイクを乗り回したりケンカしたりやんちゃしとったって言っとったけど。会社に入ってからは結構真面目やった」

田伏が予想した通りの答えが返ってきた。

「東京に出てからは、よく里帰りしていた？」

「うーん、正確に覚えとらんけど、山笠だ、どんたくだって、地元の祭りで帰ってきたときはなんどか店に顔を見せたけどね。そげん、頻繁やなかったね」

東京に出た平岩は歌舞伎町の大箱のキャバレーのボーイになり、店の寮に住み込みで働いていた。頻繁に帰れる暇も金の余裕もなかったのかもしれない。

「話が逸れて申し訳ないけど、この女性のことはどうかな？」

田伏は長峰に目配せし、河田の写真を出させた。

「平岩さんの前に殺された人やね？　新聞で記事読んだわ」

「去年の夏、彼と同じ時期に福岡に来ていたんだ。平岩さんと一緒だったとか、彼女が一人で福岡のどこかに行っていた、そんなことに心当たりはないかな？」

田伏が訊くと、おかみは首を横に振った。

「わからんねえ」

「ところで、おかみさんの店のように、平岩さんが懇意にしていた所は知っているかな？」

「それなら、あそこばい」

そう言うと、おかみはベンチから立ち上がり、惣菜売り場の裏側へ小走りで向かった。

「なんでしょうね？」

長峰が小声で言った。

「わからんが、期待はできそうだ」
一、二分するとおかみが緑の表紙のファイルを手に戻ってきた。
「地元商工会の会報たい」

ベンチに座ると、おかみが勢いよく会報のページをめくった。市議会議員との懇談の様子、町内会対抗運動会の写真が載っている。

「こん人が特に仲の良かった人よ」

おかみの太い指が会報の写真を指した。法被姿の老人の顔があった。眉毛が濃く、目鼻立ちもはっきりした九州男児然とした老人だ。

「今も店におるはずたい。ちょっと待ってね。電話で連絡してみるけん」

言うが早いか、おかみはガラケーを取り出し、なんどかボタンを押して通話を始めた。

「もしもし、唐人町の加藤やけど……」

大きな声で通話しながら、おかみが田伏に向けて親指を立てた。田伏は長峰の顔を見ながら、小さく頷いてみせた。

9

唐人町を発ち、田伏と長峰は徒歩で古い住宅街を一五分ほど進んだ。午後一時を回り、脳天の真上から強い陽射しが降り注ぐ。田伏はなんどもタオル地のハンカチで額や首筋の汗を拭った。

「地下鉄でたった一駅分とはいえ、この暑さの中を歩きで移動するのは自殺行為ですよ」

田伏と同じように額の汗をハンカチで拭い、長峰がぼやいた。長峰のスマホにある温度計のアプリによれば、現在の気温は三七度だ。陽射しが強く、一歩足を踏み出すたび、体力が奪われていくのがわかる。

「あれですね」

住宅街の端、交差点にたどり着いたとき、幹線道路の先に〈西新中央商店街〉の看板が見えた。

「柴田さんが待っている。行くぞ」

信号が青になった途端、田伏は小走りで進み始めた。すると、長峰の悲鳴に近い声が背後から聞こえた。

「田伏さん、相手は逃げませんから、勘弁してくださいよ」

「こちらの気合がなくなったら引けるネタも引けなくなるんだよ」

自分を奮い立たせる意味もあって、田伏は強い口調で言った。

「なんか、すごいことになっていますね」

幹線道路の交差点を渡り、商店街に足を踏み入れたとき、長峰が言った。

道幅は先ほどの唐人町の商店街よりも若干広く、頭上を覆うアーケードもない。長峰の言う通り西新はより活気がある。商店街の入り口にあった看板によれば、午後一時から道路は車両通行止めとなる。普段は商用車が行き交う通りの主役は、何台ものリヤカーとなった。

「肉屋のおかみさんが言った通り、にぎやかだ」

道の真ん中にリヤカーが停まっている。それぞれの荷台には近隣の農地で採れたばかりの新鮮な野菜や花が並べられている。

「ここですね」

脇道に入ってから二〇メートルほど進んだところで、長峰が言った。店先にオレンジと白のストライプ柄の庇が突き出ている。その下には、〈日田(ひた)産すいか〉の手書きプレートがあり、大きく育ったすいかのほか、メロンやぶどうなど九州各地から集められた新鮮な果物が並べられていた。

このほか、青森産のりんごや福島産の桃も陳列されている。九州で東北の産物を見かけるとは。田伏は少し驚いた。とくに家で取り寄せている福島産の桃もある。〈地方発送承ります〉の手書きポスターの奥に、白髪で老眼鏡を鼻の頭に載せた眉毛の濃い老人の姿が見えた。グレーのポロシャツに濃紺の前掛けで、老人の両肩はいかつく張っている。長年重い果物の箱を運んでいる証拠だ。

「こんにちは」

田伏が声をかけると、そろばんを弾いていた老人が顔を上げた。

「警視庁の人？」

「ええ、先ほど加藤精肉店のおかみさんからご紹介いただきました」

田伏と長峰はそれぞれ警察手帳を主人に提示し、頭を下げた。

「まあ、遠いところをよう来んしゃった。柴田ですたい」

そう言うと柴田は立ち上がり、老眼鏡をそろばんの脇に置いた。

「ここはガサガサしちょるけん、外に冷たいもんでも飲みに行くたい」

柴田は店の奥にいる店員に声をかけて手帳を受け取ると、田伏らに外に出るよう促した。

「お忙しいところ申し訳ありません。我々はこちらで一向にかまいませんが」

田伏の言葉に柴田が首を振り、小声で答えた。

「俺も息抜きばしたい」

柴田は悪戯っぽく笑い、庇を潜って通りへ出た。田伏と長峰も顔を見合わせたあと、後に続いた。

果物店の店主は西新中央商店街の表通りに面した三階建てのビルの階段を軽やかに上り始めた。テナント表示板には、一階は大手携帯電話会社の支店、二階は食堂、三階は歯科医院となっている。喫茶店の文字はない。

「よかよか」

二階まで上ると、柴田は階段横の扉を押し開けた。田伏は再び長峰と顔を見合わせた。日の前には〈かっぽれ食堂〉の文字がある。

「アイスコーヒーくらいなら置いてあるんじゃないですか」

長峰が飄々(ひょうひょう)とした顔で言った。首を傾げながら店に入ると、柴田は商店街を見下ろす窓際の四人席に座っていた。

「こっちたい」

柴田が手招きする。田伏は長峰を従え、席に向かった。時刻は午後一時半過ぎで、食堂には作業着姿で食事をする工員や、漫画誌を読みながらカレーを食べる学生ら七、八人の客がいた。

「毎度!」

田伏と長峰が柴田の対面に腰掛けたとき、ごま塩頭の店員が近づいてきた。柴田とは顔馴染みらしく、ホークスの試合結果について二人は軽口を叩いた。

「俺は生(なま)の大。あんたらは?」

柴田は店員に告げたあと、田伏に顔を向けた。

「我々は勤務中ですので、ウーロン茶を」

「そげん、杓子(しゃくし)定規にならんでも」

田伏はごま塩頭の店員にウーロン茶二つと告げた。

「若い兄ちゃんは腹減ってなかと?」

いきなり話を振られ、長峰が戸惑っている。

「あ、あの……」

長峰が動揺し始めた。田伏が見るところ、柴田は面倒見がよい反面、我が強く、言い出したらきかない。九州男の典型だ。

「昼飯まだやけん、付き合えばよかと。焼きちゃんぽんの大、それで取り皿もな」

柴田が言うと、店員が愛想よく頷き、厨房に向かった。

「焼きちゃんぽんとは？」

田伏が訊くと、柴田が胸を張った。

「先代の店主が長崎出身でな、ちゃんぽんや皿うどんもうまいけど、焼きそばっぽい逸品ば作ったと」

柴田が説明し終えたとき、ごま塩頭の店員が大ジョッキと瓶入りのウーロン茶二本をテーブルに載せた。

「それじゃ、俺だけ失礼」

柴田が美味そうにジョッキに口を付けた。

「早速ですが……」

事件について切り出すと、今まで朗らかな笑みを浮かべていた柴田の表情が一変した。

「よか男だったばい」

大ジョッキをテーブルに置き、柴田が洟をすすり始めた。同時に、果物店の老店主は手帳を取り出し、中から数枚の写真をつまみ、田伏に向けた。

「これはウチの倅と高校時代に撮った写真で……」

法被にねじり鉢巻姿の若い男二人が肩を組んでいた。唐人町の加藤精肉店のおかみが言った通り、平岩は他の男と同様に祭り好きな九州人だった。

「あいつが会社を辞めて東京行くとき、ウチで壮行会もやったんよ」

先ほど訪れた果物店の店先の棚を片付け、平岩や柴田らが生ビールを片手にバーベキューのコンロを囲んでいるショットだった。

柴田が一方的に平岩の生い立ちから東京に出るまでのエピソードを語り続けた。田伏は所所で相槌を打ちつつ、手帳に気になった事柄をメモした。かつての恋人のこと、学校生活で喫煙がバレて二度の停学となったこと等々、事件と直接関係のありそうなものはなかった。

「焼きちゃんぽんの大、お待ちどおさま」

柴田が大ジョッキのおかわりを頼もうとしたとき、ごま塩頭の店員が大皿に盛られた焼きちゃんぽんを運んできた。

今まで顔をしかめて平岩の話を続けていた柴田の表情が明るくなった。目の前には盛大に湯気を立てる一皿がある。ちゃんぽん麺を焼きそばと同じ要領で炒めたものだ。ざっくりと切られたキャベツや豚肉、そしてピンク色のかまぼこの細切りが見える。修学旅行で行った長崎のちゃんぽんと同じく、アサリやイカも混じる。麺と野菜の上には、大量の刻み青ネギが散らされ、色彩で強く食欲を刺激する一皿だ。

「温かいうちに食べんしゃい」

柴田は手際よく焼きちゃんぽんを小皿に取り分け、田伏、そして長峰の前に差し出した。

「せっかくだからいただこう」

「いただきます」

田伏が割り箸を持ったとき、長峰が勢いよく小皿の上の麺と具材を口に入れ始めた。対面にいる柴田が満足げな笑みを見せた。味付けはソースではなく、塩ダレだ。

「うまいです」

田伏が言うと、柴田が大ジョッキに口を付けた。

「あいつもこの焼きちゃんぽんが好きやったとです」

食堂の天井を見上げながら、柴田が言った。多少荒っぽいところはあるが、柴田は気の良い老人だ。だが、すでに被害者の思い出話に話がシフトしてしまった。これ以上、捜査に関係する話は聞けそうもない。田伏の横では、会話の間合いが取れない長峰が麺をすすり続ける。そろそろ潮時かもしれない。しかし、このまま席を立つのは非礼に当たる。田伏は、話を変えた。

「ところでご主人、ご商売は大層繁盛しているご様子ですね」

「地元の人に気に入られて、商売続けとるです」

田伏の顔をまっすぐ見ながら、柴田が相好を崩した。

「先ほどざっとお店を見せてもらいましたが、日田のすいかやら、九州各地のうまそうな果物がたくさん揃っていました」

「日田のすいかは最高ばい。なんなら土産に持っていくと？」

柴田の言葉に田伏は慌てて首を振った。

「話をうかがった方々から物をいただくのは規則違反ですから」

「そげん、堅いことを言わんと」

「ダメです」

田伏が強い口調で言うと、柴田は口を尖らせた。

「お気持ちだけ、それに貴重なお話も聞けましたから」

「こげんなもんで役にたったと？」

「もちろんです」

田伏は横の長峰に目をやった。辛うじて二人の会話を聞いていたとみえて、長峰も小皿を持ちつつ、なんども頷いた。

「それにしても、九州で津軽のりんごを並べていらっしゃるとは、驚きでした。それにアジアのフルーツもありましたね」

「別に珍しいことやなかと。今は空輸されてくるし、うまかもんは九州であろうと東北であろうと関係なか」

「なるほど。私も何度か仕事で青森に行きましたが、津軽のりんごはうまいですよね」

「ああ、そうたい。津軽だけやなか、福島の桃も絶品たい」

福島の桃は田伏も大好物だ。相槌を打とうとしたとき、柴田が突然表情を曇らせた。

「どうされました？」

「平岩のことで思い出したことがあったばい。あれは何年前やったか……」

柴田がテーブルに置いていた手帳を取り上げ、ページをめくった。

「福島の桃たい……」

平岩と桃がどうつながるのか。なにが柴田の記憶に残ったのか。

「あったばい」

柴田が別の写真を田伏の方に向けた。やはり柴田の店の中で、老若男女が集ってバーベキューのコンロを囲んでいる写真だった。画面の隅に、柴田の白髪、そして団子鼻の平岩が写っていた。

「今から二年前の夏、あいつが帰省しよったときばい」

柴田の眉根が寄った。

「カミさんが福島の桃を切って皆に振る舞うと、平岩がいきなり怒り出したんだ」

そのとき、突然激昂した平岩は、皿を乱暴にひっくり返し、地面に落ちた桃を何度も踏みつけたという。

「なぜ怒ったのでしょう？」

「ようわからんばい。あいつは果物が好きでな、いつもは喜んで食うとった。どうして怒ったのか、わけがわからんかった」

田伏は手帳に〈福島　桃〉と書き加えた。今まで聞いた平岩の人となりとは全く異質の話で、田伏の胸になにかがひっかかった。

「でも、今にして思えば、あいつはあんとき、福島生まれの離婚した奥さんとなにか揉めていたのかもしれんな」

田伏は懸命に記憶のページをめくった。平岩は他人の金に手をつけ、結果的に妻に愛想を尽かされて離婚した。おぼろげな記憶によれば、たしかに元夫人は福島生まれだった。だが、恩人とも言える柴田に対し、なぜ声を荒らげたのか。田伏は納得できなかった。

田伏が考えを巡らせていると、テーブル下のラックに入れた背広の中で、ガラケーが鈍い音を立てながら振動し始めた。長峰の顔が曇った。

「なにかあったんですかね？」

「わからん」

田伏は急いでガラケーを取り出した。小さな画面には長峰の予想した通りの事態を思わせる名前が表示されていた。

「どうしました上田さん」

ガラケーを掌で覆って話し始めると、電話口に上司のくぐもった声が響いた。

〈早く東京に戻ってこい〉

捜査一課長の声を聞き、田伏は長峰に顔をしかめて見せた。

「なにか起こったんですか？」

〈大変なことになった〉

電話口の上田の声が一層沈んだ。中野か杉並の捜査本部で大きなトラブルでも発生したのか。それとも第三の犯行が起こったのか。田伏は席を立ち、店の出口近くで訊き返した。

〈俺も完全にノーマークだった。犯人（ホシ）が自ら動きやがった〉

上田の発した言葉に、田伏は肩を強張らせた。今まで後ろ姿はおろか、影さえ見えなかった犯人がどのような行動に出たというのだ。

〈今回の二件の殺人事件に関する報道で独走していた中央新報に犯行声明を出した〉

「手紙かなにかを中央新報に？」

〈メールだ。今、中央新報の編集幹部と声明の扱いで揉めている最中だ。生安のサイバー班も投入するが、まずは事件に触っている長峰の知恵が必要だ〉

一方的に告げると、上田が電話を切った。

長峰の見立てによれば、犯人は、防犯カメラの設置場所を表示する地図アプリを駆使し、己の姿を見せぬよう犯行に及んだ狡猾な人間だ。そもそもソフト会社の試作段階のアプリを使うということは、相当ネットに詳しい人間に他ならない。

ツイッターという投稿型のＳＮＳで自分の捜査の手の内を意図せざる形で拡散された挙句、やりがいのある職場を奪われてから、まだ一年半しか経っていない。

犯人はネットと現実の社会を縦横に行き来し、そしてかつて田伏を痛烈に批判したメディアを使って、犯行の狼煙を上げた。

この先、自分の心をズタズタにした無責任極まりないネットの世界に足を踏み入れなければならないのか。そんなことを考えていると胃液が口元に逆流するような気持ちの悪さをおぼえた。

「なにがあったんですか？」

田伏が席に戻るなり長峰が言った。

「緊急で呼び出しがかかりました。貴重なお時間をありがとうございました」

「犯人が見つかったと？」

「いえ、違います。詳細は明かせませんが、我々の予想を超える事態が起きてしまったようです」

「また誰かが殺されたと？」

柴田の問いに答えることはできなかった。そうならぬことを願うのみだ。

柴田に頭を下げると、田伏はテーブルの上に置かれた伝票を取り上げ、足早にレジに向かった。

第三章　滲み

1

〈犯人からのメッセージ、社会面に全文掲載〉

福岡空港の売店で買った中央新報夕刊の一面に、刺激的な見出しが載っている。

一面のトップ記事は、問題発言を繰り返す女性閣僚の進退問題に関する分析記事だが、連続殺人犯から届いた犯行声明の方がインパクト大なのは明らかだ。田伏は満席の東京行きの便の中で、慌ただしく新聞をめくり、社会面の記事に目をやった。

〈ゲームはまだまだ序盤です。無能な警視庁捜査員の皆さんが昔ながらの捜査手法を採っている限り、私の後ろ姿も発見することは不可能でしょう〉

大胆不敵な犯行声明だった。隣の席では、長峰が手元のスマホを睨んでいる。同じ記事を中央新報のネット版で読んでいるのだ。

〈序盤とは、これからも私の犯行が続くという意味に他なりません。中央新報をはじめ、主要なメディアの報道によれば、中野坂上と高円寺の事件の被害者たちに関して、警視庁は未だ二人のつながり、なぜ殺されたのかという共通点を見出していません。無能な捜査員の皆さんはいつ見つけるのでしょうか？〉

田伏は一旦、メッセージの全文から目を離し、掲載されている写真を見た。

〈犯人から送られた凶器の写真　右は全体、左は拡大図〉

キャプションの通り、右側の写真には文化包丁の全体が写っている。鑑識課があぶり出した通り、量販店などで容易に入手できるありふれた形の文化包丁だ。左側は、包丁の鋒の拡大図だ。新聞紙の粗い粒子では詳細を確認できないが、追加のキャプションには決定的な文言が載っている。

〈包丁の先は一・五ミリほど曲がっている〉

田伏は肘で長峰の脇腹を突いた。

「この部分を拡大表示できるか？」

「もちろんです」

田伏が紙面の写真を指すと、長峰がスマホの写真を人差し指と親指で広げてみせた。

「これって、動かぬ証拠ってやつですよね」

ネット版の画像は鮮明だった。犯人は特殊なレンズで文化包丁の鋒を接写したのだろう。わずかに刃先が曲がっているのが確認できる。

「動かぬ証拠というか、秘密の暴露だな」

「どういう意味ですか？」

長峰が首を傾げた。実地の捜査経験がほとんどない長峰には解説が必要だった。

「例えば犯人(ホシ)を検挙して取調室に連れてくる。その際犯人でなければ知り得ないことを自供することを、秘密の暴露と呼ぶ」

「へえ」

「今回に関して言えば、犯人(ホシ)が依然として犯行に使った凶器を保持している。これは秘密の大暴露だよ」

殺人事件の捜査過程では、様々な証拠が集まる。通行人の目撃情報や防犯カメラによる映像、そのほか、犯行現場に落ちていた毛髪から得たＤＮＡなどだ。これらの証拠に加え、マスコミなどに明らかにされなかった犯行時の状況、例えばどのような角度から被害者を殴ったのか、あるいは凶器をどこに廃棄したかなどの情報もある。廃棄した凶器が犯人の証言通りの場所から発見されれば、加害者しか知り得ない情報であり、完全に犯人であるとの証明となる。これが秘密の暴露だ。

「メディアにこんなものが載ったら……」

長峰の表情が曇った。

「夕刊の締め切りまで警視庁（かいしゃ）と中央新報は大騒ぎだったらしい」

田伏は再び中央新報の社会面に目をやった。

〈本紙の見解：本日午前八時半、本紙社会部に『ひまわり』と名乗る人物からのメールが届きました……〉

犯人のハンドルネームは「ひまわり」……。

〈本紙は中野坂上、高円寺の両事件に関して多数の記者を動員して様々な取材源から情報を集め、一連の犯行が同じ凶器を用いた同一犯によるものである可能性が高いことを報道しました。『ひまわり』を名乗る人物はこれに反応したもようで……〉

中野と杉並の両捜査本部、そして捜査一課のトップである上田が最も恐れていた事態が、田伏の目の前にある。

中野と杉並、隣接した地域で発生した刺殺事件の凶器に関しては、厳重な箝口令（かんこうれい）が敷かれた。

だが事態は最悪の展開となった。警視庁内部から漏れ出した情報が犯人の新たなる行動を惹起してしまったのだ。

〈……本紙はことの重大さを勘案し、『ひまわり』を名乗る人物から届いたメールを警視庁に提供しました。警視庁は公式には認めていませんが、同人物からの情報が犯人しか知り得ないものであるとみており……〉

中央新報の記者たちは驚愕したに違いない。自分たちの報道を見て犯人が行動を起こし、それに警視庁が渋々ながらもお墨付きを与えたのだ。

〈本紙は凶悪な犯罪を絶対に認めません。しかし、報道の自由の観点から犯人とのやりとりは読者の知る権利に十分値するものと信じて……〉

「なにが報道の自由で、知る権利だ」

紙面の文字を目で追いながら、田伏は唸った。

「これって劇場型犯罪ってやつですよね」

「ああ、まんまと犯人（ホシ）の術中にはまった」

田伏の脳裏に、三〇年以上前に関西で発生した大手菓子メーカーへの恐喝事件の記憶がよぎった。犯人グループはなんども新聞やテレビなど大手のマスコミにメッセージを送り、大阪府警や滋賀県警、京都府警の捜査員を手玉にとって、事件は最終的に未解決となった。マスコミを操り、世論を巧みに誘導して報道を煽る劇場型犯罪の戦後初のケースだった。

「同じ轍を踏むわけにはいかんぞ」

「五年前に起きた大失態か」

五年前、インターネットを使った劇場型犯罪が発生し、警察だけでなく検察も赤っ恥をかいた。

2

江木という当時三〇代前半の男が起こした事件もマスコミに自分が犯人だと名乗り出たケースで、関西で起きた事件と同じ劇場型犯罪だった。

ただ一つ明確な違いがあるとすれば、江木はインターネットの技術を巧みに使い、警察と検察を手玉にとった点だ。四人もの誤認逮捕、起訴へと警察と検察を誘導したのだ。

「江木の一件を契機に警視庁が対策を強化して、俺が採用されたようなものです」

スマホの画面に映る男の写真を見ながら、長峰が言った。あの時、警視庁だけでなく、千葉県警など、のべ三〇〇人以上の警官が動員されて、警察組織全体が振り回された。あんな犯罪を再現させるわけにはいかない。

長峰に告げたあと、田伏は手元の中央新報に目をやった。

〈ゲームはまだまだ序盤です〉

社会部に届いたという犯人（ホシ）からのメッセージが目に突き刺さった。

「そういえば、メール解析は容易じゃないって言っていたよな」

「ええ、案の定でしたよ」

「どういう意味だ？」

「中央新報に出されたメールは、トーアを使って発信されていました」

長峰はスマホの画面をメールに切り替えていた。細かい文字が並んでいる。生安の元同僚からのようだ。

「トーアってのはなんだ？」

「ジ・オニオン・ルーターの略です。システム関係者はＴｏｒとアルファベットで表記します」

「玉ねぎとシステムがどう関係する？」

田伏の問いかけに、長峰が呆れたように息を吐き出した。

「トーアは、極めて匿名性の高いネットの通信システムです。ＩＰアドレスが通信機器を特定することは田伏さんでもご存知ですよね？」

「ああ、江木の最初の犯行時、誤認逮捕のもとになったやつだな」

「要するに、IPアドレスがわからないようにインターネットにアクセスするシステムのことです。我々のような専門捜査員が解析を試みても、玉ねぎの皮を剝くように、次々と別の通信システムに行き着いてしまうことから、こんな名前が付きました」

あの一件以降、インターネットを極力回避してきた田伏にとって、長峰の話はちんぷんかんぷんだ。

「元SITの田伏さんなら、電話の逆探知って言ったらわかりやすいですかね」

長峰は、周囲の乗客を気にして、声を潜めた。

誘拐や企業恐喝事件が発生すると、大抵の場合犯人から電話で身代金要求の連絡が入る。警察は通信会社と協定を結んでおり、こうした事件が発生した場合は架電元を速やかに特定できるように動く。

具体的には、通信会社のエンジニアに協力を仰ぎ、どこで発信されたものなのかを通信会社のシステム内部で探知する仕組みだ。刑事ドラマでは犯人からの電話を受け、一、二分かけて逆探知をするシーンが映し出されるが、通信のデジタル化が進んだ現在はほぼ瞬時に架電元を突き止めることが可能だ。

「通常のIPアドレスも固定、携帯電話と同様で、すぐに発信元を逆探知できます。しかし、トーアの場合、一〇や二〇の中継地点は当たり前で、最近は一〇〇の中継地点を経てメールが届くこともあるのです」

「ということは、海外のサーバーとかを経由するのか?」

「そうです。中国の前は西アフリカ、その前は南米コロンビアとかです。事実上逆探知が不可能なシステムというのがトーアの仕組みの簡単な説明です」

「今回の犯人(ホシ)もそのトーアを使っていたわけか」

田伏は長峰の手元、スマホのメール画面を指して言った。

「五年前の江木の一件でもトーアが使われ、捜査難航の一因になりましたから。犯人(ホシ)は相当に周到に事を進めています」

長峰の顔は真剣だった。

「犯人(ホシ)のメッセージの解析は当分時間がかかるとして、先ほど食堂で柴田さんが言っていたことに反応されたようですけど」

「ほとんど手がかりらしいものがなかったからな。彼の話は少しだけ気になった」

田伏は本心を明かした。東京で一つもつながりが見えなかった河田と平岩について、福岡の居酒屋などで相席していたなどの話が拾えていたら、柴田の話には反応しなかったかもしれない。

背広から手帳を取り出し、田伏はページをめくった。

〈あんとき、福島生まれの離婚した奥さんとなにか揉めていたのかもしれんな〉

柴田の言葉を書き取った自分の文字を前に、田伏は考えを巡らせた。

二人の離婚のタイミングは二〇一四年の二月だ。一方、平岩が柴田の店を最後に訪れ、福島産の桃で激昂したのは、二〇一五年の七月、博多山笠の祭礼の際だ。

「別れた女房の出身地だからって、桃でキレるか？」

メモを睨みながら、田伏は呟いた。酒が入っていたからか。それとも、柴田の店に行く前、電話かメールで元妻と諍いになるようなことが起こっていたのか。時期は離婚から一年半も経っている。酒が入っていたとしてもそこまでムキになるとは考えにくい。

飛行機が旋回を始め機体がわずかに揺れたとき、手帳に記した〈福島〉の文字が不意に浮き上がってくるような気がした。

元妻という要因以外に、平岩を激怒させるなにかが福島というキーワードに埋まっているのかもしれない。田伏は手帳の文字を睨み続けた。

3

「なによ、この記事！」

葛西教子は中央新報の夕刊を丸め、力一杯秘書の机に叩きつけた。

「先生、部屋の外で地元支援者の皆さんがお待ちですから」

中年の男性政策秘書が慌ててフロアに落ちた新聞を取り上げ、猫撫で声で言った。不器用なくせに、わざわざ忌々しい新聞を広げている。机の上にある中央新報には自分を詰る見出しが載っている。

〈葛西大臣、また失言　内閣支持率低下の一因に　官房長官も苦言〉

「何年この界隈で秘書やってんの？　他の事務所で使えないからって、拾ってあげたのは私よ。それなのに、まだ私の呼び方さえわかってない。先生じゃなくて、大臣でしょうが！」

葛西の視線の先で、秘書の大きく後退した額の生え際に、脂汗が浮かんでいるのがわかる。

「すみません」

男性秘書が太った体を揺すり、懸命に頭を下げる。その醜い姿を見るたび、自分のこめかみが音を立てて破れそうな錯覚に襲われる。

「あんたさ、きょう私に怒られるの何回目？」

「すみません、先生」

「だからさ、先生じゃなくて、私は大臣なの。わかる？」

「すみません」

「この文字、なんて書いてあるか読める?」

葛西は顔を上げた秘書の前に人差し指を立て、机の上にある写真入りネームプレートに向けた。

「復興大臣、葛西教子です」

消え入りそうな声で秘書が言った。

「私はその他大勢の代議士じゃないの。まして、陳情の皆さんがおいでくださっているのに、あんたはまた言い間違えそうになっているじゃない」

「ごめんなさい」

秘書が拾い上げた夕刊をもう一度机に叩きつけたとき、隣席にいた女性の私設秘書が固定電話の受話器を取り上げていた。

「大臣、役所の局長からですが……」

「陳情が優先っていつも言っているでしょ。一時間後にかけ直すよう言って」

そう言うと、二人の秘書を残して葛西は乱暴に扉を開け、議員専用に割り当てられた個室に入った。

薄いグレーのジャケットを窓際のハンガーに吊るしたとき、眼下に首相官邸の巨大なシルエットが見えた。葛西は窓に近づき、親指と人差し指で目の前のブラインドを押し広げた。

首相官邸の隣に位置する衆議院第一議員会館の五階の部屋からは、ひっきりなしに出入りする黒塗りのハイヤーが見える。

議員会館の一室の主になるために、テレビ局のアナウンサーという華やかな仕事を捨て、与党民政党の公募試験に合格した。

与党の手厚い支援を受け、初めての総選挙で北関東の選挙区で当選を果たした。一年生議員のころは、所属派閥の長老議員たちに毎夜酒席に呼ばれ、ホステスまがいの扱いを受けた。だが、権力の座を一段一段這い上がるためだと唇を嚙み、ひたすら耐えた。

二度目の選挙では、かつて交際していたプロ野球選手とのスキャンダルを暴かれ、ライバル野党候補の猛追を受けた。しかし農業団体や建設業組合の寄り合いに通い詰め、涙を見せることで許しを請うた。三度目の当選後、ようやく日の当たる場所に出ることができたのだ。

一期、二期目と雑巾掛けと呼ばれる党務に汗を流した。

下働きを現幹事長が目に留めてくれ、第三次となる芦原(あしはら)内閣の目玉女性閣僚の一人として、重責を担うことになったのだ。

官邸の表玄関を行き来するハイヤーの群れを眺めていると、デスクに置いたスマホが何度か振動した。手に取ってみると、画面には帝都通信社や中央新報、大和新聞など主要メディアの速報ニュースが表示された。

〈帝都世論調査　内閣の支持率が5ポイント低下、不支持率は10ポイント上昇　葛西大臣の失言響く〉

　舌打ちを堪え、大きく息を吐き出す。一週間前の閣議後定例記者会見の光景が頭をよぎる。同時に、西日本を襲った豪雨被害の視察に関して、しつこく食い下がり続けたフリーランスの記者の顔も蘇る。

〈土石流被害の視察で、なぜ白いスニーカーだったのですか?〉

〈あのときは長靴のサイズが合わなかったから、やむなくスニーカーを履いたのです〉

〈大臣室に長靴の用意もなかったのですか?〉

〈……事務方との調整が足りなかったのかもしれません〉

〈事務方と話し合わねば、大臣は長靴一つ買えないのですか?〉

〈そうではありません。就任からまだ一カ月でしたから、準備する期間がそもそも足りなかったのです〉

〈災害は大臣の就任期間や経験とは関係なくやってきますよね。そのための担当大臣じゃありませんか?〉

〈それって、揚げ足取り？　ちょっと質問が悪質だけど〉

思わずそう言い返したときフリー記者の顔が醜く歪み、口元に薄ら笑いが浮かんだ。

〈職務怠慢を指摘されて、逆ギレですか？　被災地では未だ仮設住宅の建設が間に合わず、硬い体育館の床で生活している国民が一〇〇〇人単位でいるんですよ〉

〈それとこの問題は別でしょ？　あなた、記者クラブの厚意で会見に参加しているのに、ちょっと酷すぎない？〉

〈私はあくまで大臣の資質を問題視しているだけです。不自由な生活を続ける被災者の代弁者としてね〉

そう言うと、記者がまた薄気味悪い笑みを浮かべた。相手は手練のフリー記者だった。会見で自分が激昂したシーンだけが編集され、なんどもニュースや情報番組で放映された。

〈今後は冷静に対応してください〉

今日の午前、官邸で開かれた閣僚懇談会のあとに総理の懐刀と呼ばれる阪官房長官からも釘を刺されたばかりだ。四面楚歌の状態なのに、永田町のただ一つの砦である自分の部屋で、無能な秘書が次々に失態を演じる。

落ち着け。局の看板番組の総合司会を任され、大観衆の前で無事に仕切りを終えたときのことを思い出せ。目を閉じ、葛西は呼吸を整えた。

4

「以上、中野・杉並両捜査本部担当者からの報告です」

中野署会議室に集められた約二〇名の捜査員が下を向く中、秋山管理官が沈んだ声で告げた。会議とは名ばかりで、通夜のようなムードが支配していた。実質的に二件の捜査はなにも進展していない。

田伏は会議室の一番後ろの席で顔を上げた。幹部席にいる両署の刑事課長や秋山ら本部の管理官が沈痛な面持ちで唇を噛んでいる。幹部席の真ん中に座る上田捜査一課長は腕を組み、ずっと目を閉じていた。

羽田空港から中野署に駆けつけると、上田の命令で二つの捜査本部の幹部や主任級の捜査員たちが集められていた。

緊急動員の主因は、犯人（ホシ）から発せられた犯行声明に他ならない。夏にもかかわらず会議室の雰囲気は凍てついていた。

「福岡はいかがでしたか？」

重苦しい空気の中、幹部席から秋山が突然田伏に問いかけた。すぐに立ち上がると、幹部席のほか、前方に座っていた中野・杉並両署の捜査員たちの視線が全身に突き刺さる。

「中野署の若宮巡査長の尽力により、二人の被害者(マルガイ)が昨年夏、同じ時期に福岡を訪れていたことが判明し、その裏付けを取るべく福岡に行ってきました」

田伏はここで言葉を区切り、自分を見上げている若宮の顔を見た。

「被害者の平岩氏は福岡市出身。かつて自動車会社の営業マンだったころの顧客、それに同級生の親などを当たりましたが、あのような形で殺されることは考えられないという証言ばかりでした」

田伏は手元の手帳を睨んだ。

〈福島　桃〉の文字がある。

手ぶらで帰ってきたのか。他の捜査員たちの目線が自分を詰っている。炎天下の商店街を何時間も歩き回ったがめぼしい成果はゼロだ。そんな中、ただ一つ、引っかかったのが果物店の柴田が発した言葉だ。ここで報告をすべきか。田伏が逡巡していると、秋山が口を開いた。

「河田さんについては?」

田伏は首を振ったあと、言葉を継いだ。

「彼女が見本市のコンパニオンとして派遣されたドーム球場のほか、立ち回り先にも連絡しましたが、彼女を記憶している者はおりませんでした。二人の福岡行きはたまたまタイミングがあっただけの公算が大きいと考えます」

案の定とでも言いたげに秋山は頷き、視線を上田に向けた。上田は目を閉じ、仏頂面で腕組みしたままだ。

「あ、あの……」

秋山が恐る恐る声をかけると、上田がゆっくりと両目を開けた。

「これから話す事柄は、厳重保秘を徹底してもらいたい。中央新報には、犯人(ホシ)の検挙後に報じるよう強く釘を刺した」

上田がぶっきらぼうに言うと、すぐさま秋山が問うた。

「どういうことですか？」

「メールには、犯行声明のほかにもっとえげつない内容が含まれていた」

上田が顎をしゃくると、幹部席の対面、最前列にいた背広の男が立ち上がった。

「鑑識の宮崎(みやざき)、皆に説明してくれ」

宮崎という男が頷いた。本部鑑識課理事官で一課経験の長い刑事だ。宮崎は隣にいた若い男に二言三言告げる。すると、幹部席の横にあった巻き取り式のスクリーンが開き、同時に会議室の電灯が落とされた。

「では、説明します」

宮崎が通りの良い声で言った。

「まず一点、写真を見ていただきます」

宮崎の言葉を受け、隣にいた若手の鑑識課員が小型プロジェクターを操作し始めた。薄暗い会議室に青白い光が放たれると、スクリーンいっぱいに黒髪を濡らし、うつ伏せで倒れる女性の写真が大映しにされた。

「こちらは中野坂上の現場（げんじょう）、被害者河田さんの写真です」

宮崎が言うと、画面が切り替わり、背中、胸部、腹部を接写した三枚の写真になった。

「河田さんは背中、胸部、そして腹部を文化包丁で刺されました」

スクリーンの画面が別の写真に切り替わった。やはりうつ伏せに倒れる平岩だった。

「本日、中央新報に届いたメールには、ひまわりと名乗る犯人（ホシ）から、詳細な犯行時の状況説明が加えられていました」

状況説明という宮崎の言葉に、田伏の背筋に悪寒が走った。

「メールの中で犯人（ホシ）が示した殺害時の説明です」

田伏はスクリーンを凝視した。

〈河田については、まず後ろから忍び寄って、背中の……〉

宮崎がレーザーポインターで犯人（ホシ）の説明、そして二人の遺体の創痕を順番に指した。

田伏は今までに五名の殺人犯に手錠（ワッパ）をかけ、取り調べを行った。その後は犯人（ホシ）を現場に連れて行き、実況見分する引き当たりを行った。今、宮崎が説明している事柄は、身柄を確保された容疑者が渋々、警察官に明かすものだ。それをメールでメディアに伝えるとは異様だというしかない。ひまわりという犯人（ホシ）は、愉快犯だった江木とは全く違う性質を持つ怪物かもしれないと思った。

「監察医と再検証しましたが、刺し方、創の状況を総合的に勘案した結果、メールに記述された内容は真犯人（ホンボシ）しか知り得ないものと断定しました」

宮崎の説明が終わると、会議室に捜査員たちの低い唸り声が響いた。

「次に、メールの発信元ですが……」

田伏は真横の長峰に目をやった。長峰は口をへの字に曲げ、肩をすくめた。

「パソコン遠隔操作事件の江木被告と同様、トーアという特殊なシステムを使って中央新報にメールを送信しており、追跡は不可能でした」

宮崎が発した不可能という言葉に、幹部席の上田が舌打ちした。

「西アフリカの小国のレンタルサーバーやアルゼンチンのプロバイダ、ロシアの通信局と計八〇カ所を経由しておりまして、民間の優秀なホワイトハッカーでも追跡は無理だという結論に至りました」

宮崎の報告が終わると上田が立ち上がり、捜査陣を睨みつけた。

「おまえたちも知っている通り、ブン屋は必ずネタを嗅ぎつけ、真偽のほどを当てにくる。絶対に情報を漏らすな」

田伏を含めた会議室の全員がはい、と低い声で応じた。犯人しか知り得ない話が発行部数六〇〇万部の大手新聞に載ってしまえば、模倣犯の出現を誘発する恐れがある。まして犯人を逮捕して自供を取っても、秘密の暴露としての証拠能力を失ってしまう。

「第三の犯行に関し言及はなかったが、この犯人（ホシ）は絶対にやってくる。死ぬ気で阻止しろ」

上田の低い声が会議室の沈んだ空気を震わせた。

5

「なぜわざわざ裏口から出て、遠回りしたんですか？」

「中野署の正面玄関から出たら、ブン屋たちに囲まれてしまう。記者に会わなければ、ネタが漏れ出すリスクも減る」

田伏は手元のタンブラーに手酌でビールを注いだ。苦い味が嫌いだという長峰はウーロンハイだ。

「餃子を追加するか？」

田伏が訊くと、長峰が頷いた。田伏はカウンターの内側にいる店員にもう一皿とオーダーし、長峰の顔を見た。

「帰らなくてもいいのか？　勤務時間はとっくに終わってるぞ」

田伏の言葉に、長峰がカウンターに置いたスマホの時刻表示を見た。

「悔しいじゃないですか」

「なにが？」

「犯人(ホシ)ですよ。ネットのスキルを殺しに使うなんて、冗談じゃない」

「怒ったのか？　それとも、犯人(ホシ)の方が上手だから妬(や)いているのか？」

田伏が言うと、長峰は横を向いた。どちらも図星の様子だ。残業を嫌っていた長峰が、文句を言わずに空港から中野署、そして仕事終わりの食事(しゃり)に付き合っている。

「インターネットは人の暮らしを便利にするためのツールです。警視庁の対応が遅れているからって、殺しに悪用するなんて絶対に許さない」

「もっと怒れ。怒りの熱量が刑事(デカ)の一番の原動力だ」

刑事の仕事は右から左へ書類を捌く事務作業ではない。捜査員は怒りのスイッチが入ることで、事件(ヤマ)に対する姿勢が一八〇度変わるのだ。

「この店、よく来るんですか？」

「いや、二、三回来ただけだ」

腕時計に目をやると、時刻は午後九時半になっていた。ラストオーダーにはまだ一時間ある。田伏は餃子をつまむと、ラー油の利いたタレをたっぷりと付けた。

以前野方署に立った捜査本部に詰めたとき、鍋屋横丁近く、青梅街道沿いのラーメン屋に足を運んだ。夜八時半を過ぎると軽く一杯やりながら締めのラーメンを気楽に頼める。

「なにか突破口はないのか？」

餃子を口いっぱいに入れた長峰に言うと、相棒は首を強く振り、ウーロンハイで餃子を流し込んだ。

「捜査に関してはど素人です。田伏さんはじめ、あれだけのベテランがなにもつかんでいないのに、無理ですって」

「長峰の得意分野でという意味だ」

「ネットってことですか？」

長峰はもう一口ウーロンハイを飲み、天井を仰ぎ見た。

「中野と杉並の鑑取り班は、二人のＳＮＳもこまめにチェックした。しかし、おまえのような専門家から見たら、見落としがあるんじゃないか？」

田伏は手帳を取り出し、ページをめくった。

河田が頻繁に利用していたのはインスタグラム、そして平岩はフェイスブックだ。他にもLINEやツイッターを利用していたようだが、利用頻度はそれぞれがダントツだったと捜査会議で聞かされた。

中野署では、若宮が河田のインスタのツーショット写真を中心に鑑取りでは出てこなかった友人や仕事関係の人間を一〇〇人ほど炙り出した。

杉並署の担当者は、フェイスブックで平岩の〝友達〟三五〇人をピックアップし、手分けして鑑取りを行った。だが、インスタ、フェイスブックともに二人に恨みを抱くような人間を炙り出すにはいたっていない。

「田伏さんの過去の一件といい、警視庁はまったく進歩していないっていうか……」

長峰が顔をしかめて言ったときだった。店の扉が開き、二人の男が田伏の左側に座った。

田伏に近い方の男はチェック柄の半袖シャツ、もう一人はダブダブのTシャツと黒メガネだ。二人はビール二本と醤油ラーメンをオーダーし、贔屓の野球チームの話を始めた。先ほど中野署の正面玄関で上田を追いかけ回した新聞やテレビの記者でもなさそうだ。

「それで、警視庁のどこが進歩していない？」

「ウラアカ調べたんですかね？」

「ウラアカってなんだ？」

田伏の問いに、長峰が再び口を曲げた。

「こういうことです」

カウンターに置いたスマホを取り上げると、長峰がメール画面に文字を打ち込んだ。

〈裏アカウント〉

「アイドルや女優が裏アカで人の悪口を書いたり、作品の酷評載せて炎上するときがあるんです。芸能人だけでなく、一般人だって……」

いきなり長峰が話を止めた。

「すみません、俺も人のこと言えませんね」

「あのツイッターの投稿のことか？」

「ええ、俺だってやるくらいですから、二人がやっていても不思議ではありません。表の顔が良い人、綺麗な人ほど裏では心を病んでいることが多いから」

長峰が突然口を閉ざした。

「どうした？」

田伏が訊くと、長峰が顎で田伏の後方を指した。振り返ると、先ほど入ってきたチェックシャツの男がスマホを田伏に向けていた。

「なにしてる？」

田伏が言うと、男が慌ててスマホをカウンターに置き、口を開いた。

「警視庁の人ですよね？」

チェックの男が切り出した。田伏が首を振ると、男は田伏の襟元を指した。

「刑事ドラマでよく見ますけど、それ本物ですよね」

疑問形で問われたが、男の口調は断定的だった。田伏の襟には捜査一課の刑事であることを示す赤地に金でS1Sの文字が浮かぶバッジがある。

「断りもなしに撮ったのか？　失礼だろ」

思い切り声を落として言うと、男は胸のポケットから名刺を取り出した。

〈ネット速報サービス　ライトニング編集部　ライター　加藤大吾（かとうだいご）〉

6

「ライターだと……」

「インターネット専業のメディアですよ。俺の名刺出したんだから、あなたの分をいただけませんか？」

加藤と名乗ったライターは一切ひるむ様子がない。

「俺たち末端の人間は、メディアと接触できない規則でね」

田伏は離れた席の客を一瞥し、声のトーンを思い切り落とした。夜討ち朝駆けの記者を追い払うときの声だ。

「田伏さん、まずいっすよ」

「なにがだ？」

「このメディアって……」

長峰が田伏の耳元で囁いたときだった。店中に素っ頓狂な声が響いた。

「加藤ちゃん、やっぱりこの人だよ。すげえ、絶対、例の殺人事件の担当だぜ」

今まで黙っていたダボTの男が薄ら笑いを浮かべている。

「そうか。俺もどこかで見た顔だって思ったんだ」

ダボTの男からスマホを取り上げると、加藤というライターが大声で言った。

「おい、いい加減にしないか」

強い口調で言った直後、加藤がスマホを田伏の眼前に差し出した。

〈拡散希望！　**これが間抜け刑事の顔だ**〉

一年半前、田伏の心を完全に破壊したネット記事、そして自分の顔写真が目の前にあった。

背中に冷たい汗が浮かび、これがどんどん腰へと流れ始める。寒気は冷房の効きすぎではない。額にも嫌な脂汗が滲む。

「捜査に進展は？」

スマホをカウンターに置き、加藤というライターが田伏との間合いを詰め始めた。

「取材を受けるわけにはいかん」

「田伏さん、出ましょう」

ナイロン製の財布を取り出した長峰が、五千円札をカウンターに置いた。

「逃げんの？」

加藤が挑発的な口調で言った。普段なら襟首を絞め上げるところだが、まともに相手をしている場合ではない。こんな場所で、わけのわからないライター風情に揚げ足を取られるわけにはいかない。田伏も足元に置いた鞄を持ち上げ、スツールから立ち上がった。

「警視庁の刑事さんって、都民の税金で飯食ってるわけでしょう？　ちょっとくらい取材受けてくれてもいいじゃないっすか」

加藤という男の口調はあくまで好戦的だ。

「ふざけんなよ」

力を振り絞って加藤に言うと、隣のダボTの男が口元を歪ませ、笑った。

「加藤ちゃん、いただき。いい画が撮れたよ」

男の手元を見ると、スマホのレンズが自分の方を向いていた。

「田伏さん、相手したらダメっすよ」

長峰が強く腕を引いた。

「日本は報道の自由が保障されていますよ、田伏警部補！」

店の扉を開けた時、背中の方向で加藤の嫌味な声が響いた。

「ちっきしょう」

乱暴に店の扉を閉めると、田伏は思わずそう口にした。だが、言葉とは裏腹に鞄を持つ手が痺れ始めた。ようやく平常に戻った心が、再び壊れ始める予兆だ。

「田伏さん、早く！」

青梅街道沿いに出ていた長峰が、タクシーを捕まえていた。

「わかった」

長峰に背中を押され、田伏はなんとかタクシーの後部座席に乗り込んだ。

「とりあえず新宿駅方向に」

助手席の後ろに座った長峰が運転手に指示する。

「西口？　それとも東口？」

老年の運転手が呑気な口調で訊き返すと、長峰が怒鳴った。

「とにかく発進して！」

「はいよ」

不服そうに言うと、運転手が車を走らせ始めた。長峰の乱暴な言い方に腹をたてたのだろう。

「大丈夫ですか？」

「ああ……」

田伏は親指と中指で強くこめかみを押さえた。指先にべったりと汗が付着する。

「あいつら、最低です。他のサイトの記事はパクる、無断でタレントの写真を使うのは日常茶飯事で、出所不明の噂話の類いまで裏を取らずに扇情的に報じる……要はページビュー稼ぎで適当なニュースを載せる悪質なニュースサービスです」

悪質という言葉が、田伏の頭痛に拍車をかけた。

「ページビューってのはなんのことだ？」

「そのページを何人の読者が閲覧したのか、ということです。ページビューが増えれば、それに連動して奴らの広告収入が増えます」

「俺の顔は載るのか？」

「わかりません……ただ、奴らならやるかもです」

田伏はワイシャツの第二ボタンを外した。タクシーの車内は冷房が効いているが、一年半前のあの記事を目にした瞬間から動悸がし、顔がほてり始めた。

「田伏さん、大丈夫ですか？」

「ああ、構わん」

「無理しないほうが……」

田伏は長峰の顔を見た。以前、若宮や自分を小馬鹿にしたような態度は消えている。

「扇情的な見出しでヒマな読者を釣るから、別名釣りニュースって呼ぶ連中もいます」

長峰はスマホの画面をタップした。芸能ニュースの見出しのあと、国際政治の見出しが現れた。

〈あの強面大統領、かつては大物スパイだった!!〉

画面の下に目つきの鋭い東欧の国家元首の顔写真が掲載されているのがわかった。

「これは有名なフェイクニュースです。古い写真を最新技術でデジタル加工したもので、本来は面白おかしくデザイナーが作ったものなんですが、いつのまにか本物のニュースのように世界中を駆け巡りました」

「このサイトは誤報と承知した上で記事を載せているのか？」

「確信犯です。刺激の強い見出しでヒマな読者を釣れればいいんですから。ことの真偽なんて二の次です」

「ひどいな……」

「若いネットユーザーは新聞なんか読まないし、テレビもほとんど見ません。面白おかしく時間を潰せるんであれば、デマを拡散するようないい加減なサイトでも構わないんです」

長峰の言葉を聞き、先ほど会った加藤というライターの顔が浮かんだ。口元を歪め、薄ら笑いを浮かべていた。大手紙の社会部記者、テレビ記者のほか週刊誌記者と、長い刑事人生の中で様々なタイプの記者と接してきた。一癖も二癖もある連中だったが、読者や視聴者に真実を伝えるために田伏を追いかける……その点だけは一貫していた。だが、加藤というライターは全く違う人種だ。

「ひどい連中に目をつけられたな」

そう言うと田伏は背広からガラケーを取り出した。上田の番号を呼び出し、通話ボタンを押した。呼び出し音が三度鳴ったあと、電話口に不機嫌な上司の声が響いた。

7

「あり合わせばかりですけど、ゆっくりしていってくださいね」

代々木上原の自宅マンションのリビングダイニングで、妻の美沙が長峰にハイボールを差し出した。

「……ほんとうにいきなりですみません」

「主人が無理を言ったんでしょう？　久しぶりですけど、慣れていますから」

美沙は田伏の目の前に青菜の煮浸しや野菜サラダ、鶏胸肉の燻製などつまみを並べながら言った。

「悪いな、狭いマンションで」

田伏は背広を美沙に預け、言った。

「とんでもない。それにしてもいきなり行き先変更するんですから、びっくりしましたよ」

上田にネットメディアの取材について報告したあと、田伏はタクシーの運転手に代々木上原に向かうよう指示し、遠慮する長峰を無理やり自宅に連れてきた。

「麻衣、新しい相棒の長峰だ」

缶ビールのプルトップを引きながら言うと、麻衣がはにかんだ笑みを長峰に向け、ぺこりと頭を下げた。ここ数年、田伏に見せたことのない少女らしい笑い顔だった。田伏はキッチンカウンターにいる美沙に目をやった。

「長峰さん、あの役者さんに似ているから」

美沙が戦隊モノ出身の若手俳優の名を告げた。最近は刑事ドラマにも出演し、田伏も知るイケメン俳優だ。田伏が麻衣に目を向けると、うっすら頰を赤らめていた。

「俺はただのオタクです。勘弁してください」

照れ隠しなのか、長峰が下を向いた。

「頑固で融通利かない父ですが、どうかよろしくお願いします」

長峰にぺこりと頭を下げると、麻衣は急ぎ足でリビングを出ていった。

「おいおい、どういうことだ？」

「いいじゃない、長峰さんを話題にすれば麻衣が相手をしてくれるようになるわよ」

美沙が屈託のない笑い声をあげた。

「どういう風の吹き回しだよ。あの年頃の娘はわけがわからん」

「俺もです」

そう言うと長峰がハイボールを飲んだ。

「お仕事の話があるでしょうから、私は寝室にいますね。ご用があれば呼んでください」

前掛けを外しながら、美沙が言った。

「悪いな」

「どういたしまして。どうぞごゆっくり」

田伏は右手を上げ、リビングを出ていく美沙を見送った。

「綺麗な奥様ですね」

「俺には出来過ぎの女房だ」

田伏は所轄署時代に出会った元警官との馴れ初めを簡単に話したあと、切り出した。

「あの一件では、女房には随分苦労をかけた」

田伏はビールを一口喉に流し込み、言った。対面に座る長峰は神妙な顔だ。

「女房や娘は駅前で記者に追いかけられたし、俺の携帯は切れ目なく鳴った」

常に世間から好奇の目にさらされていると感じるようになり、酒量が増えたと長峰に明かした。善意で情報を拡散させた高校生を恨むわけにもいかず、怒りをぶつける場がないうちにどんどん追い込まれたのだと告げた。

「一番苦労したのは、不眠症になりかけたときだ。ネット上で絞首刑にあう夢をなんどもみた。うなされるのが怖くてさらに酒に逃げる。その後はげっそり痩せて、拒食症みたいなレベルまでいった。女房が長い目で付き合ってくれたから、なんとか立ち直れたんだと思う」

田伏は美沙のいたキッチンに目をやり、言った。

「ネット民は無責任に情報を拡散させ、飽きれば別のネタに飛びつき、炎上を楽しむ。最近はその度合いがひどくなっていいます」

長峰はちびちびとハイボールを飲んでいる。もう一口、ビールを飲み込むと田伏は姿勢を正した。

「さて、仕事の話だ。ラーメン屋の続きをやろう」

煮浸しを突いていた長峰の表情が一変した。

「裏アカの件でしたね。でも、大丈夫ですか？」

「俺なら平気だ」

田伏は胸を叩き、言った。タクシーの車中で長峰が色々と気を遣ってくれた上、新宿駅から自宅へと行き先を変更し家族の顔を見たときから、ざわついていた胸が落ち着いたのだと明かすと、長峰がゆっくりと頷いた。

「とにかく新しい取っ掛かりが必要なんだ」

長峰が箸を置き、テーブル下に置いたリュックのジッパーを開け始めた。

「スマホだと画面が小さいので、ノートパソコンを出しますね」

長峰は手元にあったグラスや皿を押しのけ、薄型のノートパソコンと、スマホと同じ程度の大きさの小さな箱をテーブルに置いた。

「ポータブルのＷｉ－Ｆｉです」

「Ｗｉ－Ｆｉなら、うちのを使えばいい」

「気を悪くしてほしくないのですが、他人のセキュリティを信用していないので」

淡々と告げると、長峰がポータブル端末の電源を入れ、ノートパソコンのキーボードを猛烈な勢いで叩き始めた。

「万人がSNSを使うご時世で、捜査で被害者のアカウントを洗うようになったのは当たり前のことです」

青白い光を発する液晶画面を睨みながら長峰が言った。

田伏が画面を覗き込むと、河田のインスタグラムのアカウント、そして平岩のフェイスブックのページが相次いで表示された。

「彼らの裏の顔を探しましょう」

そう言うと、長峰はさらに速くキーボードを打ち始めた。

8

田伏の目の前で長峰が淡々とキーボードを打ち続ける。

「まずは河田さんの裏アカを検索中です」

長峰は一旦手を止め、パソコンのディスプレーを田伏に向けた。

画面は二分割され、左側に捜査本部の用意した河田のプロフィール資料、右側にはインスタグラムの河田のアカウントが表示されていた。

「複数のSNSに登録している可能性が高いので、探しています」

そう言うと長峰がキーボードを叩いた。すると右側の画面が切り替わった。

「検索サイトのグーグルってやつだな」

「まずは本名でざっと検索をかけてみます。漢字、ローマ字両方で実行します」

検索ワード欄に河田光子と入力し、エンターキーを押す。すると、画面に一五件のヒットがあったとの表示が出た。

「これは同姓同名……こちらも別人ですね」

検索でひっかかった項目を素早くチェックしながら相棒が言った。

「なにか特殊なソフトでもあるのかと思ったよ」

「この手の作業は案外ローテクです」

早口で言いながら、今度はローマ字で河田の名前を検索欄に入れた。目まぐるしく画面が切り替わり、先ほどと同じように検索結果一覧が表示された。

「……こっちもないか」

「グーグルってのは最大手の検索サイトだよな。まずは大きめの網を投げて、ひっかかるかどうかを試しているわけだな」

「こちらでダメとなれば、次はツイッターです」

一年半前、田伏を失意のどん底に突き落としたSNSが目の前に表示された。

「ないな……」

検索結果を示す一覧には多数のアカウントが表示されたが、長峰はこれらを一瞥すると今度は画面左側の河田のプロフィールを見た。

「出身地は立川市、生年月日は一九九二年……」

ぶつぶつと河田の個人情報を呟くと、長峰は素早くキーボードを打った。

「本名でひっかかってこなかったので、その他の情報を試しています。アカウント名に生まれ年や出身地を掛け合わせる人が多いので」

田伏に返答こそしているがその表情は真剣そのもので、作業に集中しているのがわかる。

田伏は画面を再度凝視した。キーワードを打ち込み、現れた検索結果をチェックする長峰のピッチが速すぎる。

「なあ、長峰」

田伏は思い切って切り出した。

「なんですか？」

「作業しながら聞いてくれ」

「ええ……」

先ほどと同様速いピッチでキーボードを打ち続ける。田伏の眼前にあるノートパソコンの画面が目まぐるしく切り替わる。

長峰はインターネット上で鑑取りをやっている。田伏ら古いタイプの捜査員が一軒一軒関係者の家や職場、学校を訪ね歩き、細い線を手繰（たぐ）り寄せていくのと、根気強くネット検索を繰り返す作業はどこか共通する点がある。

「ネットを悪用して殺しをした犯人（ホシ）が許せないって言ったよな。でも、それだけじゃないだろ」

田伏は低い声で言った。キーボードを打つ音が心なしかゆっくりになった。

「おまえ、本当は仕事が好きなんじゃないのか？」

「こんな残業は大嫌いです」

キーボードを叩く音が不意に止まった。

「そろそろ殻を脱いだらどうだ？」

「相棒相手に取り調べですか？」

長峰がキーボードから手を離し、田伏を睨んだ。

「相棒のことをもっと知りたいと思っているだけだ」

長峰がため息を吐いた。

「俺が自供しないと、もっと詰めてくるんですよね？」

「落とすのはプロだ」

長峰がまたため息を吐き、田伏を睨んだ。

「前のソフト会社にいたとき、過労で死にかけました」

田伏があごをしゃくって先を促すと、長峰が言葉を継いだ。

「前の職場は大手ソフト開発会社で、そこから大手銀行のシステム構築の現場に派遣されました。他行とのシステム統合を控え、一〇日ぶっ続けで仕事場に寝泊まりしたあと、不整脈が出ました」

「医者には行ったのか？」

「診察の結果、原因は極度の過労で、すぐに休むよう説得されました」

「若いおまえが？」

「年齢なんて関係ないですよ。一日中画面の中の複雑なコードを読み、システムを知らない銀行の偉いさんに怒鳴られる職場ですから、誰だっておかしくなります」

長峰によれば、大手金融機関のシステムは建て増しを繰り返した古い旅館のようなものだという。設計が古い装置に、新しいサービス用のシステムを継ぎはぎしているため、すぐに不具合が生じるのが金融機関のサービスの特徴らしい。

長峰は腕を組み、リビングの天井を仰ぎ見た。

「若いエンジニアがバタバタと倒れました。過労にうつ病となんでもありな上に薄給でした。会社に裁量労働制導入を働きかけましたが、嫌なら辞めろの一言で済まされました。競合社がうようよあるので、誰も守ってくれませんでした。だから……」

「警視庁に来たってわけだな」

「生安にいるうちは、自分のペースで仕事ができました。しかし……」

「捜査一課は警視庁で一番のブラック職場だ」

田伏が自嘲気味に言うと、長峰がこくりと頷いた。

「それにも増していきなり殺人事件の捜査本部に放り込まれたんです。自分を守るためにガードを堅くするのは当然です」

「嫌なこと訊いて悪かったな」

「田伏さんは守ってくれそうだから」

相棒が横を向き、小声で言った。仕事で傷ついたのは自分だけではなかった。

「俺はおまえの相棒だ。全力でフォローする」

田伏が言うと、長峰がかすかに頷いた。

「作業を再開してもいいですか？」

「邪魔して悪かったな」

田伏がそう言ったときだった。ノートパソコンの脇にある長峰のスマホが鈍い音を立てて振動した。

「どうした？」

長峰がスマホを取り上げ、画面を見た途端に舌打ちした。

「やつら、早速いい加減な記事をアップしました」

声音は極めて不機嫌だった。

「読まない方がいいです」

田伏の近くにあったスマホを、長峰がパソコンの裏側に置き直した。

「かまわん。上田さんと広報に報告しなきゃならんからな」

「でも、本当に酷い見出しですよ」

「俺なら大丈夫だ」

そう言って田伏は唾を飲み込んだ。長峰の手前強がってみせたものの、つい二時間前に会った底意地の悪そうなライターの薄ら笑いが頭に蘇る。掌に冷たい汗が滲み出てくるのがわかる。

「いいから見せろ」

強く言って手を出すと、渋々スマホを田伏に渡した。

〈大丈夫か警視庁！　連続殺人捜査にかつてのダメ刑事が参戦〉

田伏の視界に、悪意に満ちた見出しが飛び込んできた。

〈ライトニング編集部特報！　中野坂上、高円寺で発生した連続殺人事件にかつて人質をみすみす死なせた警視庁のダメ刑事こと田伏警部補が関わっていることがこのほど当編集部の取材で明らかになった〉

見出しのあとに続くリードを読んでいると、長峰がか細い声で言った。

「もうその辺にしておきましょうよ」

「全部読まないと報告できんからな」

「俺が上田さんに連絡しますよ」

長峰がスマホを取り上げようと手を伸ばしたが、田伏はこれを遮った。額の汗が頬へと伝い落ちる。長峰に話したばかりだが、一年半前の負のサイクルに再突入する恐れがある。だが、今度心を患ってしまえば、一課から所轄に落とされ、一生這い上がることができなくなる。踏ん張れ。田伏は自分に強く言い聞かせ、画面に目をやった。

〈田伏警部補は一年半前に発生した身代金誘拐事件に関わり、聞き込みの際にツイッター上に事件の概要を……〉

目眩がしそうな内容だった。だが、上田と広報に報告をする以上、全てを把握しなければならない。強く唇を嚙んだ。

〈中野坂上と高円寺の連続殺人事件は捜査が難航している上、実行犯が犯行声明をメディアに発表するなど異例の展開に。前代未聞の劇場型犯罪が進行する中、かつて人命を軽視するような捜査を行い、あげく人質を死に至らしめた刑事を捜査に関わらせるなど、警視庁の姿勢が今後厳しく問われるのは間違いない〉

短い記事を読んだあと、田伏は大きく息を吐き出した。

全身の毛穴から汗が噴き出す。しかし、吊り橋の底板が抜け、奈落の底に落ちて行くような不快な思いは蘇らない。

田伏はもう一度記事に目を走らせた。意識はたしかで、息も上がっていない。記事の中身を把握しようとする集中力も途切れない。

「大丈夫だ」

心配そうに覗き込む長峰に言った。

幸い、事件のキモに触れるような事柄は一つも書かれていない。いや、あのいい加減なメディアのライターごときが厳重に箝口令の敷かれている捜査本部からネタを引けるはずもない。見出しをもう一度読んだとき、田伏は記事の末尾に動画再生のマークが点滅しているのに気づいた。

「これ、鍋屋横丁のそばのラーメン屋で撮られたやつか？」

田伏は人差し指で再生マークをタップした。

〈『おい、いい加減にしないか』『捜査に進展は？』『ふざけんなよ』〉

スマホから、自分のダミ声が響いた。

「都合のいいように編集していますね。取材を妨害しているととられてもおかしくない」

かつて先輩や上司が記者会見に臨み、テレビ局の記者やディレクターにいいように話をつまれたと言って怒っていた。だが、今回の一件はそれ以上に悪質だった。

「事情を知らない一般人、とくにこの手のいい加減なメディアを頻繁に利用している連中は、またぞろ田伏さんのことを……」

長峰は自分のパソコンを手元に引き寄せ、猛烈な勢いでキーボードを叩き始めた。田伏がのぞくと、手元のスマホと同じ画面が表示されていた。

「やっぱりだ……」

長峰が画面を睨み、呟いた。

「暇を持て余して他人の粗探しばかりしているネット民が早速食いついてしまいました」

長峰の細い指が画面の一点を指した。〈ツイッター〉〈フェイスブック〉〈LINE〉等々、人気のSNSが一覧表示されている。

「どんどん拡散されています」

田伏が目を凝らすと、それぞれのサービスのロゴ横に表示された数字がみるみるうちに増えていくのがわかる。

「あのときと一緒だな」

鼓動が速まっていくのがわかる。しかし、一年半前のような目眩は感じない。

「一般メディアの記者やディレクターにも情報が広がっています」

ライトニングの記事をリツイートした一覧から、長峰が一つのアカウントを抽出した。田伏が画面を睨むと、民放の社会部記者の名前があった。

「上田さんに伝える」

田伏がテーブルに置いたガラケーに手を伸ばしたときだった。薄型の端末が鈍い音を立てて振動し始めた。小さなウインドウには上田の名前が表示されている。

「例のネットメディアの件ですね」

〈どうなっているんだ？〉

上田の声は不機嫌そのものだった。田伏は手短に事情を説明した。

〈……完全なもらい事故だな〉

「中野署を出たとき、バッジを外さなかった本職のミスです」

〈そんなことを言い出したら、一課の刑事（デカ）全員が被害者になる。先ほど広報課ともやりとりしたが、かなり悪質なメディアらしいな〉

上田は先回りして対応策を練っていた。田伏は安堵の息を吐き、言葉を継いだ。

〈広報を通じて、記者クラブには後追いするなと圧力をかけさせる。無論、俺の自宅（ヤサ）に来る連中にも同様のことを言う。このいんちきなネットメディアは永久に出入り禁止にするからな〉

「ありがとうございます」

〈それより、大丈夫なのか？〉

上田の声音が急に優しくなった。

「相棒の長峰が隣にいるから平気です」

田伏は背筋を伸ばし、言った。心の病が再発することへの恐れがないと言ったら嘘になる。しかし、店にいたときから長峰が適切に対応してくれたおかげで、傷は浅い。その旨を上田に告げた。

〈それなら明日からまたこき使うからな〉

上田が電話を切った。ガラケーをテーブルに置き、長峰を見た。相棒が頷いた。

「問題なしですね」

「ああ」

田伏が答えると、長峰がなぜか首を傾げ、眉根を寄せた。

「どうした？」

「御用聞きのような記者クラブメディアは手懐けられても……」

「なにか気になるのか？」

「いえ、俺の考えすぎです。それより、そろそろお暇(いとま)します。自宅のデスクトップでもっと調べたいんで」

長峰がノートパソコンを閉じた。

9

田伏は腕時計に目をやった。

時刻は午前九時五分、精鋭ぞろいの捜査員たちから成果なしの報告を受け、捜査本部会議室の空気は否応なく沈んだ。

近く梅雨の中休みがあるかもと朝の天気予報でキャスターが告げていたが、連続殺人事件を覆う濃い雨雲が切れる気配は全くない。

「それでは、最後に一言だけ」

会議の司会を務める秋山管理官が立ち上がり、田伏を一瞥した。

「昨夜、捜査本部のメンバーがネットニュースの直撃取材を受けました。幸い、大ごとにはなりませんでしたが、各自、メディアとの接触には厳重に注意してください」

秋山が腰を下ろしたと同時に、会議はお開きとなった。席を立つ捜査員たちが、憐れみの眼差しで自分を見つめていくのがわかる。

「田伏さん、ちょっと」

いつものように会議中ずっとスマホを操作していた長峰が立ち上がり、会議室の隅にある事務机に田伏を誘導した。

「顔色悪いぞ、大丈夫か？」

長峰の両目の下にはどす黒いクマができている。

「昔の職場時代を思えば屁みたいなもんです」

リュックサックから薄型のノートパソコンを取り出し、長峰は机の上に置いた。

「河田さんの分、ツイッターの裏アカがありました」

長峰が画面の左隅を指した。老眼が始まりかけている田伏は目を細めた。

「あのキャラクターだよな」

画面の中にイラストがある。猫のグッディだ。しかし、田伏が知る可愛らしいキャラクターとは随分と印象が違う。グッディは海賊風の眼帯を着け、右手には鮮血が付着した大きなナイフがある。

「少し骨が折れました」

長峰によれば、河田のインスタグラムから何人かのフォロワーを抽出し、ツイッターと共通の人間を炙り出すことから始めたという。

その後、三名の友人が大学のゼミで一緒だったことが判明。ゼミの教授の名前が石平(いしだいら)で、河田はこれをもじって〈フラットストーン〉、そして光子という名前から〈ピカ〉という言葉を導いたのだと長峰が言った。それに生まれ年である一九九二年を加えて、〈フラットストーン・ピカ@1992〉というアカウント名で裏アカが作られていたのだという。

「これは典型的な毒吐きアカでした」

「毒吐き?」

「彼女、仕事用のアカウントでは誰とゴハンに行った、業界人の集まりで楽しかったとキラキラ系を演じていました。しかし、不安定な収入と複雑な人間関係で行き詰まっていたようで、裏アカで罵詈雑言を並べていました」

長峰はノートパソコンのキーボードを叩き、画面表示を切り替えた。

左側に海賊グッディ、そして右側には今までなんども見たインスタグラムの表のアカウントが現れた。

〈昨晩はいつもお世話になっているイベントディレクターさんのお宅でBBQ！　有名なタレントさんや俳優さんもいらっしゃって、テンション上がっちゃいました！〉

コメントの上には、細身のシャンパングラスを掲げ、笑顔を振りまく河田の顔がある。

「こちらは、同じ日のツイッターの裏アカです」

〈半端な芸能人がドヤ顔すんな　アホか。大御所に楽屋で声かけられただけだろ　草〉

「〈草〉ってのはなんのことだ？」

田伏が訊くと、長峰がスマホを操作した。なんどかタップすると、田伏の目の前に画面を向けた。

「この状態を〈草〉と呼びます」

小さな液晶には、犬に追いかけられる海外の俳優の写真があった。その下に、〈クッソおかしい！　W‼〉のコメントがある。

「ネットの掲示板では、笑いが起きるとwの文字で気持ちを表すことがあります。大爆笑だとwの文字がいくつも並ぶわけです」

「そうか……wの文字が草に似ているからだ」

田伏はスマホからノートパソコンに目をやった。ツイッターの裏アカウントの次の投稿にも同じように「草」の文字が並んでいた。

〈仕事と引き換えだからって、気安くケツ触んなよ　草　ほんとにランウェイ歩かせてくれんの？　そもそも、運営側の偉い人と知り合いなのか？〉

さも楽しげに笑顔を浮かべていた河田の暗い本心が、画面越しに冷気を運んでくるようだ。

田伏はそれぞれが投稿された時間を見た。都内の高級マンションのテラスと思しき場所で開催されたバーベキューパーティーの様子をインスタグラムに投稿したのが午後七時四〇分、一方のツイッターは同五二分だった。

通勤電車の中、ほとんどの乗客がスマホを睨み、小刻みに指を動かしている。田伏の乗る電車の中でも、河田のように表と裏の顔を使い分け、インターネット上で動き回る人間が多いのかもしれない。

通勤電車だけではない。自宅のリビングで仏頂面をしている娘の麻衣にしても、河田と同じように学校の友達に見せる顔と本音を晒すアカウントの二つを持っているのかもしれない。

煙たい父親の悪口をアップしている公算もある。

満面の笑みを浮かべる河田の顔を見ていると、ネガティブな気持ちをネットにぶつけるようには見えない。だが、これが現実であり、河田の暗い一面なのだ。

刑事稼業を通じ、表向き清廉潔白な人間の仮面を引っ剝がしてきた。加害者、被害者の関係者を根気強く回って導き出した本当の顔は、今やインターネット上にも転がっている。

「彼女、相当なストレスがあったんでしょうね。インスタの投稿が約一〇〇〇なのに、毒吐きアカウントはその三倍でした」

「三〇〇〇も悪態を？」

田伏の言葉に長峰が頷いた。

「だからメンヘラだって言ったじゃないですか」

以前、長峰が教えてくれた、心を病んだ者の俗称だった。田伏自身も暗い池の縁を行き来し、膝まで水に浸かった。だが、自分の心はこれほどまで暗い影をまとうことはなかった。

〈大手に所属してるってだけでオーディションは最終から？　あの子、ワキガひどいし、ガニ股だよ。なんでなの？　審査員って、お金でももらってんの？〉

裏アカの文面を目で追うと、仕事絡みで河田が苦しい立場にあったことがありありと浮かび上がってきた。

「彼女は身長が高くない。大手のモデル事務所は入り口でアウトだから、こんなエグい言葉がポンポンと出てきた」

田伏の目線をたどっていた長峰がぽつりと言った。

長峰が合流したばかりの頃、捜査資料に目を通さずに河田の内面を言い当てたことがあった。サイバー捜査の経験を通じ様々な世代の心の内側を見続けてきた長峰が、早い段階で河田をメンヘラと断定した背景がここにあったのだ。

「こんな毒の強い文面をずっと追ったのか?」

田伏は長峰の黒いクマを見ながら言った。

「仕事ですから。それに早いところ手がかりが欲しいですからね」

長峰はそう告げると画面表示を切り替えた。今まで河田の表の顔を映していたインスタグラムの投稿が消え、全画面がツイッターの毒吐き専用アカウントになった。

「気になることがまだ出てきました」

長峰の指の先をたどり、田伏は画面に目を凝らす。

〈四〇歳過ぎてんのに、キラキラすぎじゃん。いつまでパリピなのこのBBA?〉

田伏が首を傾げると、長峰がすかさず口を開いた。

「パリピとは、パーティー・ピープルの略、BBAはババアのことです」

「なるほど……」

河田よりずっと若い麻衣たちの世代は、もっと理解不能なことをネット上で呟いているのだろう。

田伏はもう一度、このツイートを凝視した。今までの毒吐きと違い、ツイートの末尾に違う色の英字が並んでいる。

〈maki@AAA〉

「これは他人のアカウントだな？」

田伏が訊くと、長峰が深く頷いた。

「この人です」

長峰はリンクをクリックした。すると、別の画面が現れた。

〈maki@AAA　石塚麻紀（いしづかまき）　株式会社アダモーストCEO　雑誌ストーミー専属モデル……〉

「元トップモデルで、最近はカリスマ主婦として有名な人です。今もアラフォー向けのファッション誌で専属モデルを張っています」

「主婦のカリスマってどういうことだ？」

「幸せな結婚をして子供をもうけ、現役でバリバリ働いていて世間の注目を集め続けているってことですかね」

画面に映る石塚という女性は、モデルらしくすらりと背が高く、垢抜けている。思春期の娘の世話に追われ、いつ帰宅するかもわからない亭主を待ち続けて歳を重ねた妻とは雲泥の差がある。

「石塚さんはちょっとアレな人なんですよね」

「アレってなんだ？」

田伏の言葉を受け、長峰がもう一度キーボードを叩いた。すると、今までとは全く違う画面が現れた。

〈パワーチャージ〉

緑の草が生い茂る海外の草原の写真に、パワーチャージという会社のロゴが表示された。

「これって、あのマルチの……」

「そうです。マルチ商法まがいのやり方で、生安の生活経済課が狙っているという話も聞きました」

週刊誌の特集で読んだパワーチャージは、健康食品のほかに、インターネットを使ったマーケティング補助業務などで、ここ四、五年で急成長を遂げた会社だ。しかし、その仕組みは、販売員が次々に新規の顧客を獲得し、手数料と販売額に応じてボーナスを積み上げるネズミ講に近いものだ。

「パワーチャージは筋金入りです。アメリカでピラミッド商法の最高峰として有名な健康食品会社に在籍していた日本人がノウハウを吸収し、帰国後に興したビジネスです」

長峰によれば、パワーチャージの創業者は法の網を逃れるために、規制の弱い国に本社を設立するなど、かなり際どいことをやっているという。

「カリスマ主婦ですが、パワーチャージの中での階層がかなり高いんです」

「河田さんと石塚さんがトラブルになっていたのか？」

「具体的になにかあったのか、そこはわかりません」

そう言うと、長峰が再度ノートパソコンの画面を切り替えた。すると、河田の毒吐きアカウントの投稿が表示された。

「ここにリストアップしたのは、石塚さんのアカをリンクさせたツイートです」

さらに目まぐるしくノートパソコンの画面が変わった。今度は生前の河田が表の顔として使っていたインスタグラムで、長峰が特別にピックアップしたものだ。

〈お友達に勧められて、ライ麦のサプリを始めたらお肌のツヤ感が全然違うの♥〉

〈鹿児島の黒酢エキスを詰め込んだサプリ、代謝がすごくよくなる！　お肉や炭水化物も制限なしだよ♥〉

田伏は笑顔の河田の横にあるサプリメントの袋を見つけた。いずれも〈パワーチャージ〉のロゴである〈PC〉の文字が見える。

「楽して稼げるとか誰かにカモにされて、始めたんでしょうね」

ぽつりと長峰が言った。

「ちなみに、彼女はいくら稼いだ？」

「詳細はわかりませんが、こんな資料がネット上に落ちていました」

〈パワーチャージのピラミッドと収入一覧〉

長峰がインターネットの画面を表示させた。パワーチャージを退会した会員が暴露したサイトのようだ。

「末端のCCランクが数万円から一〇〇万円、次のCCCプラスが二五〇万円……悪くない収入じゃないか」

「AAAランクで年収五〇〇〇万円超の石塚さんは別格です。カリスマ主婦モデルの知名度を活かし、モノが売れたらの話ですよ。昔からこの手の無限連鎖講は、友人はおろか、家族や親類縁者を巻き込んでトラブルが生じるものです。狙った額の収入を手にするのはごくわずかです」

「河田さんも思うように稼げずに石塚さんに八つ当たりを？」

「その公算が高いと思います」

長峰がキーボードを叩くと、画面に海賊グッディが現れた。石塚という成功した女性に向け、河田がひたすら罵詈雑言を浴びせている投稿の一覧が田伏の目の前にある。

売れないモデルが副業のためにマルチ商法に手を出した。当然のごとく稼ぐのは難しく、ピラミッドの頂上近くにいる元トップモデルに八つ当たりした。

「この石塚さんが加害者ってことはないよな。しつこくネット上で絡まれたから、逆上したとか」

「中野坂上の事件発生当時、彼女はハワイで派手なパーティーに出ています。パワーチャージの成績優秀会員の表彰式でした」

長峰が肩をすくめた。

ノートパソコンの画面上には高級なシャンパンを何本も並べ、その横で満面の笑みを浮かべるカリスマ主婦がいる。

「怒られるかもしれませんが、アポを取りました」

「でかした。何か新しいネタが出てくるかもしれない」

売れないモデルとカリスマ主婦。ネット上の鑑取りで意外な接点が浮かび上がった。

10

「まもなく石塚が参ります」

グレーのスーツを纏った女性秘書が恭しく頭を下げ、応接室のドアを閉めた。

JR恵比寿駅西口から五分ほどの場所、恵比寿西一丁目の交差点近くにある商業ビルの五階の大きな窓から、田伏は下界を見下ろした。

ランチから職場に帰るのだろうか。小ぎれいなスーツや奇抜なシャツを着た一団が変形交差点を横切っていくのが見える。

「お待たせしました」

ノックとともにハスキーな女の声が響き、田伏は視線をドアの方向に移した。数時間前、インターネット上で見た写真に高級シャンパンとともに写り込んでいた美女が引きつった笑みを浮かべていた。

麻のブラウスと生成りのベスト、そしてラフなジーンズにハイヒールを合わせている。

「彼も同席いたします」

石塚の背後から、背の低い背広姿の男が姿を現した。銀行員のような髪型の若い男だ。

「警視庁捜査一課の田伏、そして長峰です」

田伏と長峰が警察手帳を提示すると、石塚と若い男がそれぞれ名刺を差し出した。

「弁護士の先生？」

「一応ここは私の会社ですが、親会社の方針でして……」

田伏が言うと、石塚が口を開いた。

「何かと面倒な世の中でしてね」

学生のような風貌の弁護士が、年寄りのような口調で言った。田伏は長峰と顔を見合わせた。警視庁の人間が訪ねてくるとあって、マルチ商法関連の事柄を突っ込まれるのではと警戒しているのかもしれない。

「インターネット絡みのトラブルのことですよね？」

石塚がスマホを応接テーブルに載せ、言った。田伏は長峰に目で合図を送った。相棒はリュックサックからクリアファイルを取り出した。

「このアカウントの持ち主とトラブルになっていましたね？」

長峰が手際よくファイルから河田の毒吐きアカウントのプリントアウトを取り出し、テーブルに置いた。

「アカウントの持ち主はこの人です」

長峰がもう一枚、紙をテーブルに置いた。にこやかに笑う河田の顔満載のインスタグラムのプリントアウトだ。

「えっ、本当に？」

石塚が素っ頓狂な声をあげた。

「河田光子さんという若いお嬢さんです。石塚さん、お会いになったことは？」

田伏が声のトーンを落として訊くと、石塚が強く首を振った。

「彼女、モデルなんですね」

インスタグラムのプリントアウトを見ながら石塚が言った。モデルという言い方にやや棘がある。

「よくご覧になってください。彼女はパワーチャージの会員です」

田伏はサプリメントの袋を掲げて微笑む河田を指した。すると弁護士がしげしげと河田の顔を見始めた。

「そのようですけど……私の傘下会員数は数千人規模になりますから」

「あなたと同じでモデル、そしてパワーチャージの会員です。二つの共通点がありますが、本当にお会いになったことはない？」

田伏が畳み掛けるように言うと、もう一度石塚が首を振った。

「年に四回あるパーティーですれ違ったかもしれませんが、私の記憶にはありません」

田伏は黙って石塚の顔を見た。カリスマ主婦は不安げな顔で田伏を見つめ返す。戸惑いの色が瞳に浮かんではいるが、なにかを隠そうという感じではない。

「パワーチャージ関連でしたら、私が対応します」

若い弁護士が割って入った。

「先生の出番は多分ないはずです」

田伏が言うと、弁護士が身を乗り出した。

「それは私が判断することで……」

田伏は右手で弁護士を制し、言葉を継いだ。

「河田さんは亡くなりました。正確に言えば、殺されました」

田伏の言葉に、弁護士が安心したように腰を下ろした。一方の石塚は口に手を当てた。反応を見る限り、やはり石塚は河田と面識がない。田伏が黙って様子を見ていると、横で長峰が別の紙を取り出した。中央新報のコピーだ。

「今、世間を騒がせている連続殺人事件の被害者の一人が河田さんです」

「どこかで見たことのある顔かもって思っていました」

「彼女が殺されたとき、石塚さんがハワイにおられたのはインスタグラムの投稿で確認しています」

田伏の声に、石塚が安堵の息を吐いた。

「それなら、なぜ私のところへ？」

「なぜ河田さんが石塚さんに絡み始めたのか、その要因をお尋ねしたいのです」

長峰が口を開いた。

「あれはたしか半年くらい前だったでしょうか？」

「この辺りからですね」

長峰が河田の毒吐きアカウントをプリントアウトしたうち、昨年一二月初旬の投稿を指した。

〈カリスマ主婦の善意って、どこか嘘っぽくね？　高級なレストランの食事代を全部善意の寄付に回せよ〉

〈良いもん食って、若い男とばっかり遊んでさ、BBAのパリピってキモ〉

海賊グッディのイラスト、そして投稿の最後に石塚のアカウントが引用されている。長峰の事前の説明によれば、否が応でも石塚が気づくように書かれたものだという。

「私へのメンションが付いたツイートが届いたのは、本当に突然でした」

「気づいておられたんですね？」

田伏が訊くと、石塚がなんども頷いた。

「今も主婦向けファッション誌に出ておりますし、パワーチャージの仕事も並行してやっていますから、なにかと妬んでくる人がいるのは事実です。でも、この手のディスを送ってくる人は誰かを大体把握しておりますから」

石塚が弁護士に顔を向けた。

「我々の事務所は日々の石塚さんのSNSをチェックしておりまして、ネガティブなことを連投する人たちについては刑事告訴の対象になると警告を送ります。すると、大概嫌がらせは止まります」

弁護士がすらすらと言った。

「しかし、河田さんのネガティブなツイートは続いたわけですよね？」

長峰の問いに、石塚が首を縦に振った。

「なにか心当たりは？」

田伏が訊くと、石塚が眉根を寄せた。

「全くありません。先生にお願いして警告を出したんですが、それも効果なしでした。それに最近プッツリと途絶えていましたから」

長峰の調べによれば、一日に二、三度。多い日は五、六度の割合で河田は石塚に絡んでいた。

「河田さんの投稿の中に善意という言葉がありますが、これはどういう意味でしょうか？」

田伏が訊くと、石塚が即答した。

「派手な暮らしをしているとみられがちですが、私なりに社会貢献を頑張っております」

「具体的には？」

「子ども食堂のサポートや災害に遭った人たちへの炊き出しや継続的な支援、そのほかには若年低所得者向けに就職支援の無料セミナーを開催したりと、活動は多岐にわたります」

「すべての社会貢献活動について、パンフレットなどがあれば頂戴したいのですが」

「もちろん、すぐにお届けします」

顎をわずかに上げ、石塚が答えた。

「社会貢献の方面でも河田さんと接触はない？」

田伏が改めて尋ねると、石塚が首を振った。

なぜ河田はしつこく石塚に絡んだのか。田伏は長峰に目をやった。相棒も同じ考えのようで、わずかに肩をすくめてみせた。

「なにかお気づきになったら、捜査本部か私の携帯に連絡をください」

田伏は立ち上がり、石塚に頭を下げた。

11

「それでは、次に復興大臣の葛西教子さんにお話をうかがいます」

クリーム色のスーツを着たフリーの女性アナウンサーがステージ横の司会席から葛西に顔を向けた。葛西は笑顔を返したあと、手元の資料ファイルをめくった。

「ご紹介にあずかりました復興大臣、葛西でございます」

葛西は口角を上げ、薄暗い会場を見渡した。客席の奥からスポットライトが当たる。薄暗いホールの入りは六分程度、三、四〇〇人くらいか。

「まず政府の取り組みについてご説明させていただきます。来年度の概算要求については、一昨年の二兆四〇〇〇億円、昨年の一兆八〇〇〇億円並みとなる一兆六八〇〇億円を財務省に求めていく予定でありまして……」

民間の建設・土木会社の業界団体が主催する〈災害予防フォーラム年次総会〉に復興大臣として参加した。

「引き続き、政府は東北や九州各地の被災地に対して支援を続ける所存であります。また依然仮設住宅にお住まいの皆様についても、順次国や地元公共団体が提供する恒久的な災害公営住宅にお移りいただく予定で……」

政府見解を読み上げながら、葛西は客席、そしてステージ上の他の参加者の顔をゆっくりと見回した。

自分は今、ステージの右端にいる。左隣には主催者代表として大手建設会社の常務、その横には老眼鏡を鼻の上に載せ、ふてくされたような顔でレジュメに目を通す大手新聞OBの老年の評論家がいる。左端は、髪を金髪に染めたフリーのジャーナリストだ。手元には薄型のノートパソコンがあり、両手がせわしなくキーボードの上を行き来するのが見える。

「政府は常に被災地に寄り添いつつ、着実な復興を主導する考えです」

葛西は五分ほどで原稿を読み上げ、笑みを浮かべた。

「大臣、ありがとうございました」

司会の女性アナウンサーに笑みを返すと、葛西は聴衆に頭を下げた。

「それではここからは各界の皆様が参加されるフリートークセッションとなります」

アナウンサーが言い終えぬうちに、老年の評論家・大橋隆三（おおはしりゅうぞう）が手を挙げた。

「大橋さん、どうぞ」

大橋は討論やニュース番組で構成作家やディレクターの指示を無視してスタジオの空気をかき乱す確信犯だ。

「きょうはせっかく大臣がおいでくださったので、まず訊きたい！」

「お手柔らかにお願いします」

葛西は頭を下げ、努めて優しい声音で返した。

「総理の被災地訪問について、こんな話を聞きました。官邸記者クラブに登録している記者だけが現地でのぶら下がり取材が可能で、地元の新聞やテレビはいつも排除されているそうだ。被災地の地元メディアを外側に置いたままで、政府が被災者に寄り添うってのは看板倒れじゃないのかね」

眉根を寄せた大橋は、鋭い目つきで睨んでいる。

「私はそのようなメディア対応が取られているという事実を承知しておりません。今後官邸のスタッフとも協議し、善処していく所存です」

「そんな建前を言ってほしいわけじゃないんだ。そもそもあなたはメディアにいた人間だ。今言ったことは事実なんだ。復興大臣として、どう思うか。本音を伺いたい」

「まずは事実確認をした上で、総理や官邸記者クラブと調整をいたします」

「そんなんじゃだめだ。今、私はあなたに名誉挽回のチャンスをあげたんだ。白スニーカー騒動のあとで、こういうイベントだ。復興大臣としてどこまで仕事に本腰を入れているのか、それをアピールするチャンスをあなたはみすみす潰してしまった」

大橋が一気にまくしたてた。

「ご気分を害されたのでしたらお詫びします。しかし、私は大臣という職務上、自ら確認していない事項に関してコメントするのは控えております。どうかご理解のほどを」

ゆっくりとした口調で告げると、大橋が露骨に舌打ちしたのがわかった。

「それならば、所管のことについて訊きたい。福島から全国に自主的に避難している被災者に対し、地方の役所は住宅支援を一方的に打ち切ると宣言した。これは人道上、許されることではないと思うが、いかがですかな？」

大橋の問いに、葛西は手元の想定問答集に目を落とした。この点は非常にデリケートな話だ。ゆっくりとページをめくっていると、大橋が追い打ちをかけた。

「役人の作成したコメントなんかいらない。あなたの本音はどうなんだ？」

「ですから、政府は関係自治体や除染状況を総合的に勘案して措置を講じたまでです。それ以上のことは申し上げられません」

「それじゃあ、自主避難している人たちを見捨てるのか？　雨が降ったら山から放射性物質が流れ落ちてきて線量が上がるのは皆が知っているのに、幼い子供たちを連れて帰れっていうのか！」

「そうは申し上げておりません。あくまで政府は総合的に判断を下したのです」

「本音で話してくれなきゃ、被災者に伝わらん」

「政府の方針は決まっております。多数の専門家による安全宣言がなされた以上、自主避難されている皆さんへの支援はできかねます」

「支援はできかねます、あなた今、そう言ったね？」

「決定は覆りません」

「皆さん、聞いたでしょう。これが血の通わぬ政府のやり方だ。いつか支援がなくなると怯え続けてきた被災者を思い切り見下し、切り捨てる発言だ！」

「そんなことはありません。専門家会議が安全だと諮問結果を出した以上、無駄な血税は一円たりとも支出できません」

葛西が答えると、ホールが静まりかえった。

12

「田伏です」

大部屋の角にある課長室前に着くと、田伏は受付の女性職員に言った。石塚のオフィスを出てＪＲ恵比寿駅のシルエットが見えたとき、田伏は長峰とともに桜田門にある警視庁本部へ急行するよう電話で指示された。

　タクシーを飛ばして一課の大部屋に着くと、ひまわり事件を担当していない他の捜査員たちの視線が全身に突き刺さった。どう考えても良い話のはずがない。

「すぐお入りになってください」

　椅子から素早く立ち上がると、女性職員は個室のドアをノックした。

「おう」

　上司の野太い声が響いたあと、田伏は長峰とともに課長室に足を踏み入れた。

「聞き込み中に悪かったな」

　執務机前にある応接椅子で、上田が言った。だが、いつものような親しみのある声音ではない。上司の対面には無造作に伸ばした白髪頭がある。

「お邪魔しています」

　上田の対面にいた男が立ち上がり、振り向いた。座っていたときはわからなかったが、大柄な男だ。中野署の若宮より背が高い。おそらく一八五センチ以上あるだろう。背広の襟には、外部訪問者が付ける青いバッジがある。

　警視庁管内で起きた数々の凶悪事件を取材し、他社を寄せ付けないスクープをいくつものにした事件記者だ。

「社会部部長の斎藤智巳（さいとうともみ）です」

自己紹介したあと、斎藤がどっかりと上田の対面に座り直した。

「昔からの知り合いでね。まあ、二人とも座ってくれ」

くだけた言い方だったが、その目は笑っていない。田伏は上田の隣、長峰は斜め横に腰を下ろした。

「世間話は抜きで、本題からいくぞ」

感情を押し殺した声だ。田伏と長峰が同時に頷くと、上田が言葉を継いだ。

「ひまわりと名乗る犯人（ホシ）から、再度中央新報にメッセージが届いた」

田伏は胸に鋭い痛みを感じた。だが、上田はかまわず先を続けた。

「これだ。読んでみろ」

上田は応接テーブルにタブレット端末を置いた。恐る恐る手に取ると、中央新報社会部宛てのメール画面のようだ。問題はその中身だった。

〈送信者：ひまわり　件名：提案です〉

田伏は顔を上げた。横にいる上田が顎をしゃくった。急ぎ先を読めという。

〈連続殺人事件の犯人ひまわりです。次の計画に移る前に一つ提案があります〉

最初の文を読んだあと、田伏は画面を下方向にスクロールした。すると視線の先に顔写真が表示された。思わず、あっと声が出た。田伏は慌てて口元を押さえた。

「メールの発信元は？」

長峰の問いに上田が答えた。

「昨日の犯行声明と同様、世界八〇カ所のサーバーとやらを経由していて、逆探知不能だ」

上田が悔しそうに逆探知不能という部分に力を込めた。田伏は大きく息を吸い込んだのち、震える人差し指で再度画面をスクロールした。自分の顔写真の下に次なるメッセージが見え始めた。

〈〝ダメ刑事〟さんに名誉挽回の機会を！〉

田伏はタブレットを凝視した。たしかに自分の顔写真の下に〝ダメ刑事〟の文字がある。一年半前の誘拐事件の際、ツイッターや個人のブログで散々叩かれた。心の病を患い、なんども悪夢にうなされた。そのとき頻繁に出てきた自分の顔写真だ。

〈昨日、ろくに事実確認もしないいい加減なメディアに、ダメ刑事こと田伏警部補への突撃取材の記事が掲載されました〉

〈一年半前の誘拐事件は大変残念な結果となりましたが、田伏警部補はなにも悪くありません。いや、むしろ亡くなった人質と同様に、被害者だとひまわりは確信しています〉

田伏はタブレット上の文字を追った。額に脂汗が浮かぶと同時に、首筋から背中にかけて冷や汗が滴り落ちるのがわかる。またも心の病が鎌首をもたげ始めた。

「大丈夫ですか？」

長峰が口を開いた。

「俺なら平気だ」

「だって、汗が……」

「黙ってろ」

長峰を睨んだあと、田伏は再びタブレットに目をやった。

〈昨日声明を出したとおり、ひまわりの計画は未だ途上段階です。つまり、まだまだ死なねばならぬ人がいるということです〉

〈ひまわりがインターネットを駆使して計画を遂行する一方で、ネット社会の歪みによって大変な目に遭った田伏警部補は、ひまわりの行動を阻止すべく立ち上がります。計画をどこまで読み解くことができるか。その過程で田伏警部補の名誉は回復されるでしょう〉

「ふざけんな」

田伏の腹の底にたまっていた思いが口をついて出た。依然として額から汗が滴る。だが、腹から湧き上がった怒りが心の病に優っている。田伏はさらに文面を追った。

〈第三の計画を遂行します。河田、平岩に続く三人目の共通点を田伏警部補が見つけ出し、計画を阻止することができるでしょうか。おそらく、ひまわりが勝つと思いますが、もし止めることができれば、田伏警部補は完全なる失地回復を遂げます。頑張れ、田伏警部補　ひまわりより〉

かすかに震える指で画面をスクロールしたが、ひまわりと名乗る犯人からのメッセージはこれで終わりだった。

「まさか、この文面を中央新報の紙面に？」

長峰が口を開いた。

「それは絶対に困るので、こうして恥を忍んで部長に頭を下げている」

思い切り不機嫌な声で上田が言った。

「上田さんとの個人的な信頼関係は横に置いても、このメッセージをそのままウチの紙面に載せるのは色々と問題がありましてね」

斎藤が言った。先の犯行声明といい、今度のメッセージといい、中央新報にとっては独占ネタだ。田伏が首を傾げていると、斎藤が言葉を継いだ。

「最近は犯罪者の質が変わってきました。ネットを駆使し、マスコミを使い走りのように考えているフシがある。このメッセージはニュース性に富んでいますが、今後同じような事件が起きた際、ネットの掲示板のように使われたらたまらんのです」

斎藤が眉根を寄せ、言った。

田伏はタブレットを上田に戻し、腕を組んだ。

「とはいえ、我々は報道です。初回の声明時に寄せられた犯人しか知り得ない事実、それに今回の挑発に関しても、事件解決後に独自ネタとして扱わせてもらいます」

「本職の氏名もですか？」

田伏は思わずそう口に出した。娘の麻衣、そして妻の美沙の顔が浮かんだからだ。一年半前の事件後、麻衣は学校で好奇の目に晒され、美沙も元警官仲間から陰口を叩かれた。二人とも面と向かって田伏を責めるようなことはなかったが、二人はよほど我慢したのだということが身にしみてわかっていた。

「もちろん、匿名にします。田伏さんは今回も被害者なので」

斎藤が気を遣った分だけ、動悸が激しくなったような気がした。

「斎藤部長のご厚意で、俺たちは執行猶予の身の上だ」

ドスの利いた声で上田が言った。

「一刻も早く犯人（ホシ）を挙げるんだ」

田伏と長峰を見ながら上田が発破をかけたときだった。斎藤が口を開いた。

「上田さんとは長年の信頼関係があります。一連のひまわりからのメッセージは、随時中身を相談した上で紙面に載せるか判断します。ただし……」

「ただし、なんだ？」

上田が斎藤を睨んだ。

「他社が我々の知っていること、いやそれ以上の事柄を報じた場合は、この協定は自動的に破棄されます」

「そこはなんとかならんのか？」

上田が懇願口調で言ったが、斎藤は強く首を振った。

「我々も商売ですから」

商売という突き放した言葉を聞き、もう一度田伏は鼓動が速まったのを感じた。

13

中野署の捜査本部に戻ると、田伏はことの顚末を秋山に報告した。すでに上田から連絡があったとみえて、秋山は腫れ物に触るような態度だった。

「くれぐれも無理しないでください」

そう言うと、若き指揮官は他の捜査幹部と打ち合わせに入った。田伏は長峰がいる会議室の隅に向かった。

「もう作業に入っているのか」

長峰は捜査本部のデスクトップパソコンを立ち上げ、一方で自分のノートパソコンのキーボードを叩いていた。

「犯人（ホシ）から挑戦状が来た以上、負けるわけにはいきません」

「そうは言ってもだな……」

「生安の元同僚たちに頼んで、これを調べています」

デスクトップパソコンには、第二の被害者・平岩の顔写真が映っている。背景は淡いブルー、世界最大のSNS、フェイスブックの画面だった。

「河田さんのときと同様、裏アカウントを調べ上げています」

「それで、進捗状況は？」

「今の所、収穫はゼロです」

「裏アカウントを設定していない可能性は？」

「あり得ます。ただ、あることに賭けています」

画面を覗き込むと、グーグルや他の検索サイトの結果一覧が表示されていた。田伏の自宅で河田の裏の顔を探し出したときと同様、長峰は手間のかかる作業をしていた。

「ちょっと、集中したいんで」

ぶっきらぼうに言うと、長峰が隣の机に置かれた小型の液晶テレビを指した。

ギョロ目のアナウンサーとクリーム色のスーツを着た女性アシスタントが映っていた。

〈それでは次の注目ニュースです〉

女性アシスタントが通りの良い声で言った。

〈報道局デスクと一緒に、主要新聞の夕刊と主なニュースを紹介します〉

田伏は思わず腕時計を見た。時刻は午後四時二三分で、主要紙の夕刊が出揃った時間帯だ。万が一、ライバル紙の大和新聞や他のテレビ局がひまわりからの情報を摑んでいたら、またネット上で袋叩きにあう。治まっていた胸の痛みが始まった。画面が切り替わり、顔を紅潮させた女性の顔が大映しとなった。

〈最初のニュースは、現役閣僚による問題発言についてお伝えします〉

すると静止画が動き始め、小さなスピーカーから興奮した声が聞こえてきた。

〈専門家会議が安全だと諮問結果を出した以上、無駄な血税は一円たりとも支出できません〉

田伏は画面下に表示されたテロップに目をやった。

〈都内で開催された災害予防フォーラムで葛西復興相がまた問題発言〉

女性大臣の動きが止まり、ギョロ目のアナウンサーが口を開いた。

〈葛西大臣は、先日も大規模土砂災害の視察に行った際、真っ白なスニーカー姿で顰蹙を買ったばかりでしたよね。今回はどんな問題が？〉

ギョロ目のアナウンサーに呼応し、別のスタジオにいる担当記者が話し始めた。

〈今回の災害予防フォーラムのフリートークセッションの途中、葛西大臣は原発事故以降に自主的に避難している人たちに心ない言葉を投げかけました〉

記者の解説によれば、住宅支援打ち切りに関する問いに対し、葛西復興大臣が避難者の心を逆なでするような言い方をしたのだという。大臣発言の真意や、政治家としての資質は田伏の知るところではないが、こんなふうにマスコミに追いかけられるのはもうこりごりだろう。

〈次は東京オリンピックに関する都知事と都議会の折衝について……〉

田伏は原稿を読み上げる女性アシスタントの声をぼんやりと聞き続けた。ひまわりからの情報は、中央新報以外のメディアには漏れていない。

画面を一瞥し、田伏は安堵の息を吐いた。上田と斎藤の信頼関係は磐石で、ネタは漏れ出していない。速まっていた動悸が落ち着いてきた。

「あっ」

突然、パソコンのキーボードを叩いていた長峰が素っ頓狂な声をあげた。田伏が長峰の傍に戻ると、相棒がノートパソコンの画面を指していた。

「まずいっすよ、こんな記事がアップされました」

田伏の視線の先で、長峰の細い人差し指が微かに震えていた。田伏が目を凝らすと忌々しい見出しが視界に飛び込んできた。

〈ライトニング特報！　連続殺人犯「ひまわり」との接触に成功‼〉

液晶画面にどぎつい赤の文字がある。田伏は「ひまわり」の文字に釘付けとなった。

「どういうことだ？」

「落ち着いてくださいよ」

長峰がノートパソコンの画面をスクロールすると、扇情的な筆致の記事が現れた。下唇を強く嚙みながら、田伏は懸命に文字を追った。

〈中野坂上と高円寺で二件の殺人事件を起こし、中央新報を通じて犯行声明を出した凶悪犯「ひまわり」が本日午後、当編集部にメールを投稿した……〉

田伏は一旦画面から目を離し、長峰の顔を見た。こめかみがひくひくと動いている。

〈「ひまわり」は、本日付の中央新報夕刊向けに新たなメッセージを発したものの、掲載が見送られたことで当編集部にアクセスしてきたと主張している〉

田伏の頭の中に大柄な白髪頭の斎藤の顔、そして苦り切った上田の顔が交互に浮かんだ。上田が斎藤に頭を下げ掲載を見送らせたのはあくまでも警視庁の事情だ。条件を飲んだ中央新報にしても、警察に貸しを作るという狙いがあった。

ただ、それは声明を受け取る側の都合であり、「ひまわり」の考えを反映したものではない。中央新報がダメなら、他のメディア、それもインターネットで瞬時に情報を拡散させる力を持つ媒体を選ぶのは「ひまわり」の自由なのだ。

「遅かれ早かれ、こんなことになると思っていました」

ため息を吐き、長峰が言った。

昨晩、上田は記者クラブのメディアには抑えが利くという意味のことを呟いていた。だが、裏返せばその他大勢に警視庁の威光は効かないということだ。

〈「ひまわり」は当編集部に対し、二件の殺人事件で用いた凶器の画像と詳細な現場での状況を寄せており、現在警視庁関係者に取材してその真偽を確かめている〉

〈「ひまわり」によれば、中野坂上で河田光子さんを殺害した際は……〉

詳細な犯行現場に関する記述を読んでいると、長峰が口を開いた。

「これって、絶対に本物ですよ」

「そのようだな」

〈当編集部は捜査当局やメディア関係者の話を総合的に勘案し、メッセージを寄せてきた「ひまわり」が中野坂上・高円寺両事件の真犯人だと断定した。以下、新たな声明が寄せられたので、ここに公開することを決めた〉

偶然居合わせた田伏を狙い撃ちにするようないい加減なメディアがどのような確認を行ったのかは定かではないが、目の前の写真や告白は確かに本物の「ひまわり」が提供したものだ。記事の中盤までできたとき、長峰が画面スクロールを止めた。

「田伏さん、これを」

〈〝ダメ刑事〟さんに名誉挽回の機会を!〉

ほんの一時間前、本部の上田の部屋で目にした文面があった。

中央新報社会部へのメールと同様、田伏の顔写真も貼り付けてある。さらに、昨夜中野のラーメン屋で加藤というライターと遭遇した際の田伏の動画も添付されていた。

「これじゃ晒し者だ」

動画を見つけた長峰がぽつりと言った。画面に映る自分の顔を見た瞬間、立ちくらみを覚えたが、懸命に堪えた。先ほどの上田の部屋にいたときと同じで、怒りが心の病に優っているのだ。

「ほかにはないのか?」

弾かれたように長峰が画面のスクロールを再開した。

〈警視庁とお抱え記者クラブに所属する中央新報は、「ひまわり」のメッセージを握り潰した。これは権力とメディアの癒着にほかならない。国民の知る権利を蹂躙するに等しい行為であり、絶対に許せない行為だ〉

人を二人も殺めておいて、なにが知る権利だ。田伏は画面を叩き割りたい衝動をなんとか抑え込んだ。

〈「ひまわり」はここに宣言する。今後三日以内に三人目の極悪人を処刑する〉

犯人の言葉を読んだ瞬間、田伏は舌打ちした。警視庁とメディアの癒着は確かだが、それがなぜ次に人を殺めることにつながるのだ。身勝手な言い分に接し、腹の底から怒りが湧き上がる。

「これ本当にまずいっすよ」

長峰の細い指が次のパラグラフを指している。

〈ダメ刑事のレッテルを貼られたままの田伏警部補は、自分の名誉回復だけでなく、「ひまわり」の大切なメッセージを握り潰した警視庁全体の責任も負うことになった。果たして田伏警部補は三日以内に「ひまわり」を止めることができるのか。ネット民よ、田伏警部補の行動を逐一監視し、捜査がどう進展するのか注視すべし〉

今度は目眩を覚えた。止まっていた汗が全身から噴き出す。

〈斎藤部長のご厚意で、俺たちは執行猶予の身の上だ〉

〈我々も商売ですから〉

課長室でやりとりされた二人の言葉が、頭蓋の裏に鈍く響き渡る。中央新報、そして警視庁にしても、インターネットという化け物のようなメディアの本当の恐ろしさ、そしてこれを自在に操る犯人の意図をわかっていなかったのだ。

「これで執行猶予は消滅だな」

田伏が言うと、長峰が下唇を噛んだ。

「いい加減なメディアの記事はどの程度拡散されているんだ？」

「えっとですね……」

長峰が記事の冒頭に画面を遡った。

扇情的な見出しの横に置かれた主要なSNSのロゴの下に、数字が表示されている。田伏の目の前で、ツイッターの枠にある数字がちょうど三桁から四桁に切り替わった。その後も次々と数字が増えていく。ツイッターの横にあるフェイスブック等の数値も同様だった。

「上田さんに連絡する」

田伏は会議室の窓際に移動し、ガラケーを手で覆いながら話した。

電話口で上田の不機嫌な声が響き続ける。田伏は警視庁という大組織と自分の置かれた状況を伝えた。喉がからからに渇き、汗も出続けているが、報告が先決だ。次第に上田の声が落ち着きを取り戻し、次々と指示を出し始めた。キャリアの秋山とは、捜査員としての場数の違いが歴然としていた。

窓際に移動してから五分ほど上田の命令に耳を傾け続けた。いつの間にか、中野署の窓を大粒の雨が叩き始めた。

青梅街道を行き交う車のシルエットが水滴に覆われた。梅雨の中休みがあるかもと今朝の天気予報が言っていたが、捜査本部を覆う湿り切った空気は晴れそうにない。

14

「本当にすまない」

新宿職安通りに面したビジネスホテルのツインルームで、田伏は妻の美沙と娘の麻衣に頭を下げた。

シングルベッドが二つ並ぶ簡素な部屋には、上田が手配した二人の女性捜査員が到着し、せわしなく動き回っている。

「びっくりしたけど、仕方ないわ」

　美沙が疲れ切った顔で言った。

　田伏はベッド脇のデジタル時計に目をやった。時刻はすでに午後一〇時を回った。女性捜査員二人は、代々木上原の田伏の自宅マンションに秘かに赴き、今後一、二週間分の着替えや身の回り品を大型のスーツケースに詰め、先にチェックインしていた美沙と麻衣の元に届けてくれた。明日の朝早く、美沙と麻衣は北新宿にある警視庁官舎の空き部屋に移動し、マスコミの取材攻勢を回避する。

「麻衣にもしばらく我慢してもらう。すまん」

「大丈夫」

　田伏は不便をかけることを詫びたが、麻衣の反応は相変わらずで、ずっと手元のスマホを凝視している。

「田伏警部補(しゅにん)、我々はこれで」

　年長の女性捜査員が切り出した。大型のスーツケースが三つ、それに麻衣の教科書や参考書を詰めた段ボール箱がベッドの脇にある。

「色々と世話をかけた。ありがとう」

　田伏が頭を下げると、二人は強く首を振った。

「ひとまず安心です。我々の出入りに気づいたメディアはいませんでした」

年長の捜査員が美沙と麻衣に顔を向け、言った。

「近いうちに礼をする。本当にありがとう」

田伏が頭を下げると、女性捜査員が首を振った。

「どうかお気遣いなく。それでは明日の朝、麻衣ちゃんを学校に送ってから官舎への引越しをします」

「本当にすみませんね」

田伏以上に気を遣っている美沙が二人に言った。依然として、麻衣はスマホを見つめたままだ。

「麻衣、最後にご挨拶くらいはしてくれよ」

田伏が促すと、麻衣が面倒臭そうに顔をあげたが、二人には笑みを向けた。家族だけなら癇癪を起こすところだが、田伏はなんとか踏みとどまった。

「それでは、失礼します」

二人をドアまで見送り、田伏はようやく背広を脱いだ。

「不便をかけたのは俺のせいだが、こんなときくらいまともに口を開いたらどうだ？」

田伏が言うと、麻衣はぷいと横を向き、窓際のベッドに座り込んだ。

「パパ、そのへんにしておいて」

美沙の眉間に深い皺が現れた。

「それより、パパは大丈夫なの？　私がいないと困るのはパパでしょ」

「所轄の道場や会議室で寝起きするのは慣れている」

「そうじゃなくて、こっち」

美沙が自身の胸に手を当て、心配げな眼差しを向けた。

「平気だ。それより、そろそろ捜査本部に戻るが、なにか足りないものとか、欲しいものがあったらメールで知らせてくれ。できるだけ早く手配する」

以前、なんども在京紙やテレビ局の社会部記者に自宅近くで夜討ち朝駆け取材を受けた。記者たちは警視庁本部や所轄署の捜査員の自宅帳を持っている。あと一週間になるのか、それとも半年に及ぶのか。今の段階では全く想像がつかないが、しばらく不自由な生活を家族ぐるみで送らねばならない。

「ねえ、ママ。あれどうしよう？」

麻衣が困り顔で言った。美沙が首を傾げると、麻衣が気だるそうに告げた。

「夏休みの合宿で使うシュノーケリングのセットだけど」

麻衣の通う私立中学では、一週間の臨海合宿をするのが恒例となっている。昨年の合宿では従姉のお下がりを使ったのだが、急激に背が伸びた麻衣は新しいフィンを欲しがっていた。

「スポーツショップには行けないよね」

不満げな声音で麻衣が言うと、美沙がため息を吐いた。

「すまんな。通販のサバンナで買ってくれないか」

田伏が言うと、麻衣が小さく頷いた。
二、三日前の出勤時、二人が御茶の水近辺のスポーツ店に行こうと話しているのを小耳に挟んでいた。
「それじゃあ、少し高めのやつを買ってもいい？」

麻衣が不機嫌そうに言う。しかし、両目は明らかにおねだりをしていた。

「もちろんだ。こんな不自由なことをお願いしているからな。好きなやつを買えばいい」

「わかった」

一瞬でも嬉しげな顔をするかと思ったが、麻衣の表情は変わらなかった。

「麻衣の学校の先生にもこれから連絡する。なにかあったら、メールじゃなくて直接俺の携帯に電話をするんだ。いいな？」

「うん」

スマホを凝視したまま、麻衣が言った。

「俺は捜査本部に戻る。麻衣を頼んだ」

田伏は窓辺の椅子にかけた背広を取り上げると、部屋のドアを勢いよく開けた。

第四章　拡散

1

中野署会議室のドアを開けると、目つきの悪い捜査員たちの視線が一斉に集まった。田伏は背広の肩にかかった雨粒を払い、こちらを見ている刑事たちに軽く会釈した。普段、中野署の捜査本部には限られた人数の捜査員たちだけが集められるが、今晩は違う。田伏は壁の大時計に目をやった。午後一一時近くになっているが、ざっと見渡しただけで四〇名以上いる。

田伏は相棒の姿を探した。ワイシャツや背広の間を目で探すと、長峰はデスクトップパソコンが設置された会議室後方の隅っこの定位置にいた。

田伏は体格の良い男たちの間をかきわけ、長峰のもとに向かう。相棒は左手の親指を嚙み、一方の右手で前髪を捻っている。視線の先には、デスクトップ横に置かれた愛用のノートパソコンがある。

「進展は？」

長峰が我に返ったように顔を上げた。両目の下にどす黒いくまが現れている。

「ようやく平岩氏の裏アカを見つけました」

長峰はデスクトップパソコンを指した。田伏は移動し、画面に目を凝らした。

〈@angrytaxidriverHKT〉

「怒れるタクシー運転手ってわけか。末尾のＨＫＴにはどんな意味が？」

「故郷の博多の略です。今度も探し出すのに苦労しました」

長峰によれば、本名や出身校、生年月日に関連した検索では見つけられず、フェイスブックの友人のつながりを頼りに半日以上かけてこのツイッターのアカウントを見つけ出したのだという。

長峰はデスクトップパソコンのキーボードを引き寄せ、フェイスブック内の検索の具合、友人同士のつながり、あるいはツイッターと同期させている云々と経緯を説明したが、田伏には理解不能だった。

「それで、肝心の中身は」

相棒の専門的な言葉を遮り、田伏は訊いた。

「当初睨んだ通り、河田さんと同じように強烈な毒吐きツイートが連なっています」

長峰が再度画面を切り替えた。〈@angrytaxidriverHKT〉の上に、モヒカンでサングラスをかけた若い男のアイコンがある。古い映画のスチール写真を拝借したものらしい。

田伏は手を伸ばし、キーボードの矢印キーでツイッターの画面をスクロールした。昼食か夕食で立ち寄ったのだろう。千駄ヶ谷の外苑西通り沿いにある背脂で有名なラーメン店、三田にあるタワー級の野菜盛りで知られたラーメン店の写真が連なる。

このほか、高田馬場、あるいは北新宿の定食屋の唐揚げや肉野菜炒め定食に関する独自の批評も載っていた。

「メシのツイートは添え物です。こっちが肝心の毒ですよ」

田伏の手を払いのけ、長峰が矢印キーをせわしなく押した。

〈同業者諸君へ　女連れの若い兄ちゃんは要注意　カッコつけるのに必死で　必要以上にドヤ顔するぞ〉

〈タクシー運転手　塀の外の懲役刑　うまい！〉

〈ゲロは乗車前にすませろや！　しかもワンメかよ！〉

〈新宿から一五分で羽田空港は無理だって何回も言ったよ　あったまわりー客に振り回され

る〉

〈公務員の客やっぱり苦手　上から目線ハンパねえ　こっちだって好きで下賤な身分に堕ちたわけじゃねえ〉

ストレスの多い職種だと承知しているが、ネガティブな空気が画面から異臭を発している。田伏はアイコン下にある平岩の情報を見た。投稿をチェックしている人数は三五名、平岩がフォローしている他のアカウントは六〇で、呟きの総数は一六八五に達していた。

「このツイートはおまえが抽出したのか？」

「そうです。どうやら彼はタクシー運転手になった直後にうつ病を患ったようでして、その当時の毒吐きで、エグいのがこの辺りです」

デスクトップの大きな画面を相棒が指した。裸一貫で上京して歌舞伎町に店を構えるまでになった男が堕ちた。タクシー運転手は以前と同じように客商売だが、時々刻々と様々なタイプの客が入れ替わる業界で病んでしまった。その捌け口がこの毒吐きのアカウントということだ。

「裏アカは見つけましたが、まだ……」

長峰が肩をすくめた。

「河田さんとの共通点はないわけか」

「見落としがあるかもしれませんが、二人とも強烈に呟きの数が多いですから」

「そうだよな、河田さんは三〇〇〇、こっちも一六〇〇以上だからな」

「他人同士のツイートを同時分析するアプリなんてありませんからね」

肩をすくめながら長峰が言ったとき、背後に人の気配を感じた。

「手伝わせてください」

思いつめたように中野署の若宮が言った。

「それじゃ、こちら側から」

長峰がノートパソコンを指すと、若宮が頷いた。二人の若手を見比べながら、田伏も河田、平岩の共通項探しのため、パソコンの画面をスクロールし始めた。

2

三〇分前、自宅マンションの固定電話が鳴った。

粟野がリビングで夜のニュース番組を見ていると、キッチン横のカウンターで妻の志津代がコードレスの受話器を取り上げた。

「郡司さんって方よ」

郡司という青年の友人宅に赴き、亡き祖父が遺した膨大な数のカメラやレンズコレクションの品定めをする日だ。

午前中にツイッターのダイレクトメッセージで夜に再度連絡するとあっただけで、連絡は途絶えていた。妻が発した名前を聞いた途端、重くなりかけていた瞼が開いた。ソファから立ち上がると、粟野は受話器を耳に当てた。

〈遅くなってすみません。これからお迎えにあがります。場所は……〉

呼び出しに指定された場所は、天井の低いガード下だった。東新宿の自宅マンションからは六〇〇メートルほど離れたところにある。ガードの上は、片側二車線の道路が走り、その近くには抜弁天の交差点がある。

指定された時刻は午後一〇時五〇分。粟野がデジタル腕時計を見ると、すでに五五分を過ぎていた。郡司は派遣会社に登録し、日々の勤務時間が不規則だと以前メッセージに書いていた。

マンションの自治会や防犯パトロールの寄り合いで遅刻者が出ると嫌味を言う性分だが、今日は不思議と心にゆとりがあった。その要因はライカの名玉だ。普段なら床に就く時間だが、あの名玉が手に入ると思えば多少のことは我慢ができる。

水しぶきをあげながら、黄色のタクシーが目の前を通り過ぎた。排気音に顔を上げ、遠ざかるテールランプを見つめていると、今度はブレーキの音が聞こえた。

「雨の中、お待たせしてすみません」

ガード下、目の前に白いバンが停車して、助手席の窓からくぐもった声が響いた。

「郡司さん？」

「そうです」

暗がりで青年の顔がよく見えない。おまけに野球帽を目深に被っているため、その表情はほとんどわからない。ただ、柔らかな声音と心底申し訳ないと言っているのは通じた。郡司が車内で手を伸ばし、助手席のドアを開けた。ビニール傘についた雨粒を振り落としたあと、栗野は車に乗り込んだ。ドアが開くと同時に小さな室内灯がついたが、やはり帽子のせいで表情はわからない。

「お仕事は済んだのですか？」

「ええ、ようやく」

はにかんだように笑った後、郡司がシフトを動かし、車を発進させた。郡司は薄手の作業ジャンパーを羽織っている。胸元に企業のロゴはない。

商用バンのフロントガラスに勢いよく雨が降りつける。その度、キーキーと油の切れたような音でワイパーが動く。ゴムがすり減っているのか、ワイパーのふき取りは悪く、視界は芳しくない。エアコンの効きも低調で、フロントガラスの内側がうっすらと曇っている。運転に集中しているのか、郡司は口数が少ない。

「よく降りますなあ」

「そうですね。ラジオでもここ二、三日は雨が続くと言っていました」

そう言うと郡司がコラムシフト横のラジオのつまみに手をかけ、音量を上げた。

〈それでは最新のニュースです。中野と高円寺で発生した連続殺人事件に関し、「ひまわり」と名乗る人物がインターネットのニュースサイトに新たな犯行声明を出したことが捜査関係者への取材で明らかになりました……〉

ラジオの女性アナウンサーの声に、粟野は顔をしかめた。

「なにやら物騒な事件が起こっていますな。ウチの町内会でも見回りパトロールの回数を増やそうかと検討しております」

粟野が言うと、郡司がくすりと笑った気がした。

「どうされましたかな？」

「失礼しました。無能な警察に聞かせてやりたいと思ったので、つい」

「役立たずの警察はけしからん。犯人はのうのうとのさばり、挙句に次の殺人まで予告した。こんなことは絶対に許せません」

「日本の治安のためにも、粟野さんのような生真面目な方が必要かもしれませんね」

「年寄りを買い被らんでください」

粟野が言うと、郡司が再度くすりと笑った。茶化されているのではない。しかし、どこかつかみどころのない笑い方だ。

バンは道幅の狭い坂を上がった。その後抜弁天の交差点を過ぎてすぐに左折し、さらに総務省統計局の大きな建物の脇に通じる住宅街の抜け道へ入った。

「ところで、ご友人のご実家はどこに？」

「あと少しです。ちょっとの間ご辛抱ください」

総務省統計局の大きな建物の脇にある交差点を右折し、郡司の駆る商用バンは大久保通りを飯田橋方向に走り出した。だが、すぐに福祉施設に続く坂道へと左折し、さらに今度は古い住宅街へ続く小径に右折した。

「この辺りはたしか、戸山ですな」

曇ったガラス越しに粟野は周囲の様子を見た。独立行政法人の大きな病院の近くだ。しかし、激しく降りつける雨、そしてくたびれたサスペンションで激しく上下動するバンの中で視界ははっきりしない。

「大久保通りが工事で渋滞するらしいので、抜け道を使います」

ぎしぎしと不快な音を立てるワイパーの合間からのぞくと、バンがいくつかの曲がり角を折れたのがわかった。若松町の裏通りから、今度はどこに行くのか。

〈……それでは、警視庁の元刑事で現在は犯罪・防犯ジャーナリストの青山学さんに、今回の「ひまわり」事件の背景について聞きました〉

コラムシフト脇のつまみに手をかけ、郡司がまた音量を上げた。

〈……ええ、今回の突飛な犯行声明ですが、犯人は自己顕示欲の極めて強い人物であり、かつ自衛隊や警察などの出身で武術に長けた者の可能性が高いとみています〉

ダッシュボード脇の小さなスピーカーから青山という元警官の嗄れた声が響いた。昼の情報番組に頻繁に出演する銀縁眼鏡の男だ。

「この人、警視庁内部での評判が悪いみたいですね」

突然、ハンドルを握っている郡司が口を開いた。

「いつもテレビで顔を見ている有名な人ですよ」

「彼は元々機動隊出身で、捜査の実務はほとんど知らないらしいですよ。大手のメディアは自分たちの報道に都合よくコメントを追加してくれる専門家を重用すると聞きました」

「しかし、大手の新聞やらテレビはちゃんとしたエリートが作っていますよ。そんないい加減な人が出演するとは思えませんな」

粟野が言うと、郡司がまたくすりと笑った。

「私も以前はそう信じていましたが、ある日を境に見方が一変しました」

郡司の声が一段、低くなった気がした。

ちょうど狭い対向車線をハイビームを点けたトラックが通り過ぎた。その瞬間、目深に被った帽子の陰に隠れていた郡司の両目が見えた。蒸し暑い車内とは正反対に、醒めた目が粟野を見つめていた。

3

「平岩さんの運転するタクシーに河田さんが乗って、なんらかのトラブルに遭遇したってことはありませんかね？」

プリントアウトされた毒吐きアカウントの文言を凝視しながら、若宮が言った。田伏の対面の席で、若宮は大きな体を曲げ、懸命に二人の呟きを検証している。

「その可能性についてはすでに考えました」

田伏の横にいる長峰がノートパソコンのキーボードを忙しなく叩きながら答えた。

「河田さんがタクシー乗車中に投稿したと思われるツイート、そして平岩氏の乗車記録を照らし合わせましたが、合致しているものはありませんでした」

事務的な口調だが、以前のように若宮が激高することはなかった。

「若宮、悪いな」

田伏が言うと、若宮が首を振った。

「ようやく手がかりが見えたんです。徹底的に調べましょう」

以前この会議室で長峰と若宮は衝突寸前まで揉めた。ぶっきらぼうな長峰、頭に血が上りやすい若宮。水と油的な二人だったが「ひまわり」による犯行声明を受けて自然と打ち解けた様子だ。若宮と長峰、二人の若手の内側にある刑事像は全く違う。だが、影が見え始めた「ひまわり」を追うという共通認識はあるのだ。

田伏は他の会議机を見た。中野署と杉並署、そして本部一課の面々が若宮と同じ紙を配布され、それぞれが二人の鑑がつながらないか、目を皿のようにして分析している。

「そろそろ休憩にしませんか？」

幹部席で同じ作業を続けていた秋山が口を開いた。その声に田伏は壁の大時計を見た。時刻は午前零時半近くになっていた。

「先ほど上田さんから軍資金を託されました。二四時間営業の出前サービスから夜食を取れと指示されています」

秋山の声に、あちこちの会議机から感嘆の声が上がった。

「こんなに頭使ったことないんで、腹減りました」

田伏の目の前で、若宮が言った。

「たしかに集中すると腹が減るよな。長峰はどうする？」

「遠慮しておきます。満腹だと眠くなっちゃうので」

今まで通りの無愛想な言い方だが、場の空気は乱れない。風変わりな新参者が捜査本部の雰囲気に溶け込んできたのだ。

「食べ物の好みがあれば伝えてください」

捜査本部のムードを和ませようと秋山が明るいトーンで声を張り上げたときだった。

「あっ」

長峰が顔をしかめた。横顔がみるみるうちに曇っていく。

「ライトニングが……」

忌々しい名前が耳に入った。田伏は長峰のノートパソコンに目をやった。相棒と同様、あやうく声が出そうになり、田伏は慌てて手で口を塞いだ。

〈まもなく「ひまわり」関係ニュースで緊急特報配信!!〉

「配信って、どういうことだ？」

「ネットで中継するんだと思います」

いつの間にか、多数の捜査員が田伏らの机の周りに集まり始めた。

「奴ら、なにを考えているんだ。まだ三日あるぞ」

集まり始めた捜査員をかきわけ、秋山が苛立った声をあげた。田伏はけばけばしい見出しの横にあるツイッターやフェイスブック等々大手SNSのロゴを見た。それぞれのマーク下にある数字がみるみるうちに上昇していく。カウンターの数字が上昇するたび、心臓を鷲摑みにされるような痛みが走る。

「こいつら、他人の不幸が大好きなネット民が一番盛り上がる時間帯を知り抜いています」

長峰がそう呟いたときだった。画面が切り替わり、見覚えのある顔がノートパソコンに現れた。

〈皆さんこんばんは。ライトニング編集部ライターの加藤です〉

中野・鍋屋横丁のラーメン屋で田伏を直撃した男だ。あのときと同じく、口元が醜く歪んでいる。

〈先に、当編集部が特大のスクープを放ち、大手メディアが一斉に後追いに走ったことは多くのライトニングファンの皆さんがご存知の通りです〉

〈今回も当編集部は特大のスクープをこれから配信します。もちろん、「ひまわり」関係の

ニュースです！〉

画面の加藤が得意げに言ったと同時に、田伏の周囲で何人もの刑事が舌打ちした。

〈まずは、つい二分前に録画した動画を放映します。よく見てください〉

加藤の声のあと、画面が切り替わった。

雑誌や新聞が乱雑に置かれた机、そしてその中心にデスクトップパソコンが映る。手持ちのカメラで編集部の内部を撮影しているようだ。

〈ほんの一〇分前、「ひまわり」から新たなメールが届きました。ご覧ください〉

手持ちのカメラがメール画面に寄った。受信トレイの発信者欄に「ひまわり」の文字が見える。

「少しでも引っ張ってPVを稼ぐ手口ですよ。いい加減なネットメディア、特にライトニングの常套手段です」

画面に視線を固定させ、長峰が吐き捨てるように言った。

〈それでは、「ひまわり」からのメッセージをお送りします〉

カメラの角度がまた変わり、メール画面を接写するアングルになった。

〈「ひまわり」からのメッセージは次の通りです……〉

田伏の周囲で舌打ちの音が止んだ。全員が長峰のノートパソコンを凝視する。カメラが文面を舐めるように映し始めた。ゆっくり動くカメラと合わせるように、田伏も文字を追った。

〈ライトニング編集部御中　「ひまわり」です。先に第三の犯行を予告しました。マスコミと癒着する警視庁がいかに無能なのか、ここで証明したいと思います〉

カメラはメールの文字を追い、加藤が文面を読み上げる。

〈ここで「ひまわり」から送られてきた画像を公開します〉

興奮気味の加藤の声が響いたあと、画面が切り替わった。

〈これは我々だけの独占ニュースです〉

「げっ」

ノートパソコンを睨んでいた複数の捜査員が同時に声を漏らした。

〈「ひまわり」から送られてきた画像には、このように文化包丁が映っていました〉

画面の中で加藤が視聴者を煽るように甲高い声で告げた。

〈文化包丁に大量の血が付着しています！〉

「誰か、鑑識のデータを！」

田伏の背後で秋山が叫んだ。数人の捜査員が駆け出していく足音が聞こえた。

〈画像とともに、当編集部に送られてきた「ひまわり」からのメッセージをお送りします〉

加藤の声のあと、先ほどと同じように小型カメラがメールの文面をアップで映し出した。

〈中野坂上で河田を、高円寺で平岩を刺し殺したものと同一の凶器です〉

淡々と綴られている分、犯人（ホシ）の冷静かつ凶悪な性格を反映している。

〈公約通り、さきほど三番目の処刑を執行しました。血が付着した包丁は、もちろん現場から持ち帰ったものです〉

「鑑識のデータはまだか？」

秋山の苛立った声に呼応するように、会議室の幹部席近くから駆け寄ってくる足音が聞こえる。

「こちらになります」

中野署の若手捜査員がノートパソコンを広げた。振り向いた長峰がすかさずそれを取りあげ、机の上のノートパソコンの横に置いた。

田伏をはじめ、捜査本部の刑事たちが固唾を飲んで見守る中、長峰が猛烈な勢いで二つのパソコンを操作した。すると二台の画面に文化包丁の拡大写真が映った。

右側にある長峰の端末には鮮血が付着した文化包丁、左側の一台には鑑識課の資料がある。河田、そして平岩を刺したと推定される普及品の包丁を鑑識課が購入してきたものだ。

「素人の判断は危険ですが、おそらくこの包丁は一致します」

血塗（ちまみ）れの包丁の画面をさらに拡大させながら、長峰が言った。

「本部鑑識課に臨場要請を！」

秋山が叫んだが、田伏は首を振った。

「管理官、残念ながらまだ被害者（マルガイ）の情報はおろか、通信指令本部から事件発生の連絡さえ入っていません」

田伏の言葉に秋山が固まった。

「失礼しました……慌ててしまって」

顔を真っ赤にして下を向いた秋山の背広から、着信音が響いた。

秋山がスマホを手で覆いながら幹部席の方に向かった。必死に頭を下げているところをみると、相手は上田だ。

「ひまわりの奴、どこで犯行に及んだ？」

田伏の背後で、若宮の唸り声が響いた。

「今は上田さんの判断を待つしかない。おそらく、警視庁管内の全所轄に緊急パトロールの要請を出すはずだ。その他、機動捜査隊にも指示して犯行現場の特定を急ぐだろう。あとは救急車の出動要請の中から、それらしいものを絞り込むしかない」

田伏は頭に浮かんだ事柄を若宮に説明した。若宮は不承不承頷いた。

「長峰、ライトニング編集部に依頼してメールの送信元の分析を頼まないと」

　ノートパソコンの画面を凝視する相棒に言うと、長峰は首を強く振った。

「断言はできませんが、トーアを使って発信元を隠しているはずです。ミスは絶対に犯さないと思います」

「そうか……」

「それに、ライトニングには何人もシステムエンジニアがいます。編集部が騒いでいた間、エンジニアたちは血眼で発信元を探ったと思います。万が一、それを突き止めていたら、ライトニングは警察に通報する前に真っ先に報じるような連中です」

　なるほど、と思った。気づけば、周囲の歴戦の刑事たちも頷いている。

「やばい……」

　またもや若宮が口を開いた。

「どうした？」

　田伏が振り返ると、若宮は大きな体を折り曲げ、掌の中のスマホを見つめていた。

「中央新報や大和新聞なんかの大手新聞がネット版で今回のことを報じ始めています」

　若宮の言葉に、長峰が弾かれたように動き出した。長峰は自分のノートパソコンのキーボードを猛烈な勢いで叩く。

「これか……」

画面に中央新報の電子版が表示された。最新ニュースの欄に〈速報〉の文字が点滅している。長峰が力一杯エンターキーを押す。

〈速報　社会部遊軍班〉

画面には短文のニュースが載っていた。

〈インターネットニュース専門サイトのライトニングによると、連続殺人を犯した「ひまわり」が第三の犯行を示唆している。同サイトによれば、「ひまわり」は既に犯行を実施したとみられ、鮮血が付着した凶器の文化包丁が……〉

「大手メディアは圧倒的に出遅れましたからね。恥も外聞も無く、他メディアの情報を転載したわけです」

「誰か本部の広報課に連絡を」

田伏の声に、中野署の刑事課長が弾かれたように幹部席に据え付けられている警電に向け走り出した。声を発したものの、田伏は頭を抱えて蹲りたかった。本部の広報課にしても、マスコミ対応のしようがないのは目に見えている。またもや「ひまわり」に主導権を握られてしまった。

「若宮、通信指令本部の一斉報に注意しろ」

所轄署の様々な部署には、通信指令本部から発せられる無線をキャッチする装置がある。

一一〇番通報を受信した係官が事件・事故の別を聞き出し、都内を走り回っている移動や所轄署の担当部署に無線連絡を入れる。

「先ほどから聞いていますが、チンケなひったくりや当て逃げの類いばっかりでして……」

若宮が大きな体を凋ませながら言った。

「一報が待ち遠しいなんて、とんでもない日だ」

腹の底から、思いが口をついて出た。所轄署時代、そして本部に移ってからも宿直の番はこの一報に身をすくめる。

〈至急、至急!!〉

通信指令本部の係官がマイクに向かってがなり立てる度、両腕がいつも粟立った。しかし、今夜に限っては全く逆なのだ。一課長の上田を筆頭に、猟犬のように俊敏な刑事たちが指をくわえて待っているだけだ。警視庁始まって以来の異常事態であることは間違いない。

〈本部より全所轄、本部より全所轄〉

捜査本部の幹部席近くにある無線機のスピーカーから通信指令本部係官のくぐもった声が聞こえた。

〈富坂署管内で行方不明になっていた認知症の老人、無事に発見……〉

たった今聞こえた一斉報で、田伏は手を打った。

「警視庁管内でここ半日に出された捜索願を全部当たるんだ！」

そう叫んだ瞬間、会議机の周囲にいた捜査員たちが一瞬静まり返った。

「被害者(マルガイ)が単身者ならば捜索願は出ないが、家族持ちだったらどうだ？　家の人間がこんな時間まで帰らなくて心配になった人がいるかもしれんぞ」

田伏は周囲を見回した。精鋭の刑事たちが互いに顔を見合わせ、小声で話し始めた。

「このまま犯人(ホシ)の好きなようにさせていいのか？　少しでも可能性があるなら、動こうじゃないか！」

田伏が声高に言うと、若宮が頷いた。

「まずはウチの署を調べてみましょう」

そう言うなり、大きな体を揺すりながら若宮が会議室を飛び出していった。

「わかった。俺は第一、第二方面を当たる」

「俺は第七方面だ」

会議室のあちこちから声が上がり始め、捜査員たちが幹部席近くの警電に小走りで向かった。

「俺が臨時のデスクやるから、結果を知らせてくれ」

捜索願を当たる……とっさに思いついた事柄だった。この作業で被害者が引っかかってくる可能性は低いと言わざるを得ない。だが、待ちぼうけはごめんだ。今は自ら動くことこそが肝心なのだ。

あちこちの所轄署に電話をかけ始めた刑事たちを一瞥したあと、田伏は会議室の角、窓際に向かった。夕方はミストシャワーのような霧雨だったが、いつの間にか窓を叩くような強い降り方に変わっていた。

〈至急、至急！　新宿区若松町、西部東京医大の薬剤部で盗難発生！　夜間出入り口から侵入、薬剤数十点が盗まれたとの通報。付近の各移動(パトカー)は同地域の不審者の発見に努め……〉

一斉報の中身がひまわり絡みの事件でないと、安堵の息を吐く自分に気づく。

中野署の窓をしたたり落ちる雫を見ながら、考えた。早く被害者を見つけ、救い出さねばならない。強い雨が証拠を洗い流してしまう前に、絶対に現場へ赴く。

4

田伏は腕時計に目をやった。時刻は午前二時半。

「主人はまだ見つからないのですか？」

東新宿の古い分譲マンションのリビングで、田伏は不安げに漏らす夫人の声を聞いた。

「今、相当な人数の警察官が調べています。もう少し待ってくださいね」

大きな体を折り曲げ、若宮が白髪頭の夫人の肩をさすっていた。

「若宮、頼んだぞ」

小声で告げると、若宮が小さく頷いてみせた。

「どうだ、なにかあるか？」

田伏はリビング脇のダイニングテーブルに着き、隣で懸命にノートパソコン二台と格闘する長峰に言った。

「奥様によれば、ツイッターでメッセージをやりとりしていたらしいのですが……」

長峰がそう言ったきり口を噤んだ。相棒は作業に集中している。邪魔をしてはならない。

田伏はガラケーを取り出し、通話記録を眺めた。

一時間半前だった。中野署に新規の捜索願が出ていないことを確認した若宮は、近隣の戸塚署、新宿署、そして牛込署に電話を入れた。ヒットしたのは牛込署だった。

粟野という老人だった。夫人によれば、数週間前からインターネット上でやりとりを続けていた青年に呼び出され、昨夜一一時前に出かけたのだという。遅くとも午前零時すぎには帰宅すると言っていたらしい。「ひまわり」の事柄が世間を騒がせていたこともあり、夫人は早々に捜索願を出したのだ。

夫人によれば、粟野はマンション脇で偶然道に迷った青年と知り合いになった。青年は古いカメラが趣味で、粟野とも話が合った。それが縁となり、青年の相談に乗るようになったようだという。

「〈オールドカメラ見習い〉というアカウントから何度かメッセージが届いています」

長峰が粟野の使っていたパソコンを田伏に向けた。たしかにそのアカウント名が履歴に残っていた。

〈今夜、改めて待ち合わせ場所等について連絡します〉

「ツイッターのアカウントは調べられるのか？」

「アメリカの会社なんで、令状がどうだって面倒なことになりますが、この人物の使っていたメールアドレスやらにはたどり着けるでしょうね」

長峰が突き放したように言った。

「なんだ？　重要な手がかりじゃないか」

「もしひまわりの犯行だったら、他人のＩＰアドレスを乗っ取って作った偽物です。手がかりにはならないでしょう」

犯行声明メールにしても、トーアとかいう複雑なソフトを使う犯人（ホシ）だ。万人が使うＳＮＳでヘマをするはずがないということだ。

「奥さん、ご主人は出かける前にメッセージを？」

長峰が訊くと、夫人が首を振った。

「固定電話に連絡がありました」

田伏は夫人に笑顔を送ったあと、長峰の顔を見た。

「おそらく公衆電話か盗品のスマホからだろうな」

「だと思います。いずれにせよ、このパソコンを押収して詳しく調べてみないと」

「そうだな。とにかく、男、青年だっていう手がかりはあるからな」

田伏が自分に言い聞かせるように告げた。

5

駆けつけた現場には、本部鑑識課がブルーシートで組み立てた簡易型のテントが出来上がっていた。

「ご苦労様です」

田伏の左腕に付いた〈捜一〉の腕章を一瞥した若い制服警官が敬礼し、ブルーシートの覆いをめくった。制服警官の被る雨合羽のフードから大粒の雫が滴り落ちる。

「俺もですか？」

　後方から長峰の怯えた声が聞こえた。ビニール傘を畳んだ相棒が眉根を寄せていた。明らかに腰が引けているのがわかる。

「嫌ならその腕章外して、本部に帰れ」

　田伏は強い口調で言った。

　昨夕から降り続く雨の中、少しでも現場の状態を保持したいと鑑識課の面々が苦労してテントを作った。しかし、紺色の制服姿の鑑識メンバーたちの表情はさえない。強い雨が降り続き、下足痕やその他の有力な証拠の大半がすでに流れてしまったことは田伏のような素人の目から見ても明らかだった。

　田伏はテントに入る直前、もう一度周囲を見回した。雑木林のように鬱蒼と木々が生い茂り、白い壁の立派な蔵を備える旧家風の二階建て住宅、そしてその隣に建つ木造モルタル二階建ての煤けたアパートとの間、わずか二メートルほどの隙間にテントが設置されている。従来は付近の住民もあまり気にとめることはないわずかなスペースであり、近所の野良猫くらいしか通らない場所だ。

　周囲を再確認した途端、中野坂上、そして高円寺の二つの現場が頭に浮かんだ。小路、薄暗い場所……やはりひまわりは犯行場所をあらかじめ決めたうえで、事に及んだのだ。

「例のアプリは？」

「防犯カメラの設置場所のことですね？」

長峰が慌てて背広のポケットからスマホを取り出し、素早く画面をタップしている。長峰の手元を見つめていると、なんどか目にしたことのある画面が現れた。細い指で長峰が画面を拡大させた。スマホには、現在地を示す赤いピンのイラストがある。しかし、周辺には防犯カメラの存在を示す黄色い星印は見当たらない。

粟野と見られる老人の遺体が新宿区の東側、古い一軒家が連なる住宅街、弁天町で発見された。時刻は午前五時一二分、季節的にはもう十分に明るい時刻のはずだが、雨の中で現場一帯は薄暗く霞んでいた。

第一発見者は、ゴミ集積場の掃除に来た近隣に住む老婆だった。集積場の掃除とカラスよけのネットの設置をしようと路地の奥にある自宅から出て、白い蔵のある家と古い木造モルタルアパートとの間に来たとき、異変を感じた。

五、六羽のカラスが付近の電線や家屋の屋根に陣取り、けたたましく鳴いていたため、生ゴミの放置を連想したのが端緒だ。普段よりも念入りに周囲を見回していたところ、老人がうつ伏せで倒れているのを発見し、すぐに自宅に住む大学生の孫を呼びに戻り、消防と警察に通報したのだという。

細長いテントの中に三脚で据えられたライトが二台、薄暗い現場を照らしている。それぞれの照明はテントの中心でうつ伏せになっている被害者に当てられている。遺体は右腕を伸ばし、その指はなにかをつかむかのような形で曲がっていた。もしかすると、犯人につながる情報を土に刻もうとしたのかもしれない。田伏が鑑識課員の肩越しに合掌すると、隣で慌てて長峰も両手を合わせた。

依然として、テントに降りつける雨の音は弱まらない。

「前の二件のデータはありますか？」

紺地に黄色のラインが入った鑑識服の一団の中心、青いセル眼鏡をかけた中年の男の声が田伏の耳に入った。

「検視官、こちらです」

傍らにいた若手鑑識課員がビニールパックされたボードを差し出すと、セル眼鏡の男が資料を一瞥し、手元のメジャーを取り出した。

「誰っすか？」

小声で長峰が言った。

「鑑識課検視官、三谷（みたに）警視だ」

田伏の声が耳に入ったのか、遺体を直視していた三谷圭吾が顔を上げた。検視官になる以前、三谷は一課の強行犯捜査にいたベテラン刑事だった。なんどか一緒の捜査本部に詰めたことがある顔見知りだ。三谷は田伏に軽く頷いてみせたあと、手に持ったメジャーを背中の傷口に当てた。

「……前二件の傷口とほぼ同じ形状、そして切創の長さですね」

三谷の声に、田伏より一足早く臨場していた秋山管理官が頷いたのがわかった。

「それでは、詳しく見ていきましょうか」

三谷が言うと、周囲を取り囲んでいた鑑識課員たちが遺体の衣服を鋏で切り始めた。これからベテラン検視官の見立てが始まる。

「出ましょうか」

いつの間にか、傍らに背の高い秋山がいた。

「身体的な特徴、その他に着衣の特徴などからして粟野氏に間違いありませんね」

沈んだ声で秋山が言った。田伏は長峰に目で合図し、テントを出た。長峰が差し出したビニール傘に容赦なく雨粒が降りかかる。

秋山に先導され、田伏は小路から住宅街の表通りに向かった。背後から手をいっぱいに伸ばして傘を差しかける長峰が続く。

「上田さんの臨場は？」

田伏の問いに秋山が強く首を振った。

「上層部への報告、そしてマスコミ対応でそれどころではないようです」

前代未聞の事態とはいえ、厳しい状況だ。今のところ、ひまわりの完勝なのだ。一方、完敗の側はただでは済まされない。非難を一身に浴びるのが捜査一課長という重責を担う上田だ。

「管理官、ＳＳＢＣの面々が到着しました」

制服の若い警官が秋山のもとに駆け寄り、言った。

「ご苦労様です。初動がなにより肝心です、徹底的にデータを集めてください」

「それでは、早急に犯人の前足と後足を捕捉します」

そう言うと、ＳＳＢＣの面々は現場を後にし、三方向に散った。

「管理官、現場周辺半径五〇〇メートルを中心に調べましたが、めぼしい証言や物証を得ることはできませんでした」

秋山の傍らに、こんどは小太りの青年が現れた。黒い長袖のＴシャツにグレーのベストを羽織っている。左腕には〈二機捜〉の腕章がある。三つの部隊を持つ警視庁機動捜査隊のうち、都内西部をカバーする第二機動捜査隊、通称ニキソウの刑事だ。

機動捜査隊の刑事たちは二人一組で覆面車両に乗り、二四時間都内を走っている。通信指令本部の一斉報を聴くと、真っ先に臨場して現場保存や周辺の聞き込み、あるいは逃走を図る犯人を検挙する部隊だ。

「ご苦労様でした。あとは一課が」

秋山が事務的に言うと、二機捜の刑事は敬礼してその場を離れた。

「捜査本部(ちょうば)は中野に集約するんですか？」

田伏の問いに、秋山が頷いた。中野、杉並に加え、今度は牛込署の捜査員たちもあの会議室に集う。二つの捜査本部が合体しても手がかりが得られなかった中で、今度はもう一つ陣容が増える。秋山の引きつった横顔はどうやって指揮をとるか、思案しているようだった。

「我々はもう一度粟野家に行き、その後中野へ」

田伏はそう言うと、長峰を伴って秋山のもとを離れた。もう一度、被害者の家に行き手がかりを探す。三人の被害者の共通点が一つも見つかっていないだけに、藁にもすがる思いだった。

6

　粟野家に戻るなり、田伏はリビングの奥を見た。三〇代半ばとみられる若い息子夫婦が肩を落とし、嗚咽を漏らす夫人の両側にいた。

「ご長男が牛込署に出向かれ、最終的な本人確認をされる手筈になっています」

　田伏は顔をしかめた。すると一課から派遣された女性捜査員の藤本が小声で言った。手元に小さな紙がある。

「未明から付き添いながら、ずっと彼女の話を聞いていました。いくつか気になったことがあったので、書き留めておきました」

「ご遺族のフォローを頼む」

　田伏が言うと、藤本は夫人のもとへ向かった。田伏は二つに折られた紙を広げ、目を細めた。走り書きに近いメモだ。長峰がメモを覗き込む。

〈オールドカメラ見習いが粟野氏を呼び出した〉〈名前は郡司〉〈郡司というのは三〇代程度の青年〉

　いずれも長峰がマンション到着直後に粟野のパソコンから拾い出した情報と同じだ。田伏は次のメモに目を走らす。

〈数週間前の雨の日、粟野氏は郡司とマンション脇で出会った〉〈古いカメラについて意気投合した〉〈郡司と会って以降、粟野氏は五、六年ぶりにカメラ道楽を再開した〉〈若松町や西新宿のカメラ屋へ頻繁に出かけるようになった〉〈日頃つましい食事で済ませているのに、なんどか銀座のお寿司や麻布のフレンチを食べにいった〉〈なにかお金が入るあてがあったようだ〉〈湯河原の高級宿に泊まる日取りを決めようとしていた〉

田伏は小声で藤本を呼ぶと、メモの一点を指した。

「ご主人の遺品を調べても良いと許可をいただいております」

藤本は窓際のカウンターの周辺を指した。そこには書籍や写真集が置かれ、ノートや筆記具もある。粟野が書斎スペースとして使っていたようだ。田伏と長峰はカウンターの傍に立った。デスクスペースの下に、小型冷蔵庫ほどの大きさの黒い箱があった。

「カメラとレンズは防湿庫です」

藤本が言った。田伏は背広のポケットから白い手袋を取り出した。

「鑑識が入るかもしれんからな」

そう言って長峰にも手袋着用を促した。腰を落とし、防湿庫の扉を開けた。三段に分かれた棚を見る。最上段の棚の上に湿度計と温度計が付けられ、湿度三二％、温度二〇℃の表示が見える。田伏は両手を伸ばし、慎重に取り出した。

「おっそろしく古いカメラっすね」

「大昔、親戚の家で見たことがあるタイプだ。これは一眼レフじゃないよな」

田伏はボディをしげしげと見つめた。〈Nikon〉の文字があるが、鑑識課写真係が使うデジタル機とは書体が違う。レンズの周囲には〈50mm〉〈Nippon Kogaku〉の刻印がある。

田伏は黒いカメラを長峰に手渡し、隣にあったシルバーのボディを取り出した。先ほどと同じく古いタイプのロゴのニコン製のカメラだ。

このカメラも長峰に手渡し、奥にあるもう一台に手を伸ばす。今度は田伏にも馴染みのある一眼レフだ。先の二台と同じでロゴは古い。日本光學の文字の上にはピラミッドのような物体の尖った先端が突き出ている。田伏は一眼レフのストラップを首にかけ、さらに防湿庫の中をチェックした。一番奥には、先ほどの二台と同じような形の小型のカメラがあった。シルバーのボディで、左端に丸の赤ロゴ、その下に白い文字でM6の刻印がある。

「ドイツの超高級カメラですよ。ライカです」

目を凝らすと、赤い丸の中に〈Leica〉の文字がある。次いで、田伏は下の段をチェックした。二段目には、小さめのレンズが五本、そして径の太いレンズが三本並んでいる。いずれも〈Nippon Kogaku〉の刻印がある。ニコンの横には、別の細いレンズが二本。一本を取り出してみると、奇妙な形をしていた。宇宙人の唇が飛び出したような銀色のレンズだ。レンズの周囲には〈Leitz Elmar f=5cm 1:3,5〉の刻印がある。ほかの三本は先ほどのニコンの細いタイプに形が似ている。

田伏は首に下げたカメラ、そして細いレンズを何本かつかむと、キッチンのカウンターに運んだ。目で合図すると、長峰もカメラとレンズを手に歩み寄った。

「カメラとレンズを銘柄がわかるように並べて、スマホで写真を撮ってくれ。全体がわかる一枚、それからレンズの銘柄刻印がわかる寄りのショットもいくつか頼む」

スマホのライトを灯しながら、長峰がなんどもシャッターを切った。

「こんな感じでどうですか？」

液晶画面に鮮明な画像が現れた。頷くと、長峰が人差し指で次の写真を表示させる。

「ところで写真はどうするんですか？」

怪訝な顔の長峰を残し、田伏は玄関に続く廊下に向かった。途中でガラケーを取り出し、番号リストを繰る。ほどなくして田伏は指を止めた。懐かしい名前と携帯番号が小さな画面にある。呼び出し音が五、六回鳴ったあと、電話口に不機嫌な声が響いた。

〈どうした、こんな時間に？〉

「お知恵をお借りしたくて。世間を騒がせているひまわりの一件を担当しております」

「ひまわり」と告げた途端、電話口で咳き込む声が響く。

〈それを早く言え。引退した俺になにができる？〉

「どうかご内密にしていただきたいのですが……」

〈辞めたとはいえ、保秘のなんたるかは知っている〉

「ご配慮、ありがとうございます」

本来、田伏が依頼していることは重大な保秘違反だ。元鑑識マンといえど、すでに退職して数年経っている民間人相手に、被害者の情報を明かしたことが監察にでもバレたら、田伏は一発で懲戒ものだ。

「写真をメールで送ります。古いニコン、ライカのカメラとレンズ数本が写っています」

〈被害者(マルガイ)の遺留品か？〉

「その通りです」

〈古巣を舐めた犯人(ホシ)の一件だ。なんでも手伝うぞ。すぐに送れ〉

そう言うと、かつての大先輩警官は一方的に電話を切った。

7

「誰に写真を送ったんですか？」

「鑑識課で名写真係だった人だ。現場(げんじよう)全ての物を写し、公判に備える大切な仕事だ」

田伏はガラケーの写真フォルダを開き、以前撮った一枚を表示した。田伏が初めて本部課に配属されたとき、犯人検挙後に撮ったものだ。

「右から二番目の体の大きな人が猪狩さんだ。今は引退して警備会社の顧問に就いている」

猪狩啓司は偏屈なメンバーが多い鑑識課の中でも身長一八〇センチ、額にミミズ腫れの傷痕があり、とりわけ若い刑事には怖い存在だった。

若手時代の田伏が一課で宿直をしていたとき、北池袋の安アパートで殺人事件が発生した。現着して狭い部屋に駆け込むと、下足カバーを忘れた田伏は猪狩に一喝された。その後、犯人が検挙されたあと、猪狩は本部一階の大食堂で現場保存の大切さ、そして写真係が血糊の色合いや被害者に残った傷などを詳細に記録していることを教えてくれた。

額の傷は、機動隊の写真係を務めていたとき、三里塚闘争で石が当たったのだと明かしてくれた。

「昔はフィルムで一発撮りだ。彼はカメラ好きが高じて写真係になった人で、プライベートでも非番の日にカメラ屋を回るような趣味人だ」

田伏がそう言ったときだった。背広の中でガラケーが振動した。

〈小型のカメラは、レンジファインダーという一眼レフ前の主力機だ。シルバーの名前はニコンSP。シリアルナンバーを見る限り一九五七年製、黒いのはニコンS3、オリンピックモデルだ。どちらも当時のカメラ好き垂涎のモデルだ〉

猪狩がすらすらと告げた。

〈SPの発売時の値段は九万八〇〇〇円、当時の新卒サラリーマンの年収分くらいだ〉

「被害者は犯人にカメラをネタにおびき出された可能性がある、そんな風に考えています」

〈被害者のコレクションは高価だが、俺からみたらごくごく妥当なものばかりだぞ〉

わずかに猪狩の声が沈んだ気がした。

「ライカはどうです？」

〈今なら中古で二〇万円前後だ。M6は生産台数が多いから、さして珍しいものじゃない〉

現場の全てを写し撮るのが信条の猪狩だった。自分の感情は容れず、証拠を冷静に見つめていたときと同じ言い振りだ。

〈エルマーにしても一〇万円前後で買える。個人同士の相対売買で殺しの要因になるような値段ではないと思うがな〉

田伏は首を傾げた。隣で様子をうかがっていた長峰が唐突に肘で脇腹を突いた。

「これ、どう思いますか？」

相棒はキッチンカウンターの上にある粟野のノートパソコンを指している。田伏は猪狩に断りを入れ、画面に見入った。目の前にはツイッターのダイレクトメッセージのやりとりがある。

〈友人が故人の保有機材を整理したところ、以下のような機材が……〉

「これからカメラやレンズの名前を読み上げます」

田伏は目を細め、人差し指を画面に当てながら銘柄を読み上げた。

〈戦前ライカや二眼レフの名機、レンズも有名だが、昔の金持ちの道楽としては平均的なレベルだな。もちろん、当時なら何軒も家が建つ値段だがね〉

再び目を細め、田伏はリストを読み上げた。一分ほどだろうか。片仮名を読むのに目が疲れてきたときだった。

〈ちょっと待て！　もう一度、最後に言った銘柄を読み上げてくれ〉

心なしか猪狩の声が上ずっている。

「『カナダライツ製　ズミクロン35ミリ　8枚玉　クローム仕上げ』、三本です」

〈カナダ製のズミクロンは世界中のマニアが欲しがる名玉だ〉

猪狩はレンズのことを玉、と言った。

〈しかもクローム仕上げだよな……それが三本か。程度がよければ二〇〇万円近く、極上品なら金持ちのコレクターが五〇〇万円くらい出すぞ〉

安月給の田伏には想像もつかない金額が猪狩の口から漏れた。

〈犯人（ホシ）が被害者（マルガイ）をおびき出すとしたら、ズミクロンの八枚玉は特大の餌だ〉

特大の餌……猪狩の言葉が耳の奥を鋭く刺激した。

〈一九五四年に発売されたレンズでな。その中で、一九五八年に発売されたカナダライツ社製造の三五ミリ、八枚のレンズを組み合わせたものが通称八枚玉として有名だ〉

「しかし、たかだかレンズでは？」

〈カメラを知らん人間からみたらそうかもしれん。だがな、八枚玉は世界的に有名な写真家や報道カメラマンが愛したレンズだ。誰しも目にしたことのあるポスターや戦場写真で〝究極の写り〟って評判が高まった〉

猪狩の声が興奮していた。田伏は藤本のメモに目をやった。

〈なにかお金が入るあてがあったようだ〉

夫人の言葉から勘案すれば、ズミクロンの八枚玉を譲り受け、これを転売することを狙っていたのではないか。

「猪狩さん、大変参考になりました。ご遺族によれば、被害者は西新宿の中古カメラ店に足を運んでいたようですので、調べてみます」

〈絶対に犯人（ホシ）を挙げろ〉

猪狩はいつもの冷静な声音に戻っていた。

電話を切ると、長峰がまた栗野のノートパソコンの画面を指していた。

「西新宿のカメラ屋のホームページも被害者の閲覧履歴に残っていました」

「捜査会議のあと、早速回ってみるぞ」

か細い糸だが、ようやくひまわりが被害者をどうやっておびき寄せたのか、その一端が見えてきた。長峰に向け、田伏は大きく頷いてみせた。

8

田伏と長峰は、新宿駅西口、大手の家電量販店や全国チェーンの飲食店が軒を連ねる一角に立った。粟野がなんどもアクセスした専門店、スケールカメラに赴く。

昼食に向かう近隣のビジネスマンやOLが増え始め、路上は大きなターミナル駅の改札前のように混雑していた。街の住人たちに混じり、海外からの観光客も少なくない。前後左右から人波が押し寄せるため、まっすぐ歩けないほどだ。

「眠くないか？」

「徹夜は慣れっこですから」

開店前、店に問い合わせを入れると案の定粟野に関する話が飛び出した。

電話証言によれば、粟野は二日前に買い取りセンターに顔を出し、手持ちの現品、名玉と呼ばれるズミクロンがないにもかかわらず、査定額を出せと一時間近く担当者を悩ませたのだという。

〈おまえみたいな若造じゃ話にならん、責任者を呼べ！〉

〈俺はこの店で五〇万円以上買い物した上客だぞ！〉

粟野はクレーマーそのものだったらしい。困惑する若い店員を怒鳴りつけ、責任者を出せと高圧的な態度でゴリ押しを続けていた。言い換えれば、怒りへの耐性がなく、頻繁に苛立ちを募らせ、キレる団塊世代の典型例だ。

「被害者(マルガイ)、やっぱり評判悪かったですね」

「思いがけず大金が入るってことになると、人間の隠れた本性が出る。金持ちの爺さんが死にそうになった途端、縁遠かった親戚やらが集まって遺産相続で揉めるときがあるだろう。あれと同じだ」

「金って怖いですね」

「金が絡んだ怨恨やらを嫌というほど見てきたからな」

田伏はため息交じりに言った。

混み合う街頭を歩くと、道の右側にスケールカメラ本店の看板が現れた。田伏は日当たりの悪いエントランスに入り、エレベーターの前に進みでた。すると、ちょうどドアが開き、大きな箱型の荷車にたくさんの段ボール箱を積んだ宅配便のドライバーが姿を見せた。

「恐れ入ります……」

目深に被った作業帽の下から、消え入りそうな声が響いた。通路は狭く、台車は二人分ほどのスペースを取っている。

「どうぞ、先に通ってください」

田伏は壁に背をつけ、ドライバーに言った。こんなところで意地を張っても仕方がない。自分たちは手ぶらであり、相手は急ぎの荷物を数多く預かっている。まして、最近は通販の取扱量が急増し、ドライバーの多くが疲弊していると聞く。

「ありがとうございます……」

青年はか細い声で告げると、深く頭を下げ、そのまま荷車を押して通りに消えた。

「ライカやら舶来品のフロアは……」

エレベーターのボタン横に貼り付けられた案内を見る。目的の階は地下一階だ。長峰に目配せすると、田伏はエレベーターに乗り込んだ。

扉が開くと、左側に大砲を思わせる太いレンズを付けた大型のカメラがあり、その背後にバッグやストラップが展示されていた。

「普通のカメラ屋とは随分雰囲気が違いますね」

「そうだな、高級ブランド服の専門店みたいだ」

フロアの奥からエレベーターに至る三〇帖ほどのスペースは、赤と黒に色分けされ、間接照明がショーケースを照らしている。店内には金髪の背の高い白人の中年男性が一人、そして背の低いアジア系の夫婦がいた。いずれも身なりは清潔で、一見して高価そうなサマージャケットやポロシャツを着ている。裕福な海外観光客が掘り出し物を探しているのだろう。

「なにかお探しでしょうか」

田伏のもとに、丁寧な物腰のダブルスーツ姿の男が近づいてきた。白髪を綺麗にオールバックに整え、セルのメガネをかけている。物腰が柔らかく、百貨店の高級紳士服売り場にでもいそうな店員だ。

「突然失礼します……」

他の客に見えぬよう、田伏は警察手帳を店員に提示した。

「買い取りセンターにお問い合わせいただいた警視庁の方で？」

「そうです」

田伏が答えると、店員が顔を曇らせた。

「粟野様は大変お気の毒なことに」

「ご存知の方ですか？」

田伏が訊くと、店員が頷き奥のカウンターを指した。田伏は長峰を伴い、店員についてフロアを歩いた。右側の壁に据えられたショーケースの中に、小さなレンズがびっしりと並ぶ。横目で値札を見ると、みな二、三〇万円だ。中には八〇万円を超えるものもある。

「狭いところで恐縮です」

店員が名刺を差し出した。スケールカメラ副社長、安斎と記されていた。

「早速ですが、粟野さんのことをご存知で？」

「買い取りセンターでお聞きになったと思いますが……」

「ズミクロンの八枚玉のことで騒動になったとか」

「古いお客様なので、最後は私が説得しました。買い取りセンターではあれでしたので、最終的にはこちらへ来ていただき、落ち着かれるまでお相手しました」

安斎が首を振り、顔を曇らせた。

「当店でなんどか古いニコンのカメラを買われたほか、修理やパーツのご相談に来られたことがありました」

安斎が穏やかな口調で言った。粟野の家でチェックした防湿庫の中身と合致する。

「以前から身勝手というか、強引な方でしたか？」

「そんなことはありません。どういうご事情があったのかは存じませんが、わがままを言われたのは例の八枚玉のときだけです」

　申し訳なげに安斎が告げた。やはり、希少価値の高いレンズによって理性を失いかけていたのだ。

「彼に恨みを抱くような人に心当たりはありませんか？」

「少なくともそれまでは普通のお客様でしたので、怨恨のようなものがあったかどうかはわかりません」

　田伏は長峰と顔を見合わせた。新たな手がかりはない。

「ズミクロンの八枚玉に関して、こちらのお店で気になるようなことはありませんでしたか？」

「入荷するとマニアの方がすぐに買われてしまいます。予約の順番で多少トラブルがありますが、殺人事件につながるようなものはありません」

　安斎が眉根を寄せた。

「お時間をとらせました。なにか気づかれたことがありましたらこちらへ連絡を」

　田伏は名刺を手渡し、頭を下げて店を出た。

「犯人はどうやって粟野さんに目をつけた？」

「ネット上でカメラマニアを探して、それで名レンズで釣ったんでしょうね」

「それだけで殺すか？」

田伏は胸の中に湧いた疑問を口にした。依然として、河田、平岩と粟野という年齢も性別も違う被害者を結ぶ共通点は見つからない。

「捜査本部に戻って、地道に探しましょう」

長峰が殊勝なことを言った。

「そうだな」

田伏は人波を縫い、重い足を引きずって新宿駅へ向かった。

9

「どういうことよ！　後援会幹部の人たちには、私の直筆メッセージを入れるっていつも言っているじゃない！」

葛西教子は舌打ちすると手元のメモ用紙をくしゃくしゃに丸め、申し訳なげに立ちすくむ年長の男性秘書の顔をめがけて投げつけた。

このロートルはまたつまらないミスを犯した。月二回発行する地元選挙区向けの国政リポートの末尾に、いつも手書きでお愛想のメッセージをつけるのが後援会幹部へのサービスだと何度言ったらわかってくれるのか。

頭の悪い女子高生が使いそうなハートマーク、猫のイラストを相手の名前とともに手書きして添えるだけで、六〇歳を過ぎた爺どもが鼻の下を伸ばす。

「本当にすみません。国会見学の付き添いや他の業務に思いの外時間がかかってしまいましたので」

「あんたさ、秘書の筆頭格なのよ。なんでこんな単純なミスするわけ？」

「すみません……」

秘書の名は狩野修（かのおさむ）。葛西が所属する与党民政党の派閥から、人手不足の若手議員事務所に割り振られたポンコツだ。

「所詮、私の事務所なんて腰掛けなんだよね。いずれ派閥の事務総長のところに帰るから、仕事も適当に手を抜いているんでしょ？」

葛西は執務椅子から立ち上がり、項垂れる狩野の顔を下から覗き込んだ。

「先生、とんでもないです」

「先生じゃないってなんど言わせるの！　私は大臣でしょうが！」

「いえ、先生……」

「だからさ、大臣だろうが！」

葛西が腹の底から声を張り上げると、狩野の両肩が一層萎んでいくのがわかった。

「はい……」

狩野が消え入りそうな声で答えたとき、個室のドアをノックする音が響いた。

「大臣、ちょっとよろしいですか？」

顔を出したのは、半年前に採用した私大の二年生、女子大生のアルバイトだった。白い指の先には、紙切れがある。

「要点から言えっていつも言っているわよね」

「宅配便の方が国政リポートの集荷に来られたのですが、まだ大臣の手書きメッセージの分が終わっていないので、どうしようかと思いまして」

消え入りそうな声で女子大生が言った。手書きメッセージ。たった今、耳に飛び込んできた言葉が葛西の怒りを増幅させた。狩野のミスが他の業務の遅れに上塗りされていく。大臣の職務だけで体がいくつあっても足りぬのに、どいつもこいつも足を引っ張る。

「少し待ってもらって。すぐにやるから」

葛西は狩野の体にわざと肩をぶつけると、議員専用個室から秘書らが詰める事務スペースに向かった。

「ごめんなさい、ほんの一〇分ほど待っていただけるかしら」

葛西は大手の宅配便業者、タケル運輸のロゴ付きキャップを被った青年に言った。

「それでは他の事務所の集配を先に行います。一時間ほどで戻ります」

「あれ、いつものお兄さんじゃないのね？」

葛西の声に、青年がかすかに頷いた。ほぼ毎日事務所に顔を出すドライバーは、浅黒い顔ではきはき受け答えする男だ。一方、目の前にいる青年は青白く、俯いている。

「エリア担当者が他地域に異動になったことを契機に、私は業務委託として……」

「なるほどね、例の人手不足なのね」

闇議でなんども話題になった事柄だ。インターネット通販の利用が拡大し続ける中、商品を顧客に届ける運送業者が慢性的な人手不足にあえいでいる。首都圏だけでなく全国的に業界全体が人材難に直面しているのだ。

「ずっと議員会館を受け持つの？」

「いえ、まだ流動的でして……」

青年は消え入りそうな声で言った。

「タケル運輸の下請けってわけね」

「大手と違って色々と至らないことがあるかもしれませんが」

「あなた、もしかしてサバンナの配達もやってるの？」

葛西はいつも議員宿舎で利用している米国の大手通販サイトの名を告げた。

「ええ、不定期ですが」

「なるほどね。まあ、頑張ってね」

葛西が声をかけると、青年は恐縮したようになんども頭を下げ、事務所から出ていった。

「大臣、どうされたんですか？」

女子大生が首を傾げていた。

「最近、タケル運輸がサバンナの当日配送サービスをやめたでしょう。だから、彼みたいな宙ぶらりんな派遣社員があちこちから動員されて、配送業務が混乱しているのよ」

「最近は再配達の時間があてにならなくなりましたもんね」

「こういう身近なところにも政策へのヒントはあるの。しっかり勉強するのよ」

「ありがとうございます！」

女子大生は頬を赤らめ、言った。

「それじゃあ、国政リポートの手書きメッセージ、一気にやっつけるわよ」

白いブランド物のジャケットを女子大生に預けると、葛西は事務机にあったマジックペンを手に取った。そのとき、事務所でつけっぱなしにしているテレビから流れる、昼時の民放の情報番組の音声が耳に入った。

〈専門家会議が安全だと諮問結果を出した以上、無駄な血税は一円たりとも支出できません〉

一瞬、女子大生が上目づかいで自分を見たのがわかった。

〈かつて我々の仲間だった葛西さんが、大臣になった途端にこんなキツい言葉を使うとはね。人間はコロリと変わる。永田町は恐ろしいところです〉

神妙な表情を浮かべる後輩女子アナの横で、中央新報ＯＢで番組のレギュラーコメンテーターを務める老年の評論家・大橋隆三が言った。

「都合のいいところばっかりつまみやがって」

葛西は握っていたマジックペンを液晶テレビに投げつけた。

第五章　反攻

1

後援会長の義理の弟が脳梗塞で急死したと夕方に知らされ、葛西は東京駅から下りの新幹線に乗り込み、なんとか仮通夜に間に合った。

県庁からほど近い幹線道路沿いにある葬儀センターの座敷には、夜一一時半を過ぎてもひっきりなしに関係者が顔を出した。県議会の顔役である葛西の後援会長は、弔問客一人ひとりの名を呼び、参列の礼を言って握手を交わし続けている。

亡くなった義弟は市内でも有数の土建会社の専務であり、葛西の選挙時も二五人も運動員を差し出してくれた恩人だ。

「こりゃ大臣、わざわざ悪いね」

何人かの商店主を引き連れてきた地元商工会の会長が座敷に上がり、葛西の横にどっかりと腰を下ろした。

「会長、よろしければ」

すし桶の横にあった空のビアタンブラーを取り上げると、葛西は商工会長に差し出した。

「すまんね」

商工会長は満足げに受け取り、葛西の顔の前に差し出した。女は酌をするもの。たっぷりと脂肪のついた顔にはそう書いてあった。

ビールの中瓶を取り上げ、酌をした。大臣と地元の有力者。世間の物差しから考えれば自分の方がはるかに格上だが、落下傘候補として与党民政党に割り振られた縁もゆかりもない北関東の地では、集票に定評のある爺さんが雲上人なのだ。

「ささ、大臣も一献」

ビールを一気に空けた商工会長が手の甲で口元を拭い、泡が付いたままのタンブラーを目の前に突きつけた。近所のスナックのホステスじゃない……脂ぎった顔の会長にそう言いたかったが、葛西は笑顔を返した。

「お流れ、頂戴いたします」

葛西がタンブラーを持つと、舌舐めずりしながら会長がビールを満たした。献杯と称し、同じように何杯のビール、そして日本酒を一気に飲んだことか。喉の奥がヒリヒリと痛む。

「ところで大臣、一つ聞いてもらいたいことがあるんだがね」

いつのまにか、手酌で日本酒を飲み始めていた会長が切り出した。

「なんでしょうか？　中央の役所に陳情するのであれば、いつでもお申し付けください」

葛西は努めて柔らかい口調で言った。

「町外れにある市営と県営の団地なんだがね」

「あの高速道路とバイパス近くの一帯ですね？」

葛西が言うと、会長が頷いた。

「一部の住人たちがパチンコ屋に入り浸ったり、昼から酒をあおって他の住民とトラブルを起こし続けている」

「一部の住人とは？」

「ほら、あれだ。避難してきた連中だよ」

会長が苦い漢方薬を飲み込んだときのように、顔をしかめた。

「直接は市役所や県庁の管轄なのでしょうが……」

話を振ってきたということは地元の役所では手が付けられない状態ということだ。

「私は復興大臣です。明日にでも詳しい事情をヒアリングさせていただきます」

余計な仕事が一つ増えた……喉元まで這い上がってきた本音を飲み込み、葛西は神妙な顔で答えた。

「なにかとデリケートな問題なんでね、頼むよ大臣」

「責任を持って対応します」

会長に向け、葛西は深々と頭を下げた。

2

中野署捜査本部で交通費の精算をしていると、田伏の背後でどすどすと重い足音が響いた。

「田伏さん、お客さんです」

振り向くと、中野署の若宮が立っていた。

「弁護士の先生です」

被疑者を捕まえたわけでもないのに、なぜ弁護士が捜査本部に来るのだ。

「これを田伏さんにって」

若宮が名刺を差し出した。署の受付で預かってきたのだろう。硬い紙の名刺だ。その中に刷り込まれた名前を一瞥した瞬間、田伏はその持ち主の顔を思い出した。

「いま先生はどこに？」

「一階の待ち合いスペースです」

若宮の言葉に、田伏は立ち上がった。

「長峰、ちょっとついてこいよ」

ノートパソコンを睨みつける相棒の肩を、田伏は強く叩いた。

田伏は長峰を伴って一階に降り、交通課の奥にある応接部屋で小柄な若い弁護士に向き合った。

「突然失礼いたしました。改めまして、ご相談にうかがいました」

田伏は小柄な弁護士から名刺を受け取った。

〈長富大畠法律事務所　弁護士　西村隼人〉

「先日はオフィスに押しかけて失礼しました。石塚さんはお変わりないですか？」

受け取った名刺をテーブルに置くと、田伏は切り出した。

恵比寿の最先端ビルで颯爽と仕事をこなすカリスマ主婦でモデル、そして実業家の石塚麻紀の会社の法務を担当するのが西村だ。深刻な面持ちを見ると、なにか事が起こったのは明らかだった。

「今日は、新たに判明した調査結果をお持ちしたのです」

西村が革鞄から書類の詰まったファイルを取り出し、応接テーブルに置いた。

「色々と調べました」

「調べたとは、河田さんと石塚さんのことですか？」

頷いた西村がファイルの表紙をめくった。

「石塚が申し上げた通り、彼女は露出が多い分だけ妬みの対象になりやすい存在です」

西村がファイルから一枚の紙を引き抜いた。数字と横文字が一覧表示されている。

「こちらは過去に石塚のSNSでの投稿、あるいはテレビ出演した際の発言が炎上したときのデータです」

炎上という言葉を聞き、隣に座っていた長峰が敏感に反応した。

「どんな結果が？」

田伏が目配せをすると、西村が紙を長峰に向け、上部にある文字を指した。

〈チェーン店のハンバーガーはちょっとねえ（冷汗）……〉

「これは石塚が情報番組の控え室で出された食事について、遠慮しますというニュアンスで書いたツイッターの投稿です。彼女はオーガニック志向ですので、添加物の多いファストフードの食事は苦手だと率直な気持ちを書いただけなのですが、アンチな人たちから非難が集まり、炎上しました」

しかめっ面の西村の顔を見ながら、田伏は首を傾げた。人様が何を食べようと勝手であり、他人がどうこういうことはないのではないか。

「なるほど、共感のいいねマークよりも、明らかにネガティブな反応が多い」

投稿の下に表示された数値を睨みながら、長峰が言った。

〈下層の人間の食いもんは無理ってか　好きで食ってるわけじゃねえぞ〉

アニメのキャラクターを使ったアイコンの横に、投稿が並ぶ。

〈ランチで五〇〇〇円とかするイタリアン食べている人たちは、我々の食事をペットフード扱いですか〉

今度は韓国のアイドルグループのアイコン主が石塚に批判的なコメントを寄せていた。

「石塚のアカウントに直接リプライをつけて投稿されたこのようなコメントは約三〇〇、リツイートは二五〇〇に及びました」

西村の話を聞き、田伏はツイッターというサービスの特性を改めて思い起こした。投稿に賛同する場合、あるいは非常識な内容を世間に晒す際に、リツイートという機能が威力を発揮する。一年半前の誘拐事件の際、無能刑事のレッテルを貼られるきっかけとなったのがこのリツイートという機能だ。

「このほか個人のブログにも多数の批判、非難のコメントが寄せられました」

別の紙を取り出し、西村が細かい数字を指した。石塚が日々の行動やファッションを披露する目的で一〇年前から発信を始めたという人気ブログのアクセス解析だという。

「これは同じ日のアクセス動向です。一日で六万人が閲覧し、そのうち三〇〇名が先ほどと同じようなネガティブなコメントを残しました」

西村の人差し指の先に三〇〇の数字がある。

「暇な連中がいるんですね」

「たしかに、世間には相当数の暇な人たちがいます。しかし、これをさらに分析していくと、面白い現象がみられました」

先ほどの三〇〇の数字の五、六段ほど下に西村が人差し指を動かした。

「こちらに注目してください。ここに七の数字がありますよね」

田伏が頷いたとき、長峰が口を開いた。

「もしや……」

「ご想像の通りです」

西村がさらに数字の列の最下段を指した。

「三〇〇名分の投稿を調べると、たった七つのＩＰアドレスから発信されたものでした」

西村が紙を裏返した。七名のＩＰアドレスとともに個人名が一覧表示されていた。

「この人たちが……粘着的で執拗な個人攻撃を？」

田伏が訊くと、西村が頷いた。

「石塚に対して、〈死ね〉とか〈子供の帰り道に気をつけろ〉などとかなり悪質なコメントを繰り返していましたので、七名が利用するインターネットプロバイダに当事務所が正式に利用者照会をしたのち、それぞれの個人に対して刑事告訴の対象になり得るとして警告書を文書、そしてメール両方で送付しました」

「それでどうなりました？」

今度は長峰ではなく、田伏が身を乗り出した。

「全員が謝罪してきました。明日、その旨を石塚自身がツイッターとブログで公表します」

「なかなかやるじゃないですか」

長峰の声が弾んでいる。

「大方、炎上なんてそんなものだと思っていました。ＩＰアドレスをいじらずにネガコメを書き込む連中なんて、そもそもリテラシーが極端に低い連中です」

長峰は唾棄するように言った。

「先日の炎上で、我々は専門の業者を使って分析を行い、短期間でこのような結果を得ることができました」

「まあ、相手が幼稚な人ばかりでしたからね」

長峰が言うと、西村が首を振った。

「ここからが、今回お邪魔した本題です」

西村が姿勢をただした。

3

「大臣、中央新報の記者さんがいらっしゃいましたが……」

女子大生のアルバイトが葛西の個室のドアを少しだけ開け、小声で言った。葛西は眉間に皺が寄ったのを感じた。

「誰も取り継ぐなと言ったわよね」

葛西は腕時計に目をやった。時刻は午後二時一五分。記者は夕刊の降版を終えたタイミングで、ネタ探しに歩いているのだろう。だが、こちらも朝から予定が詰まり、一息つく暇もない。昼食にしても、山のように届いたメールをチェックしながらだった。

「官邸記者クラブのサブキャップさんですけど……」

サブキャップと聞き、葛西は記憶を辿った。

銀縁の丸メガネ、でっぷりと太った中年の男だ。汗かきなのか、いつもハンドタオルで顔や首筋を拭っている。このところ内閣府の閣議後会見に顔を出し、虎視眈々と揚げ足取りを狙う輩でもある。政治面のコラムも担当しているらしく、皮肉たっぷりの筆致で一度取り上げられたことがある。

「今、急ぎの文書を作っているの。夕方に来てもらって」

「はい……」

女子大生は音を立てぬようドアを閉めた。

葛西は執務机の上にある空の弁当箱を見つめた。この日は午前七時二〇分に役所のハイヤーが赤坂の議員宿舎に現れた。登庁すると担当局長や課長と閣議の中身、その後の会見について三〇分ほどレクチャーを受けた。

その後は永田町の民政党本部の朝会に顔を出し、次は首相官邸で閣議に出席した……移動中のハイヤーでしか化粧直しの時間が取れぬほど多忙だった。小ネタを集めて面白おかしい適当な記事を書く記者の相手をする暇はない。

「さてと……」

弁当箱を机脇のゴミ箱に放り込むと、葛西はノートパソコンを開いた。画面には、選挙区で見聞きした事柄をメモしたファイルがある。

ファイルを開けると、県営団地の一室で撮った写真が現れた。異臭騒ぎが発生し、周囲の住民と度々トラブルを起こすという一人暮らしの男の部屋を、後援会長絡みの通夜の翌日に訪れたのだ。

かつて局アナ時代にゴミ屋敷の現場リポートに駆り出されたことがあったが、団地の部屋もそれに似ていた。

足の踏み場もないほど空き缶やカップ麺、コンビニ弁当のゴミ容器が散乱していた。そのほかに、実話系の週刊誌や競馬、競輪の専門紙がうずたかく積み上げられていた。

そこに脱ぎっぱなしの靴下や下着も加わり、三和土からリビングダイニング、そして窓に面した六畳間までゴミの海が広がる惨憺たる状況だった。目の前の光景に加齢臭と思しきすえた臭いも加わっていた。

写真を見ていると、あの時の異臭が鼻腔を刺激するようだった。

葛西はファイルのページを進めた。次は団地の自治会長の証言だった。地元の若い秘書がICレコーダーで録音したデータを、帰京時の上りの新幹線内で葛西自身がまとめたものだ。局アナの新人時代、警視庁や政治家担当の見習い記者を務めていた経験が国会議員になってからも活きた。

〈引っ越してきた当初は、臨時雇いの仕事に就き、団地の清掃活動や交流イベントにも参加

していた。しかしここ一、二年はほとんど就業せず、パチンコや競馬、競輪に明け暮れている〉

〈町外れのスナックで喧嘩沙汰を起こし、地元警察のやっかいになることも二度、三度ではすまない〉

〈中学校時代の同級生がなんどか訪れ、昼間から酒盛りをやって近隣住民から苦情が来ることもあった〉

自分で作ったメモを再読し、葛西はため息を吐いた。

この住人の年齢は五八歳。いい歳をした男は、甘えているとしか思えなかった。葛西が団地を訪れた日の午後、自治会メンバーがパチンコ屋で住人を発見し、無理やり帰宅させた。いざ葛西と面会すると、漁師だったという男は俯き、まともにこちらの目を見ることもなかった。安い日本酒の臭いが男の周囲から立ちのぼっていたことも鮮明に記憶している。

どうして働かないのか、なぜ近隣住民とトラブルばかり起こすのか。葛西が問い詰めても、元漁師はかすかに首を振るのみで、まともに答えようとしなかった。

団地を後にすると、葛西は県の担当者から近くのファミレスで事情を聞いた。県の担当者によれば、元漁師のような住民は県内全域に六〇〇名近くおり、そのうちの一割近くが自堕落な生活を送っているのだという。

県職員の話を聞きながら、葛西はなんども眉をひそめた。甘えだけではない、人間としての性根が腐っているのだ。

自分の選挙区で、票にもならない自堕落な人間たちを養う余裕はない、そんな思いを強くした出来事だった。通夜に出るため半ばいやいや出かけたが、思わぬ収穫があった。

一旦ファイルを閉じると、葛西は定期的に支援者へ送っているメルマガの入力フォーマットを画面に呼び出した。

〈もう限界です。税金の無駄遣いは即刻やめるべき時期にきています〉

力を込めて入力した文字を一瞥すると、葛西は続けてキーボードを叩いた。ベテラン議員の筆頭秘書から、内閣改造に関する話を聞いた。総理は半分以上の閣僚を入れ替えるかも、とも付け加えられた。せっかく手に入れた大臣の座を、他人に明け渡すわけにはいかない。

4

田伏は椅子に座りなおし、正面の西村を見据えた。

「騒動を解決する過程で、石塚が刑事さんたちのことを思い出したのです」

「我々を？」

田伏の言葉に、西村が頷く。

「亡くなった河田さんのことも調べてみよう、そう言い始めたのです」

田伏は長峰と顔を見合わせた。やはり、訪ねて正解だったのだ。互いにそう目で合図すると、田伏は西村の顔を見た。

「結論から申し上げますと、河田さんが石塚に対してしつこくリプライを始めたきっかけが判明しました」

ファイルから別の紙を取り出し、西村がテーブルに置いた。先ほどと同じように、IPアドレスやツイッターの投稿履歴、そしてブログのアクセス状況などを示す一覧表だ。

「きっかけは、ここにありました」

背広から万年筆を取り出し、西村が紙のある部分に青い線を引いた。

「二カ月半前、石塚のツイートがきっかけとなったようです」

万年筆の青い線が、四月中旬の日付の下にある。

「具体的には？」

田伏の問いに、西村が別の紙を取り出し、テーブルに載せた。

〈誰にもチャンスはあるけど、これはちょっとね。もっとファッションに関する基本的な勉

強が必要かな〉

石塚のツイートには、クリーム色の薄手のカーディガン、薄紫のスカートなどの女性衣料の写真が添付されていた。

〈毎日推薦コメントのお願いがくるけど、誰でもOKしているわけじゃないの。悪しからず（笑）〉

写真の次には、別の投稿があった。

「これはなんですか？」

田伏が訊くと、西村が口を開いた。

「パワーチャージの会員で、石塚の下に連なるメンバーが新たに興したアパレルブランドです」

西村が紙の余白に図を描き始めた。石塚の下に五層のランクが描かれ、その一番下に西村は〈フレアー〉と書き加えた。

「このブランドがどう関係するのですか？」

「メンバーのよしみで、推薦コメントを求められたのです。石塚自身はパーティーで一、二度会っただけだと申しております」

「はあ、なるほど……」

どんな若手デザイナーか起業家かは知らないが、実業家でもある石塚からお墨付きを得れば、新規事業のスタートにはまたとない援軍となる。しかも、普段は上納金よろしくマルチまがいの商法で金を献上しているのだ。多少の甘えがあったのかもしれないが、よくあることなのだろう。

「ツイートにもある通り、この手の事業のスタートアップに絡んで石塚のネームバリューを利用したいと考える向きが多いのです」

「しかし、いつもこんなきつい調子で断るのですか?」

「石塚に問い合わせたところ、たまたま育児のことでご主人と喧嘩をした直後にこの話が持ち込まれたらしいのです」

バツの悪そうな顔で西村が告げた。

「それで、このブランドと河田さんはどんな関係が?」

「事業を興した社長と友人で、かつブランドの専属モデルを務めていたようです」

鞄からタブレットを取り出し、西村が画面をなんどかタップして田伏と長峰の方に向けた。

ロングの髪をかき上げながら、生前の河田が微笑んでいる。先ほど石塚がダメ出ししたカーディガンとスカートの組み合わせだ。社長がどのような人物で、河田とどれほどの付き合いがあったのかは知らないが、あまり実績のないモデルを使っていたことを勘案すれば、創業資金は潤沢ではなかったのかもしれない。いや、だからこそ、名の知れた石塚に頼ったのだ。

「しかし、これだけで河田さんがしつこくネット上でつきまとうようなことにはならないのでは？」

田伏の問いかけに、西村が強く首を振った。

「このフレアーというブランドは行き詰まりました。平たく言えば、倒産ということです」

「えっ？」

今度は長峰が声を上げた。田伏と同様、長峰もファッションやアパレルに明るくない。カリスマ主婦モデルの一言がなぜ倒産につながるのか理解できない。

「こちらのサイトをご存知ですか？」

西村がタブレットを引き寄せ、再び画面をタップした。手元を見ると、衣料品の大手通販サイトが表示されている。

「うちの娘が始終眺めています。たしかＹｏＹｏＣｉｔｙ（ヨヨシティー）とかいう新興企業ですね」

友達と浦安のアミューズメント施設に行く、映画に出かけると言い出すたび、麻衣が美沙に買い物してよいか聞いていたのを覚えている。スマホで注文を出すと、翌日にはタケル運輸の宅配ドライバーが藍色の箱を届けてくれるサービスだ。

「ＹｏＹｏはアメリカの通販最大手のサバンナと並ぶ大手に急成長しました。今や百貨店だけでなく、人気だったアウトレットモールを完全に凌駕しています」

「そのような話は妻と娘から聞いたことがあります。しかし……」

田伏が言う前に、西村が右手で制した。

「ＹｏＹｏは自身が新興勢力として急成長しただけに、フレアーのような中小のブランドにも門戸を開いています。インターネットを通じて互いに販路を広げれば、ウイン・ウインの関係を築けますから」

ネットを使えば実店舗は不要であり、商業ビルの割高な家賃もかからない。以前、河田に関する聞き込みで新宿駅西口の商業ビルを訪れたが、あまり客が多くなかったのもＹｏＹｏのような新興勢力が台頭したせいなのかもしれない。

「しかしウイン・ウインの関係はあくまで建前です。実はＹｏＹｏには厳しいルールがあるのです」

田伏と長峰の理解度を試すかのように、西村が言葉を区切った。ルールと言われてもさっぱりわからない。

「ＹｏＹｏのサイト内にフレアーが出店した初日に、全く偶然に石塚のツイートが流れてしまったのです」

「それは致しかたない話でしょう？」

「ええ、ですが関係があったのです。ＹｏＹｏのルールでは、初日の売り上げが五〇万円に満たなかった新規参入ショップは、問答無用で退店と決められているのです」

問答無用という言葉が田伏の耳を強く刺激した。

「新規出店して順調に売り上げが伸びていけば、ＹｏＹｏは販売手数料を漸次引き下げてくれます。人気店が集客数を増やせば、それだけサイト収入の裾野が広がりますからね。それがウイン・ウインという表向きの理屈です」

「弱肉強食ですね」

「実店舗で直に客とやりとりする、物品を運ぶなどのコストが抑えられる反面、売り上げに対する評価は非常にシビアです」

麻衣だけでなく、美沙もなんどかブラウスやジーンズを買ったという一見華やかなサイトの裏側には、こんな厳しい仕組みが潜んでいた。そして、これが元で石塚に対する河田の攻撃が始まったのだ。

「気の毒なことですが、河田さんはモデルの有力な仕事を一つ失ってしまったわけです」

「フレアーとかいう会社の社長の連絡先はご存知ですか？」

「こちらとしても話を聴きたかったので探したのですが、倒産後は行方不明です」

田伏は懸命に舌打ちを堪えた。社長に事情を尋ねれば、なんらかの手がかりが得られたかもしれない。しかし、新しい事実が出てきたことだけでも収穫だ。

「この日を境に急増した石塚へのツイッター上のネガティブで執拗な投稿をまとめました」

西村が事務的に別の書類をテーブルに載せた。長峰がこれを受け取り、素早く中身をチェックし始めた。

「それから、フェイスブックにも気になることがありました」

西村がタブレットを叩くと、田伏に向けた。青地の画面の中に口汚い言葉が綴られていた。文面を目で追った田伏は、唐突にある言葉に目を留めた。

5

「幹事社からの質問は以上です。各社どうぞ」

葛西の立つ大臣用のスタンドから二メートルほどのところで、中央新報の若い男性記者が告げた。

地方支局から戻ったばかりだという政治部記者は、無表情に周囲を見回した。新聞、テレビ、通信社の若い記者たちは皆手元のパソコンを睨んだままで、誰も次の質問を発しようとしない。

「各社、質問ありませんか？」

中央新報の若い記者が不貞腐(ふてくさ)れたように言った直後、葛西は口を開いた。

「私から、追加で発言してもよろしいですか？」

幹事社の若い記者が顔を上げた。

「もちろん、大臣の閣議後会見ですから」

異変を察知したのか、他社の記者たちもパソコンから手を離し始めた。

「これからお話しさせていただくのは、まだ私見の段階です。しかし、復興大臣として、最近の事案を調べ、率直に感じたことを述べさせていただきます」

葛西が言葉を切った瞬間、国旗の傍らに控えていた役所の局次長が中腰になった。

「これから説明するのは、東京に張り付いたままの役所スタッフが知らない事柄ばかりです。今後、私が大臣として責任を持って対策案を練り上げ、役所の面々を主導しつつ進めていきたいと考えています」

葛西はそう言ったあと、中腰になった自分より年長の役人を睨んだ。

日頃、お飾り大臣だと思っている連中に、政治主導のなんたるかを思い知らせる。そんな念を込めて、葛西は局次長を凝視した。

「大臣、少しお待ちください……」

懇願口調で局次長が言った。

「ここは大臣が発言されるための会見ですよ」

今まで無関心そうにしていた中央新報の若手記者が、強い口調で言った。

「打ち合わせや調整は会見の前にお願いします。では、大臣どうぞ」

きつい視線で局次長を睨んでいた若手記者が葛西に目を向けた。どこかの県警の本部長会見でも思い出したのだろう。会見は丁々発止の真剣勝負なのだ。弛緩していた若手たちの顔に生気が戻っているような気がした。

「ご希望の方がいらっしゃれば、あとで資料をお渡しします」

葛西は数日前に地元選挙区の県営団地の一室で撮影した写真のプリントを記者たちに掲げてみせた。

「これはなんだと思いますか?」

アナウンサー時代のように、葛西は腹の底から声を張り上げた。

「大臣の職務と関係あるものですか?」

幹事社の後ろの席にいた大和新聞の女性記者が訊いた。

「もちろんです。それで、どう思われますか?」

「言葉は悪いかもしれませんが、各地で問題になっているゴミ屋敷のように見えます」

「その通りです」

顎を少しだけ上げ、葛西は記者たちを見回した。先ほどとは打って変わって、全員の視線が集まるのがわかる。

「この惨状に我々の血税が使われている、そんなことがあったら皆さんどう思いますか？」

「ゴミ屋敷に税金ですか？」

中央新報の記者が怪訝な声で言った。

「そうです。低俗な週刊誌に漫画雑誌、焼酎やカップ麺。それから、ギャンブルやスナックなどへの遊興費に税金が充当されていたら、日頃から額に汗して働いている国民の皆さんはどう感じるでしょうか」

葛西の言葉に会見場が静まり返った。

「大臣、お話の趣旨が分かりにくいです。簡潔にご説明いただけますか」

会場の後ろの方で、帝都通信社の男性記者が言った。

この一言を待っていた。相手が焦れるほど、発言の核心はより伝わりやすくなる。アナウンサー時代に培ったスキルの一つだ。

「このゴミ屋敷の惨状は、復興大臣の職務に直結します。結論から申せば、もうこれ以上、血税をこのような状況に垂れ流しするわけにはいかないのです」

強い口調で言ったあと、葛西は局次長に目をやった。いつのまにか、優秀な官僚は額に汗を浮かべ、必死にメモを取っていた。

「大臣、その写真はどちらで撮影されたのですか？」

大和新聞の記者の問いに、葛西はゆっくり頷き、口を開いた。

「私の地元選挙区にある県営団地の一つです。これは特殊な例ではなく、同じようなケースが他にもあるのです」

葛西の言葉を漏らさず書き取ろうと、若い記者たちがパソコンのキーボードを忙しなく叩き始めた。

「復興とは、甘やかすことではありません。被災者に健全な形で自立を促し、一日も早い生活再建を支援することが本来の姿だと私は考えています」

自分でも張りのある声が出せたと思った。

6

〈カリスマの役割って、出る杭を打つってこと？　自分の発言がどんだけ影響力あって、ブ

ランドを殺すってこと自覚してる？〉

　田伏の視線の先に、怒気に溢れる言葉が綴られていた。

「ツイッターは互いにフォローし合わないとダイレクトメッセージを送れませんけど、フェイスブックなら一方的にメッセージを送れますもんね」

　河田が石塚に送信したメッセージを横目に、長峰が冷静に言った。

「何本か届いたあと、石塚は河田さんをブロックして不快な文言を削除しましたが、メッセージの履歴は復元しました」

　田伏は次の文に目をやった。

〈パワーチャージで散々金を吸い上げられた上に、私にとって大事な仕事をなくしたの。そんな末端の人の気持ちって理解できる？〉

　このメッセージも河田の強い怒りを体現していた。

「石塚の元には、一日に数百件のメールや、このようなＳＮＳのメッセージが入ります。河田さんからのものは、受信から四、五日気づかずに放置していたようです」

〈カリスマモデルさん、福島の支援って頑張っているけどあんたバカなの？〉

　田伏は文面に目を凝らした。今までは自分の仕事が失くなったことへの八つ当たりだったが、今度はトーンが変わった。河田はなにを言いたかったのか。続きの文章に目を向ける。

〈……自分の子供だけならまだしも、他人の子供たくさん集めて放射能まみれにさせるわけ？　子供達をわざとガンにさせたいの？　あんたの行為は殺人未遂！〉

田伏は思わず顔を上げた。

「これはどういうことですか？」

メッセージを指しながら訊くと、西村が頷いた。

「こちらのことを非難したようです」

西村がファイルから薄いパンフレットを取り出し、田伏の手元に置いた。

〈浜通り収穫祭！　福島の食べ物で復興を応援しよう　ハーベスト協議会〉

東日本大震災後の福島を支援するためのＮＰＯが主催するイベントだ。表紙には福島の果物や野菜、コメの他に水産加工品の写真がプリントされている。隣で長峰も食い入るようにパンフレットを見つめている。

表紙をめくると、ＮＰＯ代表の顔写真と挨拶文の横に、石塚の顔も印刷されている。

〈震災は人ごとではありません。風評被害と懸命に戦っている福島の農家、漁業関係者をバックアップしませんか。みなさんの参加と共感をお待ちしています！〉

石塚の笑顔の下に、短いコメントが掲載されていた。

「石塚さんはずっと活動を？」

田伏の問いに西村が頷いた。

「彼女のご主人が福島県郡山市のご出身という縁があったようです。震災発生以降、石塚はずっと福島の支援を続けています」

「なるほど」

田伏はさらにページを繰った。埼玉や栃木で開催された福島の産物を使った食イベントの集合写真や、子供たちが美味しそうに果物を食べるアップの写真が多数掲載されている。

田伏は記憶をたどった。福島は津波被害のほかに関東電力福島第一原発の爆発事故の被害を受け、今も多くの避難民がおり、筆舌に尽くし難い苦難が続いている。震災後、放射能汚染に関する悪評が広く流布されたことで、現地の農家や漁業関係者が深刻な打撃を受けたことも新聞やテレビのニュースを通じて知っていた。

「地元商店街で福島産の桃や梨を買いました。ものすごく美味かったので、毎年買って親戚や友人に配っています」

一昨年、そして昨年の夏、代々木上原の商店街で応援フェアが開催された。妻の美沙が販売会の趣旨に賛同し、普段よりも多めに果物を買ってきたのだ。

原発事故直後こそ農地は汚染されたが、以降は生産者の懸命な努力により除染と放射線量のチェックが徹底されたことも美沙から聞き、自分でも調べて安全だと確信した。

「ありがとうございます。ただ、こうした活動に対し、未だに流言や誤解を元にしつこく絡んでくる人たちも多いのです」

西村が再度、河田の発したメッセージを指した。

〈福島産の果物や野菜なんて、放射能がいっぱい付いているの。あんた、食べ物から人体に入った放射能がガンにつながることくらい知ってるよね。本当に酷い人、どっかからリベートでももらって宣伝してるだけじゃないの？〉

河田の記した文を読み、田伏は顔をしかめた。悪意の塊のような文章だと思った。福島の生産者たちは被害者だ。それも、全く落ち度のない災難に巻き込まれた人たちなのだ。警察官という職業柄かもしれないが、被害者の側に立つことが自分の生き方だと自負してきた。

元警官の美沙も同様で、自分ではどうすることもできないトラブルに巻き込まれた福島の人たちを、なんとか支えたいという気持ちで震災後は生活してきた。その一環として、安全が確認された福島の産物を買い続けた。誤った情報や自分勝手な解釈によりかかり、ここまで悪意を表面に出す理由はなんなのか。田伏には理解不能だった。

「原発事故当時の政府の対応、その後のメディア不信がこんなモンスターのような人たちを生んでしまったのかもしれません」

西村が顔を曇らせ、言った。

二〇一一年三月、当時の政権は原発事故を巡って対応が二転三転した。原発の炉心まで溶けたメルトダウンを公表せず、対応が後手後手に回ったのは田伏も知っている。

〈ただちに健康への被害があらわれることはない〉

そんな政府のメッセージを鵜呑みにしたメディアへの不信感も今までにないほど高まったのは事実だ。

しかし、事故から長い時間が経過した。この間、当時の政権の不備は世間の厳しい批判を浴び、検証が進んだ。これに伴い、福島へのいわれのない誤解や流言飛語の類いも大幅に減ったはずだと田伏は考えてきた。しかし、目の前に突きつけられた河田という一般女性のメッセージは真逆で、曲解した流言を悪意を込めて綴っていた。

「石塚さんはこの河田さんからのメッセージをどのように感じられたのでしょうか？」

田伏が訊くと、西村が肩をすくめた。

「慣れっこになっていたようです。彼女はこんなことも言っています。〈罵詈雑言をぶつけてくる人たちを振り向かせるより、少しでも関心のある人たちを増やす努力をした方が何倍もマシだ〉と」

「重い言葉ですね……」

今まで黙っていた長峰がポツリと言った。田伏も同感だった。デマに凝り固まった悪意の塊のような人間を動かすより、福島のことを真摯に考える人を味方につける方が得策であり、はるかに有意義だ。甘みの強い桃を初めて食べたとき、田伏は生産者の並外れた努力に思いをはせた。手間暇のかかる仕事を一時的に奪われ、その後も風評被害に晒された人たちを支える、そんな意識を持ち始めた。石塚が続けてきた支援は知らなかったが、自分も同じ方向を見る人間であることは間違いない。

「なぜ河田さんがここまで福島のこと、そして石塚の活動をディスったのか、その真意は今となってはわかりません」

西村が諦めたように言った。

「彼女が非業の死を遂げたのは事実です。しかし、被害者の背後には、石塚やその他大勢の努力を踏みにじるような言動があったことを知っていただきたくて、お忙しい中にお時間をいただいた次第です」

「わかりました。大変貴重なお話でした」

両手を膝につき、田伏は深く頭を下げた。

「こちらの資料はすべて提供します。追加で問い合わせがあれば、いつでも私の携帯を鳴らしてください。こちらが事件の原因なのかどうかはわかりませんが、河田さんという人の別の一面を映していると考えました」

　そう言うと、西村は立ち上がり、応接部屋を出ていった。

　テーブルのファイルを見つめながら、田伏は口を開いた。

「一つ、かすかかもしれんが、手がかりが出てきたと思わないか？」

　田伏は長峰の顔に目をやった。

「ええ、被害者二人に共通する点が浮かび上がってきましたね」

　長峰が河田の遺したメッセージに人差し指を添えた。

〈福島産の果物や野菜なんて、放射能がいっぱい付いているの〉

　吐き気を覚えそうな文言だが、長峰の言う通りだ。

「平岩氏も福島の桃というキーワードに極端な反応をみせた」

　田伏は唸るように言った。

　福岡の活気ある商店街の食堂で聞き出した果物店店主・柴田の言葉の中に、今と同じように〈福島〉という引っかかりがあった。

「俺、粟野さんの分も併せて、再度分析を進めてみます」

「頼むぞ」

　河田の意外な一面から零れ落ちた〈福島〉という地名を、田伏は睨み続けた。

7

弁護士の西村が帰ったあと、田伏は長峰の分析作業を見守り続けた。梅雨の晴れ間なのか、会議室にはわずかな陽が差し込んでいる。田伏は中野署捜査本部に差し入れされた菓子パンの封を切り、作業に没頭する長峰に手渡した。

西村がもたらした情報により、福島というキーワードが浮上した。これを契機に、長峰は膨大な数に上る三人のＳＮＳの情報を再度洗い直し、福島との関連を調べている。

「どんな感じだ？」

恐る恐る話しかけると、長峰は眉根を寄せた。

「酷いもんです」

長峰がなんどかキーボードを叩くと、会議机の上にあるプリンターが振動し、紙を吐き出した。

「それを読んでみてください」

そう言うと、長峰は再び画面に視線を固定させた。言われた通り、田伏はプリントされた紙を手に取った。薄水色の背景の中に、長峰が抽出したコメントが載っている。

平岩のツイッターの裏アカウントだ。

〈拡散希望！　やっぱり福島は危ないじゃん。このリポートを読んで、親しい人や職場の人たちに知らせて〉

タクシー運転手の平岩がインターネット上の「まとめサイト」と呼ばれる出所不明な情報を垂れ流すサービスから、無名の学者のリポートを引用し、そして拡散を呼びかけていた。

田伏は署のデスクトップパソコンを使い、学者のリポートを開いた。学術的な知識はないが、チェルノブイリ原発事故後に飛散した放射性物質の数値や写真を引用する一方、福島に関する報告は極端に少なく、扇情的な言葉で危機感を煽るのみの内容だと思った。素人でも首を傾げたくなるような薄っぺらなリポートだ。

〈福島産の野菜や米、果物なんて冗談じゃない。政府は絶対に嘘をついている。詳細はこのリポートの中にあるよ〉

平岩はさかんにデマ情報を煽り続けた。自分に都合の良い事柄だけに注目し、情報を垂れ流す。いや、それだけではない。田伏も一年半前の一件で経験したように、ツイッターには拡散リツイートという拡散機能がある。平岩が見つけたリポートに賛同した他のユーザーが拡散を繰り返すことにより、一方的で中身の乏しい情報は多くの読者の元に届けられた。リツイートのマークの横には、〈２４０８〉の数字がある。

悪意に満ちた文言を読みながら、田伏はこめかみに指を食い込ませた。なぜ、三人の裏アカウントを深掘りしなかったのか。

「平岩さんは、義憤型の典型ですね」

せわしなくキーボードを叩きながら、長峰が吐き捨てるように言った。

「自分が当事者でもないのに、世間で起きた騒ぎに腹を立て、怒りや苛立ちをそのままツイートするタイプです」

長峰の言葉を受け、改めて手元の紙にある言葉を見つめた。福島出身の元妻とどのような諍いがあったかは知らないが、原発事故の被害にあった福島という土地、そしてそこに暮らす人たちが一切合切危険だと決めつける言いぶりだ。誘拐事件の捜査でヘマをやらかし、その過程が見ず知らずの一般人に知れ渡り、無能な刑事とのレッテルを貼られた自分のときと同じではないか。

「変なことを思い出していませんか？」

長峰が顔を覗き込んでいた。田伏は慌てて首を振った。

「平気だ。それにしても、少し複雑な気持ちだな」

田伏がポツリと言うと、長峰が作業の手を止めた。

「なにがですか？」

「俺たちは被害者の無念を晴らすために捜査している。しかしこんな形で被害者の裏の顔を見せつけられるとな」

平岩が実名で登録したフェイスブックには、自らを奮いたたせるようなポジティブな言葉や出来事ばかりが載っていた。人間の心理を性悪説で読み解く刑事としての癖があるとはいえ、生前の平岩の車に乗っていたら、その内側に潜んだどす黒い感情を見抜くことができただろうか。

平岩は東日本大震災を境に発生した世間の自粛ムードのあおりを受け、大切な店を失った。原発事故に対する恨みがあったのだろう。しかし、ここまで悪し様に福島への憎悪を露わにさせたのはなぜなのか。

「本性を覆う皮を引っ剝がすと言ったのは田伏さんですよ」

「ネットの世界がここまで露骨だとはな……」

田伏は紙を机に置き、周囲を見回した。

中野署会議室には、情報処理担当や所轄からの応援など約二〇名が詰めている。休みたい、彼女と遊びに行きたい、子供と過ごしたい……それぞれの捜査員たちには、様々な思いがあるだろう。しかし、誰もそれらを口に出すことはない。リアルな現実の中、しかも規律の厳しい警察社会でそんなことをすれば、たちまち懲罰の対象となる。

一方、ネットの匿名アカウントを用いれば、刑事といえども平岩のように偏った考えや歪んだ思いを吐き出すことができるのだ。

毒吐き用アカウント……たった今目にしたツイートの数々が、殺人事件の遠因になったのだとしたら。いや、そう考えると辻褄があう。

「もっと深く調べる必要があるな」

「福島へ出張ですか？」

「行かねばならんだろう」

平岩と離婚した元妻は未だ独身であり、新しい恋人等々で平岩とトラブルはなかったと鑑取り班が調べた。

だが、こうしてネット上に明確な痕跡が見つかった以上、顔を合わせた上で聞き込みをしなければならない。田伏は手帳を取り出し、〈福島出張〉と書き込んだ。

「平岩さんが義憤型なら、粟野さんは不満吐き出し型でしょうね」

長峰が再度キーボードを叩くと、プリンターから紙が吐き出された。

〈必要以上に芦原総理の方針に異を唱える中央新報はマスゴミだ！　福島はもう安全なんだし、避難民も全員が帰還しなきゃならんのだ〉

鑑取り班の捜査員たちによれば、粟野は地域の防犯活動に熱心に取り組んでいた人物だ。

地元小学校の児童たちの登下校の見守り活動にも従事するなど、町内会の模範となっていたという。

〈中央新報のようなアカのメディアは廃刊にすべし！　福島のことを必要以上に不安視した上で煽り、世間を混乱させるアカの手先に天誅を〉

たしかに中央新報は昔から保守政権に批判的だ。しかし、アカの手先と断定するのはいかがなものか。鑑取り担当が導き出した面倒見の良い町内の好々爺（こうこうや）という粟野像は、完全に裏切られた。

「〈天誅〉ですからね。ネット上では個人の主義主張が露骨に反映されます」

「ネット上の鑑取りの成果だな」

「粟野さんも福島に関する発言では極端なものが目立ちます」

「河田さんのものもえぐいのか？」

「石塚さんに送ったメッセージのような悪態レベルのものがごろごろあります。読みますか？」

画面を指しながら長峰が肩をすくめてみせたが、田伏は首を振った。これ以上、人間の悪意に満ちた記述を読むのは正直なところ苦痛だった。

「彼女は嫉妬型の典型です。石塚さんのような成功者を妬む、そして絡む。女性にありがちな感情とも言えます」

長峰が最初に見つけた裏アカウント以外でも、河田は執拗にカリスマ主婦の石塚に絡んでいた。福島に対するいびつな感情に他ならない。

「福島関連でなにが出てくるのか、もっと調べます」

長峰がそう答えたとき、会議室の隅の方でテレビの情報番組を見ていた若手捜査員の間から素っ頓狂な声が上がった。

「マジかよ」

田伏が声の方向に目をやると、顔を紅潮させた女性政治家の顔が大映しになっていた。

8

「大臣、この写真はご自身で撮影されたのですか？」

「そうです。私はメディアにいた人間です。何事も自分の目で確かめねば気が済まない性分ですから」

胸元に付いたピンマイクを通し、自分の声は日本中に届くはずだ。葛西は目の前にいる中堅のテレビ記者の顔を凝視した。

この日午前の閣議後会見で私見を発表して以降、新聞四社、そして眼前の公共放送NHRのようなテレビからも取材申し込みが相次いだ。私見段階なので、役所の大臣室は使わず、議員会館の個人事務所をインタビューの場所に指定した。これならば口うるさい官房長官も文句を言わないはずだ。

飛散した放射性物質の除染は着実に進み、浜通りのごく一部の地域を残し、住民が帰還しても問題ないレベルに生活環境は改善された。しかし、自主的に福島から他の地域に避難した住民たちの中に、依然として帰ろうとしない向きがいる。個々に事情はあるだろう。しかし、政府が率先して復興政策を実行し、福島は元の姿に戻りつつあるのだ。他人の金に依存し続け、遊興費や酒に浪費するなど論外だと言わざるを得ない。脛に傷を持つ不届き者には響くはずだ。

復興とは心の自立を取り戻させることだ。私見段階だが、今朝の会見でそのような方針で政府内の意見を集約していきたいと明かした。

「このようなゴミ屋敷は特殊な例ではないのですか？」

写真を見つめながら、記者が言った。

「もちろん全てではありません。ただし、こういう例は私の選挙区内で一〇件ほど報告されています。問題のある世帯をくまなく回ることはできませんでしたが、レアケースでないのも絶対的な事実です」

　言葉を区切り、記者の目を見つめ続ける。真摯な対応を心がけていれば、熱意は必ずテレビの向こうの視聴者に届くのだ。長年夕方のニュース番組を担当した経験が今、さらに昇華したスキルとして実現した。

「それで、この部屋の持ち主に対して、大臣はどのような言葉をかけられたのですか？」

　記者の問いかけに、葛西は姿勢を正し、口を開いた。

「生まれ故郷に一日も早くお戻りになられてはいかがですか、そのような趣旨でお話をさせていただきました」

　葛西が団地の一室でそう告げたとき、中年の男は顔をあげなかった。痛い所を突かれ、グウの音も出なかったのが真相だ。

「相手は理解してくれましたか？」

「県による住宅支援が打ち切られ、家賃を滞納されているのは事実です。それに、過度な飲酒や他の団地住民とのトラブルも頻発していましたので、福島へお戻りになり、生活再建を進めてはいかがでしょうかと、大臣としてお話しさせていただきました」

　葛西が答えると、公共放送の記者が首を傾げた。

「自主避難には様々な理由があると思います。避難先自治体からは、住宅支援の打ち切りは早計だとの批判もありますが？」

　記者の言葉に、葛西は強く首を振った。やはり、この記者は物事の本質を理解していない。政府は福島に事実上の安全宣言を出した。あれほど愛していると言っていた故郷になぜ帰らないのか。

「大事なことなので、もう一度お話しします。復興事業は土地や道路を再建させるだけではなく、被災者の心の再建を後押しすることも重要な任務です。まして、自主避難されている方々は、元々他所へ逃げる必要がなかった方々です。しかし、六年間も住宅の無償供与がなされていたことが彼らを甘やかすことにつながった側面もあるのではないでしょうか」

　葛西の言葉に、記者が顔をしかめた。この記者はろくに被災地や被災者の取材もしていないのではないか。

「大臣のお考えはよくわかりました。では、今後政府は被災者に厳しい対応をとっていく、そう理解してもよろしいですか？」

「全ての被災者ではありません。補助金でのうのうと遊ぶような方々、そう言えばよろしいでしょうか」

「お時間いただき、ありがとうございました」

　記者が告げると、後方に控えていた若いディレクターがなんども頭を下げ、口を開いた。

「全てをオンエアはできませんが、重要なポイントに絞って編集させていただきます」

「ニュース番組の尺が短いのは承知しています。大事な箇所をつまんでください」

笑みを浮かべて言うと、葛西は応接用のソファから立ち上がった。記者とカメラマン、そして照明と音声担当を兼ねたスタッフが手際よく機材を片付けている。

「ラインの巻き取り、お手伝いしましょうか？　新人時代はよくやっていたんですよ」

葛西が軽口を叩くと、ディレクターがとんでもない、と小声で言った。

「それでは、よろしくお願いします」

葛西は応接室のドアを開け、秘書やアルバイトが控える事務スペースに顔を出した。

「次はどこ？」

「大和新聞さんです」

女子大生のアルバイトが女性記者に目を向け、言った。

「もうすぐ撤収作業終わります」

記者に声をかけたとき、事務所のドアをノックする音が響いた。中年の男性秘書が駆け寄ってドアを開けると、タケル運輸のキャップを目深に被った青年がいた。

「お荷物のお届けです」

前にも事務所に顔を出したことのある派遣スタッフの青年だった。

「ご苦労さま。よかったらお茶でも飲んで休憩なさらない？」

葛西は記者に聞こえるよう、声を張った。いつも勇み足で失点ばかりだ。記者に好印象を与え、打ち出したプランを好意的に取り扱ってもらわねばならない。

「配達がまだまだ終わりませんから」

俯いたまま、青年は台車に載せた荷物を秘書に手渡した。

「お仕事頑張って」

もう一度、葛西は青年に声をかけた。内気なのか、青年はわずかに頷くのみで、目深に被ったキャップの下に隠れたその表情を読み取ることはできなかった。

9

午後八時二〇分、中野署捜査本部で一課長上田の訓示が終わった直後だった。

「うわっ！」

会議室の後方、情報処理担当班のデスクから素っ頓狂な声が上がった。扉の取っ手に手をかけていた上田が動きを止めた。田伏は長峰とともに情報処理班のデスクに駆け寄った。背後から上田の足音も聞こえる。

「ひまわりが動きました！」

席に着くと、ノートパソコンを見ていた若手捜査員が叫んだ。

〈雑魚のゲームはおしまい　今度は大物だよ〉

画面を覗き込むと、田伏の目の前に忌々しいネットメディア、ライトニングのトップページがあり、刺激的な言葉が光っていた。

〈警視庁は本当に無能ですね　三人の被害者に関する手がかりは一切なし　でも、本当のお楽しみはこれから　ひまわりは大物を狙いにいきます〉

長峰がスマホを取り出し、古巣のサイバー捜査官に解析の指示を飛ばし始めた。

「おい、おまえら犯人（ホシ）にこんなことされて平気なのか！」

田伏の背後で、上田が怒鳴った。捜査員たちが低い唸り声で応じる。

〈また今度もひまわりが勝つことになるでしょう　世間の皆さん　ご注目を〉

警視庁を嘲る言葉でひまわりの声明は締めくくられていた。

〈また、ひまわりからのメッセージが当編集部に届きました！〉

画面の左下に、小さな画面が現れた。その中では中野のラーメン屋で田伏を直撃取材した加藤というライターが興奮気味にまくし立てていた。

〈ひまわりの言った通り、警視庁は無能かもしれません。当編集部の選りすぐり記者やライ

ターによれば、警視庁は未だなんの手がかりもつかんでいません！〉

「ちっくしょう！」

周囲の若い捜査員たちから舌打ちが聞こえた。田伏は画面を凝視し続けた。

〈雑魚のゲームはおしまい　今度は大物だよ〉

再度ひまわりの発したメッセージが再生された。

〈……大物を狙いにいきます〉

長峰が言う通り、届いたメールをなんども再生投稿することでサイトの広告収入増につながるページビューを稼ごうとする意図が透けてみえた。

〈狙いにいきます………gos epp ara yak eru〉

「おい、なんだこれ？」

電話をかけ終えた長峰の脇腹を肘で小突きながら、田伏は唐突に画面の文末に現れたアルファベットを指した。怪訝な顔で長峰が画面を凝視した。

「エンジニアが使うコードの類いじゃないのか？」

田伏が尋ねると、長峰が首を傾げた。

「違います。こんなコードは見たことがありません……」

そう言うと、長峰が手元のスマホを操作し始めた。細長い液晶画面を見ていると、ノートパソコンと同じライトニングのサイトが表示された。

「なんですかね、これは？」

〈gos epp ara yak eru〉

ネットやシステムの専門家が眉根を寄せた。

「こんなもん出されたら、またあちこち言い訳に回らなきゃならん」

舌打ちを残し、上田が足早に捜査本部を後にした。言い訳とは、警視庁上層部やマスコミに対してだ。根っからの刑事だが、上田は首都東京を守る捜査一課の長であり、警視庁の顔でもある。

「長峰、どうだ？」

ざわつく会議室の中で、長峰は顔をしかめたままスマホを睨んでいる。

「コードでないことは確かです。なにかのメッセージなのかもしれませんが」

優秀なサイバー捜査官だった長峰がわからないということは、この会議室にいる全員が理解不能だ。

「ネット上でもこの言葉が話題になっているようです」

長峰の手元にあるスマホの画面がいつの間にか切り替わっていた。

「ひまわりの動向を注視しているヒマ人たちのサイトです」

長峰が画面を田伏に向けた。細かい文字がいくつも表示されている。

〈第四の犯行声明キター！〉

〈大物って誰よ？〉

〈警視庁の税金ドロボウ〉

好き勝手な感想や罵詈雑言がネット上を行き交っている。一年半前、田伏を無能呼ばわりしたツイッターの書き込みと同様で、無責任で身勝手な匿名の発言ばかりだ。

〈gos epp ara yak eru ってなんのこと？〉

〈パズルかよ〉

〈解読不能……誰か解ける人いる？〉

〈スペイン語だろ〉

自由奔放なネット民の間でも謎が深まっている。

「ひまわりが高度なテクで犯行声明を出しているので、このサイトには俺みたいなエンジニアも常連で来ているはずです。でも、誰もこの問題を解けない」

唸るような声で長峰が言ったときだった。背広の中でガラケーが鈍く振動した。ポケットから取り出し小さな画面を見ると、意外な人物からの着信だった。

「田伏です。どうされましたか？」

〈ひまわりの新しい犯行声明は読んだか？〉

電話の主は、鑑識課OBの猪狩だった。ガラケーの通話口を覆いながら、田伏は人のいない方向に歩き出した。

「今、捜査本部で大騒ぎになっています」

田伏が小声で告げると、猪狩が大声で言った。

〈ひまわりという犯人は、東北、もしかすると福島出身じゃないのか〉

猪狩の発した言葉に、田伏は肩を強張らせた。

「先輩、ちょっと待ってください」

三人の被害者に共通するのは〈福島〉に対する誹謗中傷を繰り返していた点だ。だがこのポイントは課長の上田、現場責任者の秋山、そして田伏と長峰しか知らないことだ。どこかで話が漏れたのではないか。田伏は懸命に考えを巡らせた。仮に情報が染み出したとしても保秘の重要性を熟知する猪狩は軽々しく口外する人物ではない。

〈田伏、なにか勘違いしていないか？〉

電話口で猪狩の焦れた声が響いた。

「勘違いとは？」

〈捜査本部の様子がどんなに慌ただしくなっているかは知らんが、俺は俺なりの判断で電話

したたけだ〉

田伏の胸の内を見透かすように猪狩が言った。

〈俺の出身地を覚えているか？〉

突然、猪狩が話の方向を変えた。

「福島県でしたね」

自分の口から出た地名に、田伏は我に返った。

「ひまわりが発したあの暗号に心当たりでも？」

〈あるから電話したんだよ〉

電話口で猪狩が呆れたように言った。

「福島出身者にのみわかる独特の符丁でしょうか？　それとも地元のお菓子の名前とか、スーパーの店名とか」

〈そんな大げさなことじゃない。あのアルファベット表記をつなげてひらがなで書き起こしてみるといい〉

「ちょっと待ってください」

慌てて通話口を押さえると、田伏はスマホを睨んだままの長峰を呼び寄せた。不思議そうな顔の長峰からスマホを取り上げると、田伏は画面に見入った。

〈gos epp ara yak eru〉

目を細め、アルファベットを読む。同時に、頭の中でひらがなに変換する。

〈ごせぱっら　やける〉

猪狩の言う通り脳内で文字を置き換えたが、平仮名にしても意味は一切わからない。その旨を猪狩に告げると、意外な反応が返ってきた。

〈そんなアクセントじゃない。ごせっぱらやける、というのが正しい〉

心なしか、問題の箇所が尻上がりのズーズー弁のように聞こえた。

「どういうことですか？」

〈まだわからんのか。ごせっぱらやけるってのは、東北一帯、俺の地元の福島の東部でも使われる方言だ〉

「方言？」

〈東京生まれのおまえにはわからんだろうが、俺にはピンときた〉

「どういう意味でしょうか？」

〈腹が立っている、怒っている、そんな意味合いだ〉

猪狩の言葉に触れ、田伏は両肩ががちがちに強張っていくのを感じた。

「絶対に犯人（ホシ）は福島の人間だ」

電話口で猪狩が強い口調で言い切った。

「東北一帯の言葉なのに、なぜ福島と言い切れるのですか？」

「俺もひまわりと同じ気持ちだからだ」

猪狩の言葉に強い怒りがこもっていた。

10

「とても重い話でしたね……」

「ああ、テレビや新聞はあれから何年とか、復興が終わったような口ぶりだが、実態は全然違う」

三人の被害者に共通する〈福島〉というキーワードを見つけた翌日、田伏は長峰とともに東北新幹線で福島駅に急行し、そこからレンタカーで郊外の飯坂(いいざか)を訪れた。

「子供さん二人が出かけているタイミングで良かったのかもしれん。あれだけの苦労をしてきたんだ。娘さんたちは思い出したくもないだろう」

平岩の元妻、保原珠江(ほばらたまえ)は疲れ切った顔で対応してくれた。

珠江が二人の娘とともに身を寄せているのは、飯坂温泉駅から北に延びる古びた商店街の一角、三代続く小さなメガネ屋だった。年老いた祖父の元に帰った珠江は、ほとんど客の来ない店先で話をしてくれた。

〈昔読んだチェルノブイリ関連の本を引き合いに出して、福島はもう未来永劫人間の住める土地じゃないって言い張って……〉

六年前、客足の落ちた歌舞伎町のクラブの運転資金を賄うため、平岩は顧客のテレビ番組制作会社で手伝いをはじめ、最終的に多額の金を横領した。これが二人の離婚の直接的なきっかけだった。ここまではありふれた夫婦の別れ話だ。平岩夫妻は、離婚したあとの住居でさらに揉めたのだという。

〈水商売にも、東京にももう辟易していました。離婚後は、福島の実家に帰ってパート勤めでもしながら子供たちを育て上げようと考えました。幸い、祖父の蓄えがわずかでしたけどありましたから……〉

東日本大震災から約半年後、協議離婚に向けて話し合いを始めたという。その矢先、平岩は激昂したと珠江は言った。

〈除染が済むまでは、米沢に住む親戚を頼るって言ったのに、あの人は一切聞く耳をもちませんでした〉

離婚が成立し、珠江が二人の娘を連れて米沢に行き、最終的に飯坂に戻ったのは震災から四年半が経過したタイミングだったという。

〈養育費の振り込みのあと、なんどかあの人に連絡しました。すると、飯坂に帰ったことが気に入らなかったらしくて、またトラブルになりました〉

〈あの人は借りた車で二度、この店に来ました。放射能で汚れた場所に娘たちを置いておくわけにいかないから東京に連れて帰るって……〉

珠江によれば、除染によって放射線量は下がった。田伏も新聞やテレビの報道で除染の話は知っていた。県外に避難した住民たちが福島市や郡山市など県内の大きな街に戻り、住宅が不足していたことも企画記事で読んだ。

〈東京の保育園と小学校に通っていた娘たちは、米沢に移る段階で相当なストレスを感じていました。米沢の親戚でも肩身の狭い思いをして、転校先でやっと慣れ始めたときに今度は飯坂へ転居です……〉

娘二人の話になると、珠江の両目からとめどなく涙が溢れ出た。田伏自身、麻衣という多感な年頃の娘を持つ。それだけに、転居に伴うストレスが子供たちを苦しめたという話には、胸を握り潰されるような痛みを感じた。

〈あの人との取り決めで、半年に一度の割合で娘たちとの面会がありました。その度に福島から遠く離れた土地へ娘たちを連れ出していました。本当に福島のことを忌み嫌った人でし

た〉

〈浦安のリゾートから帰ったとき、下の娘がこんなことを言ったんです。『お姉ちゃんと私は汚れているの？』と。怒りよりも情けなさで泣けました〉

「避難したといっても、人それぞれに事情が違うし、思いの深さも差がある。しかし、一つだけ言えるのは、誰一人として責任はないし、それを咎められたり、差別されたりするいわれはないってことだ」

刑事生活の中でなんども修羅場に接してきたが、こんな聞き込みは初めてだった。

〈福島出身の私と結婚し、離婚。その間に原発事故があって、あの人は極度の福島嫌いになりました。元々九州男児の典型で、一度思い込んだら絶対に考えを曲げない人でした。だから放射能についても〉

「あのとき、政府もマスコミも福島県民だけでなく国民全員に嘘をつき続けた。だから平岩氏がなにも信じないようになったのも、ある意味仕方ないのかもしれん」

駅前の駐車場に向けて古く寂れた商店街を歩きながら、田伏は言った。

「直ちに健康に被害はないとか政府声明を出しましたよね。それに、原発事故の具合は大したことないって言っていたのに、実際はメルトダウンしていましたから」

長峰が顔をしかめながら言った。

「あの頃、ネット通販のシステム設計に携わっていましたけど、ネット上では放射能に関するデマが拡散され続けました。連動するように福島に対する誤解や、住民に対する差別的な発言もありました」

長峰が発した言葉に、田伏は足を止めた。

「ひまわりの第四の声明だけど、あの方言はわざと入れたのかな」

〈gos epp ara yak eru〉というアルファベットは、〈ごせっぱらやける〉という東北の方言だと大先輩の猪狩が言った。

「誰かに気づいてほしい、そんな風にもとれますね」

「しかし、なぜそんなリスクを冒してまであの言葉を入れた？」

田伏が言うと、長峰が首を振った。

田伏と長峰が福島という被害者三人に共通するキーワードを見つけたことを、ひまわりはまだ知らない。いや、警視庁は無能だと声明の中で嘲っていた。となれば、捜査陣にヒントを出したということか。田伏が首を傾げたときだった。長峰が唐突にスマホの画面を凝視し始めた。

「ネットニュースのライトニングがまたなにか始めるようです」

〈ライトニング編集部　緊急速報〉

「ひまわりの新しい声明か？」

田伏がそう言ったとき、画面が切り替わった。

〈ひまわり事件について、新事実が判明しました！〉

編集部に設けた臨時のスタジオで、あの加藤というライターが興奮気味に話し始めた。

〈昨日ひまわりが当編集部に送ってきた第四の犯行予告の中に、謎のキーワードが入っていたことを多くの読者・視聴者からご指摘いただきました〉

〈システムのソースコード、そのほか、ネット上の暗号等々の情報が錯綜しましたが、当編集部は一つの結論に達しました。gos epp ara yak eru　この言葉にご注目ください〉

加藤の手元には、テレビのワイドショーで使われるようなフリップボードがある。

〈コードでもなく、特殊な暗号の類いでもない。この言葉の正体がこちらになります〉

スマホの画面の中で、加藤がアルファベットの書かれた紙を剥ぎ取った。

〈これが答えです。『ごせっぱらやける』とは、東北方言で腹がたつ、怒っているという意味です。種明かしをすると、当編集部で数多くの突撃取材を敢行したことのあるベテランライターが知っていました〉

加藤の声に、長峰が舌打ちした。

〈おそらく、警視庁はこの謎を解いていません〉

〈ここからは推測です。ひまわりさん、あなたは福島の人ですか？〉

「うるせえよ」

長峰が反射的に言った。

〈福島の人なら、今の体制に強い不満がある。我々はそんな仮説を立てました〉

〈当編集部では、過去に福島特集をなんども組みました。政府のいい加減な復興政策で、除染はずさんなまま。政府が安全だと言っても、未だ福島は放射能まみれです〉

「おい、こいつなんて酷いこと言っているんだ」

「これがネットニュースのデタラメなところです。線量は着実に下がっています」

長峰がスマホを田伏に手渡し、リュックのポケットから小さな円形の物体を取り出した。

「簡易型ですが、ガイガーカウンターです」

長峰の手の中で、小さな数字が点滅する。〈0.09μSv/h〉

「現在の飯坂の放射線量です。東京の俺の部屋とほぼ同じレベルです」

「随分準備がいいんだな」

「あやふやな情報を鵜呑みにする人たちの顔を知ってしまいましたからね。きちんと自分の目で確かめるためです」

「良い心がけだ」

田伏が答えたとき、加藤が叫んだ。

〈ひまわりは何に怒り、なぜ人を三人も殺めたのか。汚染され、放置された危険地帯福島の出身、あるいは所縁のある人物なら、ぜひ当編集部に真意を伝えてくれないでしょうか〉

〈放射能まみれ、汚染されたままの福島をなんとかしたい。政府に言いたいことがあるのか。ひまわりさん、ごせっぱらやけるのであれば、ぜひ教えてください〉

「こんなのがニュースなのか？」

「奴らにとってはニュースなのでしょう。とんでもない連中ですよ」

長峰が吐き捨てるように言ったときだった。

「俺も同意見だ」

野太い声が田伏の背後から響き、同時に肩をつかまれた。

11

田伏がハンドルを握るレンタカーは飯坂を発ち、国道三九九号線を東方向へと走った。後部座席にはペーパードライバーで運転に自信がないという長峰が座り、助手席には窮屈そうに大柄な猪狩が陣取った。

「先輩、本当にすみません」

「無理やり割り込んだのは俺だ。捜査の邪魔はしないから、道案内させてくれ」

警視庁を五年前に定年退職したあと、猪狩は民間警備会社の顧問に就いた。警視庁本部鑑識課で名写真係と呼ばれた男は粟野が殺害されたあと、田伏に様々なヒントを授けてくれた。ひまわりという犯人（ホシ）と福島という土地の繋がりを導き出せたのは、猪狩のおかげだ。

「あの、すみません」

後部座席から心細そうな声が響く。

「どうした？」

「どこかコンビニに寄ってもらえませんか。トイレに行きたくて」

ミラー越しにみると、長峰の顔が青ざめていた。

「飯坂温泉駅前のトイレに行ったじゃないか」

「車に乗るのが得意じゃないんです。昔から遠足のときは腹の調子が悪くて」

長峰の心細そうな声を聞いた猪狩が吹き出した。

「体質は変えようがないさ。田伏、どこかに停めてやれ」

フロントガラス越し、国道と県道の交差点脇にコンビニの看板が見え始めた。田伏が軽自動車の並ぶ広い駐車スペースにレンタカーを滑り込ませると同時に、後部座席から長峰が駆け出した。その後ろ姿を苦笑いしながら見ていると、猪狩は足元に置いた小型のショルダーバッグを取り上げ、ジッパーを開けた。いかつい指の先に、小さなフォトアルバムがある。

「デジタルの時代におかしいかもしれんが、プリントしないと撮った気がしなくてな」

猪狩がパラパラとページをめくり始めた。

「どんな写真を撮られたんですか？」

「故郷の姿だ」

猪狩の故郷……かつての名写真係は福島県東部、太平洋に面する小さな町の出身だと聞かされた。わずかにズーズー弁のイントネーションが残る話し方は、大柄で強面な印象の猪狩とどこか不釣り合いで、そのギャップが周囲に好感を抱かせた。

「これは……」

表紙をめくった途端目に飛び込んできた風景に、田伏は絶句した。

「富岡の実家だ」

田伏の手の中に、壊れたサッシ窓と泥が流れ込んだ座敷の写真がある。田伏は息を飲み、顔を上げた。すると、猪狩が頷き、口を開いた。

「六年前の東日本大震災で実家は津波に飲まれた。幸い、親父は病院に入っていたので無事だった」

田伏はページをめくった。猪狩の実家周辺と思しき古い商店街が写っている。鮮魚店や理髪店、書店が並ぶ。日本中どこにでもある風景だが、状況は全く違う。すべての店舗の窓や扉が破壊され、庇や看板が奇妙な形にねじ曲がっている。ヘドロが堆積し、瓦礫も放置されたままだ。

「岩手や宮城の沿岸と同じで、予想よりはるかに高い波が押し寄せた」

田伏はさらにページをめくった。今度は駅舎らしき廃墟がある。線路があるべき場所には鬱蒼と草が生い茂り、その中に底を天に向けて横たわる車があった。以前の姿を知らないが、異様な光景であるのは間違いない。

「震災から三年後、二〇一四年夏に撮った地元駅、常磐線の富岡駅だ」

猪狩が告げる。岩手や宮城、そして福島の沿岸地域は津波で壊滅的被害を受けた。だが、猪狩の言う三年後という言葉には特別な重みがある。

「関東電力の福島第一原発の近くだったからな。よその地域が着実に復旧した時期でも、俺の地元はこの通りの惨状だった。地元民は強制的に避難させられたままだった」

猪狩は富岡のほか、いくつかの市町村で警戒区域の指定が外されず、復旧工事が遅れに遅れたと言った。新聞やテレビで情報に接していたが、こうして被害に遭った本人が撮った写真を前にすると、当事者でない田伏はなにも言えない。

「秋にようやく地元の駅が復旧。ただ、決して復興じゃない」

復興ではなく、復旧。字面は似ているが、意味合いは全く違う。今までそんなことを意識したことはなかったが、こうして写真を見ると、その違いがわかる。

「住民の帰還が始まっているが、戻ってきたのはまだ二〇〇人未満だ。復活した商店が少なく、病院の状況も心もとない。避難指示区域の指定解除といっても、生活再建のための町のインフラが全然整っていない。帰りたくとも帰れない住民が一万人以上いる」

富岡に行ったことはないが、猪狩の言うように、復旧したばかりの町ではなにかと不自由なことが多いのだろう。復興、帰還とマスコミは報道するが、地元民の皮膚感覚は全く違うということだ。

「震災当時、高血圧だった親父は県内のあちこちに担架で避難した。最終的に都営アパートに入ったが、そこで肺炎をこじらせて死んだ。浜通りを一度も出たことのない年寄りには酷な生活だった」

猪狩がポツリと言ったとき、後部座席のドアが開いた。

「失礼しました。もう大丈夫……」

異様な空気を察知したのだろう。軽口を叩こうとした長峰が黙り込んだ。田伏は体を捻り、アルバムを長峰に手渡した。

「猪狩さんはたしか福島の……」

長峰も言葉を失った。一時間ほど前、平岩の元妻、珠江の話に接して福島の厳しい現実に打ちのめされたばかりだ。猪狩の話も重く、そして田伏の想像をはるかに超えていた。

「復興五輪だの、被災地を応援するだの中央の掛け声は大きく、弾んでいるさ。でもな、福島の人間は誰一人、そんな絵空事を信じちゃいない」

国道を行き交う車列を見据えたまま、猪狩が言った。田伏、そして長峰もなにも言葉が出てこない。

「ひまわりも同じことを考えているんじゃないのか」

田伏は猪狩の顔を凝視した。怒っているのか、悲しんでいるのか。どこかつかみどころのない表情だ。

「おそらく、ひまわりはこの近くの出身か、所縁のある男だ」

猪狩は視線を動かさず、淡々と言った。

「なにか心当たりが？」

田伏はようやく言葉を絞り出した。

「車を出せよ。俺なりに考えた答えを見せてやる」

そう言ったきり、猪狩は口をつぐんだ。

12

猪狩の指示で、田伏は混み合う国道から脇道を抜け、霊山(りょうぜん)の麓にたどり着いた。次の案内は国道一一五号線に出て、南相馬方面へ向かえというものだった。後部座席では、長峰がずっとアルバムを凝視している。皆、極端に口数が少なくなった。

「この道でしょうか？」

〈南相馬・浪江〉との標識が見え始めたとき、田伏は訊いた。助手席の猪狩が頷く。ウインカーを右に出し、田伏は指示通りに細い道へと入った。起伏の激しい峠道だ。

「幹線道路ではなさそうですね」

「答えは近くにある」

田伏の問いかけに猪狩がぶっきらぼうに答えた。ミラー越しに長峰を見ると、無言で首を振った。猪狩の狙いがわからない。だが、無駄足を踏ませるような人物ではない。言われた通り、田伏は激しくカーブする峠道にレンタカーを走らせ続けた。

「この辺りはなんという地域ですか？」

後部座席で長峰が言った。手元にスマホがある。しかし、電波の状態が悪いらしく、表情がさえない。大方、地図アプリでもチェックしていたのだろう。

「飯舘村、世界で一番美しい村だった」

まっすぐ前を見据えたまま、猪狩が言った。猪狩の声音に怒りがこもっているように感じた。たしかに周囲は雑木林が続き、手付かずの自然が残っている。だが、たった今、猪狩は言った。美しい村だったとの過去形だ。その瞬間、田伏は急ブレーキをかけた。

「すみません」

「どうした？」

「この村はもしかして……」

ハザードランプに手をかけ、田伏は周囲を見回した。先ほどと同じく、雑木林が周囲にある。記憶をたどると、かつて本部の捜査二課が手がけた事件が頭の中に浮かび上がった。大震災での原発事故以降、福島の山林を舞台にした詐欺事件が発生した。国が一括して土地を買い上げ、除染完了後に元の住民たちに払い下げるという内容で、国が土地を買う前に購入すれば、サヤが抜けるという酷い話だった。詐欺犯たちはこの地域に所縁のある人たちを見つけ、復興の手助けとして土地を購入するよう勧めたという。保秘意識がとりわけ強い二課だが、所轄時代の同僚が事件に関わり、強くいきどおっていた。

「原発事故発生直後、国は福一から半径何キロという具合に規制を敷いた。だが、そんなことは無関係に、風に乗って放射性物質が県の北西部へと流れた。その際、規制区域外で一番放射性物質が降り注いだのがこの村だ」

そう言うと、猪狩が再度足元のバッグを手に取り、別のアルバムを取り出した。

「拝見してもいいですか?」

「そのために持ってきた」

ページを繰る。にこやかに笑う村の婦人たちの顔がある。その手元には野菜や漬物が写っている。

「この村は、なにもないことを売りにしていた。手付かずの自然、そして素朴な村人たちがそのまま都会の人たちに受け入れられると考えてな。地元の言葉で『までい』というのをスローガンにした。ゆっくりとか、丁寧にという意味合いがある。までいの村だった」

ページをめくる。農業体験というゼッケンをつけた若者と地元の老人が肩を組んでいる。その背後には一目で肉付きが良いとわかる黒い牛がいる。そのほかには、小高い丘を颯爽と駆け抜けるロードレーサーたちや紅白帽を被った小学生の姿もある。

「その先も見てくれ」

くぐもった声で猪狩が言った。田伏は先を急ぐ。いつの間にか、シートベルトを外した長峰も田伏の後方からアルバムを覗き込む。

次のページには、先ほどとは趣を異にする風景が写っていた。背高泡立草が村の谷にびっしりと生えている。また、その隣のページの写真では一面に黄色い花が咲いていた。同じ構図で撮られているところを見ると、猪狩がタイミングをずらして撮ったもののようだった。

「背高泡立草は二〇一一年から翌年にかけて、たんぽぽは二〇一三年に撮った」

「なぜ写真を？」

「この場所は元々青々とした牧草地だった。和牛生産は村の特産の一つだったからな。放射能を浴び全村避難となったときから、この村がどう姿を変えるのか記録した」

本来は緑の大地が、人がいなくなったことで黄色の絨毯になったのだ。

いつの間にか、猪狩が洟をすすり始めた。ページをめくると、その理由がすぐにわかった。

一面のたんぽぽで黄色に染まっていた土地が姿を一変させていた。

「除染が本格化したときの写真だ」

手元のプリントには、多くの重機が忙しなく動き回る姿が写っている。

「除染とは、村の表土を剝ぎ取り、フレコンバッグという袋に詰め込み、村中の空き地やかつての農地に積み上げることだ」

「そうですか……」

「遠い親戚が村の住民だった縁で、昔から写真を撮りに来ていた。除染の名の下に地面が引き剝がされるたび、村の人たちがどんな思いを抱いたのか考えた。それだけのことなのに、いつもたまらなく苦しくなる」

猪狩がレンタカーの天井を見上げた。

「そろそろ出せ。答えを見にいく」

かすれ声で猪狩が言った。フォトアルバムを長峰に預けると、田伏はシフトレバーをDに入れ、レンタカーを発車させた。

周囲は雑木林が続く。左右に大きなカーブが連続し、峠道はときに勾配がきつくなり、小さなエンジンが甲高い唸り声を上げる。

五分ほど走ると、道の両側に古い農家が見え始めた。軒先や納屋の脇に洗濯物が干されている。

「この辺りの皆さんは帰還されたのですね」

「年寄りばかりだ」

猪狩が不機嫌そうに言った。

「村の暮らしは、親子三世代、四世代同居でにぎやかだった。だが、あの日以降一変した。除染が済んだと言っても、小さな子供のいる家庭は戻りたがらない。フレコンバッグの横で子供を遊ばせるわけにはいかない、そんな話をたくさん聞いた」

田伏の頭の中に、生まれ育った東京の下町の情景が浮かんだ。口は悪いが、面倒見の良い祖父や祖母、その下にたくさんの家族がいた。暮らし向きは楽ではなかったが、皆で支えあって地域が成り立っていた。福島の山村でも同じような生活があったのだ。寒さの厳しい東北では、家族の結びつきがより強かったのだろう。風になびく洗濯物を見ると、いたたまれない。

「住民が生活するエリアの除染は済んだ。だが、森林の中はまだ線量の高い場所がたくさんあるそうだ。国は徹底除染を行ったと主張するが、そんなのは詭弁だ」

猪狩の声音に強い怒気がこもっていた。

「先に行きます」

農家が集まるエリアを抜け、田伏はアクセルを踏み込んだ。すると、目の前に雑木林の青々とした木々とは別の景色が広がった。

「先輩、これは……」

「俺はこれが答えだと思っている」

後部座席から、長峰が身を乗り出した。たんぽぽとは違う。だが目の前に一面の黄色の絨毯が広がっている。

「全部ひまわりですね……映画のワンシーンみたいだ」

長峰の声に、田伏も同じことを感じた。古いイタリア映画で、主人公の女優が一面のひまわり畑を走るシーンが目の前の光景と重なった。同時に、猪狩の言う〝答え〟の意味がわかった。

「このひまわりを見るたび、俺は何も言えなくなる」

絞り出すような声で猪狩が言った。

「除染で村中の農地が荒れ、痩せた。だから、いつか農業を再開できるようにと、地元の農家たちが復興組合を作ってひまわりを植えたそうだ。除染後の栄養分をひまわりで補給する狙いがある」

復旧から復興へ。この美しい山村は、歩みは遅いが確実に一歩を踏み出した。だが、その証であるひまわりの黄色は、元々村にあったものではない。本来なら、田畑や牧草地だった場所は緑色でなければならない。元の姿を返せ、ひまわりと名乗った犯人がそう訴えているのだ。

「犯人のひまわりはこの村の出身者でしょうか？」

「出身者、あるいは所縁のある人物じゃないのか」

田伏は再びハザードランプを灯し、レンタカーを路肩に停めた。ドアを開け、ひまわり畑に近づく。山から吹き降ろす温かい風がひまわりの花を揺らす。その数は何万、いや何十万になるのか。大きな花が揺れるたび、避難を強いられた村人が苦しみの声を上げているようだった。

「殺しは絶対に許せない行為だ。でもな、村がこんな形で姿を変えさせられたら、福島のことをあれこれ言う連中をどうにか懲らしめてやりたくなるとは思わんか。俺はひまわりの気持ちがわかる」

いつの間にか、田伏の傍に猪狩が立っていた。その後ろでは、スマホのカメラを使い、長峰が無心にシャッターを切っていた。

田伏は二、三キロ先の山の麓まで続くひまわり畑を見続けた。

〈ごせっぱらやける〉という言葉と目の前のひまわりの畑。河田や平岩、そして粟野という三人の被害者が残した福島への誹謗中傷……。複雑に絡んでいた事件の糸が、眼前の真っ黄色の景色の中で、ゆっくりとほどけ始めた気がした。

最終章　血の雫

1

猪狩の案内で、田伏は峠道を走り続けた。

途中、後部座席では長峰が捜査本部の秋山管理官と電話で連絡を取り合っていた。相棒は田伏に指示されるまでもなく、飯舘村出身、あるいは村に所縁のある者、もしくは近隣市町村と関係する現役のＳＥ、経験者を探すよう伝えていた。

山間（やまあい）の美しい村が強いられた数々の苦難、そしてひまわり畑を一瞥した瞬間、犯人の原風景に接したような気がした。いや、確信に近かった。警視庁始まって以来の劇場型、いやインターネットを悪用した新型犯罪の犯人の後ろ姿が見え始めた。

長峰の連絡を受け、秋山をはじめ、捜査本部の精鋭が福島県の浜通り地方出身でＩＴやネットの技術に長けた人物を必ずや洗い出す。

栗野夫人の証言によれば、ひまわりは三〇代くらいの男性だ。福島県警や地元自治体の協力を得れば、条件にあてはまる者が必ず複数ヒットするはずだ。

一五分ほど小高い丘を登りおりする道を走り続けると、古い住宅が肩を寄せ合う一角に出た。左側に阿武隈の低い山並み、右は福島市方向の丘陵地帯で、すり鉢の底のようなエリアだ。

「この辺りは村の中心部だったところでな」

周囲を見回し、猪狩が口を開いた。何気ないが、猪狩は「だった」と過去形で告げた。閑散とする住宅街には、長い間一切の人気がなかった気配が濃厚に漂っている。

車の速度を落とし、田伏も辺りに目をやった。

先ほど通った集落と同様、何軒かに一軒の割合で、庭やベランダに洗濯物が干してある。しかし、共通するのは子供服が見えないことだ。猪狩はこの山間の村では三、四世代同居というスタイルが当たり前だったと言った。しかし、地味な色のTシャツやブラウスを見るにつけ、気分が落ち込む。賑やかだった家庭の団欒が否応なく引き裂かれたのだと実感する。

「それでも、ようやく村に生気が戻ってきた」

呟くように猪狩が言った。いつの間にか、猪狩はニコンのデジタル一眼レフを手に周囲の風景を切り取っていた。鑑識課時代からニコンを愛用する猪狩は、退職してからも同じメーカーが体に馴染んでいるといつか言っていた。

「全村避難を強いられたんですよね」

田伏の頭の中で、雪が降りしきる役場の駐車場で着の身着のまま大型バスに乗り込む村人たちのニュース映像が蘇った。二〇一一年三月、岩手、宮城、福島の沿岸を未曽有の大津波が襲った。壊滅的な被害を受けた港町や海岸線の映像がニュースで伝えられる中で、飯舘村の様子は他の被災地のものとは大きく違った。

原発が爆発し、強い浜風によって放射性物質が村に降り注ぐ惨事に見舞われたが、どこも破壊されていなかったからだ。

「何の罪も、まして一切の責任もない村の人間が、無理やりこの村から引き剝がされた。全村避難中になんども村を訪れたが、そりゃあ残酷なもんだった」

村人は住まいを追われたが、村の中心を貫く県道は通行止めとはならなかったという。福島県の中央部の中通り、そして津波と原発被害がひどかった浜通りを結ぶ主要道路だったため、止めるに止められなかったのだと猪狩が明かした。

「俺の実家のように津波でめちゃくちゃにされたならまだ諦めがつくが、この村はそんな被害には遭わなかった。ただ、目に見えぬ恐ろしいものが問答無用で村を引き裂いた」

猪狩が左側にある住宅を見た。窓枠が壊れ、その近くに雑草が生い茂っている。一目で誰も帰還していないことがわかる。痛々しい光景に息がつまりそうだ。

「これからどちらへ」

「もうすぐ道の駅が完成する。ちょっと様子を見てみよう」

猪狩の指示通り、田伏はレンタカーを走らせた。人の気配のない古い旅館や洋品店の脇を通りすぎ、信号で停車した。カーナビは、目の前の大通りが県道一二号線だと表示している。大型のダンプカーや運送会社のトラックがスピードを上げて通り抜けていく。

「ここを右折だ」

信号が青に変わると、田伏はハンドルを右に切った。太平洋側に通じる方向とは逆、福島市方向にレンタカーを走らせる。三分ほどすると、広大な駐車場を備えた真新しい建物が県道の右側に見え始めた。

「村で初めての道の駅、までい館だ。あと一カ月ほどでオープンするらしい」

美しい木目の資材がふんだんに使われた現代アートを思わせる造形の建物だ。田伏はウインカーを点し、駐車場に車を滑り込ませた。

「村人を被曝させた負い目から、国がふんだんに補助金を配ったらしい」

美しい建物を一瞥すると、猪狩が舌打ちした。

「こんな施設がなくたって、村は十分に人を集め、までいな暮らしぶりを世界に発信していたんだ」

猪狩が助手席のドアを開けた。すると、隣に停車していた軽トラックのドアが開き、麦わら帽子を被った女性が降り立った。

「田伏、以前村で民宿を経営していた阿部さんだ」

阿部と紹介された女性は、猪狩と親しげに言葉を交わしている。

「猪狩さん、絵本の追加補充分を持ってきたんだよ」

「おっ、例のヤツか」

「そうそう、猪狩さんに一冊あげるわ」

言うが早いか、紙の包みを破り、一冊取り出して猪狩に手渡した。

「田伏も見るか？」

A4サイズ、横綴じで束の薄い絵本だ。

猪狩が差し出した絵本を受け取り、田伏は表紙の文字に目をやった。

〈がんばっぺ　までいな村〉

アイボリーの表紙の真ん中に、メルヘンの世界を思わせる淡く明るい色のイラストがあった。緑色の牧草地で草を食む牛たち、畑沿いの小道を通学する小学生たち。それらを温かい眼差しで見守る老女の姿だ。

先ほどまで、真っ黄色のひまわり畑、そして地表が剝ぎ取られ、フレコンバッグという無機質な袋が山積みにされた痛々しい光景に接してきた。絵本の様子は昔を再現したもので、長閑（のどか）な光景が描かれている。だが、その分だけ応えた。この絵は誇張ではなく、村人の心に残っている原風景をそのまま写したものに他ならないからだ。

〈ふるさとは　母のにほひや　凍み大根〉

イラストの下の桃色の帯には著名な俳人が添えた一句がある。

「凍み大根ってのは、ここらの名物でな。真冬に干した大根を煮物にする。そりゃうめえ食いもんだ」

田伏の視線をたどった猪狩が言った。阿部という女性は、道の駅の開業準備の手伝いをすると告げ、残りの絵本を小脇に抱えて真新しい建物の中に消えた。

田伏は黙って表紙をめくった。娘の麻衣のために絵本を読み聞かせしたのは何年前だったか。中扉の次に現れたのは村の全景を描いた明るい絵だ。次のページへと手を動かす。すると、絵のトーンが変わった。

〈２０１１年　3月11日　午後2時46分〉

強い揺れを感じた村の家族がテーブルの下に隠れている。あの日、田伏は所轄署の刑事課でSITの研修中だった。研修は急遽中止となり、捜査員たちは交通整理や防犯活動の応援へと散った。東京では帰宅難民がそこかしこに溢れ、一時的なパニックとなった。だが、電気やガスといった生活に不可欠なインフラはほとんど影響を受けなかった。

絵本では、地震の翌日、津波被害に遭った人々や原発の近隣住民が続々と村に避難し、六〇〇〇人の住民に対し、避難民は一二〇〇人にのぼったと綴っていた。

〈村のかあちゃんたちは　せっせとおにぎりを作った。「おたがいさま」と、までいの心でおせわをした〉

見開きの絵には、たくさんの握り飯や大鍋の汁物が描かれている。〈おたがいさま〉という言葉が田伏の胸に刺さった。

あの日から数日間、首都圏は混乱が続いた。生活のインフラは無事だったにもかかわらず、ミネラルウォーターやレトルト食品、卓上コンロのガスボンベ、トイレットペーパーの買い占めが横行し、幹線道路沿いのガソリンスタンドには長い列が生まれた。

皆、我先にと自分の生活と利益を優先させた。田伏が記憶する限り、この村人たちのようにおたがいさまという意識で助け合った人間など皆無だった。

〈14日にテレビがついた。原発が爆発したことを　村の人たちは　はじめてしった〉

原発が壊れてしまったことで、首都圏のパニックに拍車がかかった。政府の発表は信頼を得ることができず、放射能被害が拡散するとの流言飛語が広まり始めた。福島をめぐる様々な誤解や、住民たちへの差別的な風潮が生まれる起点だ。

田伏はページをめくった。先ほど走ってきた丘陵地帯と思しき一帯に、灰色の雨が降り注ぐシーンが描かれている。

〈3月15日 午後 飯舘村に放射能がふった。風にのって 雨といっしょに 放射能がふってきた。原発から 30キロ以上も離れているのに……〉

このページ以降、絵本のトーンが急激に暗くなっていく。猪狩が言ったように、大家族が別々の仮設住宅に別れて暮らす様子や子供達が優先的にバスに乗せられ、村から避難するカットが続く。

田伏は絵本から目を離し、改めて周囲を見回した。開館直前の準備作業で作業員や村人たちがせわしなく建物と駐車場を行き交う。だが、敷地の外は絵本に描かれたような緑溢れる光景ではなく、除染作業で表土が剝がされた平原が続いている。

「まだ先がある」

呆然と立ちつくしていると、猪狩が言った。田伏はページを繰った。メルヘンタッチの絵の横に、つらい現実を突きつける言葉が並ぶ。

〈たいせつな家族 友だち たくさんの別れがあった〉

目の前には、大家族が悲しみにくれるシーンがあった。

「さっきの阿部さん一家もそうだ。今も息子夫婦、そして孫の顔をみるのは二月（ふたつき）に一度くらいだそうだ」

田伏が同じ状況に置かれたら、麻衣をどうするだろう。除染が進んだと言っても、育ち盛りの娘が安全に暮らせるのか、田伏自身は答えを導き出すことができないだろう。なにも言葉が出ない。

「彼らには一切責任はない。だが、多額の賠償金をもらっただろうとか、避難先で裕福な生活をしているとか、いわれのない中傷を受け続ける人が少なくない」

奥歯を嚙み締めているのだろう。猪狩のこめかみに幾筋もの血管が浮き上がっている。猪狩がわずかに顎を動かした。さらにページをめくれという。

〈仮設住宅でくらすようになった村の人たち〉

〈牛の世話や　田んぼや　畑の仕事もできなくなって、今までと全くちがう生活に　身体をこわす人もでてきた。飯舘村の方を見て、涙をながす人もたくさんいた〉

田伏は大きく息を吐き出した。鼓動が明らかに速くなっていく。

「村のこと、恥ずかしながらなにも知りませんでした」

腹の底から湧き上がる言葉を猪狩に言った。

「かまわんさ。こういうことがあった、それを知ってくれる人間が一人増えるだけでいい」

　そう言うと、猪狩が口を真一文字に結んだ。猪狩は建物の反対側、県道を挟んで雑草が生い茂っている平坦な土地を見つめていた。先ほどフォトアルバムで見せてもらった青々とした牧草地だった場所だと気づく。田伏は絵本を後方にいた長峰に手渡した。田伏と同じく、ページをめくる長峰が黙り込んだ。

「飯舘の村民はとりわけ酷い目に遭った。政府の知らせが遅れ、知らないうちに被曝した人も多い」

　かつての牧草地を見ながら、猪狩がぽつりと言った。

「飯舘村だけじゃない。この近隣の町村では皆同じように過酷な生活を強いられた。そんな人たちに、なにひとつ落ち度はない」

「……その通りです」

「未だに県内の他地域には約二万人、県外には四万人弱の同胞が避難している。みんな、あの絵本のように故郷を思っている」

　小声で言ったあと、猪狩が周囲の風景を前にシャッターを切り、助手席に乗り込んだ。田伏は絵本を食い入るように見つめる長峰を促すと、レンタカーのドアを開けた。

　猪狩の見立てが正しいとすれば、ひまわりと名乗る犯人も故郷か所縁のあるこの村のことを考えている……目の前に広がる真新しい交流施設、そして山肌と地表が削られたすり鉢のような大地を見ながら、田伏は考えを巡らせた。

2

まてい館を発ち、田伏の駆るレンタカーは阿武隈山地の緩い勾配の坂道を登った。坂道には、建設資材を満載したトレーラーや生活物資を運ぶトラックがひっきりなしに行き交っていた。

「次はどちらへ？」

なだらかな山道を登り切り、道路標識に〈南相馬市〉の表示が現れたとき、田伏は助手席の猪狩に言った。

「南相馬の小高区という場所に行く。このまま県道を進めば国道六号線にぶつかるから、すぐにわかる」

ぶっきら棒に言うと、猪狩は腕を組んだ。

猪狩はときおり周囲の景色を見回し、なんどかデジタル一眼のシャッターを切った。震災前からなんども撮影で通っている土地の変化をきっちりと記憶と記録に留めているに違いない。

田伏はカーナビの表示に目をやった。これからくねくねと長い下り坂が続く。勾配は比較的なだらかだが、裾野が広い。阿武隈山地特有の地形だと猪狩が言う。

県道の先、太平洋に近い地点に〈国道6〉の青い標識がある。国道六号線は、福島の一番東寄り、浜通りを縦に貫く幹線道路だ。南は東京の日本橋から、北は仙台へ抜ける。

震災による津波被害のあと、関東電力の原発事故で南相馬市は甚大な被害を受けた。放射能汚染への懸念から、震災直後にもかかわらず救援物資の搬入が遅れた、いや、運送業者が嫌がって、意図的に取り残されてしまった側面さえあると猪狩は言った。

「小高で美味いメシを食わせてやる」

「食事ですか？」

「ああ。少しばかりの刺激はあるがな」

猪狩はフロントガラスの先を見据えたまま、言った。田伏はルームミラー越しに長峰を見やった。長峰がかすかに肩をすくめてみせた。

食事をする場所で、刺激……猪狩の言葉はなぞかけのようだ。だが、その真意を知らねば、ひまわりの犯行動機に近づけない。福島が直面し続けている苦難の中に、ひまわりの動機がある。ハンドルを強く握りながら、田伏はそう思った。

「この中華そばはいつ食ってもうめえな」

女性パート従業員に代金を渡しながら、猪狩が大声で言うと、厨房の中から軽やかな声が響いた。

「もういい歳なんだから、大盛りは卒業したら？」

スカーフで髪を覆った丸顔の女性店主が笑顔で言った。田伏は長峰と顔を見合わせ、くすりと笑った。

JR常磐線小高駅前、昼下がりの双葉食堂は入れ替わり立ち替わり訪れる客で混み合っていた。テーブル席、小上がりはほぼ満員で、食堂兼店主の自宅の茶の間まで客で埋まっていた。

「ごちそうさまでした」

田伏はカウンター越しに厨房の店主に言った。

「お口にあった？」

「もちろんです。いまどき、こんなに優しいスープの中華そばはどこにもありません」

「猪狩さんの後輩だからって、気を遣わなくてもいいのよ」

女性店主が快活に笑った。お世辞でもなんでもなく、澄んだ鶏ガラのスープと柔らかいチヤーシュー、大量のネギが盛られた中華そばは昔ながらの味だった。化学調味料の味もしない。

「母ちゃん、笑え」

突然、猪狩がデジタル一眼を構えた。女性店主は苦笑いしながらも、周囲にいた女性パートたちと肩を寄せ、にっこりとファインダーに収まった。

「あとでプリントしておぐっから。ごっそうさま」

猪狩は声を張り上げ、曇りガラスの引き戸を開けた。田伏、長峰も店のスタッフたちに会釈して外に出た。

店の入り口脇に小さな灰皿が置かれていた。猪狩はその横に立ち、煙を吐き出し始めた。今までの笑顔は消え、眉間に深い皺が刻まれている。

「いつ来ても、つらくてな」

意外な言葉に、田伏は長峰と顔を見合わせた。ほんの数十秒前、猪狩は満面の笑みで中華そばを平らげ、店のスタッフだけでなく顔見知りの客たちとも強い訛りで話していたのだ。

「どういうことですか？」

「刺激だ。道中に言っただろ」

タバコを灰皿に押し付けながら、猪狩が言った。

平らげた中華そばは、滋味に溢れた優しい味だった。刺々しいスパイスや添加物の味がきついチェーン店のそれとは一線を画すもので、刺激という言葉とは相容れない。それに、古い食堂では地元言葉が飛び交っていた。浜通りの訛りを全て理解するのは不可能だったが、田伏がみるところ、食堂の客はほとんどが地元の南相馬市や近隣町村の人々だ。おおらかな笑いに満ちていたではないか。

「合点がいかないみたいだな」

もう一本タバコに火を点しながら、猪狩が言った。その表情はやはり険しいままだ。

「答えを教えてやろう」

もう一度煙を空に向かって吐き出し、猪狩が言った。

「あの女将さんはいつからか、怒ることをやめた、と言っていた」

怒るのをやめる……田伏は理由がわからない。長峰とともに首を傾げていると、猪狩が口を開いた。

「小高区は原発事故の直後から、住民が全員避難させられた」

猪狩は店の横の砂に、落ちていた木の枝で簡単な地図を描き始めた。大まかな福島の地図、そして太平洋。海岸線に近い辺りに煙突を描いた。

「ここが関東電力の福島第一原発。そしてここが小高区だ」

煙突の周囲を猪狩が同心円で囲った瞬間、田伏は自分の肩が強張るのを感じた。

「避難指示区域の内側でしたね」

「彼女は新潟県の三条市というところに避難した」

猪狩によれば、にこやかに笑う女性店主は避難用に用意されたバスに揺られ、見ず知らずの隣県、金物製造で知られる町に逃げたという。

三条市では市長以下職員が率先して関東電力との賠償交渉を補助してくれたという。混乱の極みにあったという特殊事情はあったにせよ、加害者側は杓子定規な対応を頻発させ、南相馬の避難民を苦しめた……猪狩は怒りを込め、言った。

その後店主は、数カ月を経て南相馬市の北端、同心円の外側にあたる鹿島区へと戻り、仮設住宅に住みながら、プレハブの臨時店舗で店を再開したと猪狩が明かした。

「関東電のほかにも家族が別々に逃げたことで、彼女はなんども滅入ったそうだ。しかし、店を再開するにあたり、全国に避難している同郷の人を迎えるため、怒るわけにはいかないと考え始めたようだ」

穏やかで、周囲を包み込むような店主の笑顔の裏側には、田伏が想像もできないつらい記憶があった。

「この店は元々浜通りでも抜群に人気のある食堂だった。だんなさんが亡くなってからは彼女が懸命に店を切り盛りしてきた。津波の被害はなかったが、この同心円のせいで店をやれなかった」

猪狩が店の看板を見上げ、言った。

派手さや華やかさは一切ないが、田伏が生まれ育った東京の下町にも同じような食堂がある。年に一、二度親戚の家を訪れた際に立ち寄ると地元民が楽しげに食事をしている。そんな馴染みの店が災害に遭遇して強制的に移転させられるようなことがあったら。そんなことを考えていると、猪狩が言葉を継いだ。

「小高区は昨年からようやく住民の帰還が始まった。だが、町の飲食店のほとんどは再開していない。そんな中、あの母ちゃん、そしてスタッフのみんなは頑張っている。これから帰還の下見にくる地元民や、廃炉の仕事に携わる作業員たちのためにな。つまりムスッと仏頂面しているわけにはいかない、不平不満はあるが、怒るのをやめたんだ」

それを知る猪狩がつらい、とこぼした気持ちがようやく理解できた。

たしかに国道六号線から小高区の市街地に入ったとき、シャッターを閉ざしたままの店が大多数を占めていた。スーパーやコンビニも営業しているところが少なく、もし住民が戻ってきても不自由な生活が待ち受けているはずだ。

「すごいとしか言いようがありません」

田伏は店のスタッフの声が響く方向に顔を向け、言った。ちょうどそのとき、店の引き戸が開き、田伏らのいたテーブルの奥、小上がり席にいた母娘の二人が出てきた。母親は四〇歳程度、娘は中学生くらいだ。

「よお、久しぶりだな。また写真撮らせてくれよ」

猪狩が母親に声をかけると、二人は照れ臭そうに笑った。

「大宮の暮らしはどうだ？」

猪狩の問いかけに、母親は肩をすくめた。そうこうするうち、猪狩が何度かシャッターを切ると、二人は店の駐車場に停めた軽自動車に乗って駅方向に向かった。

「大宮に避難ですか」

「これで五度目の撮影だ。少しだけ、娘さんの表情が明るくなったかもな」

デジタル一眼の背面にある液晶モニターを見ながら、猪狩が言った。明るくなったかも……猪狩が何気なく言った言葉に田伏は身構えた。

3

「あの娘の両親は、三年前に離婚した」

遠ざかる軽自動車を見ながら、猪狩がぽつりと言った。

「原因は原発事故だ。あんなことがなけりゃ、この町の外れでのんびり暮らしていたんだがな」

突然言われても、田伏は言葉が出ない。話を聞いている長峰もバツが悪そうだ。

「原発事故が発生した直後、娘の将来と安全を考えて母娘は埼玉の親戚を頼って避難した」

カメラのレンズの縁を撫でながら、猪狩が話を続けた。

避難生活が始まった当初は父親も埼玉に行き、臨時の仕事を探したのだという。父親は南相馬市の鉄工所に勤めていたが、工場は操業を停止せざるを得なくなり、社員たちは一時的に解雇された。

「事故から一年半後、鉄工所は避難指示区域の外にある鹿島区で操業を再開し、父親はひとまず一人で同じ区内のアパートで生活再建の準備を始めたそうだ」

すれ違い……そんな思いが田伏の頭をかすめたとき、猪狩が頷いた。

「あの母親は、娘の将来を考えて埼玉に永住したいと考え、父親は責任感から戻ると言い、結局二人の間に生じた溝は埋まるどころか、深まったらしい」

猪狩によれば、放射性物質汚染対処特措法が改正され、実質的に基準が緩められたことが母親の態度を硬化させたという。たしかにそんな記事を読んだことがある。自分の家庭に置き換えれば、美沙は麻衣を帰還させるのに躊躇しただろう。

「その頃、ネット上では陰謀説やら国際基準に照らして日本政府のやり方がむちゃくちゃだといった様々な見方や、デマさえ流れました」

長峰がスマホの画面を田伏に向けた。原発賛成派、反対派。そして自称専門家やエキセントリックな筆致で危機感を煽る主婦のブログなど、有象無象の見出しが小さな液晶画面に表示されている。

「昔、海外の心理学者が書いた本を読んだことがあります。一番印象に残っているのは、そこに書かれていたこんな言葉でした」

素早くスマホをタップした長峰がもう一度田伏に画面を向けた。その中に翻訳された言葉が載っていた。

〈流言の量は問題の重要性と状況のあいまいさの積に比例する……G・W・オルポート&L・J・ポストマン〉

解説を見ると、今から七〇年も前に発表された論文だ。原発事故後の日本の状況と見事に合致する。インターネットという文明の利器が発達しても、人間の愚かさは全く変わらないのだ。

「俺は他人ごととしてとらえていました……」

田伏は先ほど猪狩が描いた福島の見取り図を見ながら言った。

「離婚を機に、彼女は埼玉の親戚の家を出た。アパートを探し始めたとき、酷いことをなんども言われたそうだ」

猪狩によれば、賠償金で家賃が不払いになる懸念はほとんどないのに、部屋の提供を渋る大家や不動産業者が少なくなかったのだという。

「福島からの避難民が入ると、後々部屋の価値が下がる、事故物件とみなされるかもしれない……そんなことをずけずけと言った連中がたしかにいたそうだ」

事故物件とはどういうつもりなのか。必死に部屋を探す母娘に対し、どのような神経でそんな暴言を浴びせることができるのか。田伏は思わず拳を握りしめた。

「俺の同期が退職後に埼玉県の関連団体に再就職した。そのツテでなんとかアパート確保の手助けができた」

突然の事故に見舞われ、家族が離散。住む場所を探すのにも苦労したうえ、あの母親はアルバイトを掛け持ちして、必死に娘を育てているのだという。

「一年前、あの娘はこの食堂で俺に言ったよ。福島に帰ったときは、自由に買い物ができるってな」

「どういう意味でしょうか？」

「学校やアパートの近所で散々嫌味や心ない言葉を吐かれたようだ」

猪狩が娘から聞き取ったのは、あまりにも酷い事柄だった。

娘は転校を繰り返すうちに塞ぎこんだ。賠償金をもらっていい生活をしている、こづかいもたくさんあるはずだ……そんな声を浴びせられるうち、次第に外に出たがらなくなったという。

「人目の多い埼玉では、コンビニで小さなチョコやジュースを買っても、賠償金で贅沢をしている、そんな風に言われたそうだ。それも一度や二度じゃないらしい」

田伏はあっけにとられた。どんな風に考えたら、そんな無神経なことが言えるのか。捜査一課の刑事として、残虐な殺人事件の現場になんども立ち会った。だが、普通に暮らす人間が、傷ついた人、それも少女に対してそんな残酷なことを平気で言ってしまうのだ。

猪狩は小高に来る直前、刺激があると言った。たしかにその通りだった。一人一人の被災者の顔を見て、同じ場所で飯を食ったからこそ、彼らが心の奥底にしまっていた傷に触れることができたのだ。

「やあ、猪狩さんじゃねえの」

また、食堂の引き戸が開いた。今度は作業ジャンパーを着た老年の男だ。その傍らには同年代の女がいる。

「おお、久しぶりだな」

二人は夫婦なのだろう。きつい訛りで猪狩と話し始めた。その内容をすべて聞き取るのは無理だが、時折ネズミだのイノシシだのと動物の名が聞こえた。

「あんまし役にたてねえけど、愚痴はいつでも聞ぐよ」

猪狩が言うと、二人は笑みを返し、店の駐車場へと向かった。

「お知り合いですか？」

「ああ、従兄弟の同級生夫婦でな」

猪狩によれば、二人は横須賀に住む次男夫婦の家の近くにアパートを借り、近くの畑を耕しながら生活しているという。

「久しぶりに帰還して自分たちの家を見にきたそうだ」

二人の話は、さらに田伏を驚かせた。夫婦の自宅は南相馬市の中心にある原町(はらまち)区の山あいの集落にあるという。

「留守の間、泥棒が何度も入って部屋を荒らしただけでなく、ネズミやキツネ、イノシシが住み着いていてとても再び住めるような状態ではなかったらしい」

「えっ……」

長峰が思わず呟き、慌てて口を手で覆った。

「避難指示区域だ、帰還困難区域だって何年も放置されたんだ。その間、浜通りは野生の王国になっちまった。皮肉なもんだ」

野生動物のイノシシやキツネは本来人を恐れ、中々集落の近くには来ない習性を持っている。だが、人の立ち入りが制限された結果、若い世代の野生動物が人間を恐れなくなり、その子供達は人がいない状態を当たり前に思っているのだという。

「帰るところがなぐなっだから、踏ん切りがついだ。あの二人はそう言っていた。自宅をぶっ壊して更地にしたら、もう帰ってこないそうだ」

猪狩がぽつりと言ったとき、二人が乗った軽トラックがクラクションを鳴らして三人の前を通り過ぎた。田伏は乾いた排気音を聞きながら、立ちすくんだ。

「福島の中通りや会津、それに県外に自主避難している人間は未だ三万、いや四万人近くもいるんだ」

猪狩の言葉を聞いた瞬間、飯舘村の無人の家屋、そして小高区のシャッターが降りたままの商店の姿が田伏の脳裏をよぎった。

「自主避難者への住宅支援が今年春にほぼ全面的に打ち切られた。あの人たちは好きで避難したわけじゃないのに、行く先々で差別され、心ない言葉をぶつけられ、最後は金を止められて干しあげられる。こんな仕打ちを受けるいわれはこれっぽっちもねえんだ」

猪狩の言葉を聞き、田伏はうなだれるしかなかった。先ほど吐露したように、他人ごとでしかなかったのだ。猪狩が抱いている感情をひまわりも持っているということだ。猪狩が浜通りを案内してくれなかったら。そして被災した人々の生の声を知らせてくれなかったら、ひまわりの動機の本質を、田伏はずっと知らずにいただろう。

「ほら、これを見てみろ」

猪狩がデジタル一眼の背面モニターを田伏と長峰に向けた。子供が描いたらしい常磐線の車両の水彩画、そして手書きのポスターが映っている。

「あの母ちゃんの孫娘が描いた」

田伏が目を凝らすと、猪狩が画面を拡大表示させた。

「店が小高で再開したとき、当時一〇歳のその子がお祝いにプレゼントしてくれたそうだ。俺たちがいた席から見えなかったが、前に来た時に反射的に撮った一枚だ」

田伏と同じように、長峰も画面を食い入るように見つめる。

〈こんなラーメンをめざします〉

娘の麻衣が小学生のときに書いた作文と同様、拙(つたな)い文字だ。しかし、気持ちがこもっているからだろう。鉛筆書きの文字は太く、力強かった。田伏はさらに文面を追った。

〈ふたばしょくどう〉

いろはカルタと同じ要領で、店の名前の横に孫の手書きのメッセージが続く。
〈ふ：ふたたび〉
〈た：たのしかった日々をとりもどし〉
〈ば：ばーちゃんがつくるラーメンを〉
〈し：しあわせをかんじながら〉
〈よ：よくたべたあの味をおもいだして〉
〈く：くらしゆたかで〉
〈ど：どんどんたべれる〉
〈う：うまいラーメンを作ります〉
読んだ瞬間、田伏は口元を手で覆った。長峰に目をやると、相棒も目を真っ赤にしていた。怒るのをやめたという店主と同様、幼い孫娘までもが懸命に耐えていたのだ。大震災後の原発事故で、彼女たちと同じ思いを強いられた人間が何万人もいることが、皮膚感覚でわかる言葉だった。これ以上、なにも言えない。田伏と長峰が押し黙っていると、猪狩がいきなりカメラを取り上げ、声を出した。
「おお、みんな一緒に写真撮るっぺ」
いつの間にか、食堂の前に一〇名以上の人が立っていた。小上がりや茶の間にいた客たちらしい。一人一人、どんな苦難を味わったのか田伏にはわからない。ただ、屈託のない笑顔の猪狩に対しては、皆、心底笑っているような気がする。

「ちょっと広角レンズに替えっがら、待っでな」

猪狩が薄いレンズを径の太い物に替えていた。事件現場の全体像を写すためのレンズだ。大勢の人間を撮影するにはちょうど良いのだろう。猪狩がチーズだ、と掛け声をかけたときだった。

「あっ」

スマホで写真を撮っていた長峰が素っ頓狂な声をあげた。

「ひまわりが動きました！」

スマホを握りしめ、長峰が引きつった声で言った。

4

「まだ始まらんのか？」

上りの東北新幹線が郡山駅を過ぎたとき、田伏は隣席の長峰に詰め寄った。

「〈重要配信準備中〉の表示が出たままです」

二時間半前、ネットニュースのライトニングが重大情報を配信すると発表した。田伏は長峰とともに福島駅前にとって返し、レンタカーを返却した。二、三日の間、故郷浜通りの風景を切り取るという猪狩を小高に残し、田伏らは新幹線に飛び乗った。夕方近くになった上り列車は盛岡や仙台からの出張帰りと思しきサラリーマンが乗車し、混み合っていた。

「被疑者候補の検索依頼はどうだ？」

「秋山管理官に頼みました。福島県警や警視庁管内の所轄があちこちの役所の住民票やらをひっくり返してくれるそうです。ひまわりと思しき人物の名前が出てくるのは時間の問題でしょう」

長峰の表情が突然変わった。

「始まりそうです」

携帯型の充電バッテリーをスマホに装着しながら長峰が言った。

〈ライトニング編集長の北見（きたみ）です〉

スマホの小さな画面にセル眼鏡と口ひげの男が現れた。チェックのシャツを着た北見編集長は眉根を寄せながら言葉を継いだ。

〈われわれの編集部にひまわりから新たな声明、いや、動画のメッセージが到着しました〉

北見は苦しげに話した。

「いいから、早く始めろよ」

スマホを握りしめながら、長峰が舌打ちした。

〈いつもひまわり関係の速報を手がけていた専属ライターの加藤が行方不明になりました。そしてひまわりが送ってきた動画メッセージの中に加藤が映っています〉

北見という編集長の声を聞き、田伏は長峰と顔を見合わせた。

「どういう意味だ？」

長峰が吐き捨てるように言ったとき、画面の中で北見が言葉を継いだ。

〈これから警察に通報します。我々の想像の範囲ですが、加藤はひまわりに拉致(らち)されたものとみられます〉

〈編集部だけでなく、ネットニュースの運営責任者とも協議した結果、ひまわりの動画メッセージを公開することにより、加藤救出のための情報を募ることにします〉

「警察の指示を仰ぐのが先だ」

田伏が言うと、長峰が首を振った。

「こいつら、絶対にPV(ページビュー)稼ぎたいと思っていますよ。殊勝な顔をしていますが、本性はそんな奴らです」

ひまわりからのメッセージをほぼ独占的に扱っているのがネットニュースのライトニング編集部だ。ネットを使った犯行予告、そして犯人しか持ち得ない凶器の画像をライトニングは独り占めした。長峰によれば、ひまわり関連のニュースでPVが普段の一〇〇〇倍に達し、ライトニングには一〇〇〇万円単位の広告料が転がり込んだという。

「ネット上ではやらせ疑惑の声が出始めましたよ」

長峰がスマホとは別にタブレットを膝に載せ、ネット上の速報掲示板に見入っていた。

〈ライトニング、ここまでやる？　警察に通報したらPV稼ぎの狂言がバレちゃうよ〉

〈露骨な連中だな。そんなに広告収入が大事？〉

中野署の合同捜査本部でもライトニングの中継を見ているのだろうか。改めて秋山に連絡を入れるため、田伏が腰を上げたときだった。

「田伏さん、始まります」

タブレットを横に避け、スマホを握り直した長峰が言った。

〈ひまわりから全国、全世界の皆さんへ〉

編集長の北見の顔がテロップに切り替わった。なにが始まるのか。田伏は息を飲んだ。

〈優秀なライターの加藤さんにおいでいただきました〉

次のテロップが画面を走った直後、再び映像に切り替わった。

長峰が身を乗り出した。細い指の上に載せられたスマホの画面が小さく分割された。

「タブレットで見せてくれ」

座席脇に置いていたタブレットを長峰が取り上げ、素早く画面をタップすると、ひまわりの動画に切り替わった。

田伏は目を剝いた。四分割された動画画面の左上にタンクトップ姿で椅子に縛られている加藤の姿がある。口には粘着テープが貼られ、加藤が呼吸するたびに粘着テープが奇妙な形に歪む。その下には加藤の左手の指がクローズアップされている。右上のコマには点滴のセット、その下側には無機質な数字が激しく動き、〈Live〉の文字が点滅中だ。

「ひまわりの狙いはなんだ？」

「わかりません」

長峰が答えた直後、動画の一番下にテロップが流れ始めた。

〈PV至上主義の無責任なメディアはこうなる　アクセス数が上がればなんでもやるんだろ加藤は先日の配信で許されざる発言を行った　よって、本日PV数の動きと連動する形で処刑を中継する〉

「まさか……」

「なにがまさかだ？」

「キーはこれだと思います」

長峰の細い人差し指が震えながら点滴のセットを指した。

「どんな薬剤が入っているかはわかりませんが、ＰＶが増えるのと連動して薬が加藤の体内に入っていくのでは……」

長峰の声が消え入りそうだった。

〈加藤の末路を見たいネット民は世界中にいるはず〉

動画を映す画面下には、ＰＶを示すカウンターが付いている。田伏はタブレットに目を凝らした。

「爆発的にＰＶ数が増えています。中継開始直後は五〇〇〇程度でしたが、今は……」

画面の〈Live〉の横に、ガソリンスタンドのメーターのようなコマがある。長峰の言う通り、目下数字は一八万を超えている。田伏が瞬きをする間にも二〇万を超えそうな勢いでカウンターが動いている。

〈優秀なライター、加藤氏の指先に安全ピンで小さな穴を開けた　ビューワーが増えることに点滴の薬剤が体内に注入され、血の雫が滴り落ちる仕掛けだ〉

新たなテロップが流れると、今度は加藤の左手の指の映像が拡大された。人差し指と中指のそれぞれの爪の間から、真っ赤な血が滴り落ちている。加藤は両腕をガムテープで椅子の肘掛けに固定され、身動きが取れないようだ。
〈血の雫〉
ひまわりが残した無機質な文字に、田伏は肩を強張らせた。

5

東京駅に待機していた中野署の移動(パトカー)を飛ばして捜査本部に着くと、上田を筆頭に全捜査員が顔を紅潮させていた。幹部席から上田が大声で指示を飛ばすと、反射的に本部や所轄署の捜査員が動く。ネクタイやワイシャツ姿でなければ、築地の魚河岸の競り場のような光景だ。

田伏は幹部席の脇にいた秋山の元に駆け寄った。

「調べの状況は？」

「三〇人程度まで絞り込みました」

若きキャリアの手には、複数の書類が握られている。戸籍謄本や民間企業の社員証のコピーのようなものもある。飯舘村や近隣の市町村出身でIT系企業に勤務した経験のある者などを抽出したようだ。

「ようやく背中が見えてきましたよ」

秋山がそう言った直後、長峰がその手から書類を取り上げた。

「管理官、時間がありません。俺にチェックさせてください」

秋山が露骨に眉根を寄せたが、田伏は目で好きにさせるように告げ、近くのデスクに長峰を座らせた。

「高度なスキルを持った犯人（ホシ）を炙り出せるのは長峰だけです」

長峰を見ると、リュックからノートパソコンを引っ張り出し、書類と首っ引きでキーボードを叩き始めた。

「それで、状況は？」

田伏は秋山に詰め寄った。新幹線の車内でずっとライトニングのサイトはチェックしていた。だが、新幹線が東京駅に着いたとき、突然中継が中断され、以降は〈配信準備中〉の表示が出るだけだった。

「通信指令本部にライトニング編集部から一一〇番通報が入ったのが約四〇分前でした。我々サイドからも中継を中止するよう働きかけていたのですが、少し遅れが出ました」

「というと、奴らはＰＶを気にしていた？」

「そのようです。加藤というライターが拉致されたことでサイトの閲覧数は爆発的に増えました。ＰＶと連動する広告費が急増する旨味に、運営会社の幹部がなかなか通報に踏み切らなかった、そういう側面があったと聞いています」

「ごろつきライターといえど、仲間が殺されかけているってのになんて連中だ……」

「ライトニングの中継は終わりました」

渋面の秋山が言った。

「どういう意味ですか？」

「ひまわりの方が役者が上だったということです」

秋山が自分の背後にあるデスクトップパソコンのスクリーンを指した。田伏は秋山の脇をすり抜け、画面を見た。

「あっ……」

「中国とタイの動画サイトに侵入して、ひまわり自身が中継を始めました」

先ほどスマホとタブレットで見た光景が眼前にある。大きなスクリーンで解像度が高い分だけ、残酷さが増している。四分割された画面の左上には、真っ青に変色した加藤の顔、そしてその下にはテープで固定された左手の指の先から血の雫が滴り落ちるコマがある。

「中止させられないのですか？」

「外交ルートを通じて両国関係機関に働きかけてもらっていますが、なにぶんよその国の通信業者にどこまで話ができるかは不透明です」

画面の中で、加藤の首がだらしなく傾き始めた。

「劇薬を扱う病院から出された盗難品リストをチェックしたら、新たなことが判明しました」

秋山が机の上にあった書類を手に取った。

〈ナファモスタットメシル酸塩〉

紙の先頭に聞きなれない薬品の名が記されている。

「監察医の先生に聞いたところ、扱い方によっては危険な薬品です。加藤に注入されているのはこの薬のようです」

秋山の手から紙を受け取ると、田伏は詳しい中身を読み始めた。

〈効能・効果：膵炎の急性症状の改善　出血性病変又は出血傾向を有する患者の血液体外循環時の灌流血液の凝固防止〉

専門用語でめまいが起きそうだが、田伏は懸命に文字を再読した。

〈血液の凝固防止〉

田伏はデスクトップのスクリーンに目をやった。加藤の指先が鮮血に染まっている。最初に動画が再生され始めたとき、人差し指と中指の先端に赤い点が見え、そこからじわりと血が滲んでいたが、今は全く違う。左手に真っ赤な手袋を被せたような状態だ。

「血液の病気やその他の疾病で、血液が固まってしまう症状があるそうです。ナファモスタットメシル酸塩とは、血液の循環を円滑にするための薬剤だということです」

「正常な人間に投与したら？」

「出血した場合、血が流れ続け、最終的には失血死するそうです」

田伏は再度薬品の説明書きに目を向けた。

〈使用上の注意：出血を増悪させるおそれがあるので本剤の血液体外循環時の使用にあたっては、観察を十分に行い、出血の増悪がみられた場合には減量又は投与を中止すること〉

「ネット民が面白がって動画を再生するたびに、点滴の注入量が増えるようにセットされています」

秋山が口元を押さえ、言った。

〈通常、1回、ナファモスタットメシル酸塩10ミリグラムを5％ブドウ糖注射液500ミリリットルに溶解し、約2時間前後かけて……〉

詳しい適正用量はわからないが、顔色を無くした加藤を見ると、過剰な投与が行われているのは間違いない。それも興味本位でサイトを見に来た無数のネット民のクリックにより、加藤の死へのカウントダウンのピッチが上がり続けているのだ。

〈重大な副作用：〉

田伏は書類の別の項目に目をやった。

〈ショック、アナフィラキシー様症状があらわれることがあるので、観察を十分に行い、血圧低下、意識障害、呼吸困難、気管支喘息様発作……〉

「やべっ」

デスクトップのスクリーンを睨んでいた若手捜査員が突然叫んだ。田伏は秋山とともに画面に目をやった。

虚ろだった加藤の目が大きく開き、次いで口元を覆っている粘着テープがなんども動いた。副作用にある呼吸困難の症状なのか。

「なんとかしろ！」

中野署会議室に上田の怒声が響き渡った。

「おまえら、目の前で人が殺されそうになってんだぞ。早く犯人のアジトを割れ！」

上田は今にも近くの捜査員が使うノートパソコンを拳で叩き潰しそうだ。

「鑑識はどうみていますか？」

田伏が訊くと、秋山が力なく首を振った。

「地下室のようですが、どこからも光が差し込まない上に、内壁もこれといった特徴がないようでして」

鑑識課には犯行現場を見続けて得たスキルがある。背景に写り込んだわずかな木の葉や差し込む光の角度でどこの土地かを探り出すような能力を持つベテランが多数いる。だが、それもひまわりの前では無力だというのだ。

「絶対に助けるぞ！」

上田が再度叫んだとき、デスクトップパソコンのスクリーンに英語が表示された。

〈Game over〉

ＰＶ数を映すコマに、新たな文字が表示された。

映画制作の特殊技術を使っているのか。田伏の頭の中にふとそんな考えが浮かんだ。いや、違う。ひまわりはそんな回りくどいことをしない。

ほんの数時間前、田伏はひまわりの原風景である浜通りの景色をこの目で確認し、そこに住んでいた人々の生の声に接した。

強い怒りを心に抱えるひまわりが、面白半分でこんなことをするはずがないのだ。ひまわりのやっていることは、決して許されることではない。だが、今日会った浜通りの人たちが受け続けている仕打ちを考えれば、その仕返しとしてはまだ不十分なのかもしれない。いや、自分は警察官だ。どんな背景があるにせよ、殺人を許してはならない。

胸の奥に湧き上がった様々な感情に葛藤しながら、田伏は命を落としたばかりの加藤の顔を見続けた。

6

「な、警視庁舐めでらんだが」

こめかみにいくつも青い血管を浮き上がらせ、上田がライトニングの北見編集長の襟首をつかんだ。久々に聞く上田の津軽訛りだ。激昂しているときにしか出ない一課長のお国言葉に、周囲の空気が一瞬で凍りついた。

「課長、抑えてください」

秋山管理官が慌てて二人の間に割って入る。だが、柔道で鍛え上げた上田の腕力は強く、秋山は北見とともに廃工場の壁に押し付けられた。

「……許さねえ」

舌打ちした上田がようやく手を離すと、北見が激しく咳き込んだ。上田はもう一度北見を睨みつけると、渋々一課の捜査員たちの後方に下がった。

「北見さん、詳しく話をうかがいますので、中野署へご同行願います」

秋山が北見を見下ろし、強い口調で言った。新興ニュースサイトの編集長は殊勝に頷く。

秋山に背中を押され、北見がとぼとぼと捜査車両に向かう。その後ろ姿を見送り、田伏は煤けたトタンの外壁に体を向けた。

薄曇りの空から、わずかに朝の陽射しが灰色の壁に当たる。時刻は午前八時二〇分、白黒や濃いグレーの警察車両が大量に押しかけた新宿区のはずれ、山吹町の一角に人だかりができ始めた。

「またひまわりに先回りされましたね」

長峰の言葉に、田伏は両手の拳を強く握りしめた。どんな方法でライトニングの加藤をおびき出したのかは不明だが、ネットを使った公開処刑は極めて残忍な手口だった。閲覧者が当該ページにアクセスするたびに劇薬の投与量が増える仕組みで、日本の犯罪史上例を見ないケースとなった。そのひまわりは死体の遺棄についても警察を出し抜いてみせた。

ひまわりは加藤を殺害後、秘かに中央新報とライトニングにメールを送った。その中身は、実に凝ったものだった。まずは両社に対して新宿区大久保にあるコインロッカーを提示し、その中に加藤の死体遺棄現場のヒントを残したのだ。

中央新報はメール着信の一時間後、社会部の斎藤が上田に連絡を入れた。特ダネよりも人の生き死にが関わっている。警察の捜査が優先するという至極真っ当な判断をしたためだ。

上田の指示により、中野署捜査本部の若手とベテラン捜査員コンビが覆面車両で新宿の職安通りと大久保通りを結ぶ小路、韓流ショップめぐりをする女性客たちのために設置されたコインロッカー群の一つにたどり着くと、ライトニングは北見編集長以下五名のスタッフが指定先を探している最中だった。

ここでも上田の勘が冴えた。中央新報だけでなく、ひまわりはライトニングも悪用するはずだと考えていた上田は、慎重に様子を見守るよう指示した。二人の捜査員がライトニングのスタッフを秘かに行動確認すると、北見らは目的のロッカーからひまわりが残したメモと鍵を入手したことがわかった。

覆面車両で北見らが乗ったタクシーを追尾すると、中小の製本業者や印刷会社が軒を連ねる山吹町の廃工場にたどり着いたのだ。

廃工場に踏み込もうとした北見らを、ベテラン捜査員が職務質問(バンカケ)すると同時に、内部に入って加藤の遺体を発見した。これが一時間半前の出来事だった。

「SSBCはどうしてる？」

田伏は傍にいた中野署の若手捜査員に尋ねた。

「そろそろ画像を回収し終える頃ですね」

若手は新目白通りの方向に目をやり、言った。

「なにか手がかりが出るといいのですが」

「いや、見つけなきゃならん」

田伏は自らに言い聞かせるように呟いた。長峰とともに一時間前に現着すると、田伏は廃工場の周囲を歩き回った。すると、前の三件と同じように廃工場の周囲半径四〇〇メートルに防犯カメラがないことが確認できた。ひまわりが周到に準備をしていたのは間違いない。前の三件と違うのは、遺体を運んでいる点だ。薄暗いとはいえ、なぜ目撃情報が一つもないのか。

「田伏さん！」

廃工場の壁に付いた水垢のシミを見つめていると、長峰が叫んだ。声の方向を見ると、長峰が眉間にしわを寄せ、スマホを睨んでいる。田伏は長峰の傍に駆け寄り、その手元を凝視した。

〈予定外でしたが、ひまわりは加藤の暴言を許せませんでした　さあ、今度は本当に大物がターゲットです〉

否応なく見慣れてしまったライトニングの画面ではなく、見たこともない文字がタイトルに付いた動画サイトから発せられたメッセージだ。

「ケニアのサイトからです」

「もうこれ以上は絶対にやらせない」

田伏の言葉に、長峰も頷いた。

7

「一週間後、全捜査員の退職願を集める。もちろん、俺も刑事部長に提出するつもりだ。いいな、おまえら肚を決めろ」

今までの怒声とは違う。中野署会議室の幹部席で上田が唸るように言い、席に座った。重苦しい空気の中、全捜査員が低い声ではい、と告げた。

「それではSSBCの報告を」

上田の代わりに秋山が立ち上がり、田伏の前方に控える専門捜査員の顔を見た。

「推定される遺棄の時間帯は午前五時前後から同六時半頃です。現場(げんじょう)の周囲一キロにわたって防犯カメラの類いから画像を回収しましたが……」

担当者の声が消え消えとなる。だが、秋山は顎を動かし、先を続けるよう促した。

「早朝のため、散歩をする近隣の老人夫婦など地元の住民ばかりでした。この点については、機捜の面々が初動で聞き込みを実施した結果と全て合致します」

「他には？」

腕組みし、両目を閉じたままの上田が尋ねた。短い一言だが、刺々しい苛立ちの感情がこもっている。

「山吹町だけでなく、近隣の西五軒町、東五軒町、神田川対岸の文京区の関口一帯にも範囲を広げましたが、前三件の現場周辺を走っていた車両と一致するものはありませんでした。時間が時間なだけに、新聞配達や青果・鮮魚の輸送車、それに宅配業者や近隣県から道路工事や建築現場に向かっている業務車両が中心です」

担当者の言葉に、田伏はわずかに顔を上げた。なにかが引っかかる。漠然としているが、今まで現場に足を運び、数多くの動画や写真をチェックした過程でも感じたぼんやりとした〝なにか〟だ。同時に、小高の双葉食堂の店先の光景が蘇った。猪狩は客の一団をすべてファインダーに入れるため、広角レンズを装着していた。

「どうしました？」

隣席から長峰が小声で言った。

「ちょっとな……」

首を振り、田伏は幹部席の方向に顔を向けた。もやもやの根源はわからない。だが、今回の捜査に関わった中で、なにか見落としがあるような気がしてならない。なぜ誰にも姿を見られることなくひまわりは四件の犯行が可能だったのか。

「それでは、鑑取り班からの報告を。まずは河田さんの分についてお願いします」

「では、私から説明を」

中野署の若手捜査員を束ねていた本部一課の同僚警部補が立ち上がった。河田にはどんな隠れた一面があったのか。田伏は手帳を取り出し、ペンを用意した。

「河田さんはお金に困ると、トイプードルやチワワを使って小遣いを稼いでいたようです。これは六本木のキャバクラの複数の同僚たちから聴き出しました。六本木や新宿の繁華街では、ペットロンダリングと呼ばれる行為が横行しているようです」

ロンダリングと言えば、マネーではないのか。暴力団関係者や武器商人などが使う金の洗浄行為は知っているが、なぜ犬がそんな対象になるのか。

「俄かには信じがたかったのですが、トイプードルやチワワ、ヨークシャーテリアなどの小型犬が実際に対象になっていました。鍵は繁華街によくあるペットショップです」

繁華街のペットショップという言葉に触れ、田伏の頭の中に歌舞伎町や六本木、あるいは錦糸町など夜の街角が浮かんだ。

「ネット上で個人間売買ができるアプリがあるのをご存知でしょうか？」

中野署担当の警部補が声をあげた。娘の麻衣がサイズの小さくなったブラウスをスマホのアプリ経由で売っているのは知っていた。だが、なぜペットなのか。

「キャバクラの客と同伴する、あるいは店がはねたあとのアフターで、子犬を買ってほしいとねだる。その後、アプリの里親募集機能を使う。大まかにこういう仕組みでした」

警部補によれば、大手の個人間売買アプリの中に、ペットの里親を募集する特殊なサービスがあるという。病気や転勤などやむを得ない理由がある、あるいは近所で子猫を保護したが飼育できない……そんなのっぴきならない事情を持つ人と、子猫や子犬の里親になろうという人たちをつなぐのがサービスの目的だという。

「河田さんは客に買ってもらった子犬をアプリに載せるとき、そのトイプードルやチワワとツーショットを撮り、いち早く顧客をつかんだそうです」

そう言うと、警部補はプリントされた写真を複数掲げた。アプリのサービス提供会社から取り寄せたのだろう。

「彼女はモデルであり、かなりの美人です。ツーショット写真の効果は絶大で、すぐに貰い手がついたそうです。ただ、そこからが問題でした」

警部補の声のトーンが沈んだ。それによれば、里親に名乗りをあげたのはいずれのケースも男性であり、そこに河田の本当の目的があったのだと説明を加えた。

「子犬の受け渡しは原則的に面会してという決まりですが、彼女は度々宅配便を使っていたようです。河田さんは衣類だと偽って子犬を送り、輸送途中で死んでしまったこともあるとの証言が得られました」

清楚な美人が生き物を宅配便で送りつける……やはり人間は見かけでは判断できない。田伏は短期間で再度鑑取りした警部補に頭が下がる思いだった。

「本来は里親募集では交通費しか請求してはならない決まりなのですが、彼女の場合〈急に引越しが決まってお金が足りない〉〈留学費用を貯めている〉〈家族が入院している〉などと言葉巧みに男性らから金を巻き上げていたようです。これから裏付けに動きますが、すでに三人の男性と連絡が取れています」

警部補の説明に捜査員たちの間から低いうなり声が広がった。調べが着実に前へと動き出したことを評価する声、そして河田の意外な一面に触れた驚きの声が半々だ。

「一連の彼女の行動は、動物愛護関係のＮＰＯの知るところとなり、最終的にアプリから出禁を食らったようです。ちなみに、このＮＰＯは東日本大震災で被災し、ペットを飼えなくなった人たちを救済するために福島県郡山市に設立され……」

警部補の言葉を聞き、田伏はペンを止めた。また、福島だ。田伏がそう感じた瞬間、説明役の警部補と目があった。

「田伏・長峰班の調べた〈福島〉というキーワードについて、河田さんの投稿履歴を再度当たりました。すると、このNPOを激しく非難し、中傷するツイートが裏アカウントにありました。以上です」

〈福島〉というキーワード、そしてこの地名を激しく揶揄、中傷する投稿は平岩と特徴が一致する。そして昨夜公開処刑されたライトニングの加藤も福島について聞くに堪えないコメントを発した。〈ごせっぱらやける〉という地元言葉、飯舘村に広がっていた一面のひまわり畑……犯人(ホシ)は福島に対する日本中の偏見に怒り、前代未聞の犯行に及んだのだ。

「それでは、粟野氏関係の報告をします」

今度は牛込署刑事課のベテラン巡査部長が立ち上がった。

「田伏警部補が掘り起こされた〈福島〉というキーワードですが、粟野氏の周辺を洗い直したところ、やはり出てきました」

巡査部長も田伏に目を向け、言葉を継いだ。

「長峰巡査長の調べにより、粟野氏はツイッターの裏アカウントで原発事故以降、福島からの避難者に対する罵詈雑言を繰り返していたことがわかりました。ところが、周辺を調べてみると別の一面が見えてきました」

幹部席にいる上田や秋山をはじめ、捜査員全員が巡査部長を凝視した。

「粟野氏は町内会の防犯活動に熱心なことで知られていましたが、友人や近隣住民の声をつぶさに拾うと、極端な恐妻家であったことがわかりました」

恐妻家だからどうだというのだ。田伏はいささか肩透かしをくらったような気がした。

「結論から言えば、夫人が病的な福島嫌いでありまして、彼女が家庭内で福島関連のニュースや記事に触れるたび、夫である粟野氏につらくあたっていたようです」

一回咳払いしたのち、巡査部長が話を続けた。国立の著名女子大を卒業した夫人は大手都市銀行に秘書として採用され、取引先の営業マンだった粟野と見合い結婚をした。新婚当初は仲睦まじい夫婦だったが、時とともにその姿が変容したのだという。私大卒でなかなか出世しない夫に対し、プライドの高い妻は次第に口汚く罵り始め、年を追うごとにエスカレート。粟野が定年退職して常に家にいるようになると、その度合いはさらに酷くなったと明かした。

「世に言うモラハラというやつで、粟野氏の全人格を否定する罵詈雑言が続いたそうです」

六年前の原発事故直後、夫人は高学歴な同窓生たちとガイガーカウンターを手に近隣の放射線量を測定して回り、福島の産物を危険視するようになったという。

「マンションの隣人からこんな話も聞きました。ある日、宅配業者が台車に荷物を載せて配達に訪れた際、夫人は自分の荷物の隣に〈福島の果物〉とプリントされた箱を発見し、激怒したというのです」

また福島だ。それも偏った見方のみを信じ、自らの考えを頑なに変えず、一方的に福島への悪意を募らせる典型例だ。長峰が教えてくれた著名な心理学者の言葉が蘇る。

「福島産の果物は聞き込みした隣人宛ての荷物だったそうです。夫人は同時に運び込まれた自分の衣料品が放射能に汚染されたので、弁償しろと配達員に迫ったそうです」

どうしたらそんな利己的な考え方ができるのだろう。田伏は手帳に巡査部長の発言要旨を書き込んだ。

「配達員は困惑して荷物を持ち帰ったそうですが、会社のお客様相談室でも夫人のクレーム対応に苦慮したそうです」

巡査部長の報告に捜査員たちが黙り込む。福島に対する身勝手な思い込みと言動で、どれだけ周囲の人間に迷惑をかけ、そして傷つけるのか。粟野家を訪れたとき、夫人は狼狽するばかりで、そんな一面は一切見せなかった。ネット上の罵詈雑言の裏側にはこんな人間の醜い部分が付随していたのだ。

「粟野氏は夫人から受けたストレスの捌け口としてネットでの中傷投稿を繰り返したものと推察されます。これらを勘案するに、ひまわりはある意味で本来の目的とは別の人物を殺してしまったのかもしれません。友人や隣人の証言はのちに報告書としてまとめます。以上」

ひまわりはネット上で福島に関して口汚く罵る輩をあぶり出し、より悪質な人物を手にかけた。だが、ネットというのは人間のごくごく一部分の感情を映したものでしかなく、巡査部長の言うように、本来は粟野ではなく夫人が餌食となるはずだった。

「それでは、今後の捜査方針に関して……」

幹部席で秋山が立ち上がり、人員配置の見直しに関する説明を始めた。田伏は捜査会議で取ったメモを見返した。右肩上がりの自分の文字で〈福島〉という言葉が至る所に登場する。

二、三枚ページを繰る。やはり、〈福島〉という文字だ。もう一枚、ページをめくった途端、田伏は手を止めた。〈福島〉のほかに、頻繁に登場する言葉がある。先ほどまで胸の中にかかっていた靄が、もう一つの言葉で一気になくなった気がした。

「すみません、ちょっといいですか！」

手帳を持ったまま、田伏は手を挙げた。もう一度、小高の食堂の店先の光景が頭をよぎった。猪狩がレンズを広角に付け替えなければ、この一点には行き着かなかった。ＳＳＢＣのような専門部隊でも気づかなかったのは、ひまわりが熟慮し、周到に準備した結果だった。

8

首相官邸で災害関係閣僚による調整会議を終えた葛西は、前日置き忘れた資料を取りに第一議員会館の事務所に立ち寄った。

するとドアを開けた途端、女子大生のアルバイトと目があった。女子大生は固定電話の受話器の通話口を手で塞ぎ、思い切り顔をしかめている。

「大臣、大変です」

「なにかあった？」

女子大生は保留ボタンを押し、受話器をそっと置いた。すぐに葛西の傍らに駆け寄ると、耳元で告げた。

「週刊新時代の大畑康恵という記者から取材の申し込みです」

「新時代がどうしたの？」

週刊新時代は度々政界や芸能界の暗部を抉ってきた業界トップの週刊誌だ。その名を聞いた途端、自分でも怖いくらいに肩が強張っていくのがわかった。平静を装え……。葛西は強く自分の心に念じた。

「大臣と古池という人の関係についてコメントをもらいたい旨の電話ですが……」

女子大生が恐る恐る言った。

「連絡先を聞いておいて。あとでかけ直すから」

短く告げ、葛西は自分の執務室のドアを開けた。駆け足で、事務机に向かう。鼓動が速まるのが手に取るようにわかる。

なぜバレた……どこで尻尾を摑まれたのか。様々な思いが頭の中を駆け巡る。政治活動に専念するため、必死に走り続けてきた。だが昨年、地元支援者の結婚式に出席した際、商工会長や農業団体幹部に酌をして回る自分に不意に寂しさを感じた。東京に戻り、深夜の麻布十番のイタリアンレストランで一人食事を摂っていたとき、あの男と出会った。

低いながらもよく通る声の持ち主で、遠近両用メガネを額に載せた男は舞台俳優の古池諒太郎（りょうたろう）と名乗った。名を聞いたとき、アナウンサー時代なんどか仕事の合間に行った下北沢の小劇場の舞台の残像が蘇った。

シェークスピアのマイナー作品を日本の古武士の愛憎劇に仕立て直したものに、主役として出演していた役者が古池だった。

シラーの渋めのワインを共にするうち、古池の強い視線に引き込まれた。その後、なんどか深夜の食事を経たのち、男女の関係を結んだ。自分は現役の大臣で、古池は舞台のほか、最近とみにテレビでの露出が増え始めていた。古池は五三歳、三度の離婚を経て現在独身であり、葛西も独り身だ。泥沼の不倫劇が好きな週刊誌やテレビの情報番組に不実を問われるようなことはないが、自分はあくまで閣僚だ。かつてなんどかプロ野球選手との逢瀬をすっぱ抜かれた経緯もある。相手が古池という俳優ならば、ゴシップメディアは興味本位でベタ張り取材を始めるだろう。

頭の中に渋面で目が笑わない官房長官の顔が浮かんだ。福島からの自主避難者に対する厳しい措置を盛り込んだ私案を発表したあとも、言葉遣いに細心の注意を払うようお説教を食らったばかりだ。ゴシップが出たら、さらに減点されてしまう。次期改造内閣での留任を狙っている身の上としては、なんとしても熱愛報道は回避しなければならない。

週刊新時代はどうやって二人の関係に気づいたのか。いや、誰かがタレ込んだのかもしれない。閣僚ポストに中々空きが出ないため、大臣になりたい先輩議員たち三、四〇人が焦れながら待っている。脂ぎった中年男の顔がいくつも浮かんだ。誰かが刺したのだ。

「大臣、聞いておられます？」

葛西はいつの間にか目の前にいた女子大生の声で我に返った。

「なに？」

葛西が答えると、女子大生が携帯電話の番号とメールアドレスが書き込まれた小さなメモ用紙を差し出した。九段下にある老舗出版社の名前がある。

「一つ、お願いしたいんだけど」

「なんでしょうか？」

「議員会館からこっそり抜け出したいの」

葛西がそう告げると、女子大生が頷いた。

「SPさんにも知られぬようにですね？」

女子大生が真剣な顔で言う。葛西は両手を合わせ、頷いた。

9

「そっちは何台が写り込んでいる？」

「二台です」

田伏の周囲で、捜査本部に詰めている三〇人程度の刑事たちが一斉に写真と防犯カメラに写った動画をチェックし始めた。

一時間半前、鑑取り班の再捜査報告を聞きながら、田伏は一つの結論を導き出した。ひまわりがなぜ犯行現場付近で防犯カメラに写り込んでいなかったのか、その謎が解けたのだ。

四つの事件のあと、ひまわりは忽然と姿を消した。その不可思議な現象も、角度を変えてみれば当然だった。田伏をはじめとした捜査員は、その目にしっかりと映っていたものをすっかり見落としていたのだ。まさしく盲点と言える事柄だった。

「タケル運輸や提携している下請け会社の車両が多いですね」

画像の解析作業に加わっていた中野署の若宮が言った。大きな体を折り曲げるように、若宮はＳＳＢＣが残した静止画を睨んでいた。

福島という共通項のほか、田伏は自分の手帳に刻まれた〈宅配便〉の文字に目が釘付けとなった。四件の現場に対しては、捜査本部の全メンバーが不審な車両や不可解な動きをする人物ばかり注視していた。四人も殺した凶悪犯だ。周囲を行き交う人波とは違う異様な殺気を纏い、歩いているはずだ。もしくは盗難車やレンタカーを使うのではないか、などと捜査員はそれぞれの先入観で調べを進めていた。

一方、ひまわりはその点も計算に入れ、逆手に取ったとみられる。タクシーや宅配便の車両はあたりまえの風景として街に溶け込む。凶悪事件が発生し、幹線道路で検問が行われる際もこうした業務用車両ははなから除外されるケースが多い。仕事をしているから、悪事を働く余地がない。そんな思い込みが警戒のハードルを一気に下げてしまう。猪狩は全ての人をファインダーに入れるため、広角レンズを装着した。田伏は、広角レンズをヒントに、防犯カメラの検索映像を広めに取り、その中から宅配業者が浮上したのだ。

「過去の配達履歴も調べてくれ」

熱心に画像チェックする捜査員に向けて田伏が言うと、鑑取り班の本部の同僚警部補が手をあげた。

「粟野家、河田さんの配送を担当した者が誰だったのか、今、タケル運輸に照会中だ。もう少し待ってくれ」

「徹底的に洗ってくれ」

田伏の言葉に同僚警部補が力強く頷いた。粟野、河田は宅配便でトラブルを起こしていた。河田については、トイプードルを運んだドライバーがひまわりだったかもしれない。担当のドライバーが防犯カメラに写り込んでいたら、それだけひまわりにつながる鑑が濃くなる。同僚警部補の背中を見ながら、田伏は祈るような気持ちで言った。

「こいつだ！」

突然、捜査本部中を震わすような声で長峰が叫んだ。

「どうした？」

田伏は慌てて長峰の指定席、会議室後方隅のパソコンが置かれた机に駆け寄った。

「わかりましたよ、こいつがひまわりです。間違いない！」

プリンターから吐き出された紙を手に、長峰が言った。ひったくるように長峰から取り上げると、田伏は顔写真付きの資料を凝視した。

〈馬目（まのめ）崇延（たかのぶ）〉

名前の横に、頬がげっそりと痩けた青年の顔写真が載っている。一九八四年五月生まれ、福島県双葉町出身。元写真係・猪狩の故郷である富岡町より北にある海沿いの町だ。ここで生まれた馬目は、いわき市の県立高校を卒業後、東京の私大理学部に進学し、卒業後は都内にある複数のソフトウェア会社に勤務したとある。

「こいつが真犯人(ホンボシ)なのか?」

いつの間にか、田伏の背後に上田がいた。

「この男の母親が飯舘村の出身ということがまず一点」

上田の声に反応した長峰が力一杯エンターキーを叩く。すると、プリンターから何枚も新しい紙が吐き出された。

「もう一つの理由は、彼の妹が自殺に追い込まれたという事実です」

プリンターから出てきた紙をつかむと、田伏は一心不乱に文字を目で追った。上田だけでなく、周囲にいた捜査員たちも続々と田伏の周りに集まってくる。

「原因は?」

上田の問いに、長峰が即座に答えた。

「原発いじめです。色々馬目の背後を調べていくと、亡くなった妹さんに行き着きました」

故郷が汚され、その後も中傷を浴び続けているというほかに、肉親までも亡くした男。この馬目という男が真犯人であるならば、母の大切な故郷を汚し、その上、いわれなき中傷をくり返す人々にすさまじい憎悪の念を抱いたはずだ。母の生まれた土地を、覆うはずのなかった「ひまわり」。その異形に馬目は怒りを凝縮させたのだ。

原発事故で故郷から避難した人々が、様々な誹謗中傷の対象となり、児童や生徒たちがいわれなきいじめを受けてきた。原発事故から六年以上が経過した今、様々なメディアが卑劣極まりないいじめの実態を取り上げている。資料の文字を目で追いながら、田伏は息を飲んだ。

〈相模原市のアパートで若い女性自殺　震災被害で避難中に〉

長峰が最初に選んだのは、一年前の中央新報の社会面記事だった。

〈……神奈川県警によると、首を吊って亡くなった女性（30）は関東電力福島第一原発近くの双葉町出身で、同原発事故のあと関東に避難していた。県警は震災関連の中傷などがなかったか、慎重に背後を調べるとしている〉

通常、著名人でもなければ自死のニュースが紙面に載ることはほとんどない。神奈川県警がどのような判断で記者クラブに公開したのかはわからないが、〈震災被害〉〈避難中〉という二つのキーワードがなければ、この若い女性の死は世間に知られることはなかった。

田伏は次の紙に目をやった。今回の一連の捜査でなんども目にしたネット上の〈まとめ〉

と呼ばれるサイトの一つだった。

〈相模原で自殺したのは、馬目容子（ようこ）　福島県双葉町出身　県立いわき実業高校卒、東京の美容関係の専門学校を……〉

サイトの投稿は匿名の〈調べ隊五号〉という人物が発したものだ。

「ネット上には暇人が掃いて捨てるほどいます。ちょっと話題になりそうなネタに飛びつき、自分のサイトへ一般人を誘導して広告収入を増やそうという魂胆でして、ライトニングのような半端なネットメディアと構造は一緒です」

田伏の対面で長峰が言った。

「容子さんの件、この〈五号〉という輩はどうやって調べたんだ？」

「ネット上に落ちている断片情報をつなぎ合わせるのです。双葉町の学校や同窓会など片っ端から検索をかけ、個人のツイッターやフェイスブックなどもあたります。双葉町は関東に比べたら人口が少ないので、検索は比較的容易だったと思います」

説明を聞きながら、田伏は文面に目を走らせた。

〈田舎から首都圏に来て、美容師を目指していたもよう。スタイリストとして一本立ちできず収入も不安定だったので、一旦故郷に帰った〉

地方から東京を目指し、多くの若者がやってくる。馬目容子という女性もそのうちの一人で特段珍しいケースではないが、彼女の運命を一変させる出来事が六年前に起こった。

〈原発事故のあと、彼女は再び上京して新宿歌舞伎町あたりでキャバ嬢のバイトやってたみたい〉

五号の報告の下段には、肩を出し中年男性とカラオケで歌う若い女性の写真があった。

〈一応、名目は避難なんだって。でもさ、おかしくね？　いっぱい賠償金もらってさ、そのあげくキャバ嬢だよ〉

五号という人物が男性なのか女性なのかはわからないが、文面には明らかに悪意がこもっている。

〈だいたいさ、避難とかっていってもこんな奴らばっかりなんだよ。関東電からたっぷりもらってさ、それでもキャバ嬢って、ホストにでも入れ込んで、挙句パンクしたから首吊ったんだよ〉

今度は五号ではなく、まとめサイトのニュースを読んだ〈未来への遺産〉というアカウント名の人物だった。このほかにも、五号に賛同する匿名の書き込みが二〇以上並んでいる。容子という女性がどのような人生の軌跡をたどったのかは、田伏にはわからない。だが、他人が調べた嘘か本当かわからない情報に、これだけ悪意のこもったコメントを寄せる人間は、どんな素顔を持っているのか。田伏は胃液が逆流するような不快感を覚えた。

「この話は本当なのか？」

田伏が思いを言葉に載せると、長峰が強く首を振った。

「暇なバカ共が勝手なことを書いただけです。それより、こちらが気になりました」

長峰が別の紙を取り出した。

「容子さんがアルバイトしていた歌舞伎町の店は、平岩氏が経営していたクラブです」

「なるほど、ここで接点があったわけだな」

長峰が言葉を継ぐ。

「色々SNSを調べたら、こちらが出てきました。容子さん本人が発信したものに間違いないと思います」

長峰が別の紙を差し出した。ツイッターの投稿をプリントアウトしたものだ。容子のユーザー名は〈@yoko_futaba〉となっている。容子のフォロワーは二〇人程度と少ない。容子は好きな男性タレントや福島の地元二紙のニュースなど五つのアカウントをフォローしていた。

〈美容室の面接、今日もダメだった……。『福島出身って聞くと嫌がるお客様がいる』だって。それって、なにか私に落ち度があるの？〉

〈なんで酔っ払い客にこんなこと言われなきゃならないの。『福島出身だから一生子供が産

めない』なんて〉

〈別の客にも言われた。閉店時に照明が落ちた時、『おまえだけ放射能で光って見える』だって〉

〈店のオーナーも守ってくれなかった。お客が嫌がるから出番減らすって。ひどくない？〉

田伏は顔を上げた。肩越しに投稿を読んでいた上田の眉間に深い皺が刻まれている。対面の長峰の顔も怒りで引きつっている。

〈兄ちゃんも仕事少ないようだし、ウチの家族はこれからどうなるの？　双葉は帰還困難区域のままだし、これじゃ難民だよ〉

容子が吐き出した〈難民〉という言葉が田伏の心臓を鷲づかみにした。新聞記事などによれば、原発事故後六年以上経過しても依然一〇万人規模の避難民が存在する。国に見捨てられ、心無い偏見や中傷にさらされている人も少なくない。馬目容子という若い女性は、難民という言葉を残し、自ら命を絶った。

「気の毒としか言いようがない。だが、これを恨んで殺しをやっていいという理屈にはならん」

唸るような声で、上田が言った。同感だ。自分の身内が同じ目にあったら。田伏も怒りを爆発させるだろう。しかし、いくら酷い中傷や仕打ちを受けたとしても、それを殺人の動機に転化するのは絶対に許されることではない。

「確認取れたぞ！」

田伏の背後で同僚警部補の声が響き、乾いた靴音が近づいてきた。

「タケル運輸の配送記録が取れた。粟野、河田両名の自宅に出入りしていたのは、馬目という孫請け業者のドライバーだ」

同僚警部補が田伏の目の前に細かい文字が印刷された業務日誌のコピーを差し出した。

「通販の荷物が爆発的に増えたんで、タケル運輸の下請けがさらに小さな運送業者を使っていた。馬目というのは、そこの臨時雇いだったようだ」

同僚警部補の話を聞いた途端、上田が口を開いた。

「馬目という男の自宅（ヤサ）を割れ！　一分一秒も惜しい。馬目の身柄を押さえろ！」

上田がありったけの声で叫んだ直後、幹部席で分析作業をしていた若手たち、そして長峰が同時に驚きの声をあげた。

「ひまわりが動きました！」

田伏は長峰の手にあるスマホを覗き込んだ。

〈大物の捕獲完了！　近日中に処刑する〉

10

葛西はゆっくりと目を開けた。瞼(まぶた)が鉛か鉄のように重く感じる。周囲は薄暗く、埃(ほこり)っぽい空間だ。腕時計で時間を確認しようと肩を動かすが、両手の自由が利かない。首を動かしてみると、両手は粘着テープで古い事務用椅子の肘掛けにがっちりと固定されていた。

「お目覚めですか、大臣」

背後で男の声が響いた。聞いたことのある声だ。首を動かそうとすると、肩や後頭部が鈍い痛みを発する。なぜこんな場所にいるのか。声の主は誰なのだ。葛西は懸命に記憶をたどった。

会議の後、議員会館の事務所に資料を取りに立ち寄った。すると、週刊新時代の大畑という女性記者からの問い合わせが入っていることを知らされた。誓ってふしだらな関係ではないが、現役閣僚と人気俳優のゴシップは世間を必要以上に騒がせてしまう。女性記者の追跡をかわすため、一晩か二晩程度、行方をくらますことを企てた。

事務所の女子大生アルバイトが考えたのは、議員会館に出入りする宅配便ドライバーを利用するという手段だった。一万円のチップを弾むと、二週間ほど前から会館に出入りを始めたというドライバーが大型の段ボール箱と台車を事務所に運び入れた。葛西は組み立てられた箱に体を丸めて入り、台車に乗って会館の外に出た。そうだ……段ボールごと車に積み込まれたところまでは記憶がある。箱の中からどこを走っているのか尋ねたとき以降、記憶が途切れてしまった。

「ここはどこ？　今は何時なの？」

葛西の問いかけに、背後からクスリと小さな笑い声が聞こえた。

「ずいぶんとお疲れのようでしたね。事務所を出てから六時間、大臣はずっとお休みになられていました。無論、睡眠導入剤も効きました」

男が淡々と告げた。六時間……週刊誌の取材という突発事項がなければ、今頃当選同期の代議士たちと赤坂の中華料理屋で定例の勉強会に出席しているだろう。次第に意識がはっきりしてきた。なぜ自分は埃っぽい倉庫のような場所で体の自由を奪われているのか。

「悪い冗談はやめて、テープをほどいて」

葛西は声を張り上げた。

「冗談ではありません。ひまわりの最終的なミッションがこれから始まります」

男の口から「ひまわり」という言葉が出た。その途端、テープで固定されている両腕が一気に粟立った。

「ひまわりって……」

　昨日の夜、官房副長官から動画メールが回ってきた。加藤というネットニュースの専属ライターが公開処刑される一部始終の動画を早回しにした内容だった。犯人はモデルやタクシー運転手、そして老人を殺した凶悪犯で、加藤は四人目の犠牲者だった。官房副長官のメールには、警視庁が全力で犯人を追っている旨のメッセージが添付され、万が一のことを考慮し、現役閣僚に対するＳＰの警護も普段より厳重に行うと記されていた。

「ひまわりがなぜ四人を殺したのか、その理由はおわかりでしょうか？」

　男の声に薄気味悪い笑いが含まれている。顔が見えない分だけ怖さがつのる。

　臨時で開催された閣議後の閣僚懇談会で、国家公安委員長がバツの悪そうな顔で犯人の手がかりがないことを報告した。所管大臣である国家公安委員長が事件の端緒をつかんでいない以上、自分に理由などわかるはずがない。葛西が微かに首を振った時、両肩に男の手が載った。

「河田、平岩。そして栗野は一般人ですが、ネット上での暴言が度を越していました」

　耳の近くで男の低い声が響く。同時に男が右肩の上でなんどか指を動かす。答えを急かすように人差し指と中指が自分の肩の上でカウントを取るような動作を繰り返している。

「わからないわよ」

喉がからからに渇いていく感覚を覚えながら、葛西は小声で答えた。

「ネットニュースのインチキライターの動画はご覧になりましたか？」

「ええ……」

外務大臣と農水大臣の二人が首相官邸の車寄せで自分たちのハイヤーを待つ間、スマホで動画を見ていた。外務大臣はホラー映画の予告編を見るような目つきだった。ネット民が興味本位で動画サイトにアクセスするたび、その数に応じて劇薬がライターの体内に注入される仕組みだった。

「加藤というごろつきライターは予定外でした。それでは、大臣に大きなヒントを差し上げましょう」

男はそう言うと、左手を伸ばした。葛西の眼前に横向きのスマホが現れた。画面には殺された加藤という男がスタジオでマイクを前に興奮気味に話す姿が映し出されている。

〈汚染され、放置された危険地帯福島の出身、あるいは所縁のある人物なら、ぜひ当編集部に真意を伝えてくれないでしょうか〉

〈放射能まみれ、汚染されたままの福島をなんとかしたい。政府に言いたいことがあるのか。ひまわりさん、ごせっぱらやけるのであれば、ぜひ教えてください〉

奇妙な形に口を歪ませ、加藤がまくし立てている。

「……加藤とほかの三人は、私の故郷の名誉とそこに暮らす人たち、強制的に避難を強いられた者たちを徹底的に傷つけました」

男がゆっくりとした口調で言った。駄々っ子を諭すような優しい声音だったが、葛西の両腕から背筋にかけて鳥肌が広がった。

「大臣も随分と酷いことを仰った。今、ここで撤回するお気持ちはありませんか？」

目の前の動画を停止させたと同時に、男が言った。福島……。事件の鍵は原発事故で一変した東北の地だったのか。

「間違ったことを言った覚えはありません」

これはテロだ。福島にどんな縁がある男かはしらないが、逆恨みであり、自由な発言を封じようとしているのは間違いない。テロには絶対屈してはならない。かつて、日本人ボランティアがアフリカの地でイスラム原理主義のゲリラによって身柄を拘束され処刑された際に、芦原総理は毅然と言い放った。今は自分が人質となっている。だが、政治家として、テロに屈するわけにはいかないのだ。

「あなたが選挙区で訪れた団地の男性、どんな人か知っていますか？」

「賠償金でギャンブル、風俗通いするような自堕落な中年男よ」

そう話したとき、あの男の住む部屋のすえた臭いが蘇った。室内干しの洗濯物がカビ臭く、コンビニの弁当や惣菜の残滓が腐った臭いも混じっていた。

「彼は腕の良い漁師で、鰈(かれい)や鮃(ひらめ)漁の名人だった」

男の声のトーンが低くなった。

「それがどうしたの?」

「彼の両親と妻、二人の娘は今も見つかっていない。津波に攫われたからだ」

男の声が突然途絶えた。たしかに背後に男の気配は感じる。だが、突然口を噤まれると、言いようのない恐怖が湧き上がる。

「だから、どうしたのよ?」

葛西は声を振り絞って訊いた。

「大臣、あなたはアナウンサー時代にニュースからバラエティまでこなす器用な人だった。それが今は政治家になり、大臣の重責を担うまでになった」

「そうよ」

「器用で、行く先々で注目を浴び続ける人間は日本中にごくわずかしかいない」

「だから、私のキャリアと彼がどう関係するの?」

「彼の家は先祖代々、楢葉(ならは)という町で暮らす漁師の家だった。彼は浜通りの海しか知らない。そんな不器用な人間が突然家族を亡くし、その行方を探すことさえできず、他の地域へと強引に誘導され、不自由な避難生活を強いられた」

「それは彼だけの話じゃないでしょう。賠償金だってあったんだから。甘えているのよ」

葛西が言うと、男が深いため息を吐いた。

「あなたのように周囲に恵まれ、器用に、強く生きられる人は一握りだ。大多数はあの漁師のように弱い人間ばかりだ」

自分の目の前に頬が痩け、青白い青年の顔があった。薄暗い室内のため、顔の半分しか表情がわからない。ただ、小さなライトに照らされた右目は、うっすらと涙をたたえているように見えた。

「あなた、誰なの？」

「誰だと思いますか？」

「本物のひまわり、なの？」

葛西が言うと、男はどこからかキャップを取り出し、目の前でそれを目深に被った。すると記憶の糸がつながった。議員会館に出入りを始めたばかりのあの男だ。

「……あなたは」

「そう、私がひまわりです。電源タップ型の盗聴器を事務所に設置して以降、大臣の行動と発言は全て把握していました」

帽子のつばのせいで、男の表情がほとんど見えなくなった。

「私をどうするつもり？」

「大臣という重責を担われている方ですので、きつめのレクチャーを受けていただきます」

そう言ったきり、男は口を閉ざした。

「レクチャーってなによ！」

葛西がありったけの声で叫んでも、男は反応しない。暗がりの中で、ガチャガチャと金属がぶつかる音が響く。音は高い天井に跳ね返り、葛西の聴覚を鋭く刺激する。

ひまわりがテキパキと葛西の目の前で脚立や病院で点滴液を吊るすスタンドをセットし始めた。

「なにを始めるの？」

問いかけにひまわりは一切答えない。脚立の上に小さなマッチ箱大のカメラがセットされる。その横にあるスタンドにも同じような形の小型カメラが三台、角度を変えて据えられていく。

「少しの間だけ、私は仕事に行ってきます。これを見て時間を潰してください」

脚立の上に、ひまわりがタブレット端末と専用のスタンドを置いた。

「加藤の最期、つぶさに観察してください」

そう言うと、ひまわりがタブレットの画面を二、三度タップした。すると、画面に薄暗い部屋が映し出され、その中心に中年の男がいた。

「加藤が絶命するまで、ほんの二時間ほどでした。ネット民の関心が高かったですから」

ひまわりは画面の中央に現れた再生ボタンをタップした。次の瞬間、加藤の上半身を捉えていたカメラが徐々にズームを効かせ、顔面に焦点を合わせた。薄暗い室内でも、加藤の目に強い怯えの色が現れ、両目がみるみるうちに充血していくのがわかる。

「ネットの生中継が終わったあと、大急ぎで編集しました。ホラー映画のカット割りを参考にしています」

「やめて！」

「私が戻るまでに小一時間あります。動画は繰り返し再生されるようにしておきました」

そう告げた直後、ひまわりが粘着テープで葛西の口を塞いだ。

「目を閉じるとレクチャーの意味がありません。ちょっと手荒なことになりますが、ご容赦ください」

粘着テープを器用に指で細く切り分けると、ひまわりは葛西の両目が開いた状態になるようテープを貼り付けた。その後、ひまわりは目薬を強引にさした。

「それでは、しっかり画面をご覧になってください」

葛西の視界から、ゆっくりとひまわりが遠ざかっていった。

11

「新宿区上落合一丁目の自宅アパートは、一週間前に引き払われていました」

中野署捜査本部の情報デスクの席が一時間ほど前から慌ただしさを増し始めた。田伏が〈福島〉というキーワード以外に、被害者たち周辺で頻繁に登場した宅配便の存在に気づいた。次いで長峰が福島県浜通り地方出身でSE経験のある〈馬目崇延〉という男を炙り出し、捜査本部は一気呵成に攻め始めた。

三つの所轄署の鑑取り担当捜査員が総動員され、馬目の住所や勤務先を洗い出した。

「タケル運輸、および孫請け運送会社の人事担当者によれば、馬目の勤務態度は真面目で、遅刻や無断欠勤の類いはほぼゼロでした」

若宮が担当警部補に矢継ぎ早に告げる。

「しかし、今日は無断欠勤し、連絡が取れないそうです」

「会社は行方を知らんのだな？」

「はい」

若宮の声が萎む。

「おい、真犯人(ホンボシ)の後ろ姿はおろか、人着(にんちゃく)まで判明した。絶対に身柄(ガラ)を取れ！」

ネクタイを外し、ワイシャツの襟元にタオルを挟んだ上田が叫んだ。その声に、本部詰めの捜査員全員がはい、と低い声で応じる。

「ひまわりのネット中継はどうなっている？　大物捕獲とか言っていたが、ブラフじゃないのか！」

上田の声を聞き、ノートパソコンを睨んでいた長峰が首を振った。

「ひまわりの独自サイトはあちこちの国のサーバーを移動しています。ただ、加藤が事切れてからはまだ新しい動きが……」

長峰が突然、口を閉ざした。

「どうした？」

田伏は相棒の傍らに駆け寄った。

「たった今、画面の一部が変わりました。ほら、ここです」

長峰が画面の一点を指す。

〈現在、捕獲した大物にレクチャー実施中〉

「レクチャーってどういう意味だ？」

田伏がそう口にしたときだった。会議室の幹部席方向から声があがった。秋山管理官だった。

「ライトニングに新たなメッセージです！」

秋山の声を聞き、長峰が反射的に画面を切り替えた。

「あっ」

画面に現れた文字を見た瞬間、田伏は口を手で覆った。

〈警視庁のダメ刑事さんはひまわりのことをどこまで調べたのでしょう〉

文字の横に、一年半前にネットニュースで流出し、拡散された制服姿の田伏の写真が添付されていた。

〈早くしないと名誉回復できませんよ　それとも危機感が足りないのでしょうか〉

「田伏、どういうことだ？」

背後から上田の怒声が響く。

「わかりません」

なぜこのタイミングでひまわりは思い出したように田伏のことに触れたのか。心当たりはない。

〈一つだけ仕事を片付け、大物へのミッションを開始します〉

田伏は画面に現れた文字を睨み続けた。

12

「ひまわりの野郎、なにを焦らしてやがる」

捜査本部の幹部席近くで、上田が唸り声を上げた。田伏も同じ気持ちだ。なぜ今頃ダメ刑事のことに触れたのか。全く意味がわからない。

「犯人（ホシ）が好き勝手言えないように、早く身柄（ガラ）取ってこい！　名前も歳もわかったんだぞ！」

周囲の捜査員を鼓舞するように言った直後、上田が眉根を寄せ、不快そうに背広の胸ポケットからガラケーを取り出し、通話ボタンを押した。

「……なんですって？」

心底驚いたようで上田が顔色をなくした。上田は田伏ら捜査員の前で通話口を掌で覆い、傍にあった椅子に座り込んだ。

「それは本当ですか？」

上田の声が萎んでいく。田伏だけでなく、秋山管理官や幹部捜査員たちが上田の周囲に集まり始めた。強面の上田の表情が曇る。田伏らの胸に新たな不安の霧がかかり始めた。

「……わかりました。警備の方でなにかわかったらすぐに報せてください。あとは適宜、こちらの捜査本部に情報を」

上田が電話を切り、不機嫌そうにガラケーを事務机の上に放り出した。

「どうされました？」

恐る恐る秋山が切り出すと、上田が首を振った。

「刑事部長からだ。警備部から泣きつかれたそうだ」

「警備部とは？」

上田の異変に秋山が眉根を寄せている。

「少々気にはなっていた。警備部のＳＰが二四時間警護対象としている人物に万が一のことはないとタカをくくっていた」

上田が発した〈二四時間警護対象〉〈ＳＰ〉という言葉を聞き、田伏は言い様のない不安を覚えた。

「葛西復興相が数時間前から行方不明だ」

上田によると、葛西大臣は首相官邸での災害関係閣僚による調整会議を終え、資料を取りに議員会館の事務所に立ち寄った。ＳＰは事務所前でいつものように待機していたが、予定の時間を過ぎても葛西が姿を見せなかったことから、部屋に入ったという。だが、そこに警護対象者はおらず、SPは大慌てした。

「議員事務所のアルバイト秘書によれば、大臣は週刊誌記者にあるゴシップについてマークされ、ほんの一晩のつもりで行方をくらますことを企んだ」

顔をしかめながら上田が話し続けた。

「そこで大臣と秘書が考えたのが、宅配便のドライバーを使って議員会館から抜け出すという方法だ」

宅配便というキーワードに触れた途端、田伏は思わず舌打ちした。行方が分からなくなった葛西が本当にひまわりのターゲットならば、予告した〈大物〉と合致する。

「まずいですね……」

田伏の傍に来た長峰がスマホを差し出した。

〈六年間も住宅の無償供与がなされていたことが彼らを甘やかすことにつながった側面もあるのではないでしょうか〉

〈復興とは、甘やかすことではありません。被災者に健全な形で自立を促し、一日も早い生活再建を支援することが本来の姿だと私は考えています〉

スマホの画面の中で頬骨が張り、化粧の濃い女性が強い調子で言い放った。民放の人気アナウンサーを経て国会議員に転じた葛西だ。政治への関心が乏しい田伏でもその名前と顔くらいは知っている。

「ネット上の罵詈雑言、流言飛語の類いと違い、大臣の公式発言です。福島をディスった四人とは比べ物になりません。ひまわりは絶対に許さないと考えたのではないでしょうか」

長峰の言葉に田伏は黙って頷いた。上田が言ったように、葛西の存在は捜査一課にとっては盲点だった。大臣は屈強なＳＰが二四時間警護している。福島に対する過激発言があったことは捜査本部のメンバーも知っていたが、まさか大臣を直接狙うとまでは考えが及ばなかった。

「警備のボンクラ共が！」

上田が力一杯机を叩いた。田伏らが所属する刑事部は、同じ警視庁の中でも機動隊やＳＰを管轄する警備部と仲が良くない。だが、警備部が大切な警護対象者を見失った以上、お鉢は必然的に刑事部の捜査一課に回ってくるのだ。

「大臣のスマホの電波、キャッチしました！」

幹部席近くのデスクで、中野署の刑事課長が手をあげた。

「今、大臣はこの周辺にいます」

刑事課長がタブレット端末を抱え、上田の横に駆け寄った。

「吉祥寺、五日市街道周辺か。すぐに緊急配備を！」

間髪を入れず上田が命令すると、刑事課長と秋山が弾かれたように警電の受話器を取り上げた。

「すぐに追尾しろ。それからＳＩＴも精鋭を緊急動員だ」

上田が畳み掛けるように告げると、若宮ら若手捜査員が一〇名ほど背広をつかみ、一斉に会議室から飛び出していった。ひまわりが相手だ。大臣を人質にして、立てこもりを実行する可能性もある。営利誘拐や立てこもり事件担当の精鋭投入は妥当な判断だ。

「すぐに連絡します」

緊急配備の連絡を終えた秋山が、引きつった顔で再度受話器を握る。

「馬目が宅配業者の車両を使っているかもしれん。空いている車両も含め、緊急手配だ。おそらく吉祥寺周辺を走行中だ。見つけたら、俺の指示があるまで絶対に触るな！」

秋山やそれぞれの所轄署刑事課長を次々に指し、上田がまくし立てる。

「……スマホの電波か」

一気に熱を帯び始めた会議室の中で、長峰が首を傾げた。

「どうした？」

田伏が訊くと、長峰は自分の手元のスマホを凝視している。

「犯行声明のメールを送るのに、トーアを使って何カ国ものサーバーを経由させるような犯人がスマホの電波を忘れますかね」

「しかし、実際に電波が確認された」

田伏が言うと、長峰は首を振った。

「今時、刑事ドラマでも携帯電波のトレースくらい脚本に盛り込まれています。あのひまわりがそんな初歩的なミスをやりますか？」

田伏は腕を組んだ。ひまわりが葛西という大物を次のターゲットに据えるならば、先の四人を殺害したとき以上に入念な準備を行うはずだ。たしかに、獲物の位置情報を発信し続けるスマホの電源を入れたままにしておくとは考えづらい。

「でもな、大臣がＳＯＳを発信するために、ひまわりの目を盗んで電源を入れたとは考えられないか」

「その可能性は否定できませんけど」

不服そうに長峰が口を尖らせた。

「今は、低い可能性にもすがらねばならんときだ」

唾を飛ばしながら部下に指示する上田を見ながら、田伏は小声で言った。冷静な長峰の読みに肩入れしたい気持ちの方が強い。だが、目先の対処はスマホの電波情報に頼るしかない。声高に異論を唱えれば、捜査本部の士気に関わる。

「俺たちなりに調べられることがあるはずだ」

自分に言い聞かせるように告げたとき、背広のポケットの中でガラケーが鈍い音を立てて振動した。取り出して小さな画面を見ると、メール着信のイラストが表示されている。

「誰だ、こんなときに」

小声で言うと、長峰が肩をすくめた。田伏は左手の親指で決定ボタンを押し、メールを開封した。

13

〈お仕事、ご苦労様です　麻衣〉

思わず、オッと小さな声が出た。画面を覗き込んだ長峰が安堵の息を吐き出した。

「ひまわりからご指名かと思いましたよ。少しくらい息を抜いてもいいんじゃないですか」

「悪いな。避難させてからメールと電話を全くしていなかった」

田伏は周囲を見回したあと、近くの椅子に座り込んだ。

〈ママと私はみなさんに気をつかってもらいながら、ちゃんと官舎で不自由なく過ごしています〉

少しだけ、大人びた言葉だった。仕事で神経を磨り減らす夫を気遣い、妻の美沙が麻衣を使ってメッセージを送らせたのかもしれない。

以前、立てこもり事件の捜査本部に詰めていたときのことだ。下着やシャツの着替えを持参した美沙が、幼かった麻衣の手書きメッセージを添えてくれたことがあった。クレヨンで描かれた無精髭の伸びた自分の絵がガンバッテの拙い文字の横にあった。あのときは、周囲の家族持ちの捜査員たちから歓声が上がった。

「麻衣ちゃん、反抗期とかいいながら、ちゃんとお父さんのこと心配しているんですよ。体を張っているパパのこと気にしているじゃないですか」

「そうかな……」

田伏は画面を下方向にスクロールさせた。スマホのように大量の文字を一度に閲覧できないガラケーは、やはり不便だ。いや、めったにメールもこないような自分は、これで十分だ。そんなことを考え、田伏は画面に目を凝らした。

〈引越し前にお願いしていたシュノーケリングのセット、今日届くようです〉

ライトニングの加藤によって自分がひまわり事件の捜査に関わっていることが暴露された。マスコミが大挙して押しかけてくることを回避するため、田伏は美沙と麻衣を北新宿にある官舎に一時避難させた。その直前、麻衣は夏休みの臨海合宿の準備として、シュノーケリングのセットを欲しがった。あれから何日経ったのか。目まぐるしく動く捜査の過程で、田伏はすっかり家庭のこと、そして麻衣が楽しみにしていた一大イベントのことを忘れていた。刑事という稼業は、家族の犠牲の上に成り立っている。そんな中でも、麻衣が気遣ってくれるのが嬉しかった。

〈ここ二、三日の間、荷物が予定到着時間に届かないトラブルが続いていましたが、今日は夕方までに配達できるとドライバーさんから連絡がありました。なんでも人不足で迷惑をかけて申し訳ない、そんなメッセージが官舎のポストに残っていました〉

日頃、ほとんど家にいることのない田伏には実感がわかないが、新聞やテレビのニュースでは、宅配便や長距離トラックの運転手が不足して、日本中の物流に支障をきたし始めていると言っていた。

メッセージを読み終えた田伏はあらためて周囲を見回した。相変わらず上田は若手やベテラン捜査員を叱咤し、捜査本部は慌ただしさを増している。ほんの少しの時間、麻衣に返信をしてもかまわないだろうか。

「大丈夫ですよ」

田伏の心中を察したのか、目の前にいた長峰が笑みを浮かべた。

「すまんな、返信する」

そう言うと、田伏は小さなボタンの上でゆっくりと指を動かした。

「なにが起こるかわかりません。そんなにもたもたしていたら、一生涯返信なんて無理ですよ。俺が打つんで、麻衣ちゃんへの言葉を伝えてください」

「悪いな。なら、まずはこんなことを入力してくれ。宅配便の遅延は全国的らしい。担当ドライバーの名前と連絡先を必ずメモしておくように」

「わかりました……」

スマホとガラケーの入力方法は違うはずだが、長峰は器用に田伏が発したメッセージを打ち込んだ。

「これでいいですか？」

小さな画面を田伏に見せ、長峰が言った。

「送ってくれ」

田伏が頷くと、長峰が素早く実行ボタンを押した。田伏の目の前で、手紙に羽が生えたイラストが現れ、画面の中を行き来した。

「送りましたよ」

長峰がガラケーを折りたたみ、田伏に差し出した。

「こんなに早く返信したら、麻衣はきっとびっくりするぞ」

照れ臭かったが、嬉しい。そんな気持ちを押し殺しながら、田伏はガラケーを背広のポケットにしまった。その途端、再びガラケーが振動した。

〈タケル運輸の宅配便の連絡先、ありました。珍しい名前だってママと言っていたの〉

文面を読んだ瞬間、田伏は息を飲んだ。同時に、メール画面を閉じて麻衣のスマホの番号を呼び出し、通話ボタンを押した。だが、麻衣は出ない。呼び出し音が乾いた音を田伏の耳元で鳴らすだけだ。

「……もしもし」

回線が通じていないのは百も承知だが、田伏は電話口で叫んだ。

「どうしました？」

異変を察知した長峰が顔を覗き込んでくる。田伏はガラケーの通話終了ボタンを押し、リダイヤルした。だが、先ほどと同じで麻衣は出ない。

「田伏さん！」

長峰が肩を摑んだが、田伏はこれを振りほどき、今度は美沙の番号を呼び出して通話ボタンを押した。

「ちょっと黙ってろ」

不安そうな長峰に強い口調で告げるが、美沙も出ない。大きく息を吐き、田伏は先ほど麻衣から送られてきたメールを開き、長峰に見せた。

「まじっすか！」

思いの外長峰の声が大きく、周囲にいた捜査員たちの視線が集まり始めた。

「どうした？」

怪訝な顔で上田が近づいてくる。

「妻と娘の元に、馬目が……」

ようやく声を絞り出した。同時に、額から脂汗がしたたり落ちるのがわかった。

〈早くしないと名誉回復できませんよ　それとも危機感が足りないのでしょうか〉

ほんの一時間前、ひまわりが自分に宛てて発したメッセージが、網膜の裏側で激しく点滅した。

14

覆面車両のハンドルを握り、田伏は青梅街道から山手通り、そして大久保通りを猛スピードで駆けた。湿気のこもった重い空気を切り裂くようにサイレンを鳴らすと、混み合う道路が一車線分空いた。

小滝橋通りから淀橋市場の脇をすり抜け、狭い小路に面した警視庁の官舎の敷地に覆面車両を乗り付ける。乱暴にドアを閉めると、田伏は美沙と麻衣が入居する二階の角部屋を見上げた。

「宅配便の車両はありませんね」

助手席から飛び出し、周囲を見回した長峰が言った。

「とにかく、部屋へ行くぞ」

「わかりました」

田伏は古い団地タイプの鉄筋コンクリートの建物に飛び込んだ。旧式の四階建てにはエレベーターはない。日当たりが悪く湿気った階段を駆け上がり、二階の共用廊下を走る。淀橋市場を見下ろす角部屋の前には、畳まれた段ボール箱が立てかけられている。代々木上原の自宅マンションから当座に必要な衣類や食器の類いを運び込んだあと、美沙が片付けを行ったのだろう。

〈田伏〉とプラスチックの簡易表札が貼ってある。田伏は息を切らしながら、鉄製の扉を力一杯叩いた。だが、反応はない。

「お留守でしょうか？」

長峰が顔を曇らせる。もし、部屋の中で麻衣と美沙がひまわりと対峙していたら。いや、ライトニング編集部の加藤と同様、椅子に粘着テープで固定されていたら反応できるはずがない……。いくつもの悪い筋書きが頭の中を駆け回る。

「どうした！　美沙、麻衣！」

もう一度、田伏は拳で扉を激しく叩く。そして扉に耳を押し当て、内部の気配を探る。長峰も玄関脇のキッチンの小窓を背伸びしてのぞいている。

「電気メーターはどうだ？」

蒸し暑い梅雨の末期、部屋の中に二人がいるのであれば、エアコンが動いているはずだ。かつて逃走犯の潜伏先を急襲した際、同じような場面があった。逃走犯は部屋の中で息を潜めていた。だが、ドア脇にあった電気メーターの薄い円盤は、勢いよく回っていた。

田伏はドアの上に設置されたメーターを見た。あのときと同じように、メーターは勢いよく回っている。湿気と熱気がこもりやすい古い官舎で、窓を閉めたままエアコンなしですごせるはずがない。

「管理人に鍵を借りてこい！」

田伏が言うと、長峰が首を振った。

「もし、中にひまわりがいたら事です。ＳＩＴの臨場を待ちましょう」

「いいから、借りてこいよ。俺だって前はＳＩＴにいた。交渉担当じゃなかったが、ノウハウくらいはある」

　立てこもり事件が発生した際、ＳＩＴからは犯人と交渉する専門の担当者が臨場する。人質の安全を第一に考え、興奮する犯人をなだめ、食事や逃走用の車両の手配など要望を聞き出し、最終的に投降させるのだ。

「しかし……」

「いいから、行け。俺の家族なんだ。責任は取る！」

　田伏は長峰の襟元をつかみ、怒鳴った。

「苦しいっすよ」

　長峰が田伏の手首をつかみ返し、もがいたときだった。

「パパ、どうしたの？」

　廊下の奥、階段の方向から女の声が響いた。振り返ると、首を傾げた美沙、そして目を丸くした麻衣が立ちすくんでいた。

「おまえたち、部屋にいたんじゃないのか」

　長峰をつかんでいた手を離し、田伏は言った。

「なにしてるの、パパ？」

「いや、麻衣からメールをもらったから……」

宅配ドライバーがひまわりだ、そう言いかけて田伏は首を振った。

「どこかに外出を？」

田伏が口ごもっていると、隣の長峰が機転を利かせた。

「二人とも夏風邪気味だったので、近所の病院に行っていたの。処方箋を待っていたら、パパからガンガン着信があるから、二人とも電源切ったのよ」

美沙が首を傾げながら言った。妻の言葉を聞き、田伏はその場にへたり込みそうになった。

大きく息を吐き、田伏は口を開いた。

「ところで、サバンナの荷物は届いたのか？」

「ええ、病院に行く直前に受け取ったわ」

それがどうしたのと言いたげに、美沙が言った。

「私のスマホ、バグっていたの。ここを出る前にパパ宛てのメールを送ったはずだけど、どうやら後回しにされたみたい」

不思議そうな顔で麻衣が言った。

「その、宅配便のドライバーに変わったところはなかったか？」

田伏が訊くと、美沙と麻衣が顔を見合わせた。

「別になかったけど、それがどうしたの？」

麻衣が肩をすくめた。

「ちょっと荷物を見せてくれ」

「なにか事件に関係するの？」

麻衣が言ったが、美沙が首を振った。捜査に関する話は一切しないと幼稚園に通っていたころから美沙は徹底していた。

「とにかく、こんなところではあれだから。長峰さんも入ってください」

美沙がショルダーバッグから慌てて鍵を取り出し、扉を開けた。

15

「宅配便のドライバーはこの男だったか？」

麦茶を一気に飲み干したあと、田伏は長峰のスマホに映る顔写真を二人に見せた。

「そうそう、この人だったよ」

頰が痩けた馬目の写真を見て、麻衣が即答した。

「ねえ、本当にどうしたの？」

「麻衣、捜査に関係することだから、答えられない」

田伏が強い口調で言うと、麻衣が口を尖らせた。麻衣が大手通販会社サバンナに注文したシュノーケリングセットは、刃物や針の類いが混入していないか念入りに調べたが、梱包の箱、中身ともに異常はなかった。

田伏は長峰と顔を見合わせた。ネット上で田伏について触れた直後、ひまわりこと馬目は官舎に現れた。犯行予告を思わせるメッセージは、麻衣か美沙、いずれにせよ田伏の家族を狙うという意味だと考えたが、馬目は普通に配達を終え、そして姿を消した。

「配達は遅れていたんだよな」

「ええ、本当は三日前に届くはずだったの」

先ほど田伏がチェックしたサバンナの梱包箱、配達希望日の欄を麻衣が指した。たしかに三日前の日付がある。馬目はわざわざ、このタイミングを狙っていたのかもしれない。

「配達の男に変わったところはありませんでしたか？」

長峰が言うと、二人は揃って首を振った。

「もちろん、配達が遅くなったことを丁寧に謝られたわよ。でもその他にはこれといっておかしなところはなかったわ」

美沙の言葉に、田伏は考えを巡らせた。二人が転居したことは、運送業者の内部にいれば知ることができる。しかし、なぜ今日だったのか。

「そういえば、あのドライバーの人、前にも会ったことがある」

突然、麻衣が言った。

「いつ、どこでだ？」

田伏が前のめりになって尋ねると、麻衣が露骨に眉根を寄せた。

「パパ、怖いんだけど」

「すまん。だが、大切なことだ。思い出してくれ」

田伏が言うと、麻衣が腕組みして煤けた天井を見上げた。

「あれは去年の夏だったかな。ねえママ、福島から桃が届いたときって、タケル運輸だったよね」

「そうだったと思うわ。ちょっと待ってね」

美沙が腰を上げ、リビングスペースの隅に置いたカラーボックスに向かった。

「なんだ？」

「福島の業者さんの名前をスマホにインプットしようと思っていたんだけど、ちょうどバタバタしていたから、配送の伝票を保存していたはずなの」

「伝票？」

「そうよ。ちょっと待ってね」

美沙はブルーの表紙のクリアファイルを手に取り、勢いよくページを繰り始めた。

「これよ」

〈荷主：佐藤中央果実農園　福島市……〉

美沙が宅配便の伝票をテーブルに置いた。麻衣が言った通り、去年八月末の日付がプリントされている。田伏は伝票を取り上げ、長峰に手渡した。

「至急、配達担当者を確認してくれ」

小声で指示すると、長峰が弾かれたように席を立ち、玄関に向かった。

「配達のとき、なにかドライバーと話したのか？」

「うん。あのとき、福島の桃は好きかって訊かれた」

ひまわりは、ずっと前から田伏の周辺に潜んでいた。

「それで、麻衣はなんて答えた？」

「父が福島を応援しているから桃を食べ始めたんだけど、本当に美味しかったからリピーターになった、そんな風に答えたけど」

「ドライバーはどんな感じだった？　おまえになにか言ったのか？」

「……ありがとう、自分は福島の出身だから故郷の産物を気に入ってもらってとても嬉しい、そんなことを言っていたと思う」

田伏の家では福島産の桃や梨をなんどか購入した。福島を襲った原発事故の悲劇はあったが、その後は着実に除染が行われ、農産物も厳密な検査を経て出荷されたと聞き、わずかながらも支援になればと考えたのだ。

当初はそんな風に支援第一で考えていたが、結果的には格段に甘い果物の虜となり、それ以降は機会を見つけて果物のほか、米なども購入するようになった。

「そうそう、今日も配達のときに少しだけ話したのよ」

田伏が考え込んでいると、麻衣が口を開いた。

「配達遅れで迷惑をかけなかったか、そう言われたの。でも、臨海合宿は三日後だから大丈夫ですよって答えたら、ホッとしていたみたい」

「そうか。他には？」

「臨海合宿って言っても、海に入るのはほんの四、五日だけだけどって言ったら、どこに行くのか尋ねられたわ」

「行き先はたしか……」

「福島のいわきよ。だからそう伝えたの。そしたらまた嬉しそうに笑ってくれた」

馬目が笑みを見せた……既に四人も殺した凶悪犯が、自分の娘に笑顔を向けた。

「私たちの班は計二〇人で、いわきの薄磯（うすいそ）海水浴場に行くの。その人もよく知っている場所で、とても綺麗な白い砂浜だって」

そう告げたあと、麻衣が席を立ち、隣の部屋からファイルを携えて戻ってきた。

「これは臨海合宿のしおり。今年から薄磯海岸のビーチが一部開放されるってニュースで知ったから、私たちが計画したの」

麻衣がしおりを広げた。

福島の地方紙のネット版や在京紙に、薄磯というビーチが震災以来七年ぶりに海開きすると記されていた。震災による津波で甚大な被害を受けたうえ、原発事故で遊泳禁止となっていたが、瓦礫処理や津波対策の防潮堤の建設、公的機関による放射能検査で問題なしとのお墨付きが出され、再開にこぎつけたのだと報じられていた。

「なぜいわきに？」

田伏が訊くと、麻衣が胸を張り、答えた。

「桃でご縁ができた福島だもん。それに、ネットとかで色々と有ること無いこと言う人たちがたくさんいるから、私たちの目で確かめようって決めたの。もちろん、反対する他の生徒や保護者もいたみたいだけど、先生たちは認めてくれた」

「どうしてそこまで考えた？」

「だって、前々からパパが言っていたじゃん。性別や肌の色、生まれた場所とか自分で変えられないことで虐げられている人がいたら、絶対に守るのが仕事だって」

「そんなこと、言ったか？」

「言ったわよ。たしか私が小学生の頃。パパが久しぶりにお酒飲んで帰ってきたときだったわ。どんな事件のあとかは覚えていないけど、あのとき、確かにパパはそんなことを言った。お酒くさかったけど、少しだけ見直したもの」

少しはにかみながら、麻衣が言った。おぼろげな記憶をたどる。おそらく、東日本大震災後の宮城県沿岸地域に応援で駆けつけた直後だ。震災発生から二カ月後で、沿岸にある所轄署へ捜査応援に行った。現地に二週間滞在し、帰京した。本部の会議室で簡単な打ち上げを行い、酔って帰宅したことがあった。体育館や公民館で不自由な生活を強いられる住民に接するうち、主要道路の復旧工事や仮設住宅の整備の遅れが彼らを疲弊させている、そんな声を聞き、言いようのない怒りややるせなさを感じた。それが麻衣に告げた言葉だったのだ。

「そうか……他に、なにか気が付いたことや、思い出したことはないか」

「いわきに行ったら、お魚も食べたいってドライバーさんに言った。ほら、こんな記事があったから」

麻衣がしおりのページをめくった。やはり福島の地元紙のスクラップだ。それによると、福島県が同県沖の海産物の放射性セシウム濃度の厳密な検査を実施したところ、約九〇〇〇点の全てで食品中の基準値を下回っていたという。

「福島県の職員の人たちが嘘つくはずないよね。だったら、安心じゃないってドライバーさんに言ったの」

「それで？」

「とにかく楽しんで、それから時間があったら地元のおばちゃんやお爺ちゃんたちと話してみてくれって」

ひまわりこと馬目の狙いは、なんだったのか。麻衣とのやりとりを聞くにつけ、頭が混乱し始めた。馬目はどうして麻衣とそんな会話を交わしたのか。四人を殺害し、今は葛西という現役閣僚を拉致し、加藤と同じように公開処刑を間近に控えているタイミングなのだ。

「他に、なにか言っていなかったか？」

「そうね……」

「例えば、配達が混み合っているとか、人手が足りないとか」

「あっ、そういえばこんなこと言っていたわ」

「なんだ？」

「普段は担当しないエリアだけど、臨時で日比谷方面に行くって。慣れない場所だから少し心配だって」

「日比谷？」

「うん、確かにそう言ったよ」

麻衣が大きく頷いた瞬間、田伏は肩を強張らせた。日比谷……馬目が告げた次なる配達場所は、大きな意味を持っている。田伏は確信した。

16

埃っぽい部屋の中に、男の呻き声が響き続けた。

葛西の目の前、真正面にタブレットが設置されている。目を逸らそうにも顔の左右にも同じタブレットがそれぞれ一台ずつ置かれ、逃れられない。両方の瞼には粘着テープが貼られ、強制的に目を開けていなければならない。タブレットに内蔵された小さなスピーカーからは、重層的に気味の悪い断末魔の声が漏れる。

目の前の液晶画面には、昨日インターネットを通じて公開処刑された加藤とかいうライターの顔のアップ、そして血まみれの指先、点滴スタンドと細い管が三分割で映し出されている。時間とともに顔が青ざめ、ときにショック症状から痙攣を起こす加藤の顔の部分の面積が一番広い。

人が殺される過程をつぶさに、そして瞬きすら許されず、小一時間も見続けている。吐き気を覚えたが、粘着テープで口元を押さえつけられているため、嘔吐も許されない。胃から這い上がった吐瀉物をなんども飲み込んだことから、口から鼻に胃液のすえた臭いが抜け、その度に激しくむせる。

耳殻から入り込んだ男の叫びは、なんども葛西の後頭部に反響する。死刑執行に立ち会った経験を持つかつての法務副大臣から、東京拘置所の刑場の様子を聞いたことがあるが、これほどのインパクトはないだろう。いつまでこんな拷問を受けねばならないのか。葛西が煤けた天井を仰ぎ見たとき、ビニールシートが擦れ、足音が自分の方向に近づいてきた。

「大臣、レクチャーはいかがでしたか？」

頬が痩けた青年、ひまわりが葛西の顔を覗き込んだ。目深に被ったキャップのせいで表情全体をうかがうことはできないが、口元には薄気味悪い笑みが浮かんでいる。

「失礼、このままだとお話しできないですね」

くすりと笑ったあと、ひまわりが口元の粘着テープを剝がした。その途端、抑えていた吐き気がこみ上げ、葛西は自分の太ももの上へ大量に嘔吐した。

「大臣、体調が優れませんか？」

ひまわりは醒めた声音で言った。口に残った胃液を吐き出したあと、葛西は強く首を左右に振った。

「あんなシーンばかり見ろって強制されたら、誰だっておかしくなるわ。拷問よ」

耳に入った自分の声が震えているのがわかった。新人アナウンサー時代、初めてニュース原稿をオンエアで読んだときと同じだ。だが、あのときは緊張からくる震えだったが、今は恐怖のみが己の体と精神を支配している。

「拷問？　それはおかしいですね。私はレクチャーだと申し上げました」

自分の声とは対照的に、ひまわりの声は冷静だった。

「人が殺される場面がレクチャーなんて……」

とっさに反論したとき、葛西は自分の肩ががちがちに強張っていくのを感じた。

「ようやく理解していただけたようですね。レクチャーが終わったので、これから実践の場にシフトします」

ひまわりが淡々と言った。自動車教習所で座学から実地指導に時間割が変わるとでもいうような事務的な話しぶりだ。

「大臣を殺したら間違いなく死刑よ」

葛西は最後の力を振り絞り、叫んだ。こんな煤けた場所で殺されるのはごめんだ。

「もう四人殺しています。逮捕、起訴されて裁判にかけられたら、間違いなく私は死刑判決を受けます」

湿気の籠った場所にひまわりの冷たく乾いた声が反響した。

「ここから出してくれたら、例の私案は撤回して新たな施策を検討するわ」

葛西はひまわりを見上げ、懇願した。だが、目の前の青年は首を左右に振った。

「東日本大震災の直接の被害を受けて亡くなった福島の人間は約一六〇〇人です。その後、震災関連死と認定された人数をご存知ですか?」

「役所の資料にあったはずだけど……」

「二〇〇〇人超です。岩手、宮城の被害も甚大でしたが、原発事故という要因が加わり、未だ避難生活を強いられている人が多い福島は圧倒的な数です。自殺者の数も福島だけ突出しています」

経済ニュースで個別株価の市況を読み上げるように、ひまわりが淡々と言った。福島に対する罵詈雑言を恨み、四人も殺した男がなぜこんな平然としていられるのか。怒気のこもった声で怒鳴られ、椅子を蹴飛ばされて埃だらけのフロアに転がされたほうがまだ気が楽だ。

「レクチャーの映像を見ていただいたところで、これから次なるミッションに移行します」

そう言うと、ひまわりはフロアの隅に行き、クリーム色のシートに手をかけた。

「ミッションってなんのこと?」

「レクチャーをご覧になったはずです」

ひまわりがシートを外すと、ついさっきまで嫌というほど見せつけられていた物体が鈍く光っていた。

「……まさか、本当にやるの？」

「次なるミッションと申し上げたはずです」

点滴液を下げる背の高いスタンドだ。ひまわりはスタンドをつかみ、ゆっくりとその足元のキャスターを転がす。スタンドのてっぺんにある透明な点滴液袋が小さく揺れるのが見える。

「加藤を公開処刑した際に使用した点滴液です。一般名はナファモスタットメシル酸塩。効能は疾病で血流の悪い患者の血液の凝固防止です。簡単に言えば、固まろうとする血液を強制的に溶かす機能を持った薬品です。要するにちょっとした傷で出血した場合でも、際限なく血が流れ続けます」

強い効き目の頭痛薬を出す際、注意事項を伝える薬剤師のような口調だった。ひまわりの説明を聞いていると、強制的に見せられた加藤の顔が脳裏に浮かぶ。思い切り見開いた両目は真っ赤に充血している一方、顔面全体は生気を失い、真っ青に変色していた。

「レクチャー時にお伝えしませんでしたが、この薬品はいわゆる劇薬です。使い方を誤ると、患者が死に至ることもあるそうです」

点滴液につながったチューブに医療用の針と連結用の管を取り付けながら、ひまわりが言った。

「加藤の映像をご覧になってご理解いただいたかと思いますが、この劇薬はネットのアクセス数によって投与量が変わっていきます」

淡々と機材の準備をしながらひまわりが言う。

「通常ですと、ナファモスタットメシル酸塩一〇ミリグラムを五％ブドウ糖注射液五〇〇ミリリットルに溶かして、約二時間かけて投与せよと専門書に書いてありました」

点滴の用意を済ませたあと、ひまわりはタブレットに触り始めた。様子をうかがっていると、小型カメラを葛西の方に向け、写りを確認しているようだ。

「一〇ミリグラムといってもピンときませんよね。細かい塩一粒が約〇・一ミリグラムですので、これを一〇〇粒集めて小さめのペットボトルに溶かせば、ナファモスタットメシル酸塩の適正量となります。お米一粒の約半分ともいえます」

タブレットも自分に向けられている。ひまわりの腕の隙間からタブレットに映る自分の青ざめた顔が見える。

「加藤の場合は二時間かけて適正な一〇ミリグラムが投与されるべきところ、インターネットのアクセス数が急増したためにこれが六、七分で体内に入りました」

ひまわりの説明に一切の淀みはない。ヤクザやチンピラに脅かされるより、よほど怖い。椅子の肘掛けに粘着テープで固定された両腕が微かに震え始めた。

「加藤の場合、一人分のアクセスで〇・〇〇〇一ミリグラムが投与されるようにセットしました。つまり一〇万人分のアクセスで一〇ミリグラムとなります。世界中のネット民がツイッターなどで拡散された情報を見て、あっという間に閲覧数が急増しました」

そう言うと、ひまわりが点滴スタンドの近くの台に置かれた小型ノートパソコンを指した。

「ナファモスタットメシル酸塩は個人の体質にもよりますが、短時間に大量に投与された場合、出血量の増大による血圧低下、意識障害を引き起こします。加藤の場合、一〇分後くらいからこうした状態が顕著になりました」

ひまわりの言葉を聞き、処刑の光景が頭をよぎった。

「そのほかにも、呼吸困難などに陥るケースもあるようです」

そう言うと、ひまわりが目深に被っていたキャップを脱ぎ、パソコンの脇に置いた。ひまわりはゆっくり歩み寄ってくる。故郷を罵倒し、唾棄した人間たちを次々に殺め、そして今度は自分を処刑すると言っているが、不思議とその両目は落ち着いている。だが、冷静に向かってくる相手は、腹の底でなにを考えているかわからない。両腕に感じた悪寒が肩から背中に伝わった。

「海外の過激派テロ組織にジャーナリストや人質が処刑されるたび、それらのサイトには何千万、いや何億ものアクセスが殺到しました」

ひまわりがノートパソコンのキーボードを軽やかに叩く。すると、正面に置かれたタブレットの右下の隅に〈0000000〉のカウンターが表示された。ひまわりは本気だ。能面のような表情で徐々に自分に近づいてくる。

「ごろつきライターの公開処刑でも一〇〇万を超えるアクセスがありました。これが著名人、とくに大臣のような美人だったらどのようなことになるでしょうか？」

葛西の前で歩を止め、ひまわりが言った。できの悪い生徒の理解度を試す物理の教師のような顔だ。

「や、やめて……」

乾き切っていた両目からとめどなく涙が溢れ出た。だが、眼前のひまわりは先ほどから一切表情を変えない。

「ダメです。これらのカメラの先に、数百万人の観衆が待っています。故郷の惨状を知ってもらうには、またとない機会です」

「総理に直談判して予算を補強してもらうから。絶対に約束するから、助けて！」

葛西はありったけの声で叫んだ。だが、ひまわりはわずかに首を振り、床に落ちていた粘着テープのロールを手にとった。

「見苦しいですよ。政治家は政治家らしく、自分の信念を貫かれたらいかがですか?」

ひまわりは器用にテープを切ると、再び葛西の口元を塞いだ。

「そうだ、大臣。今回の中継が成功した場合、処刑される者は震災関連死として認められる、いやカウントされるのでしょうか?」

先ほどと同じように、葛西の前に進み出てひまわりが訊いた。葛西は首を縦に振ったあと、慌てて左右に振り直した。もがいても自分の意思はすでに相手に伝わらない。

17

〈それで、家族は無事だったんだな?〉

「ええ、大丈夫でした。ひまわりこと馬目は……」

北新宿の官舎を発ち、田伏は再び覆面車両のハンドルを握っていた。助手席では長峰が田伏の口元に無線機のマイクを向ける。スピーカー越しに上田の掠れた声が響く。

〈葛西大臣のスマホの電波を追いかけていたチームは、当該車両を見つけた。しかし……〉

けたたましいサイレンの音を聞きながら、田伏は上田の声に意識を集中させた。覆面車両は小滝橋通りから早稲田通りに入り、明治通りとの交差点を猛スピードで左折したところだ。

〈三鷹から西東京の田無地区付近に移動中の電波をとらえ、タケル運輸の了解を得たのちに車両を止めた。冷蔵コンテナ機能を持つ四トントラックだった〉

上田によれば、追跡チームは都心の拠点から西部地区へ向かう中継用の車両を発見し、そのコンテナの内部から電波が発信されていることを確認したという。

上田の指示で車両を停止させて荷物を改めると、文庫本サイズの小さな小包から問題のスマホが発見された。他の大きな荷物も改めたが、葛西が紛れ込んでいるものはなかったという。

〈完全な陽動作戦だった。これから全勢力を日比谷方面に向ける。もちろん、俺も臨場する〉

「おそらく本職が一番早いかと思います。念のため丸の内署からも動員をお願いします」

〈とにかく大臣の身の安全を確保しろ、いいな！〉

「了解です」

田伏が答えると、無線が一方的に切れた。

「田伏さん、なぜ日比谷なんですか？」

「ひまわり、いや馬目にとって、絶対に許せない場所だからだ」

「許せない？」

長峰が怪訝な顔で言った。

「そうだ。福島という土地を汚染し住民を散り散りにさせた元凶があるからな」

「まさか、関東電力の本社で？」

「警備員があちこちに配置されているから、本社は無理だろう。宅配便ドライバーの格好をしていたら出入りは可能かもしれんが、大臣を血祭りにあげる場所を確保するのは難しい。部署ごとにICタグかなにかで厳重に出入りを管理している場所は犯行には使えない」

「それでは田伏さん、どこか心当たりが？」

「ないことはない」

明治通りから新目白通りに入ったところで、田伏はアクセルをさらに踏み込んだ。

北新宿の官舎で麻衣から日比谷という地名を聞き、田伏は閃いた。福島を誹謗中傷した四人、そして避難民に対してとりわけ厳しい態度で臨むことを表明した葛西に対し、馬目は怒りを爆発させた。しかし、そもそもの原因は、想定外の津波襲来という特殊要因があったにせよ、原発事故を引き起こしてしまった関東電力にある。その本社は千代田区の一等地である日比谷にある。大臣を拉致して公開処刑を実行するつもりならば、関東電力本社のある日比谷という土地は絶大なアナウンスメント効果を発揮するはずだ。

「心当たりってどこですか？　もったいぶっている場合じゃないですよ」

助手席で長峰が怒鳴った。

「関東電力の本社近くにはＪＲの線路が走っている」

「たしかに、山手線と京浜東北線、それに東海道新幹線が並行して走っていますけど」

「線路の下にはなにがある？」

「たしかあそこは高架が……あっ、ガード下ですね！」

「昔は小汚い食堂や一杯飲み屋が軒を連ねていた。今は小洒落たショップやカフェもある」

若手捜査員がカフェを貸し切りにして歓送迎会を主催し、田伏もなんどか足を向けたことがある。ただ、テナント料が割高なため、集客が芳しくないテナントはわずかな期間で撤退するなど、入れ替わりが激しい一面もあると店員が教えてくれた。

「今、どんな状況になっているかはわからんが、空き店舗や改装中の倉庫でもあれば、格好の隠れ場所になる」

「たしかに、薄暗いし宅配便の車両が出入りしても怪しまれない……」

「それに永田町の議員会館からの移動も楽だ。道が空いていたら、一〇分もかからずに着ける」

長峰に説明しながら、田伏は馬目の計画が理解できてきたような気がした。だが、一点だけわからないのは、なぜ危険を冒してまで北新宿の官舎を訪れたのかだ。

〈本部で待機していたSITの別部隊を日比谷周辺に投入する。おまえはどうする？〉

　再び無線機から上田の声が響いた。

「ひとまず本職が心当たりの場所を探します。逐次連絡を入れます」

　長峰の差し出すマイクに向け、田伏も声を張り上げた。日比谷というヒントを残した馬目はなにを狙っているのか。なぜ計画の一端を明かすようなことをしたのか。ハンドルを強く握りながら、田伏は考え続けた。

「田伏さん、ひまわりが動画を公開しました！」

　突然、長峰が叫んだ。わかったと告げると田伏はハザードランプを灯し、路肩に覆面車両を停めた。

18

「今、日本だけでなく、世界中の人が大臣の顔に注目しています。釈迦に説法かもしれませんが、アナウンサー時代を思い出して画面映えする表情をお願いします」

　ひまわりの声を聞き、葛西は真正面のタブレットを見据えた。

自分の口元から上、鼻と両目がクローズアップされている。以前、テロリストに拉致された主人公が今の自分と同じような境遇に置かれる映画を観た。作中、主人公の女性スパイは瞼をなんども動かし、モールス信号で画面の向こう側にいるであろう味方にサインを送っていた。しかし、今の自分は瞼をテープで固定され、瞬きさえできない。絶体絶命とはこのことだ。

〈0001 2048〉

右側のカウンターに目をやると、観客の数が早くも一万人を超えていた。

次いで左側のタブレットを見る。三つに分割された画面の一つには点滴液が入った袋が映し出され、その隣のコマでは点滴液に連なるチューブから透明な液体が滴り落ちている。

もう一つのコマには、うっすらと血が滲み始めた人差し指の先が映し出されている。繰り返し見せられた加藤の処刑動画と同じだった。

先ほど、ひまわりは加藤のときとは比べものにならないアクセス数がありそうだと予告した。たしかに無名なライターと違い、自分は現役の閣僚だ。今、葛西が直面する悲惨な現実は、世界中で注目を集める事件と同時進行なのだ。

テレビでは放送局による自主規制があるが、インターネットではひまわりはやりたい放題できる。しかも、海外のプロバイダをいくつも経由していると得意げに説明したように、日本の捜査当局が発信元の情報を探り出したころには、公開処刑はとっくに終わっているのだ。

ネットの向こう側では、興味本位で低俗な連中が口コミを拡散させ、殺人の実況中継に手を叩いて喜んでいる。

こんな現場に拉致されたのはなぜか。福島の避難民に対する厳しい姿勢は今でも間違っていないと思う。だが、このまま世界中のネット民たちの好奇の視線にさらされ続けることになれば、命が助かったとしても、間違いなく政治生命は潰えてしまう。

〈本当にやめて！〉

粘着テープの内側で、葛西は声にならない声で叫んだ。ひまわりが告知をして何分たったのだろう。このスペースに拉致されてから、時間の感覚が完全に麻痺してしまった。日中ならば出かけている人間が多く、閲覧数は伸び悩むのではないか。いや、万が一夜間ならばどうだ。暇なネット民がこぞって集まるのではないか。

〈00036984〉

閲覧者の数が三万人を超え、四万に近づいている。葛西は左側のタブレットを見た。人差し指の先の、先ほどまで小さな点だった血が、滴り始めた。

「大臣、よくご覧ください。これが世間から見捨てられた福島の血です。血の雫はもうすぐ滝になるでしょう」

ひまわりがゆっくりとした口調で話した。

〈血の雫が滝になる〉……。

ひまわりの低い声がなんども葛西の耳の奥を刺激した。サイトを観ている人間の数が増え続ける。カウンターの数字が目まぐるしく変わるたび、葛西の体の中にある時計が着実に狂っていった。

19

〈00043568〉

長峰の手の上で、葛西の公開処刑を閲覧するネット民の数が急増している。

「中継が始まってから何分だ？」

田伏が訊くと、長峰が渋面で答えた。

「まだ二分も経っていませんよ。前回の加藤の処刑があり、大物を投入すると派手に告知していましたから、野次馬が想像以上に集まっています」

河田、平岩、粟野が刺殺され、今度は加藤がネットを使った手法で公開処刑された。次なる大物とは、現職閣僚の葛西だ。世間の注目を徐々に集めたひまわりこと馬目は、今、最大の目的を果たそうとしている。馬目は葛西を拉致こそしたが、処刑に直接手を下しているのは、サイトを閲覧している無数のネット民だ。

「急ぎましょう！」

スマホをダッシュボードの上に置くと、長峰がシートベルトを締め直した。今、田伏が駆る覆面車両は九段下にいる。サイレンを鳴らして急行すれば、あと五、六分で日比谷に到着できる。田伏がシフトレバーをＤレンジに入れた時、無線機が反応した。

〈田伏、ひまわりが動いたぞ！〉

上田の怒声だ。

「今、九段下にいます。丸の内署の人間に日比谷のＪＲ高架下の空き店舗を重点的に捜索するよう指示してください！」

〈今、二〇人態勢でやらせているが、まだ見つかっていない〉

上田が苛立った調子で言った。

「もし場所を特定しても、本職かＳＩＴの要員が到着するまで絶対に触らないよう徹底してください」

〈俺もすぐに合流する〉

無線が一方的に切れたと同時に、田伏はアクセルを踏み込んだ。

九段下から首都高の下をくぐって内堀通りに出た。サイレンの効果は絶大で、混み合った道路にまっすぐ一車線分の切れ目ができる。田伏は周囲の車両に注意を払いながら、なおもアクセルを踏む足に力を込めた。

「大臣の様子はどうだ？」

田伏の言葉に、長峰が首を振る。

「口元を粘着テープで覆われているのでよくわかりませんが、芳しくないのは確かです。あっ、なにか言っているのかもしれません。テープがぱこぱこと激しく動いています」

「持ちこたえてくれよ」

田伏は祈るような気持ちで言った。葛西という政治家に対してはあまり好感を持っていない。女子アナ出身という華々しい経歴ばかりが取り上げられ、肝心の政治家としての資質は充分でないと感じていた。大臣として、福島からの避難民に対するかなり強硬な施策案を発表したことも、政治家としての徳に欠けていると思っていた。

だが、それとこれとは話が別だ。仮に葛西が大臣でなくとも、絶対に助ける。いや、救出できるのはひまわりの隠された動機を見抜いた自分をおいて他にはいないのだ。

「大臣、かなり両目が充血していますね。加藤のときと似ています」

長峰が悔しそうな声で言った。

「両目をテープで固定されているので、その分きついと思います。あの映画みたいだ」

長峰は鬼才と呼ばれた米国の監督が創った近未来のディストピア映画の名を挙げた。田伏も観たことのある映画で、はっきりいって好みではなかった。

その作品では、主人公の悪党が警察に捕まり、今の葛西と同じような状態に置かれていた。体を固定された上、目の前でひたすら殺人や性行為の映像を見続けるよう強制され、精神に異常をきたすという内容だった。

「ひまわりもあの映画観たんですかね？」

「知らん」

あのディストピア映画のような効果をネット民に対して植え付けようとしているのかもしれない。だが、自分は刑事であり、現実の世界は映画とは違う。絶対に葛西を救い出す。その後、馬目の身柄を確保して裁きを受けさせる。それ以外にはないのだ。

「閲覧者数はどうだ？」

「あっという間に一〇万人を超えました。ネットの拡散力がいやというほど発揮され、世界中の野次馬が集まっているのだと思います。一人一人が殺しに加担しているという意識は全くないでしょうね」

ちくしょうと唸り、田伏はさらにアクセルを踏んだ。覆面車両は皇居前の直線をあっという間に通過し、日比谷公園脇に達した。

〈こちら丸の内三号……〉

ダッシュボード脇の無線機からくぐもった声が聞こえた。

〈現在、高架下商店街を捜索中……〉

上田の指示により、所轄署の捜査員が現着したようだ。田伏の覆面車両は日比谷公園の南端の角を左折し、関東電力本社がある日比谷の中心街へ向けてさらにスピードを上げた。

〈至急、至急！〉

丸の内署の捜査員が鋭く叫んだ。田伏は神経を集中させた。

〈関東電力本社近くの商店街入り口から北方向に約六〇メートルの地点、改装中断中の空き店舗前にて、タケル運輸の大型段ボール箱を発見！　繰り返す、空き店舗前にタケル運輸の大型段ボール箱発見！〉

見つけた。ようやく警察が馬目の尻尾をとらえたのだ。

「無線をつなげ！」

ハンドルを握りしめたまま、田伏は大声で言った。反射的に長峰がマイクを取り上げ、会話可能な状態にして田伏の口元に寄せる。

「一課田伏だ！　現場の丸の内署関係者、およびこれから臨場する捜査員に次ぐ。ひまわりが大臣のそばにいる公算が大だ。絶対に指示があるまで触るな！　繰り返す、本職かＳＩＴの担当官が現着するまで、絶対に触るな！」

　田伏はありったけの声で怒鳴った。

20

〈００１５６８０８〉

　葛西の真正面右下にある閲覧者数カウンターがみるみるうちに上昇していく。葛西は左方向に目をやった。三分割されたモニターの中、人差し指の先端をクローズアップした映像だ。ほんの数分前には針の先ほどの赤い点だった血が、人差し指だけでなく中指や薬指まで広がっている。

　ひまわりが言ったように、血の雫が滝に変わる一歩手前にあることは間違いない。葛西は真正面のタブレットを見た。その瞬間、粘着テープで固定されている上半身が一気に強張った。目の前に日本のホラー映画で見た鬼婆の顔があった。いや、鬼婆に見えたのは、両目が充血し、こめかみに太い血管が浮き出た自分の顔だった。

〈助けて！〉

粘着テープに阻まれ、声は出ない。だが、葛西はなんどもタブレットに内蔵されたカメラに向かって訴え続けた。

〈0058027〉

葛西が声にならない叫びを発するたび、真正面のタブレットに表示される閲覧者数が一気に増える。

〈助けて!〉

もう一度、葛西は大声で叫ぼうとした。口から出ることを許されなかった言葉が粘着テープに跳ね返され、鉛の玉のような重みと速度で食道から胃に落ちる気がした。そのたびに、吐き気を催す。

〈もう勘弁して!〉

無意識にそう叫ぶと、自然と自らの両足が動いた。そのとき、葛西は我に返った。両腕は固定され、上半身の自由は奪われている。だが、足は動く。

〈ひまわりさん、ねえ!〉

声の自由を失くした代わりに、葛西はなんども両足を強く踏み鳴らした。

〈許して!〉

全身全霊で葛西は足踏みを続けた。

21

「長峰、走るぞ！」

関東電力本社脇のＪＲの高架下に覆面車両を停めると、田伏は大声で言った。

後部座席に放り込んだリュックサックをつかむと、長峰は勢いよく助手席のドアを開けた。

すでに現場一帯には丸の内署によって黄色い規制線が張られていた。その周囲には白黒のパトカーや赤色灯をつけた小型セダン、救急車が停車している。田伏が線の前までダッシュすると、所轄の若い巡査長が敬礼したのちに黄色いテープを持ち上げた。

「この先、直線六〇メートルほどです」

若い巡査長はきびきびした態度で言った。目で礼をしたのち、田伏は長峰を伴って駆け出した。周囲に野次馬や店の従業員たちの姿は見えない。田伏の革靴の乾いた足音と、長峰のスニーカーのペタペタという足音が規則正しく天井に跳ね返る。

「悲惨なことになってなければいいが……」

「閲覧者数が……」

スマホの画面を一瞥した長峰が言った。

「どのくらいになっている？」

「五〇万人を超えました」

「急ぐぞ！」

もつれそうになる足を蹴り出し、田伏は先を急いだ。すると、行く手の左側に防刃チョッキを着た捜査員五、六名、制服姿の警官七、八名の姿が見え始めた。

「本部一課の田伏だ！」

田伏は声を振り絞って叫んだ。薄暗い空き店舗の様子をうかがっていた一団の視線が一斉に集まる。

「どうだ？」

いち早く駆けつけた機動捜査隊の巡査部長が答える。

「悲鳴などは聞こえませんが……」

「なんだ？」

「先ほどから変な音がします」

巡査部長が薄い仮の板戸を指した。田伏はすぐに耳を戸に当てた。たしかに何かを叩くような乾いた音が聞こえる。

「ＳＩＴの臨場は？」

「あと二、三分かかるそうです」

巡査部長が申し訳なさそうに言ったとき、田伏は即座に口を開いた。

「俺が入る。元ＳＩＴだ。要領はわかっている。長峰はここで待機だ」

そう言うと、田伏は板戸のノブを回した。あっけないほど軽くノブが回る。腰に付けた伸縮式の警棒に手をかけ、薄暗い店舗に足を踏み入れた。ビニールシートがいくつも天井から吊り下げられている。一つ一つを撥ね除けながら進む。一〇メートルほど進むと、半透明のシートがあった。こちら側から、うっすらと人影が確認できる。一人分だ。警棒を強く握り直すと、田伏は一気にシートをめくった。

「大臣！」

警棒から手を離し、田伏は椅子に座る葛西のもとに駆け寄った。

22

「大丈夫ですか！」

葛西の傍に駆け寄ると、田伏は口元と瞼を覆っていた粘着テープを剝ぎ取った。

「大臣は無事だ！」

扉の方向に振り返って大声をあげると、長峰や機捜の巡査部長らが相次いで空き店舗に入ってきた。

「大臣、お怪我は?」

葛西の腕を椅子の肘掛けに固定していたテープを取り除き、田伏は訊いた。異様な光景が周囲にある。葛西の顔を取り囲むように小型カメラが設置され、レンズ横にはグリーンのランプが灯る。これらの装置を通じ、ひまわりこと馬目は全世界に葛西の様子を配信していたのだ。

「長峰、早く中継をやめさせろ!」

「了解!」

長峰は素早くそれぞれの電源を落とした。

「……あなた、誰?」

かすれた声で葛西が言った。テレビでよく知る顔の大臣は、うつろな表情だ。

「警視庁捜査一課の田伏です」

葛西の両目は田伏の方向を見ているが、焦点が合っていない。目の前の女からは全く生気が感じられない。しかし、なにかが違う。ネットで公開処刑された加藤は真っ青な顔で絶命したが、葛西の顔色は違う。ごく普通の人間の色だ。田伏は一番の疑問点である葛西の両手の指先を見た。ネット中継では劇薬によって血液がとめどなく流れ出し、指先が鮮血で真っ赤に染まっていたが、目の前の細いそれはまったくの無傷だ。

「大臣、点滴液はどちらに？」

しきりに瞼をこする葛西に尋ねたが反応が鈍い。これは劇薬によるものではない。葛西の指先をつぶさに見たが、彼女は無傷なのだ。となると、ネットで中継されていた血の滴りは誰のものなのか。すると、葛西は近くにあった薄いシートを顎で指した。

「まさか……」

田伏はシートに目をやった。椅子に座る人間のシルエットが映る。葛西との距離は一〇メートルほど。田伏はシートに駆け寄り、力一杯めくった。

「……そういうことだったか」

葛西と同じタイプの椅子に、青年が座っていた。その横には、ステンレス製の医療用のスタンドがある。その上から点滴袋とチューブがだらりと垂れ下がり、先端は青年の左腕に刺さっていた。

指の真ん前には、マッチ箱大の小型カメラが設置され、滴る血をズームアップ中だ。椅子の後方二メートルほどのところに、薄型のノートパソコンがあり、小型カメラと細いラインでつながっている。

田伏は青年の左腕に刺さっていた注射針を外し、頬を二、三度叩いた。

「馬目！」

田伏はありったけの声で叫んだ。閉じていた青年の目がわずかに開いた。

「救急隊を早く！」

田伏が叫ぶと、長峰や機捜の巡査部長らが駆け寄ってきた。

「ああ……」

馬目の指先から流れ落ちる鮮血を見たのだろう。長峰がその場にへたり込んだ。

「早くカメラを止めろ」

田伏の指示に、長峰がよろよろとカメラに近づき、電源を落とした。

「救急隊はどうした！」

田伏の声に呼応し、薄青色の感染防止衣を着た救急隊員が駆け寄ってきた。薄いシリコン製の手袋をした救急隊員は、馬目の両目を小型ライトで照らしたあと、脈を取り始めた。

「かなり危険な状態です」

隊員は田伏を見上げ、言った。

「早く搬送を」

田伏がそう告げた直後、担架を持った隊員たちが到着した。

「絶対死ぬなよ！」

隊員たちに抱えられ、担架に移される馬目に向け、田伏は言った。すると、馬目がわずかに口を動かしたのがわかった。

「なんだ？」

田伏は馬目の横に移動し、耳をその口元に寄せた。

「……なぜ、死なせてくれなかった」

消え入りそうな弱々しい声だったが、馬目はたしかにそう言った。

「生きろ。公判で全て話せ。お前の思いは絶対に伝わる」

「…………」

馬目が弱々しく頷いたような気がした。

「それでは、搬送します」

救急隊員たちが馬目を乗せた担架をせわしなく空き店舗から運び出していった。

「……待ってよ！」

椅子に座り込んだままの葛西が田伏を睨んでいた。依然として目の焦点が合っていない。

「私の救急車よ」

「大臣の分はすぐに別の車両を用意させます」

「犯罪者を優先するって、どういうこと！」

突然、葛西が立ち上がり、田伏の方に早足で迫ってきた。眦が切れ上がり、口も大きく開いている。おとぎ話の絵本に描かれていた山姥のような形相だ。

「すぐに代替の搬送車両が到着します。それだけ歩けるのであれば、パトカーで病院にお送りしても大丈夫そうですが」

「パトカーですって？」

キレる、とはこういうことを言うのだろう。顔を紅潮させた山姥のような顔をした女が田伏につかみかかってきた。

「大臣、冷静に！」

「絶対クビにしてやるからな！」

存外に強い力だ。だが、田伏は葛西の両手首をつかみ、捻った。逮捕術で会得したテコの原理であり、女性はひとたまりもないはずだ。

「被害者に暴力振るうのか！」

顔をしかめながら、葛西が大声で言った。

「それだけお元気なら、本当に救急車は不要ですね」

田伏がそう言った直後だった。機捜の巡査部長や丸の内署の若い巡査長らが葛西を田伏から引き剝がした。

「田伏さん！」

突然、長峰が田伏を呼んだ。田伏が駆け寄ると、長峰の指差す先に動画中継のターミナルとなっていた薄型のノートパソコンがあった。

薄型のノートパソコンにＵＳＢメモリが挿さっていた。田伏はメモリの横に貼られたステッカーを凝視した。

〈警視庁捜査一課　田伏警部補殿〉

長峰を見ると、相棒は取れという目で合図した。田伏はメモリを抜き取った。

「田伏！　大丈夫か！」

背後から上田の声が響いた。

「はい！」

上司の声を聞いたとき、田伏はメモリを背広のポケットに放り込んだ。

23

〈連続殺人犯ひまわり、順調に回復＝警視庁、近く本格取り調べへ〉

捜査一課の大部屋で田伏は中央新報の社会面を睨んだ。

「こういう記事って、誰がレクチャーするんですか？」

隣席で長峰が紙面を覗き込み、言った。

「上田さんや参事官あたりを夜回りした結果だろうな。俺たちは絶対に喋らんからな」

一週間前、「ひまわり」こと馬目の身柄を確保した。自らに劇薬を投与した馬目は一時意識不明の重体に陥ったが、三日前から急速に回復した。警察病院で面会謝絶の状態が続いているが、秋山管理官ら捜査幹部の簡単な聴取には応じることができるようになったという。

中央新報をはじめ、全国紙やテレビ局は馬目逮捕を大々的に報じた。だが、馬目の犯行動機については、ネット上で被害者たちと怨恨関係が生じ、これが高じて殺人事件に発展したということ以外、詳細はどこにも出ていない。ネットニュース・ライトニングの加藤、大臣の葛西については、劇場型犯罪をエスカレートさせたかった馬目の自意識過剰が生んだ悲劇だと、上田がごく一部のメディアにリークし、これが他社の後追い記事につながり、結果的に事実のように一人歩きしていた。

「古巣のサイバー捜査官たちが噂話だって言っていましたけど、官邸から圧力がかかったって本当ですか？」

「馬目の動機についてか？」

「ええ。だって原発の再稼働を優先政策に掲げる芦原総理にとって、馬目の真の動機はやばすぎですよね」

「そうかもな……ただし、俺は警視庁の人間だ。上司がレクチャーしたことを覆すことはできん」

そう言うと、田伏は乱暴に中央新報をたたみ、机の上に放り投げた。

「これ、どうするんですか？」

慌ただしく動き回る周囲の捜査員たちを見ながら、長峰が田伏の前に小さなＵＳＢメモリを置いた。日比谷の高架下の空き店舗で、馬目のノートパソコンに挿さっていたメモリを長峰と田伏が回収したものだ。

「現段階で表に出たらまずいよな」

馬目のパソコンは鑑識が回収し、四件の殺人事件の際にどのような経路でメールを送信したかなど、詳細を調べている。

現場でメモリを抜き取ったとき、田伏に深い考えはなかった。馬目に名指しされたことで、反射的に手が動いた。長峰も同意した。捜査本部に戻ってメモリを分析すると、自分宛てに馬目からの手紙が入っていた。鑑識に確認すると、パソコン本体には田伏の名前はなかったという。その話を聞いた途端、自分の取った行動が随分と無茶だったことを思い知らされた。

証拠品を勝手に持ち出してしまった。以前、長峰に監察の怖さを教えたが、今は自分がその対象になりかねないのだ。

〈田伏警部補殿　このメッセージを貴兄が読んでいるとき、私の命はすでにないでしょう。そのため、ここにすべてを記し、捜査に協力します〉

メモリに残っていたのは、田伏に宛てた馬目からの上申書だった。

〈最大の動機は、福島へのいわれなき中傷、そして現実を全く無視した差別です〉

馬目によれば、避難していた妹の自殺をきっかけに、ネット上に溢れかえる無数の誹謗中傷を独自に格付けし始めたという。その中で特にひどいと考えた対象者に関しては、IPアドレスを解析し、接続業者のシステムに侵入して個人情報を調べたと馬目は明かした。その後、宅配便ドライバーという仕事を通して実際に被害者たちと接触し、その上で殺すべき人間なのかを慎重に判断したのだ。

第一の被害者河田については、福島への誹謗中傷だけでなく、生きたトイプードルを無造作に宅配用ダンボールに詰め、平然と集配させようとしてトラブルになったと馬目は明かした。

第二の平岩については、百人町の定食屋で偶然を装って出会い、その後は特別な唐揚げがあることを餌に、深夜の高円寺までおびき出した。この際、東京遠征中のご贔屓プロ野球選手も当日特別な食事会に来る旨を知らせ、誘導を確実なものにしたという。

　粟野については、ブログを通じて老人が強欲な面を持つ人物だと把握し、懸命にカメラ関係の調べを尽くした。その後、ライカの名玉に確実に反応するとの筋書きを描き、殺害に及んだと記していた。

「こんな感情を抱くのは禁物だが、少なからず馬目に同情すべきところはある」

　白いメモリを見ながら、田伏は小声で言った。別の事件で関西に出張した際、〈ウチの店は滋賀県以北のコメを使用していません〉との張り紙を見て、仰天したことがあった。原発事故から四年経ったころだった。誹謗中傷よりもある意味始末に困る、無意識に刷り込まれた差別意識だった。微力ながらも福島の農産物を購入していた田伏は、憤りを通り越し、呆れてしまった記憶がある。

〈現代社会では、インターネットを通じて嘘の情報が簡単に拡散し、これによって傷つけられる人が多数います。その最たるものが福島の人間です。私の妹は福島への差別が原因で自死しました。もうこれ以上、ネットでの無責任な発言で自ら死を選ぶことは止めなければなりません〉

　淡々と綴られていた言葉には、重みがあった。

〈田伏警部補もネットによる被害者です。私が犯した罪は許されるものではないと考えます。

しかしネットで、匿名の盾に守られながら、好き勝手な放言をくり返し、人を傷つけることにしか興味のない人たちに、罪はないのでしょうか？　田伏さんにならら少しだけ理解してもらえるかもしれないと思いました〉

ライトニングの加藤によって突然田伏が晒されたことを馬目は見ていた。ネットによる被害者……たしかにその通りかもしれない。だが、被害者になったからと言って、いや、いわれなき被害を受けたからといって、馬目の主張に全面的に賛同することはできない。田伏が黙っていると、長峰が口を開いた。

「それじゃ、揉み消すんですか？」

田伏は強く首を振った。

「組織の理屈、刑事としての矜持。今はどちらが勝つかまだわからない」

偽らざる本心だった。メモリに残された上申書を公開すれば、世論が沸騰する。いや、沸騰しようがしまいが、馬目という人間が犯罪に至った克明な真実はメモリの中にある。これが詳らかにされれば、捜査報告の中身が変わる。過去の判例から勘案すれば死刑判決は絶対に免れないだろうが、公判の過程で馬目に対する世間の目が変わってくるのは確実だ。

「俺は田伏さんについていきますから」

「買い被るなよ」

田伏がそう答えたときだった。

「田伏さん、ちょっとよろしいですか？」

振り返ると、顔を強張らせた秋山管理官が立っていた。

「どうしました？」

「馬目がどうしても田伏さんと会いたい、そう言っています」

「会わせてもらえるのですか？」

「もちろんです。事件解決の最大の功労者は田伏さんです」

秋山の言葉を聞き、田伏は長峰に顔を向けた。相棒は無言で頷く。

「会ってみて、彼の本心を聞き出すことができたら、報告書にその内容を盛り込んでもよろしいですか？」

「ええ、もちろんですよ。ただし、上がどう判断するかはわかりません」

秋山がバツの悪そうな顔で言った。

「それじゃ、行きましょうか」

デスクの上のメモリをつかむと、田伏は足早に大部屋の出口に向かった。

『大手検索サイト　注目ニュース　アクセスランキング一覧　八月第一週』

〈ひまわり事件　犯人逮捕から一カ月　動機の謎深まる〉↓一二〇〇万アクセス……週刊新時代オンライン

〈またゲス密会か　大物演歌歌手の懲りない行状〉↓一一八五万アクセス……ネットニュース・ライトニング編集部

〈プロスポーツの裏賭博事情　大物OB関与濃厚〉↓一一六四万アクセス……まとめラボ編集部

『大手検索サイト　注目ニュース　アクセスランキング一覧　八月第二週』

〈国民的女性シンガー、年内引退観測強まる〉↓一二四〇万アクセス……週刊向陽ネットニュース

〈ひまわり事件　口閉ざし続ける警視庁幹部　政治的配慮か　陰謀説も急浮上〉↓一一七二万アクセス……ネットインシデント編集部

〈新興レストランチェーンオーナー、嫌中感情剝き出しブログで大炎上〉↓一一四八万アクセス……週刊新時代オンライン

『大手検索サイト　注目ニュース　アクセスランキング一覧　八月第三週』
〈国内最大手飲料メーカー、現役幹部のパワハラ会議録が流出、大炎上〉↓一二五〇万アクセス……日刊ネットフィーバー編集部
〈ゴメンなさいするニャンコ、動画再生回数が日本記録達成　ペットフードメーカーがＣＭ起用へ〉↓一二一五万アクセス……夕刊世紀デジタル
〈世界的ユーチューバー、東京タワーから落下し即死　アクセス稼ぎが命取り　動画再生回数、下半期トップに〉↓一一七六万アクセス……中央新報デジタル

『大手検索サイト　注目ニュース　アクセスランキング一覧　八月第四週』
〈名物バラエティ、打ち切り観測強まる　人種差別キャラで国際問題に発展〉↓一一九四万アクセス……ネットインシデント編集部
〈帝都テレビの特番ドラマ、杜撰シナリオと手抜き考証で嘲笑　視聴率爆死〉↓一一四六万アクセス……ネットニュース・ライトニング編集部

〈暴言フリーアナ、業界から消滅確定　過去の局内セクハラも暴露される〉↓一一三七万アクセス……まとめラボ編集部

文庫版あとがき

私には故郷がない。いや、故郷を捨てた不義理な人間だ。

三六年前、日米など先進五カ国によってドル安誘導を決めたプラザ合意が成立、日本で急激な円高不況が発生した。

輸出向け洋食器製造業を営んでいた実家は、製品の一〇〇%を輸出していた。急ピッチで進む円高によって仕事をすればするほど赤字が膨らみ、家業は倒産の憂き目に遭った。様々な清算を経て、生家は人手に渡った。

片田舎で事業を潰すということは、都会の人には理解し難い苦渋を伴う。ただでさえ人間関係が濃密な地方での生活だ。親戚縁者から罵声を浴びせられ、友人だと思っていた人たちはあっという間に離れていく。信頼してきた人たちが掌を返したように態度を変えるさまを否応なく目にした私は、極度の人間不信となった。同時に、東京で学生生活を送っていた私は、突如帰る場所を失った。

生家を失って以降、郷里に帰る機会は極端に減った。むしろ避けていたと言った方が正確かもしれない。

そんな中、一七年前のことだ。当時小学校低学年だった愚息が父親の育った場所を見たいと言い出した。子供の言葉に悪気はない。他の用事にかこつけて、かつて暮らした家をこっそり見に行った。しかし、現在の住人が大規模リフォームを施した結果、生家は跡形もなく姿を変えていた。目の前にある現実を直視できなかった。遊び回った庭や縁側がなくなり、自転車の練習をした駐車場には物置が建っていた。

ほんの一、二分の出来事だったが、車の窓越しに見える風景が信じられなかった。鮮明だったはずの過去の記憶が、この瞬間から一切合切なくなった。このときを境に、郷里に赴くことは私にとって特大の苦痛となった。

帰る場所を失った私は、人並み以上に働き、いつの間にか大手マスコミの記者となり、常に特ダネを求められるプレッシャーの下で一五年ほど揉まれた。

同僚記者を過労死で亡くし、複数の取材相手がスキャンダルを苦に自ら命を絶つ。バブル経済の後始末の過程で、数多くの命が失われる現場に立ち合い、他の人よりも心の耐性ができたと自負してきた。

だが、そんな認識を一変させる事態が二〇一一年三月一一日に起きた。東日本大震災であり、大地震と大津波によって東北沿岸地域は甚大な被害を受けた。特に福島県だ。東京電力福島第一原発の大事故により、同県民の生活が激変した。

福島県は郷里の隣県で、幼い頃から馴染みのある土地であり、知り合いも多かった。もちろん、強制的に避難を強いられた知人もいた。原発事故以降の除染作業を経て、一般の部外者が一部の被災地に入れるようになった二〇一二年の春、私は初めて南相馬市小高区に入った。

耐性云々と言っていた自分を恥じた。津波被害をまぬがれた家並みが残っているのに、全く人の気配がない異様さに打ちのめされた。かつて、自分だけが生き残ってしまった主人公がもがき苦しむSF映画を観た。映画のワンシーンが目の前に広がっている錯覚に襲われた。

大震災発生から三週間後、福島と同様に馴染みのある宮城県石巻市に入った。震災直前に取材で何度も訪れ、地元民と頻繁に酒を酌み交わした街が変わり果てていた。津波に抉られ、半壊した知り合いの商店を見た瞬間、止めどもなく涙が溢れ出た。新聞や週刊誌、あるいはテレビ報道でなんども目にしたはずの惨状を自分の目で見ると、その凄惨さが際立った。膝がガクガクと震え出した。

二〇一二年に南相馬市小高駅周辺の景色に接した際も膝が震えた。先ほど触れたように、放射能汚染で市民が一斉避難を強いられ、人がいない街並みの異様さに戦慄を覚えたのだ。

同時にこんなことを考えた。

この街に住む人たちは、私のように自分の意思で故郷を捨てたわけではなく、強制的に避難を迫られたのだ。田舎で生まれ育った私は、その辛苦を容易に理解できる。ご近所さんとの他愛もない茶飲み話が消え、結束の固い友人たちの絆が引き裂かれ、なにより、住み慣れた家から引き離されるのだ。

以降、私は震災関連の小説を書く準備を進め始めた。二〇一三年に刊行した宮城、岩手両県の沿岸部を舞台にした『共震』（小学館）の冒頭では、南相馬の仮設商店街を描いた。二〇一五年刊行の『リバース』（双葉社）では、浜通りを歩き回って得た情報を基に、遅遅として進まぬ復興、そして福島を食い物にする詐欺師たち、これら不逞の輩を追う刑事たちの視線を通じ、浜通りの状況を浮かび上がらせた。

そして本書『血の雫』である。一二年以降、繰り返し浜通りを訪れるたび、刻々と状況が変わることに驚いた。

本作を描く端緒は、実際にインターネットで誹謗中傷の被害を受けた方々と知り合ったこと。そして、浜通り出身者であることを、面と向かって差別の理由とされた人たちに話を聞いたことだ。

なんどでも書くが、私は自分の意思で故郷を捨てた人間だ。しかし、浜通りの人たちは違う。自らの気持ちとは関係なく、故郷からの離散を強いられた。

なんの落ち度もなく、ごく普通に生活していただけの人たちが、筆舌に尽くし難いご苦労を強いられたことを知り、私は筆を執らざるを得なかった。いや、ここで書かねば作家を名乗る資格はないと思った。

今回文庫版を刊行し、あとがきを綴る前にもう一度浜通りを訪れた。除染が進み、避難先から帰還する人が徐々に増え始めていた。災害公営住宅も一部で完成し、人々がゆっくりと以前の営みを取り戻しているようにも見えた。

だが避難先で仕事を得て、定住を決めた人々も少なくないと知った。家族間で帰還するか、避難先で生きていくかで意見が分かれ、別居を決めた人たちの話も聞いた。

また、復興事業が継続する中で、多額の予算を掠め取ろうとする輩たちが蠢く気配も察知した。

マスコミが震災から何年と区切り報道を繰り返しているが、苦難を強いられた浜通りの人たちには一切関係がない。彼らは今を生きているからだ。

国政選挙のたび、この国の偉い人たちが福島市、あるいは浜通りの町で第一声をあげる。復興を加速させる、予算を回すと甘言を繰り返すが、その恩恵が行き渡っているかは大いに疑問だ。

復興に関する空虚な政治家の言葉の次は、東京オリンピックだ。〈復興を果たした被災地の姿を世界に発信する〉と偉い人たちが軽々に発言し続けたが、蓋を開けてみれば、新型コロナウイルスの登場で〈コロナ禍を克服した姿を世界に〉と、被災地浜通りのことがすっぽりと抜け落ちてしまった。

このほかにも、福島第一原発の処理水の海洋放出問題など、課題は山積したままで、復興の成果など空々しい言葉ばかりが残る。

『血の雫』で記した浜通りの苦境は過去のフェーズであり、今は次々と新たな問題が浮上している。

今回、本稿執筆のために訪れ、そのことを痛感した。まだまだ浜通りには小説にすべき題材がある。また、『血の雫』が週刊誌に連載中、ある出版界の人物にこんな言葉をもらった。〈VRで福島の今を体験できるイベントが東京で開催されている。一緒に行かないか〉……福島の苦悩を伝えてきたつもりだが、作家としての力不足を思い知った。

今後も浜通りを歩き、私は物語を紡ぎ続ける。

最後にこのあとがきの取材にご尽力くださった福島民報の渡部純記者には感謝しきれない。最大限の感謝の気持ちを捧げたい。

二〇二一年七月中旬　相場英雄

〈参考文献〉

『ウェブ炎上』荻上チキ著　ちくま新書
『ウェブを炎上させるイタい人たち』中川淳一郎著　宝島社新書
『ネット私刑（リンチ）』安田浩一著　扶桑社新書
『ネット炎上の研究』田中辰雄　山口真一著　勁草書房
『ネットの炎上力』蜷川真夫著　文春新書
『ネット炎上対策の教科書』小林直樹著　日経ＢＰ社
『ハッカーの手口』岡嶋裕史著　ＰＨＰ新書
『がんばっぺ　までいな村』菅野允子著　かとーゆーこ画　ＳＥＥＤＳ出版

解　説——色褪せない趣向で描かれる、色褪せることがあってはならないテーマ

宇田川拓也

　ある時、テレビで某日本人アスリートに密着した番組が放送されていて、ふと目が留まった。日本から遥か一万キロ以上離れたアフリカでストイックに自らを追い込んでいく様子とあわせ、合宿練習の地にアフリカを選んだ理由として、世界トップクラスの選手たちが集うこと、標高二千メートル級の高地トレーニング、そしてもうひとつ——情報のシャットアウトを挙げていた。ここでは必要最低限の情報しか届かないと語る姿に、強い精神力を持つ日本トップレベルのアスリートといえども集中の妨げになるほど、世のなかにあふれる情報には過度な影響力があることを教えられた。

　では、なぜそうした情報をわざわざ遠ざけるのかといえば、その多くが益のない雑音であ

り、なかには心を酷く傷つけるような悪意を含むものもあるからだ。

ネット社会の現代では、ツイッター、フェイスブック、LINE、インスタグラムといったSNS（ソーシャル・ネットワーキング・サービス）を活用すれば、個人が情報の発信を指先ひとつで、しかも匿名でいとも簡単に行なえてしまう。こうなると当然、使い手の自制の意識は疎かになりがちで、誹謗や中傷もお構いなし、なんでも思ったことを反射的に吐き出してよしとする見苦しい投稿が増えてくる。それは同時に、正義・正論の押し付け、行き過ぎた批判や糾弾、差別や排除思想の過熱にもつながり、自身の発信と他の投稿への賛同や拡散がいかに常識から外れ、誰かを深く傷つけかねないことにも思い至らなくなってしまう。

モラルを欠いたネット利用者によるこうした弊害を入口に、サスペンスフルな警察小説の枠組みを用いて日本が抱える根深い問題にまで迫っていく作品が、相場英雄『血の雫』である。本書は、「週刊新潮」二〇一七年六月二十九日号～二〇一八年七月二十六日号に好評連載されたのち、改稿を施して二〇一八年十月に新潮社から刊行された同題作品を文庫化したものだ。

物語は、年齢も性別もバラバラな四人の〝事情〟を紹介するプロローグを経て、本編の幕が上がる。一連の出来事の発端となるのは、中野坂上交差点近くの小路で深夜に起きた、二十五歳の女性フリーモデルが背中など計五カ所を刺されて死亡する痛ましい事件だ。警察は早速捜査に取り掛かるが、極端に防犯カメラが少ない裏通りのため犯人の特定は難しく、なかなか思うような進展を得られない。

ほどなくして、今度は高円寺の商店街から住宅街に続く細い小路で四十五歳のタクシー運転手が刺殺される。調べの結果、同じ刃物による犯行と断定。同一犯による連続殺人事件に切り替えて捜査を進めるが、そこで思わぬ事態が発生する。新聞社に犯人からの犯行声明と凶器の写真がメールで送られてきたのだ。ふたつの殺人を「ゲームはまだまだ序盤です」と嘯き、警視庁捜査員を「無能」呼ばわりする〝ひまわり〟と名乗る犯人は何者なのか？

犯人側が主導権を握り、マスメディアを利用して世間の目を一連の犯行に注目させる、いわゆる「劇場型犯罪」を扱った作品には、天藤真『大誘拐』（一九七八年）、宮部みゆき『模倣犯』（二〇〇一年）、雫井脩介『犯人に告ぐ』（二〇〇四年）など高い評価を獲得している名作や傑作が多く、本作もまたそこに連なるべき出来栄えを誇っている。

また、読み進めていくとプロローグで紹介された四人のうち、最後の長峰勝利を除く三人が〝ひまわり〟に命を奪われてしまうひとびとであることがわかってくるが、若いモデル、中年のタクシー運転手、高齢の見守りボランティアと、まったく接点のない被害者たちから見えない共通点を見つけ出す、いわゆるミッシングリンク（失われた環）は、アガサ・クリスティ『ＡＢＣ殺人事件』（一九三六年）やエラリイ・クイーン『九尾の猫』（一九四九年）

といった古典をはじめ、いまなおミステリファンから根強い人気を博す趣向のひとつだ。

こうした奇を衒わないスタンダードな物語づくりによって、生半な気持ちで取り組むべきではない本作の重大なテーマがしっかりと支えられているわけだが、それはこの手強い犯罪に立ち向かうふたりの刑事の造形についてもいえる。

本部捜査一課の田伏恵介は、かつてＳＩＴ（特殊犯捜査係）に所属していたが、手掛けていた誘拐事件の捜査で悔やんでも悔やみ切れない汚点を残してしまう。その原因がネット絡みだったため、以来インターネットがトラウマになり、強い拒絶感を示すようになっていた。いっぽう、田伏とコンビを組むことになるサイバー犯罪対策課から一課に異動してきた長峰勝利は元民間ＩＴ企業のエンジニア。ネットのエキスパートだが現場での捜査経験はなく、捜査状況にかかわらず仕事は定時で切り上げるなど田伏が考える刑事像にまったく当てはまらない異色の若手だ。ふたり組の活躍を描くバディものは、それぞれのタイプが異なり、その差が大きいほど面白みが増す。長峰が怒りを顕わに「インターネットは人の暮らしを便利にするためのツールです。警視庁の対応が遅れているからって、殺しに悪用するなんて絶対に許さない」と口にするや、田伏が「もっと怒れ。怒りの熱量が刑事の一番の原動力だ」と返す印象深い場面をはじめ、捜査を通じてお互いの長所と短所、内に秘めた矜持や芯の強さが擂り合わされ、コンビとして仕上がっていく過程もまた大きな読みどころとなっている。

このように色褪せない趣向や登場人物の造形を丁寧に重ねて読み手を力強く牽引する物語は、アナウンサーから政治家に転身した女性大臣が登場する第三章以降、次第に隠されていたテーマがはっきりと見えてくるようになり、後半、事件が起こった東京から舞台を別の場所へと移していく。

東日本大震災後、東松島の仮設住宅で県の職員が殺された謎を追う『共震』（二〇一三年）、詐欺や横領などの知能犯を相手にする警視庁捜査二課が活躍するシリーズの第三弾にして被災地支援詐欺を取り上げた『リバース』（二〇一五年）など、相場英雄は小説家のなかでもとくに東北の被災地を注視し、幾度も足を運び、並々ならぬ想いで作品を紡いできた作家だ。田伏と長峰が〝ひまわり〟というハンドルネームを選んだ犯人の真意を目の当たりにする第五章から、罪を犯すほどの憤怒の念に駆られるのも仕方がないと思えてくるあまりにも辛い現実に言葉を失い、食堂に掲げられた手書きのポスターに目頭が熱くなる最終章の序盤にかけては、まさに著者でなければ描けない本作の肝となっている。東京オリンピックも終わり、復興五輪などという言葉がいかに中身のない白々しいものであったかが明白となったいま、本作の単行本が発売されたオリンピック前よりも、よりいっそう重く深々と胸に突き刺さるはずだ。

そしてこのあとに始まる、本作タイトルの意味が形となって顕れる凄惨な場面は、毎日スマートフォンやタブレットの画面をなぞり、キーボードを打つその指先が、なにかを貶め、誰かを傷つけ、じわじわと冷酷に、まるで血の雫が一滴ずつ落ちるように追い詰めてはいないか――そう問われているようで戦慄を覚える。また、物語を補足するラスト3ページによって、インターネットに触れるということは、いまを貪欲に呑み込みながら蠢き続ける得体の知れない巨大なうねりの一部になるのだと否応なく突きつけられ、自分はモラルをもってネットを利用していると思っていても、つい落ち着かない気持ちになってしまうだろう。

本作を読み通して見えてくるのは、物事にはスマートな便利さよりも時間を掛けて地道に積み重ねていくことで切り拓ける道があること、そして顔の見えない画面越しではなくひととまっすぐに向き合い言葉を交わすことの大切さだ。登場人物たちに前向きな変化や心の動きが訪れるとき、そこには指先ひとつで済むようなネットやシステムの介在はなかったはずだ。つまり本作は、色褪せないミステリの趣向を用いて、これからの日本で色褪せることがあってはならないものがなにかを教えてくれる第一級のエンタテインメント小説なのである。

さて最後に、本作とあわせて、ぜひお読みいただきたい相場作品『レッドネック』（二〇二一年）をご紹介して締めるとしよう。

大手広告代理店に勤務する矢吹蛍子は上司から突然、バンクーバーへ飛び、ケビン坂田なるデータサイエンティストと接触せよと命じられる。あるプロジェクトへの招請を伝えるのが目的で、クライアントが提示しているギャラは破格の六十億円。後日、来日を果たしたケビンは高田馬場に仕事場を構えるが、担当者である矢吹に明かされたのは〝レッドネック〟というプロジェクト名のみで、具体的な内容は一切不明。いったいここでなにが進められているのか。折しも東京では都知事選の時期が近づきつつあった……。まったく先の読めない展開が待ち構える長編で、これから日本でも起こり得る極めて大掛かりかつ危うい可能性に警鐘を鳴らし、SNSの使い方を改めたくなるような他人事とは思えない内容となっている。

——ときわ書房本店　書店員

この作品は二〇一八年十月新潮社より刊行されたものです。

血の雫

相場英雄

令和3年10月10日　初版発行

発行人――石原正康
編集人――高部真人
発行所――株式会社幻冬舎
〒151-0051東京都渋谷区千駄ヶ谷4-9-7
電話　03(5411)6222(営業)
03(5411)6211(編集)
振替00120-8-767643
印刷・製本―株式会社　光邦
装丁者――高橋雅之

幻冬舎文庫

ISBN978-4-344-43129-4　C0193　あ-38-5

幻冬舎ホームページアドレス　https://www.gentosha.co.jp/
この本に関するご意見・ご感想をメールでお寄せいただく場合は、
comment@gentosha.co.jpまで。